北京元代文学

◎傅秋爽　著

知识产权出版社
全国百佳图书出版单位

内容提要

元代是中国文学史一个最重要的转折时期。本书深入广泛联系当时的政治、经济、文化、艺术，对北京的社会生活进行全面剖析，借鉴社会学、心理学、美学等领域的研究方法和研究视角，对北京作家的创作土壤、创作心态、创作成果进行考察分析。力图全面描述北京元代文学的发展概貌，展示北京元代作家作品的杰出成就，深入研究其产生、发展、繁荣的内在原因和规律。

责任编辑：赵　军

图书在版编目(CIP)数据

北京元代文学/傅秋爽著. —北京：知识产权出版社，2011. 5

ISBN 978-7-5130-0492-3

Ⅰ. ①北…　Ⅱ. ①傅…　Ⅲ. ①中国文学—文学史—北京市—元代　Ⅳ. ①I209. 91

中国版本图书馆 CIP 数据核字(2011)第 060017 号

北京元代文学

BEIJING YUANDAI WENXUE

傅秋爽　著

出版发行：知识产权出版社

社　　址：北京市海淀区马甸南村 1 号　　邮　　编：100088

网　　址：http://www.ipph.cn　　邮　　箱：bjb@cnipr.com

发行电话：010-82000893 82000860 转 8101　　传　　真：010-82000893

责编电话：010-82000860 转 8127　　责编邮箱：zhaojun@cnipr.com

印　　刷：保定市中画美凯印刷有限公司　　经　　销：新华书店及相关销售网点

开　　本：880mm×1230mm　1/16　　印　　张：20.5

版　　次：2012 年 1 月第 1 版　　印　　次：2012 年 1 月第 1 次印刷

字　　数：320 千字　　定　　价：58.00 元

ISBN 978-7-5130-0492-3/I · 141 (3399)

前言

一

元代是中国文学史的一个分水岭，是中国古代文学历史走向由“雅”而“俗”革命性的转折点。这个转折变化，既由文学发展的内在规律所决定，同时与元代北京生活的全面催生密不可分。特殊的历史文化环境，使得北京幸运地成为杂剧、散曲为代表的新兴俗文学的肇源地、核心聚集区和全国辐射源。北京，作为新兴文学全盛时期的中心，见证了这场历史性转变的全过程，并当之无愧地成为了影响其未来整体走势的轴心，在世界文学史上都产生了巨大而深远的影响。在此期间，北京文学完成了从中国文学发展的部分剪影转而成为完整缩影的历史性的转变，实现了从被影响到全面、强力、大范围释放影响，从被辐射到发挥全国性辐射作用的实质性飞跃，从较为单向的被他化逐渐完善、强化了化他的诸项功能。元代北京文学，在北京文化发展历史中是最重要的一个环节。因为此前，对北京而言，秦文、汉赋、唐诗、宋词的耀眼光芒只是或多或少投射进来的几缕阳光而已，作家少，影响小，开创出真正属于自己的文学辉煌自元代始，自杂剧、散曲始。同时，诗文的创作也呈现出有别于前朝后世和其他区域的独立个性。这些，既是北京已然成为全国文化中心的标志，也是这个中心建立的雄厚根基。其意义不仅在于文学本身，更在于其对北京文化实力的整体提升。元代之前，无论是辽之南京，还是金之中都，尽管北京已登上国家首都舞台，但是其各项功能并不完备、成熟。北京成为全国文化中心，成为国家首善之区，承担起引领国家文化的历史重任是从元开始。文学在此中，因其成就巨大，影响深远，具有举足轻重功不可没的作用和地位。

厘清北京元代文学发展脉络，具有双重的意义。只有透彻地了解元代文学尤其是时代文学代表杂剧、散曲产生的社会政治、经济、文化基础，才有可能对中国文学今后的发展规律、发展走向做出更科学、深刻的判断。只有清晰地剖析元代北京文学兴盛的真实环境和深层原因，透彻地理解北京文学在元代大都成为当时东西方最为著名的世界城市过程中所发挥的作用和影响，才能使得古代文学的研究对今日北京文化大发展、大繁荣产生正确的引导作用，才能对今日北京建设成为世界城市提供充分历史依据和准确的借鉴。

尽管北京元代文学具有如此高的历史地位，对其研究有如此重要的多重意义和价值，但是现实的学术研究状况并不令人满意。改革开放33年间，全国各地对于地域文学的研究都极为重视，并取得长足的发展。据我院张泉研究员调查统计，在内地31个省、区、直辖市中，除吉林、安徽、海南、青海外，其余27个区域（省）均出版了多种通史、断代史或分体史。其中，完整的省市文学通史，即纵贯古今、横兼诸体的，有八部：《湖南文学史》、《巴蜀文学史稿》、《黑龙江文学通史（4卷）》、《山东文学通史（古代卷、20世纪卷）》、《陕西文学史稿》、《辽宁文学史（上、下册）》、《江西文学史》、《上海文学通史（上、下册）》。[①] 北京有五千年的文明史，三千年的城市史，近千年的建都史，古代、近代、现代文学发展贯穿始终，从未间断，且自元开始极为发达，文学诸体发展完备，文学遗存甚为丰厚。但是，北京在全国的地域文学研究中并没有起到相应的引领、示范作用，甚至在不少领域处于较为落后的状态。在人民出版社2011年《北京文学史》出版之前，北京甚至没有一本哪怕是简要的、能够贯通古今、诸体兼备的地域文学史。这与北京在中国文学史上的地位和成就极不相称，与其为北京文化发展作出的贡献极不相称。这种令人深感遗憾的落后与空白，有其客观原因。以北京地域文学的古代部分为例，其历史长，体式多，作家众，文化现象纷纭复杂，史料庞杂浩瀚，在系统整理和甄别基础上对其进行全方位的考察，实在是一个投入巨大、费力耗时而又难以短时见到突出成效的艰巨工程，难免令人望而却步。

---

① 张泉：《概述》，引自傅秋爽主编《北京文学史》，人民出版社2011年版。

而且在讲求速度、效益，追求短平快，以量化作为考量标准的时代，进行这样一项静心冷板凳的工作，的确显得有些不合时宜。但这个工作对于北京继承优秀传统文化有着非同寻常的特殊意义和价值，是作为一个文化研究者必须承担的历史责任。所以，在《北京文学史》对北京文学进行了简要的勾勒之后，对辽金北京成为国家首都之后的元、明、清各个时代的文学分别进行更为细致深入的描绘和分析，成为北京地域文学深入研究的重要步骤。《北京元代文学》在此背景之下，作为北京社会科学院院重点项目得以立项，的确反映了院领导和院学术委员会专家以及通讯评审专家们基于对北京文化发展的深刻见解所达成的共识。

二

北京元代文学时间上的涵盖范围。以“大元”（简称“元”）作为国号，是公元1271年确定的。在此以前，这个政权称为“大蒙古国”。元代是历史上统治中国时间较短的王朝，如果从元世祖至元八年（1271）改国号为“大元”开始算起，到元惠宗（即顺帝）至正二十八年（1368）明朝攻下大都，蒙古皇室北迁，统一的元王朝宣告灭亡为止，时间仅为九十七年。如果从至元十三年（1276）元军占领临安，南宋王室灭亡，元朝统一全国算起，则时间更短，只有九十二年。而在习惯上，人们从未将元代的起讫时间等同于元王朝的起讫时间。一般都是将元王朝统治中国的时间从蒙古王朝灭亡金朝（1234）统一北方算起，这样元朝的国运稍长，共计一百三十四年。也有的将时间推得更早一些，明初官修《元史》，就把元朝从成吉思汗建立大蒙古国（1206）到元惠宗退出中原期间统称元朝。明清人研究元代文学，基本上始于金亡，大蒙古国统一北方，讫于明王朝的建立，约定俗成。即：“从十三世纪到十四世纪的中国，以元为名，从金国末期到元亡，南宋后期包括在内”[①] 现当代人所著中国文学史，基本上延续了前人的惯例，将元代文学的起讫时间一般都是定为蒙古

① 金克木：《元代的辉煌》，载《中华读书报》1994年11月28日。

王朝灭金统一到元王朝灭亡，即1234年至1368年。由于时称燕京的北京是较早进入蒙古政权统治下的区域，甚至要早于元灭金的时间（1234），所以北京元代文学的起点应起始于元太祖十年（1215）蒙古铁军攻占金中都，实际占领燕京，到元至正二十八年（1368）明太祖朱元璋称帝，同年八月明军大将徐达攻入元大都，元残余势力北逃大漠止，前后时间跨度长达一百五十余年。实际上，从蒙古政权将金驱逐，实际控制燕京地区，到忽必烈称元并将燕京确定为国家首都正式改称大都，中间相隔几十年。这几十年中，并无“元代”之称。但为论述方便，也为避免造成行文前后时代、地域称谓产生混乱，故将此阶段通称为“元代”。这与所有中国文学史论著中有关元代文学的起讫时间并非就是元王朝的起讫时间的通例是相一致的。即使是元人，他们所言“国初混一”，也并非全部都是专指蒙古政权统一南北方，有时也指蒙古政权统一北方，以此作为改朝换代的标志。所以，本书这样的时间划分实际上是有广泛的学术基础和长久的历史依据的。

北京元代文学的空间涵盖范围。北京是个有着三千多年历史的古都，历史上的称谓非常多，燕、蓟、幽、燕京、南京、燕山、中都这些名字都曾使用过。本书中所谓的北京，大体遵循北京在元代行政辖区的划分和历史上“燕京”所辖的沿革习惯。元代，除了闻名世界的称为“汗八里”的大都城之外，大都路下辖的十州之中还有七州全部或部分也都在今北京境内，即：通州所领的潞县和三河县北部、漷州之武清县北部、涿州之房山县、蓟州之平谷县、龙庆州（今北京延庆）之东部、顺州（今顺义）及檀州（今密云）。实际上晚至公元1272年，元统治者才正式定都北京，才有了“大都”之称谓。但为了历史性的空间概念的前后一致，以上地域不仅统统纳入北京元代文学论及的空间范围，且为论述方便，避免概念混乱，皆笼统地以“大都”或者“北京”名之，有时则间以“燕京”称之，且三者之间常常交替使用，虽然三者从严格意义上讲，内涵有相当大的区别，但在本书的论述中皆名有异而实为一，即皆以今日北京的空间范围和历史文化地域相结合通而论之。其实当时绝无“北京”之称，且可能亦并不始终以“大都”名之，读者对此不可不察。

三

本书在论述架构上，分为上编和下编。上编为北京元代文学的基本内容，下编为北京元代文学与社会生活。上编中除了对元代社会背景、大都文化特征以及元代文学地位、大都文学概况进行描述之外，按照文学体式不同对北京文学分别进行勾勒与分析。元代处在文学的转型期，传统诗、词、文与新兴文学体式戏曲、散曲、话本小说并存。在论述顺序上，因其对于元代北京文化意义轻重之略有差异，故与一般传统文学史先诗文，后小说、再戏曲略有不同，并将统称为元曲的杂剧和散曲这两种联系紧密，但实为不同文学体式的类别分而论之，先杂剧，后散曲，最后诗文。这不仅是因为杂剧乃元代文学的典型代表，是中国戏曲史的第一个高峰，开启了中国俗文学大行天下，与正统文学双峰并峙的历史，而且在于散曲、杂剧肇源并成熟于北京，大盛于北京，并影响到整个中国文学发展的历史走向和进程，成为中国文学从“古代”到“现代”的分水岭。同时，元杂剧奠定了北京在中国文学版图上独一无二不可替代的崇高地位，大都因为杂剧和散曲的高度发展和繁荣，开启了北京成为全国文化中心的辉煌历史，开启了北京文学的高度就是中国文学高度的历史。与此同时，元代北京诗文的发展也取得了令人瞩目的成就，它集中体现了北京文学的首都特色、创新变革特色。所谓首都特色，是指文坛的包容性——集中了当时国内最有代表性的各种创作流派，汇集了国内最主要的文学思潮；文坛的广泛性——作者来自全国各地，从馆阁高官，文坛领袖，到平民士子、宗教人士、少数民族作家无所不包；文坛的高度——那个时代最为著名的文学领军人物、代表人物，往往聚集北京，并借助这里的文坛得以名扬天下，在中国文学史上产生广泛而深远影响。北京文学的创新变革特色，主要是指所有聚集于当时北京文坛的外来作家们，都既是影响者，又是受影响者，他们的创作题材、风格、审美取向各不相同，带有文化原生地的烙印，来到大都之后，都受其影响而有所变化。这里需要说明的是，大盛于宋的词创作，在元代并未中断其脉络，元成为承上启下接通宋词和清词两座高峰的桥梁。但是，在大都文坛，词的创作毕竟属于边缘化的非主流文体，从作家人数、作品数量、艺术成就、风格多样性以及领军大家是否出现等标准衡量，其成就都无法与元曲和诗文相提并论。所以，本书词并不单列章节，只是词的创作随作家在不同章节进行补充性的介绍。元代白话通俗小说与杂剧、散曲一样，也是当时非常流行的文学题材。它的出现，同样是中国文学史上影响深远且具标志性的事件。话本大盛于宋，元代继续流行。文学史上，历来宋元话本并称，实际上宋讲小说流行，元则讲史更为常见。关于话本创作的史料留下的非常少，大都话本创作搬演情况更是不得而知。但是，从几点可以推断，当时大都一定是话本极为兴盛之地。第一，这里有最为庞大的市民阶层，他们生活富足而闲暇，重视娱乐享受，有需求就会有生产；第二，这里有最优秀的说唱艺术家，可以将此艺术发挥到较高水平。从《青楼集》中对说话人情况的记载，可知这一行当内已经涌现出不少非常优秀的专业艺人，他们多为女性，所说多为讲史性质；第三，这里有最集中、最优秀、数量最多的杂剧文学创作者，许多作家在创作杂剧的同时，也进行话本的创作，或者将题材转与专门的话本写作者，以实现其最大价值。由于史料的缺乏，这些说书话本的创作者难以准确地判定其籍贯以及创作的具体地点，所以作为地域文学史的《北京元代文学》为学术严谨起见，不进行专门章节的描述。

上编中，以章为基本单位，根据各种文学体式内容的多寡，每种体式划分为若干的章，章下分节。章与章之间的先后顺序，大致以时间先后为序，节与节之间的次序排列也大致遵循此规律，但均不机械地、严格地照此标准执行。如，元代杂剧，作家的生卒年代很难确认，所以无论是章还是节，先后顺序并不一定非常严格反映作家的生卒年代或创作时间的先后。但是创作期的先后次序是不能颠倒的。一般来说，重点作家专节论述，如杂剧中的关汉卿、王实甫、马致远，散曲中的刘秉忠、关汉卿、贯云石等都属此类。同时，倾向于将家族作家放置在同一章节中，如，商道、商挺、商琥、商琦家族作家就被放置在同一节中，耶律楚材、耶律铸父子，刘秉忠、刘秉恕兄弟，赵孟頫、管道昇夫妇，宋本、宋褧兄弟等都被分别放在同节中论述。但更普遍的是将同时代的、身份相同、地位相近，或者是创作题材、风格类似，或者艺术成就、个人影响力相当的作家放在同一节中。在元代汉文学创作中，华化的西域作家成批崛起，并成为引人注目的文学生力军，正如清代著名学者王士祯《池北偶谈》（卷七）所言：“元名臣文士，如廉希宪、贯云石，畏兀儿人也；赵世延、马祖常，雍古部人也；廼贤，葛逻禄人也；萨都剌，色目人也；郝天挺，朵鲁别族也；余阙，唐兀氏人也；颜宗道，哈拉鲁氏人也；赡思，大食国人也；辛文房，西域人也，事功、节义、文章，彬彬极盛，虽齐鲁、吴越衣冠士胄。何以过之！”这些最著名望的华化作家中，有相当多地定居大都，也有一些因为仕宦原因生活在大都，他们的创作，“各呈才华，标奇竞秀”，为元代北京文坛增添了瑰丽奇特的光彩。为了更为全面地展示这些作家创作的整体风貌，尽量将他们集中在同一章节中，如第十四章大都诗文（五）中的第一节、第二节，就集中了高克恭、廉惇、廉惠山海牙、丁文苑、萨都剌、马祖常、廼贤、拔实、辛文房、伯笃鲁丁、答失蛮等一大批少数民族作家。

在每一种文学体式最前面，分别用两节的篇幅介绍该种文学体式在元代北京的发展概况和发展分期。由于杂剧、散曲、诗文发展的不平衡性，发展兴盛时期的前后时间交错，因而它们在发展分期上存在较大的差异，时间节点上也有较大的不同。大都诗文在发展过程和阶段划分上呈现出与杂剧和散曲不尽相同的面貌，这是因为杂剧和散曲作为一种“时尚”艺术，具有非常显著的流行文化特征，兴起、繁荣、衰退的轨迹非常明显，潮起潮落之间落差很大。繁荣之时，轰轰烈烈，人们趋之若鹜；倏然南去，则骤然寂静，唯留下余音袅袅。所以《青楼集》描述说遥想元曲当年盛况，竟然有恍然如梦之感。元代最主要、在大都发展最充分的三种文学样式，杂剧最繁荣红火，鼎盛之时，影响面之广，影响力之大，其他文学样式难以匹敌。可惜时间长度上，最短；作家以绝对数量论，最少。而且并无社会身份地位显赫的文臣士子染指，大都杂剧在大德之后迅速沉寂。相反，大都的诗文从来没有像杂剧那样轰轰烈烈，但是却贯穿了整个蒙元政权统治的始终，大都馆阁之士，隐逸之徒，无论身份高低贵贱，多参与其中。前期创作较少，但是也有创作个性突出的堪称优秀的作家；中期人才济济，大家迭出，群星灿烂，一派繁荣；后期风格多样，个性凸显。整个发展轨迹非常清晰，均衡有序。介于诗文和杂剧之间的是散曲，在大都文坛活跃的时间比杂剧要长，创作者比杂剧要广泛，无论是诗文作家还是杂剧作家，都有散曲创作，但是相互之间楚河汉界，互不关涉，作品风格也个性鲜明，面貌迥异。但是与诗文创作相比，散曲的活跃时间又稍短，创作者并没有像诗文那样能够贯穿整个元代始终。这种差异和不同反映了文学发展的客观存在，因为任何文学体式的发展都有自身的规律，有各自的黄金发展时期；也反映了各种文学体式发展的不同特征，而各种文学体式的发展、成熟和衰落，在全国不同地域，也表现出很大的不同步特性。有的地域是发源地，有的地域得风气之先，而有的地域则通过变异改革，产生新的流变。这里应该特别注意的是，北京元代文学中各种文学体式的分期与中国文学史各种文学体式的分期是有较大差异的。例如，在诸多种类的《中国文学史》教科书中，中国元代杂剧的具体分期方法略有不同，但是其鼎盛时期所指的时段大致还是一致的，而这一时期却正是《北京元代文学》中北京元代杂剧发展的全过程。而《北京元代文学》为了更好地描述元杂剧在北京这个地域的发展脉络，就要对这个时期重新进行客观的分期论述。而北京元代诗文的发展，则集中体现了中国元代诗文的基本风貌，是全国诗文发展的一个缩影。因为对元代不同时期诗文发展起到重要作用并产生重要影响的作家，除了元初一些具有强烈遗民情结的诗文作家之外，大多都集中在京师，或者曾经到达京师并借力大都文坛平台，展现才华、释放影响。

下编的北京元代文学与社会生活部分，将关注点聚焦于文学的时代代表和大都文学最辉煌的成就杂剧和散曲。基本以章为单位，每个中心议题为一章。章内内容的分节，则不在总目录中显示。

四

有关作家及作品的入选条件及其标准。首先要包括的是北京作家。所谓北京作家，本书是指：出生在北京，此后仍长期在北京或离开北京的北京籍作家。任何地域文学研究，对于本土作家都极为重视，《北京元代文学》也不例外，凡生于斯，长于斯，创作于斯的作家必选。因为这部分作家是个具有标志性的指标，他们的多寡，成就的高低，影响力的大小，既能反映出文化发展繁荣的程度，也能够标示出该地文化生态环境的优劣。影响这个环境的因素非常多，各种因素之间的关系交错复杂。它们包括了该地社会生活的安宁与动荡，政治生活的清明与昏暗，物质生活的富足与匮乏，历史文化遗存和影响正负双面影响，宗教、教育、文化水平的高低以及思想、文化活跃程度等等。这些因素对文学人才的成长和成就有着巨大的影响。元曲尤其是杂剧发展繁荣，充分印证了这一点。据王国维对《录鬼簿》所录元杂剧发展前期或曰鼎盛期的五十七名最优秀的剧作家分析，其中近半数生活并创作在大都。围绕在大都关汉卿、王实甫、马致远这些杂剧领军人物周围，出现了一大批才华横溢的杂剧作家和最优秀的杂剧艺术表演家。他们是庾天锡、王仲文、杨显之、纪君祥、费君祥、费唐臣、张国宾、石子章、李宽甫、梁进之、孙仲章、赵明道、李子中、李时中等，这些土著的杂剧作家无疑是重点论述的对象。在大都散曲的发展过程中，这批人同样是不可忽视的重要力量，他们的创作更具有自然潇洒的韵致，本色、天然，较为完整地保留了肇源地散曲原生态的风貌。诗文作家何失、张进中等也属此类。对这些作家的生平和主要的创作成就，都进行比较全面的描述。他们之中的少部分人，后来离开大都，如关汉卿、马致远就曾远赴杭州，但因其一生主要生活在大都，烙刻着不可磨灭的大都文化烙印，他们会用大都人的眼光看待异地的一切。所以，对他们在异地的创作情况也会进行简单扼要地介绍。

有些作家，籍贯北京，或本身生于北京，在这里有着较长时间的生活经历，后来因仕宦或其他种种原因，曾经离开。由于他们对故乡有着特殊的感情，故乡的生活曾给予他们不可磨灭的影响和记忆，所以，这些作家同样入选，对其创作选取与大都相关部分进行论述。贯云石属于此类，宋本、宋褧兄弟也属于此类。这里并不对他们的文学创作进行全面论述，而是侧重介绍他们在北京的文学活动，侧重他们作品中涉及北京印象、北京情感的那一部分，侧重他们所具有的大都特色对迁居地创作的影响。同属这类作家中有些人，文学成就虽然很高，但是最辉煌的创作也许并不产生于北京，但是鉴于他们的重要影响和在文坛的地位，所以也会录入。耶律楚材最辉煌的文学成就产生于随成吉思汗西征途中，这部分作品虽与大都无涉，但是其在文学史上元代文学奠基人的崇高地位由此确立，并且此后耶律楚材基本生活在北京，他对北京文坛的影响力应该是不言而喻的，所以也选入并进行了重点论述。北京自元代开始，才形成了独特、完备、具有全国乃至世界影响力的文学，才具有了从体式到内容、风格全面创新，独立发展，引领全国文化的能力。北京文学如此地位的确立，正是以上作家功绩所在。

如果说以上作家更多体现的是北京地域文学的本土特色。那么来自四面八方的文学创作者共同铸就的辉煌，则更多体现了北京文学的首都特色。与中国其他地域或地区文学不同的是，北京自辽、金确立为王朝都城，到元代更一举成为统一国家首都，成为全国统一政权的政治、经济、文化中心，成为荟萃不同地域，不同流派，不同身份地位作家最为广泛的文坛。其文学在表现地域特色的同时，便具备了鲜明、浓重的首都特征。所谓首都特征，其表现是：活跃于京师文坛的作家来自不同地区、地域，他们前来的原因不同，身份有别，民族、宗教、信仰、文化更存在着较大的差异，驻留的时间也长短不一，在此所产生的影响大小各异。虽然他们各自携带不同文化因子而来，曾经的文学创作留有各呈异彩的历史印痕，但受到京师文化环境的影响，其创作都或多或少地呈现出新的风貌，他们的创作是北京文学不可分割的重要组成部分。因而，在描述北京元代文学时，与一般中国文学史的视角有所不同，必须充分凸显北京这一特征，要彰显出北京文坛对于那些非北京籍作家的容纳、吸引、推崇、褒奖、扬誉，要彰显这些作家对北京文坛的贡献。因为他们原籍虽非北京，但在北京的生活，却成为其一生中重要的创作阶段。而北京元代文坛，缺少了他们，则会失去大半的光彩。因而这些非北京籍作家同样是《北京元代文学》描述的重点。一般来说，具体的描述上这个重点是有选择性的，集中在他们有关北京生活时期的历史和创作。

还有少数的作家，在北京生活的时间并不长，但是由于其特殊的身份，使之成为整个国家政治生活中举足轻重的人物。他们的对新政权的态度，个人的身份和政治立场，诗词文创作的内容与风格，都对当时北京的社会生活和文坛产生过巨大的影响。因而，作为特例，也将其收入《北京元代文学》，这就是张弘范和文天祥等。还有一些作家，或者是旅途经过北京，或者是与北京友人唱和，或者是思慕北京，或者是追忆北京，他们中有些人甚至终其一生从未到过北京，但由于其作品出色地描绘了北京，热情讴歌了北京，为北京元代文学保留了最珍贵的史料，在北京文学史乃至中国文学史上产生了特定的影响，所以也纳入《北京元代文学》描述范畴。钟嗣成作《录鬼簿》，贾仲明《录鬼簿续编》及所作元曲作家吊词，夏庭芝《青楼集》，都因为出色地记录了元代大都杂剧、散曲创作而对北京元代文学做出了不可替代的突出贡献。与此情况相类似的还有杨朝英和周德清。前者因《阳春白雪》《太平乐府》而使得北京元散曲得以保存；后者因为《中原音韵》对元曲的创作、传承、传播都起到重要作用，有着深远的历史性影响。

总之，北京籍贯的，在北京生活的，描述讴歌北京的，与北京文学发展相关的都全部纳入《北京元代文学》的范畴。

元代，来自意大利的世界著名的旅行家和商人马可·波罗，在中国游历了 17 年之后，回到威尼斯，写下著名的《马可·波罗游记》，记述他在中国的所见所闻，其中用大量的篇幅描绘了当时称为“汗八里”的北京社会生活包括文化生活情景。在此，我们仅将其作视作游记性质的史料加以引用，并不作为专门的文学作品给予全面评述。

五

在地域文学或区域文学研究中，一个普遍存在的问题或者局限是，仅仅划定了某个特定的空间，将研究对象从中国文学的大版图转向某一地域或区域的小版图，范围更小更具体而已。而研究方法与思路却没有改变，依然沿用中国文学研究的传统。如此，中国文学发展史成为地域或区域文学发展史的广阔背景，地域或区域文学研究，成为中国文学研究的节选本、删节本、增补本。地域或区域文学研究的所有论据仿佛都是为了重复性地佐证中国文学史已有的研究结论，仿佛不如此不正统，不如此不主流。在全国范围内的其他地域或区域，各种文学体式的发展均显示出不均衡的常态，每种文学体式创作在全国著名的作家也非常有限，更重要的是文学各种体式发展的连续性不强，时断时续。所以这个“节选本”、“删节本”、“增补本”与全国文学史的重合度可能并不太高。而对于北京文学史而言，情况则要严重得多，尤其是自元代开始，北京作为全国政治文化中心，北京文学的发展，不仅各种体式发展较为均衡，而且文脉昌盛，延绵不断。北京的文坛集中了中国最优秀的文学创作者和他们的代表，北京文坛的各种文学思潮，成为全国文学创作的风向标。北京文学研究如果不能彻底冲破一般地域文学或区域文学研究的误区和局限，不能在研究方法和研究思路上进行革命性的突破和创新，那么北京文学史无疑将会彻底地沦落为全国性文学史的“拷贝”、“翻版”，对北京元代文学而言，尤其如此。因为，元代的北京文学，就代表了中国元代文学的最高水准，北京元代文学的作家，就是中国元代文学的领军。中国元杂剧四大家有三个在北京，元曲最著名的作家大多也集中在这里。元代诗文中，元代文学的奠基者在北京，代表最高成就的四大家也都长期生活创作在北京。所以，只有在研究方法和研究思路上开辟全新的道路，《北京元代文学》才能避免走入与《中国文学史》元代篇章高度重合的泥潭，这是北京古代地域文学研究的难点所在，恐怕也是多少年来北京古代文学史研究始终处于空白的重要原因所在。

《北京元代文学》追求探索未知领域，进行知识领域的重新构建与拓展。以北京这样一个在整个中国，在整个中国历史上地位极其特殊的城市，在其文学断代史研究中，应该展现更高的学术品质。

《北京元代文学》首要的任务当然还是要完整地描绘北京元代文学真实面貌。只是，这个真实面貌不是对《中国文学史》有关段落的重复翻拍，或者是剪贴帮补，而是要将北京元代文学的本相视为是一个具备完整文化基因的，有机的，成长力、活动力极强的充满活力的完整生命体展示出来。

无疑，那些在《中国文学史》元代篇章中的属于北京文学论述范围的作家，肯定依然是《北京元代文学》论述的重点，不应该有所遗漏。这是由他们在中国文学史上所享有的地位所决定的，也是他们在北京文坛上所享有的地位决定的。但是在对其描述时，如果简单重复《中国文学史》已有的结论将失去地域文学研究的意义。因而要凸显其独特的个性风貌，要凸显他们与北京社会生活和北京文坛的血脉联系，这并不是要标新立异，因为所有的共性必然通过个性来体现。所谓的中国文学史实际上本身就是由众多的地域或区域文学共同组成的。同样，地域文学或区域文学，也是由一个个有着鲜明创作个性的作家个体组成的，是由一篇篇穿越历史充满人文生命力的作品构成的。每一颗生命之树，都有其特定的生长土壤，都有萌芽、成长、成熟、繁盛、硕果累累、衰微老去的生命历程，都要经历冲破沙砾，战胜苦寒，经历风雨，享受阳光雨露的特殊环境，每一片文学森林的长成、壮大或者衰败，必定都有自己特殊的文化生态。这个文化生态环境，决定了这个时代文学的整体面貌，决定了由作家创作组成的地域文坛上是布满了针叶林、阔叶林、灌木丛抑或是荒漠戈壁，是百花齐放、百鸟争鸣还是肃杀沉寂、鬼影踽跹。《北京元代文学》就是要通过描述元代北京伟大作家的长成及其成就，观测土壤，观测气候，观测日照，观测温差，追寻文学发展繁荣的内在动因及其客观规律。

剖析代表性的个体是必要的，因为科学的研究方法本身就是要用无数个独立的个性存在来证明、推断理念的共性，而不应该相反，用宽泛的共性遮蔽个性。那么什么是个性呢？关汉卿的狂放潇洒，王实甫的绵密华美，马致远的典雅清丽都是史有定论的创作个性。但是，我们要追寻他们的生态环境，在他们所生活的大都，统治政策如何，观众构成怎样，经济条件、生活基础、文化环境又是什么情景？我们发现，统治阶级对文化钳制的松懈，整个社会思想的宽容开放，多元文化的相互渗透影响，社会道德和价值观念的解体与重构，文化产品商业化的迅猛发展，大都市民物质生活的极大富足，杂剧观众较高的欣赏水平和文化素养，加上作家本身更为开阔的生活视野，更为多元的生活道路选择，作家和艺妓更加密切的关系，作家之间行业内的更紧密的合作等等，共同成就了北京杂剧发展的辉煌年代，成就了整整一代杂剧作家和艺术家茂盛成长的黄金岁月。大都杂剧作家的文化生态环境，通过与周边地域文化环境的比较得以凸显；通过大都作家南移杭州之后，杂剧创作事业归于沉寂得以凸显；也通过河北真定、山东东平、山西平阳几个北方杂剧发展地域中心的映衬得以凸显。这些都是北京作为全国杂剧中心的研究价值所在，也是《北京元代文学》要充分挖掘的真实面貌。

入选《中国文学史》的名作家要选，名篇章有些也要选。这些名篇同样也存在重新解读与全新视角的问题。例如，被翻译成多国语言，至今仍然常演不衰的《赵氏孤儿》，其核心主旨是宣扬“诚信”与“报仇”，它的社会文化根基在哪里？“诚信”和“报仇”历来是社会下层民众最信奉的道德律条。而在燕赵之地，苦寒的自然环境，残酷的掠夺战争，频繁的统治更迭，动荡的社会生活，都促成了此地尚侠好义的地域民风，自古以来，荆轲、高渐离、樊於期、田光、燕太子丹等慷慨赴死之士的大义和气节就成为燕赵人们崇拜的偶像，他们的“慷慨悲歌，好气任侠”，他们的“士为知己者死”“一诺千金”，这些民间道德价值观念都有着非常久远深厚的文化根源和极为广泛的民众思想基础。因而，《赵氏孤儿》的诞生，与大都民众多尊崇行侠仗义之士，勇于慷慨赴死的文化传统密切相关，是人民心声的表现。懂得了这一点，也就不难理解发生在元代本朝的河北义士王著刺杀祸国殃民的国家奸相阿合马，然后从容就擒慷慨赴死的壮举了；也就不难理解著名诗人王恽秉笔直书，作七言古诗《义侠行》为其树碑立传热情讴歌了。当然该剧产生还有另外一个时代背景，那就是自赵宋政权建立后，无论是北宋末还是南宋，国家始终面临来自北方少数民族政权的威胁，与辽、金、元战争不断。软弱无助的皇族赵氏，危急时刻，曾给程婴、公孙杵臼这些保全赵氏血脉香火的历史人物追封尊号，建庙祭祀，表彰忠义，以期借古还魂，逃脱彻底覆亡的命运。虽然宿命难改，但却也在客观上扩大了这些历史人物在民众间的广泛影响。这些文化层面的深层挖掘，使得同一个作家相同的作品在《北京元代文学》中有了不同于中国文学史的解读和视角。

解读与视角很重要，选择同样也很重要。这包含几个方面的内涵：一方面是作家的选择。阚举、员炎、何失、张进中、吴元德在《中国文学史》上名不见经传，但在大都诗坛他们却是特立独行的一方代表，因而他们成为

《北京元代文学》当然的入选者。与他们同样情况的还大有人在，都尽量选入并介绍。同样不可遗漏的是梁有、熊自得，他们的诗文为后世研究大都提供了最珍贵的史料，且具有极高的文学价值。

另外一个方面是作品的选择。例如，作为全国知名的作家，胡祇遹、袁桷、虞集、杨载、范椁等都是元代最知名的诗文作家，在《中国文学史》中自有其地位，但作为《北京元代文学》在客观概括介绍其生平成就的时候，特别注重他们在大都的生活轨迹，他们的所见所闻，所思所感。分别选取了他们描写大都市井、朝中礼仪、寓居都城感受甚至是记录京城大地震的诗文。这些诗文，可能并不一定是他们的代表作，为中国文学史所不能顾及，而北京地域文学却不能遗漏。

一个城市的真正魅力在哪里？人们来到这里，除了政治、经济等实际利益方面的机会，自然环境是要考虑的因素，但对于北京而言，最大的吸引力还是其独特的人文环境。胡助，一个名声不显，生卒不详，官运不顺的外籍人，为待职选驻留京城多年，处境窘迫而尴尬："余待选吏部，贫不能归，尘衣垢面，憧憧往来，盖亦莫自知也。"但是，他却能淡然处之，照样经常与元明善、袁桷、虞集等馆阁之臣唱和交游，并将"所闻所见，感触于中者，辄形为五言五韵，分二十章，题之曰《京华杂兴》"。为的是"他日南归，将以夸示田夫野老，俾知京华之风景。"这便是著名的《京华杂兴》二十首。当时为《京华杂兴》题跋者甚众，多为馆阁之臣和大都名士，如王士熙、马祖常、虞集、欧阳玄、贡奎、曹元用、谢端、段辅、李端、赵由辰、张起岩、周仁荣、汤弥昌、王肖翁、龚璛、刘汶、杨刚中、黄清老、苏天爵等。可见这组杂兴诗在当时影响之大。至至顺元年（1330），胡助随元主避暑上京。又创作了五十首《上京纪行诗》，一时间又引得不少馆臣为其题诗作跋。至正五年（1345），胡助擢太常博士，时六十八岁。也就在这一年，胡助告老归田。他的《告老得请留别诸公》诗表达了他致仕时的心境："来往京华三十载，自怜孤苦傍人门。白头始遂归田志，朱绂新承致仕恩。上苑莺花春梦老，故园松菊晚香存。太常博士古官职，赢得虚名遗子孙。"胡助算得上是元代对大都最一往情深矢志不渝的诗人。他的一生，与其说是为出入官场滞留京师，倒不如说支撑他留在京城的就是北京文坛本身。他在这里能够找到文学知己，能够近距离地欣赏那些文学大家，并被大家所欣赏，在遍交文坛名流中寻找到了自身生命的光彩。

著名诗人柳贯寓居京城，生活清贫，身无长物，而且经常要为租房搬来搬去。他在诗中这样描述自己在大都的生活“都城一住十余年，挈挈今朝更徙居。奴辈莫嫌家具少，箧中犹有借来书”（《自宗正府西移居尚食局后杂书五绝句》之一）诗人物质匮乏，因为没有恒产而缺乏归属感，但在大都却因为丰富的精神生活和文化享受而充满了自足。一些心酸，一些无奈，但依然难以割舍，这就是北京当时的真实，数百年后人们读之，依然感同身受产生共鸣。这样的作家，《中国文学史》选，《元代北京文学》也选；这样的作品，《中国文学史》不选，《元代北京文学》要选。因为我们需要找寻重大主题之外，一个作家和一个城市最真实的血脉联系。

六

《元史·地理志》：“北逾阴山，西极流沙，东尽辽左，南越海表”，元朝的统治范围达到中亚、西亚、东欧及俄罗斯，建立了钦察汗、伊利汗、察合台汗等汗国，并征服了东亚、南亚诸国。这样一个强悍的蒙古政权的崛起，在世界历史上是一件大事；而大都这样一个“五方杂居”的国家都城，也一跃成为一个具有广泛影响力的世界城市。这个城市的魅力、影响力，并不只是来自那些金碧辉煌的宏伟建筑，琳琅满目的奇异商品，传奇冒险的个人发展机遇。更在于它充满活力的城市生活，它聚集着世界各国、各民族文化精华，人们在文化的创造和文化的享受中得到了极大的满足，人们的精神在多元文化的充分启示中得到了升华。

北京元代文学有太多的作家和作品应该展示，有限的篇幅内，不加剪裁，不进行宏观把握，将是灾难性的资料泛滥。《北京元代文学》关注重大的文学现象，通过在历史事实基础上进行宏观考察的过程，发掘文学发展的内在联系，透过纷纭复杂的文学现象，认识文学发展的本质，揭示其固有内在规律。诚如著名文艺理论家韦勒克所指出的，文学研究是一种系统的知识体系，它有自己独特的方法和目的，它的核心问题是要把“文学既作为艺术，又作为人类文明的一种表达”来研究(《反实证主义的潮流》)。对于北京地域文学研究来说，宏观的把握是极为重要的，面对众多炫目耀眼的作家，面对浩瀚繁杂的文学史料，最需要的是冷静与清醒，不能身陷“树木”，不见“森林”，被遮天蔽日琳琅满目的文学珍藏遮蔽双眼，迷失方向，丢掉全局。从这个意义上说，在“见树”基础之上走出来，“见林”才是更重要的。这需要研究者掌握科学理论和方法，具有开阔的胸襟和居高临下的宽广视野，以新的方法，新的途径，开辟新的领域。《北京元代文学》期望能够深入广泛联系当时的政治、思想、经济、宗教、哲学、科技、教育、民俗、文化、艺术，在更为广阔的时空背景下，对北京的社会生活进行全面剖析。在立足对作家代表作品准确领会的基础上，借鉴社会学、心理学、美学等多领域、多学科的研究方法和研究视角，对元代北京特有的文学现象进行研究。著名的文学史研究家宁宗一先生对文学史研究有非常精辟的论述：“这表现为‘纵观’和‘横观’两种形态。‘纵观’是时间观，它要探讨文学的发展过程，认识和评述每个发展阶段的特点，各种艺术因素之间的联系、影响、转化和演变的具体环节、中介与特点，从而可以比较准确地探索和总结文学艺术的基本规律。‘横观’是空间观，它要探索各个时期作家的创作思想、文学环境、作家群之间的相互关系及特点、流派在文学发展史上的意义，等等。总之，宏观研究是为了更好地解决文学发展史上带有全面性，根本性的问题。事实上，关于文学规律的审美思辨和理论判断，大多是宏观研究的结果。”[①]

这种“纵观”与“横观”是分大小、高低不同层次的，是相互交错，在“纵观”中不忘“横观”，在“横观”中要体现“纵观”的意识。

大的“纵观”好理解，就是各种文学体式不同历史时期的发展、变化。它们通过与前后时期的对照比较得以体现。例如在谈到大都元散曲发展繁盛

① 宁宗一：《教书人手记》，大象出版，2002 年版。

阶段的特点时，将关汉卿、王实甫、马致远为代表的散曲作家与其前和其后以及同时代的散曲作家进行了对比，发现了他们的特点在于：“他们大多以杂剧剧作家或表演艺术家的身份兼做散曲。与其他散曲作家不同之处异常突出：第一，他们大多是本土作家。第二，他们社会地位普遍不高，属于体制外自由编剧或者是表演艺术家之类，关汉卿、珠帘秀堪为代表。其身份地位与以馆阁重臣为主体的第一期和以翰林学士为主体的第三期散曲作家们的身份和社会地位有着巨大的悬殊。第三，由于其杂剧创作或者表演方面的巨大成功和影响，因而这部分作家社会知名度甚高。第四，由于社交圈子不同，传播渠道不同，更主要的是受体不同，这期与其他散曲作家的作品主要通过官场交际、文人雅集的上流社会流行不同，他们的作品在社会各个层面尤其在民间受到普遍欢迎，在流传广泛性和受欢迎程度上甚至可能更胜一筹。第五，随着蒙元灭宋，杭州归于统一版图，这些作家大多先后离开大都，到了江南，并在那里继续着散曲创作。第六，这期创作的内容和风格与之前的第一期、之后的第三期都有显著区别，作家创作的个性特征极为突出，将散曲通俗、本色、率真的特征发挥到了极致。大的“横观”也好理解，就是一定空间内所有事物之间的相互比较，相互关联、相互作用，相互影响。一般来说，宏观的把握自会有概括的文字论述。例如，在谈到大都文坛的兴盛和大都文坛的影响时，我们进行了这样的描述：“既有社会生活对文学发展产生影响的作用，也是南北文化交流不断促进的结果。北上文人大多聚集大都，这对大都文坛的繁荣起到了至关重要的作用。较早到大都任职的南人有陈孚、贡奎、程钜夫等。其后虞集、袁桷、邓文原、揭傒斯等也先后来到大都任职。民间讲学、游访甚至是定居等各种形式来到大都的更是数不胜数。而科举制度的一度恢复，更使得文士纷纷北上，为大都集中带来大批人才，为文坛注入了无限生机活力。仁宗皇庆、延祐年间（1312—1320），科举一度恢复，招致全国文人士子纷纷涌向大都。通过科举，江南的许多优秀学者也得以脱颖而出。欧阳玄、杨载、范梈、宋本、宋褧等都由此开始显名大都文坛。广泛而常态化的文化交流，使大都成为帝国内众多文人的目的地和出发点，通过发挥聚合、融汇和辐射作用，影响着整个元代文坛。交流中北人南下的也很多，除了一些知名的北方文人到南方任职，民间的交流也如潮涌动，大都著名文学家贯云石定居江南，对那里的文坛产生了不小的影响。刘因、白朴、关汉卿、马致远、曾瑞、秦简夫等许多重要的北方文学家也都曾经先后到过江南。这种双向交流对文学的整体面貌影响巨大。江南文人创作中开始大量出现北方尤其是大都北京风物，同样北方的创作中大量出现了江南的旖旎风光，人文胜景，而元曲与杂剧也开始在南方各地普及，以至于到了后期，元曲的中心竟然从大都转移到了江南杭州，促进了那里戏曲的极大发展，并且影响了几百年直到清代。”

在这样一个大的纵、横坐标之下，所有的纳于其中的文学现象、作家、作品便占据着一个基点，具有了纵、横两个指向。因为作家本身是文学史发展链条中的一环，《北京元代文学》注重作家与悠久的北京文化的紧密联系，突出北京历史文化对作家的影响，突出北京文坛对作家的影响；注重统治阶级文化政策的研究，注重城市社会生活的研究，注重作家群体的相互作用和影响的研究，突出北京文化生态的特殊性。同时，注重对北京作家的历时性开掘，注重对作家思想艺术来龙去脉的动态考察，追溯、梳理和概括作家的成长历史，找出对他的成长创作发生影响的各种因素。同时注重梳理、概括作家对周围和未来的影响。

对北京古代文学的研究，不是为了怀古倒退，而是为了继承和弘扬优秀的文化遗产，前进创新。既可以通过区域性文学形态的剖析，对全国性文学史的研究提供典型样本，丰富中国文学史研究的内涵。同时，也为今日北京文化发展繁荣提供有益借鉴，有利于塑造北京这一世界城市的文化形象。

这样的立足点，必然会在一定程度上影响到观望的视角。学术研究强调客观公正，但是任何历史的研究包括古代文学史的研究都难以脱离现实的观照。这就如同人们难以扯着自己的头发离开地球一样，已经成为铁律。索性，就抛开世俗的旧镜片，用干净的双眼重新回望那无限生动的过往，只要没有被实用主义扭曲心灵，错乱视线，就能够有更多的新发现、新借鉴。不能不承认，在分析话本和杂剧题材交叉关系时，心中存着考察北京元代文学在文化商品市场上的功能和效率的初衷。因而也就有了这样的一些发现：“话本和戏剧存在着多重交叉。这包括了两层含义：第一，两种文学艺术形式，经常交叉使用同一个故事内容。即同一个故事，既有杂剧演出，同时也有话本流行。第二，不少作家同时进行杂剧和话本两种艺术形式的创作。《青楼集》就记载陆显之既有杂剧《宋上皇碎冬凌》，又有话本《好儿赵正》。这至少传达出元代的一些重要的文化信息：第一，俗文学有着非常广泛的市场，并且这个市场已经有了细致、专业的划分。杂剧和话本可以满足不同消费者的需求；第二，作家创作，已经达到了高度商业化程度，每一个创新题材，都要实现最大商业价值。其途径之一就是交叉使用同一题材进行不同形式的创作。金仁杰就是既创作了杂剧《东窗事犯》，也写了小说《东窗事犯》。第三，杂剧和话本可以互为广告，让人们消费一种文化产品时，能够产生体验另外一种文化产品的欲望。"

因为同样的原因，特别注重文学艺术传播方式和影响渠道的研究。通过作家、艺术家人际交往中多边的、复杂的关系，分析解剖相互之间直接的、间接的影响和作用。例如，杂剧作家与艺术家相互依存互助的关系，使得他们之间来往密切，配合默契。与此同时，一些著名的表演艺术家，又有着非常广泛的社会交际，他们的交往上至达官贵人、社会名流甚至是皇亲贵戚，下至贩夫走卒。这种不同的社会生活阶层和看似固若金汤彼此隔绝的文化圈子，通过杂剧散曲演艺者活跃的身影而得以彼此勾连，成为一个非常完整的传播链条，完成了渠道的贯通。这极大程度地扩大了散曲创作在社会上的影响力，它使得剧作家的散曲作品，不仅在当地广为流传，又借助演唱艺人广泛的社会交际，进入了一个以高官贵戚文人雅士为主的文化圈子，并通过他们实现了更远距离的传播。甚至由于他们的文字记录，得以留存后世。同样，馆阁重臣、文人雅士的作品，也因为表演艺术家的传唱，影响到了"门第卑微，职位不振"的杂剧作家，并对他们的杂剧散曲创作产生一定的影响。

除此之外，特别关注优秀作品对当时、后世以及中国文化和世界文化的深远影响。《赵氏孤儿》就流传甚广，被多个剧种移植，搬演不衰，与杂剧同时或稍晚的有南戏《赵氏孤儿记》、明代传奇《八义记》和清代地方戏的《八义图》等。而且这部剧作早在十八世纪初就已经流传到了欧洲，曾在法国皇家剧院演出，有法、英、俄、德、意大利等文字的译本流传，成为世界艺坛不可多得的奇葩。

还有自觉地注重文化领军人物作用的研究，注重文学人才聚集效应的研究。注重北京文学对北京文化中心地位提升的影响，对北京城市形象的重新塑造的影响，对北京市民文化的影响。这样就将对文学断代的简单描绘，上升到文艺理论的高度。

在本课题立项之初，我进行了这样的设计：

研究主要内容：本研究力图全面描述北京元代文学的发展概貌，展示作家作品的成就和特点，深入研究其产生、发展、繁荣的内在原因和规律。

研究的重点：北京元代文学的杰出成就，首都社会生活对作家作品的独特影响，其鲜明的地域特色以及对其他地区、后世文学的辐射和影响。

主要的观点：独特的文化产生独特的作家、作品，产生独特的地域文学，创新的个性鲜明富于生命活力的文学是其流传广布的重要因素。

预期达到的目标以及预期实现的社会、经济和生态效益：元代大都是北京成为统一国家首都的开始，此时的文学奠定了以后北京作为全国文化中心的基石，该研究能够全面提升北京历史名城的文化内涵。总结北京古代文学发展的辉煌成就和规律，为当代北京文化发展可以提供有益的借鉴。

在研究方法、关注重点等方面，《北京元代文学》与传统文学史的研究有所差别，更加关注那些对文化发展历史产生重大影响的文学现象；更加关注发生在北京，影响波及全国的文学思潮；更加注重研究探究这些文化现象和思潮发生发展的原因、脉络，包括政治、经济、军事和历史文化的各种因素；更加关注历史文化对北京的影响渠道、影响方式；更加注重北京文学在当时文坛上所发生的作用、影响，更加关注文化人才尤其是文化领军人物在北京成长发展的特点、规律，关注北京对全国文化发展所产生的引领、示范；北京对全国乃至周边国家所产生的文化辐射、影响。

这是进行本研究之初的设想，也是研究过程中须臾不忘的原则，是否达到了这样一个标准，只能请读者评判。

傅秋爽

2011 年 10 月

目　录

上　编
北京元代文学的基本内容

下　编

北京元代文学与社会生活

上　编

北京元代文学的基本内容

第一章　元代社会背景与大都文化特征

第一节　蒙古族建立的强大帝国及定鼎大都

我国历史上的元代，是蒙古贵族集团建立的国家政权。蒙古族是生活在我国北方草原上的一个少数民族，公元1206年蒙古族杰出领袖铁木真完成漠北草原统一大业，被推举为成吉思汗，建立大蒙古国，迈开了向外迅速扩张的步伐。公元1215年五月，蒙古铁骑攻克金朝中都，改称燕京。元太祖铁木真在继续攻打金军的同时，剑指西部，不断出兵向蒙古国西面的各国连续发动进攻。此后，又向西夏、花剌子模国等发起进攻。这时，蒙古政权建行省于燕，派遣大将木华黎镇守，作为进取中原的指挥枢纽和大本营，以此为中心向四面继续扩张。此时的燕京，仅仅只是蒙古国的一个重要的军事据点。元太宗窝阔台即位后，由于金故臣契丹贵族耶律楚材的辅佐，蒙古政权此前的统治思想和行为方式才有所转变，改变了此前一味掳掠的财富占有方式，政治上采取了一些重要措施，进行适应农耕文化的统治，如开始城市建设，设立官僚制度，订立赋税征收的管理办法，用农耕、手工业产出以及商贸赋税来保障蒙古国对于财富的需求。由于这一时期蒙古帝国的扩张矛头转向中原，因此，燕京行省的政治、军事地位有所提高。蒙古统治者前后派出数位全面掌管区域军政、司法、税收大权的重臣为推事官，管理燕京事务。从成吉思汗到蒙哥汗的五十年中，是燕京地区从饱受战乱之苦的灾难之地，逐渐恢复为北部中国的政治、经济、文化中心的过程。元太宗五年（1233）蒙古国在燕京创建了国子学，派遣一批贵族子弟来此学习汉族传统文化。国子学官员杨惟中在管理国子学的同时，又创办了一所书院，聘请著名理学家赵复传授儒学，使燕京成为当时整个北方最重要的学术中心。燕京政治、经济、文化的全面发展，为元世祖忽必烈在此建都打下了坚实的基础。

忽必烈时代，汉族幕僚刘秉忠、姚枢、郝经、许衡等对当时政策制定和许多重大决策起到过关键的作用。公元1260年忽必烈称帝，至元元年（1264）八月，改燕京为中都，此后不久，刘秉忠亲自设计并主持完成了新城址勘定。当时之所以选择燕京进行城市建设，主要是看重“幽燕之地，龙蟠虎踞，形势雄伟。南控江淮，北连朔漠。且天子必居中，以受四方朝觐，大王果欲经营天下，驻跸之所，非燕不可”。[①] 至元八年（1271）十一月，根据刘秉忠建议，建国号为大元，次年二月，改中都为大都。大都城从此作为统一的多民族国家的政治、经济、文化中心而闻名于世，奠定了北京长达数百年的首都历史。大都的水利和漕运在北京古代历史上占有重要的地位。郭守敬为此作出了杰出的贡献。郭守敬，字若思，顺德邢台（今河北邢台）人。元世祖中统三年（1262）初见忽必烈，此后许多重要的水利工程尤其是大都的水利工程都是他亲自设计并领导完成的，有些工程至今仍在发挥着惠民的作用。

至元十三年（1276）三月，忽必烈的元朝大军占领临安，灭掉觊觎已久的南宋，同年闰三月，宋降帝被押解到大都。当时“官属从行者数千人，三学之士数百人”。[②] 元灭南宋后，把宋朝宗室权贵的大量财富劫掠到了大都，这对大都的迅速发展具有极大的促进作用。经济上，江南数代积累的巨额财富和大批物资的北运，为大都城市的繁荣提供了物质基础。而且，江南富饶的物产，精湛的百工技艺，源源不断地流入燕京地区，滋养充实了大都奢华的都市生活，使得社会生活风貌为之改观。灭宋统一，这是唐末燕云十六州被割给契丹后，华夏大地实现真正意义上的南北统一，也是继魏晋南北朝后，

① 《元史》卷一一九《霸突鲁传》。

② 《元史》卷一百二十七《伯颜传》。

中国历史上又一次最大规模的具有深刻意义的南北文化大融合。

大都多元文化特征极其鲜明突出，这与蒙古统治者的政治、民族、宗教、文化政策密不可分，与大都的城市地位、城市功能、发展历史、人口构成等诸多因素紧相关联。

人口密集、民族众多是元大都最基本的特点。在整个帝国区域内，大都人口堪称之最，根据至元七年（1270）统计，有十一万多户，四十多万口人，其数量远远超过其他行政辖区，是上都的四倍。元统治者将帝国臣民分为蒙古、色目、汉人和南人四等，四等人在元大都高度密集交汇，既相互影响融合，又有足以完整保持个性的文化群体甚至生活群落。蒙古人被称为“国人”、“国族”，其语言被称为“国语”，他们的政治地位和社会地位最高，生活在大都的蒙古人依然较为完整地保留着浓郁的草原游牧民族文化特色和生活习性。在大都生活的色目人也很多，他们或在官署机构任职，或从事商业活动，许多色目人尤其是回回人依靠为蒙古贵族经营产业或从事长途贸易而聚集了巨额财富。他们生活奢侈，酷爱歌舞娱乐，有着迥异于中原的商业文化观念和理想追求，不仅带来了全新的生活理念和浓郁的异域生活色彩，也使大都具有了鲜明的消费城市特征。随着蒙古军队进驻中原，来到燕京的还有漠北及西域的一些少数民族，他们聚族而居，形成村落，如在今北京海淀区魏公村（原称畏兀儿村，或畏吾村），在今通州、顺义的高丽营，在今昌平境内的阿速村，当时都是少数民族聚居的地方。汉人在元代并不简单等同于汉族，还包括了原金统治下的女真、契丹、渤海等民族，其中汉族在数量上占绝对优势。燕京地区历史文化悠久，又经过辽、金作为北方政治文化中心经营数百年，故而文化昌盛，教化深厚，所以传统儒家文化为核心的汉文化基因得以保存。李庭《送荆干臣诗序》通过荆干臣的人生际遇，描述了当时元大都的文化氛围：“干臣家世东营，虽生长豪族，能折节读书。自幼游学于燕，夫燕，诚方今人物之渊薮也。变故之后，宿儒名士往往而在，干臣日夕与之交，得以观其容止，听其议论，切磋渐染，术业愈精。”[1] 南人是元统治

① （元）李庭：《寓庵集》卷五。

者对中华大地上最后被征服地域人民的统称，主要指原南宋治下的臣民。元统治者对南宋降将旧臣多采取怀柔政策，凡归顺者，都给以原任官职。为便于控制牵制，将他们大批迁往北方，因而大都成为大批江南文士北迁最集中的聚集之地。灭宋时，随宋宗室一起被掳掠随行来到大都的还有大量的宫女、太学生。南人长期受到程朱理学的熏陶，文化基调不仅与蒙古、色目不同，就是与南北长期隔绝时北方独立发展起来的儒学也有较大的区别。元代文化的最大特色就是各个民族文化体系通过接触，相互影响，相互补充，相互吸收，相互融合，共同形成的以汉文化为主的多种文化相互辉映的独特文化。

在城市特征上，大都的文化个性不仅与中国历史上强大的汉唐首都不同，与南宋小朝廷偏安一隅迥异，与燕京前朝辽、金的南京和中都也有着天壤之别。成吉思汗勾勒了大蒙古帝国横跨欧亚大陆的巨大版图，也就奠定了大都成为国际性大都市的基础。外国使节、属国来朝参拜的使团、僧侣、旅行者和贸易商队络绎不绝，不仅有波斯人、阿拉伯人，而且还出现了欧洲人和非洲人。他们折服于强大帝都雄伟的风貌，壮丽的景观，先进的生产，繁荣的经济，丰富多彩的文化，流连忘返，甚至长期留居。欧洲大旅行家马可·波罗曾长期在大都生活，高丽国王也曾定居大都。这些人所携带的异域文化以各种方式影响浸染着大都。元代文学家袁桷有诗歌咏大都“煌煌千舍区，奇货耀日出。方言互欺诋，粉质变初质。开张益茗酪，谈笑合胶漆”。[1] 描绘了城市的繁华，贸易的兴盛以及操着各种语言的八方商客云集大都的盛况。城市经济的极度发达，城市功能的空前完善，都市生活的繁华多彩，元大都这些显著的特征显然与蒙古统治者的生活传统、文化理念有着密切的关系。蒙古是个性格强悍、开朗、率真的民族，对于生活的享受更多直接的感官追求，他们在执掌政权后，将帝国都城建设成为一个“华区锦市，聚四海之珍异，歌棚舞榭，造九州之秾芬”[2] 的享乐之都也就是意料中的事了。同时与国家实力也是密切相关的，当时帝国的版图是如此之大，强大的霸业，使得天下珍

① （元）袁桷：《清容居士集》卷十六《开市十咏》。

② （元）黄文仲：《大都赋》，见（元）周南瑞辑《天下同文》前甲集卷一六。

奇，包括物质的和文化的，汇集于大都这个帝国享乐之所。因此，在大都“外国巨价异物及百物之输入此域者，世界诸城无能与比”。[①] 这里“凿会通之河，而川陕豪商，吴楚大贾，飞帆一苇，径抵辇下”[②]，由于战争掠夺和发展商业，增加赋税，大都财富迅速增长。

大都成为帝国财富的聚集地和蒙古贵族、巨贾富商享乐的销金窟。城市商业理念的盛行，追求享乐生活的风靡，显然更多地来源于蒙古及西域民族的生活方式以及西方文化的强烈影响，与正统的中原农耕文化鄙弃商业追求耕读，鄙视奢侈崇尚简朴，反对靡费重视积蓄，克制享乐重视知识，等级严密强调尊卑的都城文化有着鲜明区别，这也形成了大都与之前帝都文化非常强烈的对比。从文化本源的意义上，大都使首都文明从较为纯粹的中原农耕文明向农耕与游牧相结合、更多吸纳多民族、多宗教元素的多元文化文明转变，通过继承、融汇、贯通，创新出属于自己时代的独特文明。

第二节 元帝国文化政策

蒙古统治者的政治、宗教、文化乃至人才政策是开放、自由、兼容、拿来主义，这决定了有元一代文化的基本走向，对大都文化发展产生了极其深刻的影响。元朝以佛教为国教，但对其他宗教，包括道教、伊斯兰教、基督教也一律接纳，这在中国历代统一王朝的历史上是绝无仅有的。这些宗教对元朝都产生过广泛的影响，各种教派，在大都最为集中。早期对蒙古政治和大都发生较大影响的是道教全真道龙门派创始人之一丘处机和佛教大师行秀。

丘处机（1148—1227），字通密，号长春子，登州栖霞（今属山东）人。前者金大定二十八年（1188）在中都传教，己卯，元太祖成吉思汗召

① （意）马可·波罗：《马可·波罗游记》，冯承钧译，第379—380页。

② （元）李洧孙：《大都赋》。

见，次年，他以七十三岁高龄率弟子十八人从山东出发，经燕京、蒙古草原、天山，跋涉数万里，至大雪山见太祖，以“节欲止杀”、“内固精神，外修阴德”、“恤民保众，使天下安”向成吉思汗进言，被封为“神仙”。1224年自西域返回燕京，持玺书放奴为良救生达两三万人，世号“长春真人”。亦能诗词，其作平易如口语，多是悟道之言，著有《磻溪集》六卷、《青天歌注释》一卷、《大丹直指》、《鸣道集》、《摄生消息论》一卷。

行秀（1166—1246），号万松老人，河内（今河南沁阳）人。深通儒家经典，金章宗明昌四年（1193），入宫说法。承安二年（1197），迁燕京报恩寺。蒙古窝阔台二年（1230），奉诏住持万寿寺。著有《祖灯录》六十二卷、《释氏新闻》、《从容庵录》六卷、《请益后录》二卷、《心经宗说》等。《全金诗》卷六一收其诗二首，《金文最》卷二一、卷四六收其文四篇。生平事迹见耶律楚材《万松老人评唱天童觉和尚颂古从容庵录序》、《释氏新闻序》、《万松老人万寿语录序》[①]。对元初政治和国家重大决策产生过较大影响的耶律楚材就是行秀的弟子，曾就之学佛三年。

宗教对于社会生活的影响，遍及各个阶层，多个层面。包括文学、艺术，甚至是人们的着装、服饰。忽必烈时，藏传佛教舞蹈之一，俗名“十六天魔舞”，从吐蕃传入大都，很受蒙古统治者的喜爱，每逢盛大庆典，都要进行表演。

文化方面元统治者采取了近乎“无为而治”的态度。科举自产生之日起，就是传播、灌输儒学思想最重要的载体之一。但是元代统治者对于科举制度始终抱着一种可有可无、游移不定的态度，元前期，曾开科取士，但是之后不久又取消了科举。仁宗延祐年间虽然恢复，但其后一度中断，阻断了文人士子传统的出路，但却又从思想上解放了他们，促进了文学创作的繁荣。随着儒学思想统治地位的极大削弱，社会生活亦随之改观，如元代妇女较少受封建礼教的严格限制，她们可以自由地外出、聚会。元代也是中国历史上各个统一王朝中较少实施文字狱的一个朝代。蒙古统治者以掳掠起家，“拿来主

① 《湛然居士集》卷八、卷一三。

义”和“为我所用”似乎一直是他们的治世箴言。元朝统治者对文化财富的聚敛同样不遗余力。仅以图书出版为例，至元十二年（1275），在灭宋征战中，忽必烈就下令大军和派驻官员，沿途并要搜集经籍、图书、书画等，全部北运。彻底灭宋之后，又专门派遣使者到江南各郡，搜集南宋遗留的官书版，将其运抵大都，据版付印，便成了元版书。这种“拿来主义”，表现在物质和文化各个方面，也表现在对各种人才的广泛招揽搜罗上。蒙古国铁蹄之下，城毁人亡，掠夺财富，变民为奴。但是对各种有一技之长者却网开一面，搜罗大量被占之地的医生、星相家、各种工匠、书画艺术家、宗教人士，一律进行分类管理，并予以免除徭役赋税等一些优待，使之各尽其能，为我所用。

大都各级官僚机构叠床架屋，人数众多，成为吸纳文化人才的宝库。在此为官者，有本地人才，但更多的是外地进京为官者。在中统、至元年间，大都不但有前朝金代的社会名流出入新朝，而且宋代许多旧臣文士也聚居于此。元世祖以及之后的统治者更是不断选拔、吸引、征召各种人才至其辇下。不同政治、历史、文化背景下的众多官员和政府机构任职者，携带着各自深厚的文化烙痕聚合到大都，在此形成文化的碰撞与融合，使得大都文化异常活跃。

第三节　大都的文化特征

元代是自汉代以来唯一一个没有明确、严格以儒家思想为统一精神基础的王朝。蒙古统治者进驻中原之初，逐渐起用儒学人才。耶律楚材、杨惟中、姚枢、郝经、陈时可、赵昉等一批著名儒学家，逐渐都被委以从中央到地方的各级要职。忽必烈是元初蒙古贵族中接受儒学影响较大的一位。在其帐下，一大批儒士得到了重用。刘秉忠、姚枢、窦默、许衡、张文谦、王鹗、赵璧等皆是。但是这些人的儒学思想，更偏重于治世之用。在征服南宋的过程中，又俘获了著名的儒学大师赵复，也将其送至燕京，令其教授传播儒家学说。

赵复（生卒年不详），字仁甫，德安（今湖北云梦）人。元将阔出攻占德安，德安民数十万“皆俘戮无遗”，北方大儒姚枢正好在阔出军中，奉诏将儒生从战俘之中解救出来，其中就有赵复。押解到燕京，曾冒死拒绝为蒙古南下的部队前驱，安置在江汉之上，学者称为“江汉先生”。由于南北数百年的隔绝，南方较为发达的儒学研究经典未能传到北方，赵复凭记忆将朱熹诸经传注默写下来，尽以付之姚枢，并主讲太极书院。姚枢退隐苏门山，就使用赵复亲传的理学著作讲授给门徒。许衡、郝经、刘因都因此间接接受了程朱理学。这是南北割裂后，程朱理学在南方相对独立环境发展百年后，思想学说的首次北渡，也形成了与北方独立发展起来的包括李纯甫、耶律楚材、王若虚等所信奉儒学的首次正面交汇。大元灭掉南宋统一国家之后，江南的儒学思想随着儒学家的北上也传到了大都，其中最有影响的是南宋名儒吴澄。如此一来，在大都形成了儒学门派林立，相互争鸣、影响、借鉴、交汇，进而思想不断深入出新的局面，避免了一统的僵死。因而，有元一代，文人思想无拘无束，文坛也呈现出难得的自由与活跃。

中原农耕民族和北方游牧民族共存交融构成了元代之前北京地域文化最基本的特征。元代开始，作为帝都的北京文化更加多元，不仅吸纳统一国家南北各个区域民族的文化精华，而且在内外文化交流上，也发挥出更加广泛的作用。中华文明和大都所特有的文化，也通过交流，得到了最广泛的传播。据记载，忽必烈就曾命令中书省平章政事赵璧用蒙文翻译了《论语》《大学》《中庸》《孟子》等儒家典籍，命令色目大臣安藏翻译了《尚书》《贞观政要》《资治通鉴》《申鉴》等重要的史籍经典，为蒙古统治者学习和了解汉文化提供帮助。到元朝中后期，天历二年（1329），又设置了艺文监“专以国语（指蒙古语）敷译儒书”。当时的高丽和安南等国，也多次遣使大都，学习儒家，引进经典，使得儒学为代表的中华文明得到了广泛传播。

学校的建设和发展对文化的传承发挥了重要作用，忽必烈在位时，大力推进教育，广建学校。至元元年（1264）九月一日，元廷设立翰林国史院。至元八年（1271），为有计划地批量培养蒙古族接班人，设立蒙古国子学，用

《通鉴节要》教育蒙古学生。至元二十四年（1287），又在大都设立国子监，隶属于集贤院。至元二十六年（1289），在大都设立回回国子学。大德七年（1303），大都新孔庙建成。《大元一统志》再次修成。随着国子监的建立健全，学校课程也逐渐规范化，确立“凡读书，必先《孝经》《小学》《论语》《孟子》《大学》《中庸》次及《诗》《书》《礼记》《周礼》《春秋》《易》”。[①] 至元二十五年（1288），天下学校达到两万四千四百多所，大都是各类教育机构最为健全和数量最为庞大的地区。

科技的进步为文化繁荣发展提供了有力支撑。元朝的出版业达到了前所未有的发展，木版活字、锡活字、泥活字等多种技术发明得到普遍应用。先进的印刷术使得小说、戏曲这些更受平民欢迎的叙事文学得以广泛传播，大都发达的书肆业为文学的市民化普及创造了不可或缺的条件。而交通的发达为文化传播提供了保障，元朝的中外交通无论是陆路还是海运，都非常发达。元代对外图书贸易，以高丽、日本、安南为多。延祐元年（1314）高丽忠宣王曾在大都大批购书，元代对日本的图书贸易主要通过海路进行。大德五年（1301），安南使者邓汝霖就在大都的书肆中购买了地图、宫苑图本甚至还有元朝政府的禁书。[②]

元代成为中国历史真正的变异期，社会整体文化呈现出从正统、高雅、庄重转向通俗、多元、普世的显著特征。之前分工清晰、独立发展的专业门类通过超出想象的、多种多样方式的重组、融合、全新架构，产生了内涵、外貌与本源门类迥然相异的全新文化样式：图、文结合，产生了类似后世连环画的图文并茂新的图书样式；诗、书、画密切关联，使文人画和题画诗得到了长足发展并走向全面成熟；全新的釉色颜料与传统制瓷工艺相结合，产生了色彩纯正、对比鲜明，器形硕大，风格明朗、典雅、宏丽，令人耳目一新的元青花；音乐、舞蹈、说唱等表演艺术与演绎故事塑造人物的文学创作相结合，产生了中国历史上最为辉煌的戏曲样式元杂剧。而对于北京来说，

---

① 《元史》卷八一《选举志》。

② 田建平：《元代出版史》，河北人民出版社 2003 年版，第 13 页。

元代更具有里程碑意义，之前的辽之南京金之中都，尽管北京已登上首都舞台，但是其各项功能的真正完善、成熟，正式承担起引领国家文化的历史重任却从元开始。就文学而言，元代同样具有里程碑式的意义。

第二章　元代文学地位与大都文学概况

第一节　元代文学变革之功与大都文学的时间跨度

元代文学在中国文学史上具有里程碑式的鲜明意义，是中华文明最为灿烂的一部分，因为它是“古典”与“近世”的鲜明分界。在元代之前，传统的代言体的诗歌、散文统治着文坛。元代开始，叙事体的小说、戏曲登上文坛，成为文学主力军，为中国文坛注入了新的活力。在元代，“古典”与“近世”又是融合交汇的，在诗、文等传统文体中，叙事的成分大大增加；在新兴的小说、戏曲等文体中，大量融入了诗词文赋的元素，使之得以广泛传播。正如胡适所评价：“文学革命至元代而登峰造极。其时，词也，曲也，剧本也，皆第一流之文学，而皆以俚语出之。其时吾国真可谓有一种活文学出世。”[①] 这成为元代文学最突出也是最基本的特征。元朝创造出的文学新时代在大都文坛得到了极其鲜明、典型、集中、完美的体现，诗、词、文、赋、小说、戏曲异彩纷呈，同时，大都更是元代文学之代表最为辉煌的杂剧中心。

元代是中国历史上统治中国时间较短的王朝，如果从元世祖至元八年(1271)改国号为“大元”算起，到元惠宗（即顺帝）即至正二十八年(1368)明朝攻下大都，蒙古皇室北迁，统一的元王朝宣告灭亡为止，时间仅

① 胡适：《胡适古典文学研究论集》，第12页。

为九十七年；如果从至元十三年（1276）元军占领临安，南宋王室灭亡，元朝统一全国算起，则时间更短，只有九十二年。而在习惯上，人们并非将元代的起讫时间等同于元王朝的起讫时间。一般都是将元王朝统治中国的时间从蒙古王朝灭亡金朝（1234）统一北方算起，这样时间稍长，共计一百三十四年。也有的将时间推得更早一些，明初官修《元史》，就把元朝从成吉思汗建立大蒙古国（1206）到元惠宗退出中原期间统称元朝。明清人研究元代文学，基本上始于金亡，大蒙古国统一北方，讫于明王朝的建立，约定俗成。现当代人所著中国文学史，基本上延续了前人的惯例，将元代文学的起讫时间一般都是定为蒙古王朝灭金统一到元王朝灭亡，即1234年至1368年。

由于燕京是较早进入蒙古政权统治下的区域，甚至要早于元灭金的时间（1234）。所以北京元代文学的起点应起始于元太祖十年（1215）蒙古铁军攻占金中都，到元至正二十八年（1368）明太祖朱元璋称帝改元，同年八月明军大将徐达攻入元大都，元残余势力北逃大漠止，前后时间跨度长达一百五十余年。

第二节　南北荟萃东西交融的大都文坛

元初文坛，诗文等传统文学样式方面，依靠"借才异代"支撑，大都文坛集中了金、宋两朝人才，荟萃了南北精华。与辽、金初期"借才异代"的情形几乎一样，首先登上元代文坛的，大多数是由金入元或由宋入元的文人。在蒙古政权进驻中原之前，金朝的政治虽已腐朽，但文化经过长期积累和发展，已经达到了很高水平，诗、词、文、赋、书法、绘画等都出现了一批杰出人才。这些人才在蒙古进驻中原之初，最早登上新政权文坛，他们随蒙古政权不断扩张而陆续加入这个阵营。成吉思汗末年，在全真道士丘处机定居燕京后，经常与之来往的就有吾道孙、李士谦、刘中、陈时可、吴章、赵昉、王锐等人。窝阔台汗初，元好问向耶律楚材推荐了大批文士，有王纲、王鹗、李献卿、李天翼、刘汝翼、张伯猷、李谦、高鸣、李治、杨果、徐世隆、敬铉、李祁、刘郁、麻革、商挺、赵著、曹居一、王铸、杨恕等人，其中有些在新政权有所作为。元代开国元勋和文学奠基者耶律楚材就是前朝金代官宦。与耶律楚材同时，在燕京城中以诗文见称的还有赵著、吕鲲、郝经、李昶、王鹗等。在初建的翰林国史院任职的文士有徐世隆、阎复等。在元初文坛负有盛名的还有杨果、孟攀鳞、王构、李谦、王恽、胡祗遹、雷膺等人，他们代表着当时北方文化的最高水平，在元初的文坛上占有举足轻重的地位，也都曾长期生活在大都。

南宋政治腐朽不堪，但是经过百年偏安发展，文化艺术上却达到了畸形的繁荣和登峰造极的精美，而且人才济济。忽必烈挥师南下，统一南北。在押送南宋君臣北上的同时，忽必烈“命姚枢、王磐选宋三学生有实学者留京师”[①] 给予任用，这是第一批来到大都的南方文士。其后，南北流动成为常态，大批北方官僚文士南下的同时，元统治者又多次派人到江南搜求人才，以为己用。至元二十四年（1287），集贤直学士程钜夫把江南的一大批著名文士推荐到了大都，有叶李、赵孟頫、张伯淳、万一鹗、凌时中、包铸、吴澄等，“帝皆擢置台宪及文学之职”。[②] 与由金入元的文士有所不同，这些人在文学创作上有一个共同的特点，就是作品中充满浓郁的遗民情结，感慨兴亡，怀恋故土，向往归隐成为他们之间共同的话题。典型代表是赵孟頫、谢枋得。

第三节　大都文坛的广泛性

元代大都在中国文学史的长河中堪称最广泛的文坛。就作家而言，大都文坛无论民族、地域、宗教都实现了前所未有的丰富和包容。元代宗教开放自由，佛教为国教，势力最盛，信奉者多是蒙古贵族或者称为“汉人”的汉、契丹、女真等北方民众。势力仅次于佛教的是道教，出于历史原因，信众多

---

① 《元史》卷九《世祖本纪》，文中所云“三学生”，指宋朝太学生。

② 《元史》卷一七二《程钜夫传》。

是“南人”和部分“汉人”。由于在大都生活的色目人和西域、中东、欧洲人士较多，基督教和伊斯兰教也很盛行。另外蒙古族的原始崇拜“萨满教”也得到了保留。“大都城不仅是宗教信仰多元化的都会，而且也是当时各种宗教派别相互融合、斗争的重要场所。”① 宗教对于人们的生活产生重要的影响。大都的官僚文士们与宗教人士也有着千丝万缕的联系。有的甚至关系极为密切。著名的政治家、开国元勋、元代文学奠基人耶律楚材曾经向燕京著名的禅宗领袖万松老人行秀学习佛法，他秉承万松老人“以儒治国，以佛治心”的理念，在帮助忽必烈立国安邦、实现宏伟霸业中，深得佛、儒所长。国家重臣、元大都的规划设计者、元代著名文学家刘秉忠出身佛门，本是稍后于万松行秀的禅宗领袖海云印简的弟子。经海云推荐，辅佐忽必烈，深受重用。各种宗教为了发展势力，不仅运用各种手段争取最高统治者的支持，也采取多种多样的方式扩大影响，其中常用的是密切与社会名流的关系，文人雅士是他们争相笼络的重要目标。僧侣道人参禅打坐诵经之余，经常在寺庙、道观中接待社会文化名流，诗文唱和，书画雅集，颇具文化沙龙性质，雪堂雅集就是最为著名的设在宗教场所的文人聚集之地。许多方外人士，学识渊博，才华超众，本身就有很深厚的文学功底，他们的创作为元代大都文坛留下许多精美篇章。释英，字实存，号白云。俗姓厉，曾出游至大都，与赵孟頫结识后，一次攀登径山，写下了《径山夜坐闻钟》，有所感悟，于是出家为僧。号称“诗不离禅，禅不离诗”。② 其作品《白云集》在元代是一部影响较大的诗集。

少数民族诗人群体的崛起是元代文坛一个突出的文学现象。陈垣先生引清人王士祯语谓：“元代文章极盛，色目人著名者尤多。”③ 有作品流传至今的蒙古诗人有二十余人，色目诗人约一百人。④ 许多少数民族文士都活跃在大都的文坛上，耶律楚材、贯云石、马祖常、廼贤、萨都剌、赵世延、李公敏、

① 王岗：《北京通史》第五卷，第333页。
② （元）赵孟頫：《白云集序》。
③ 陈垣：《元西域人华化考》，第132页。
④ 查洪德、刘嘉伟：《元代葛逻禄诗人廼贤研究百年回顾》，《民族文学研究》2007年第4期。

伯颜、不忽木、阿鲁威等都是。他们或以诗文著称，或以散曲称雄，或长于辞赋，或精于小令。清代诗论家顾嗣立评论元代少数民族诗人，认为他们的成就堪与最杰出的文学家媲美："要而论之，有元之兴，西北子弟，尽为横经。涵养既深，异才并出。云石海崖、马伯庸以绮丽清新之派振起于前，而天锡继之，清而不佻，丽而不缛，真能于袁、赵、虞、杨之外，别开生面者也。于是雅正卿、达兼善、廼易之、余廷心诸人，各逞才华，标奇竞秀。亦可谓极一时之盛者欤！"[①] 充分肯定了少数民族作家群体在元代文坛上的特殊地位。在文化传播方面，少数民族翻译家们也作出了杰出的贡献。

第四节　大都文坛的影响力

由于元统治地域广大，立国时间不长，元之前是长达数百年的南北对峙，其间虽然文化交流并没有完全隔绝、停止，但毕竟相对封闭，独立发展还是其基本格局，所以在文学上，无论是诗文还是戏曲，都形成了比较鲜明的地域特色。随着"大一统"的到来，南北交流成为潮流，范围广而有时尚化趋势。江南的典雅清秀，精美婉丽，北方的雄浑壮伟，豪放率真，通过交流融汇，相互影响，使得各自文风发生了极其微妙的变化，南方文士消除了纤弱靡丽，北方文士增加了清雅周密，共同将文学推向了新的高度。元人欧阳玄曾对当时的文坛给予描述："中统、至元之文，庞以蔚；元贞、大德之文，畅以腴；至大、延祐之文，丽而贞；泰定、天历之文，赡以雄。"[②] 这种文风变化之产生，既有社会生活对文学发展产生影响的作用，也是南北文化交流不断促进的结果。北上文人大多聚集大都，这对大都文坛的繁荣起到了至关重要的作用。较早到大都任职的"南人"有陈孚、贡奎、程钜夫等。其后虞集、袁桷、邓文原、揭傒斯等也先后来到大都任职。民间讲学、游访甚至是定居

---

① （元）顾嗣立：《元诗选》戊集《天锡门集》。

② （元）欧阳玄：《圭斋文集》卷七《潜溪集序》。

等各种形式来到大都的更是数不胜数。而科举制度的一度恢复，更使得文士纷纷北上，为大都集中带来大批人才，为文坛注入了无限生机活力。仁宗皇庆、延祐年间（1312—1320），科举一度恢复，招致全国文人士子纷纷涌向大都。通过科举，江南的许多优秀学者也得以脱颖而出。欧阳玄、杨载、范椁、宋本、宋褧等都由此开始显名大都文坛。广泛而常态化的文化交流，使大都成为帝国内众多文人的目的地和出发点，通过发挥聚合、融汇和辐射作用，影响着整个元代文坛。

交流中北人南下的也很多。较早到江南任职的“北人”有胡祗遹、卢挚、燕公楠、高克恭、陈思济、鲜于枢等；民间的交流也如潮涌动，大都著名文学家贯云石定居江南，对那里的文坛产生了不小的影响。刘因、白朴、关汉卿、马致远、曾瑞、秦简夫等许多重要的北方文学家都曾经先后到过江南。这种双向交流对文学发展的影响巨大。江南文人创作中大量出现北方风物，而元曲与杂剧也开始在南方普及，以至于到了后期，元曲的中心竟然从大都转移到了江南杭州，促进了那里戏曲的极大发展，并且影响了几百年直到清代。

第三章　大都杂剧（一）

第一节　大都杂剧概况

王国维说："凡一代有一代之文学：楚之骚，汉之赋，六代之骈语，唐之诗，宋之词，元之曲，皆所谓一代之文学，而后世莫继焉者也。"[①] 元代，立国不过百年，文学上却取得了和唐诗、宋词并驾齐驱的成就，不能不说是由于杂剧艺术辉煌发展的贡献。元曲是元代文学的典型，代表着元代文学最高成就，是元代文学对中国文学最独特的贡献。

元曲本为杂剧和散曲的统称，但是人们一般所指元曲皆为杂剧，或者说主要是指杂剧。杂剧当时也有人称之为"传奇"，或者将其与散曲并称为"北曲"。为了区别于唐以来出现的各种说唱表演艺术为"杂剧"的概念，也为了区别于宋、金杂剧的体制，后人通常又将元代出现的这种全新的文学艺术新体式称为元杂剧、元曲或者北杂剧等。在本书中，行文论述将其统一称为"杂剧"。

元代杂剧的形成时间和过程，各种文学史、戏剧史和戏剧理论探讨甚多，论著汗牛充栋。学界普遍的看法是，早在辽金时期，燕京地区就已经有杂剧演出了，只是当时杂剧还处于雏形阶段，诸体尚未完备。直到金末元初，才发展成为念唱做打俱全、以唱为主、篇幅较长的完整的戏剧形式。

杂剧盛行的元代当朝，人们对杂剧起源就已经多有关注。胡祗遹《赠宋

① 王国维：《宋元戏曲史》，第1页。

氏序》中说："乐音与政通，而伎剧亦随时尚而变。金代教坊院本之外，再变而为杂剧"，这段话包含了三层意思，第一，杂剧是符合社会发展规律的新的时代的文化产物；第二，杂剧是有别于金代教坊院本的全新的文学艺术体式；第三，杂剧与金代教坊院本有着承继关系。陶宗仪《南村辍耕录》中论及中国戏剧的演变、进化过程，也表达了相似的意思：

稗官废而传奇作，传奇作而戏曲继。金季国初，乐府犹宋词之流，传奇犹宋戏曲之变，世传谓之杂剧。[①]

元代杂剧的兴盛，正如元末明初贾仲明在赵子祥吊曲【凌波仙】中所赞美的那样：

一时人物出元贞，击壤讴歌贺太平。传奇乐府时新令，锦排场，起玉京。[②]

元人周德清《中原音韵·自序》则从"盛""备""难"三个方面衡量，表述了元曲的繁荣兴盛：

乐府之盛、之备、之难，莫如今时。其盛，则自缙绅及闾阎歌咏者众。其备，则自关、郑、白、马一新制作，韵共守自然之音，字能通天下之语，字畅语俊，韵促音调，观其所述，曰忠曰孝，有补于世。其难，则有六字三韵，"忽听、一声、猛惊"是也。[③]

这段话概括得较为全面客观，因为首先是杂剧成为全社会最重要的文化生活，上至宫廷宴饮，官府庆典，外交接待，下至黎民百姓，客旅游商，从都城，

① （元）陶宗仪：《南村辍耕录》卷二七《杂剧曲名》。

② 天一阁藏明抄本《录鬼簿续编》。

③ 见《中国古典戏曲论著集成》（一），1959 年版。

到乡村，观看杂剧演出成为最主要的娱乐方式。关汉卿所编杂剧《伊尹扶汤》就曾在宫廷中演出。而杂剧演出盛况夏庭芝《青楼集叙》也有描述："内而京师，外而郡邑，皆有所谓勾栏者，辟优萃而隶乐，观者挥金与之。"[①] 据《南村辍耕录》中《勾栏压》记载，甚至还曾经发生过松江府因为观众太多，勾栏棚屋不堪重负，忽然坍塌，当场压死观众达四十二人的重大安全事件[②]。一地方演出，观众规模尚能如此，那么演出场合众多、设施完备、组织严密、集中着最优秀的编剧和演员，有着广泛民众基础，又是杂剧肇源地和全国杂剧创作和演出中心的大都，其所受到民众欢迎的程度和演出盛况就更可推想而知。

大师级作家的出现，历来都是文化繁荣的重要标志和衡量标准之一。大都剧坛上最为著名的作家是关汉卿、王实甫、马致远等。而伴随大师出现的，往往是一批优秀作家，他们集中出现，将创作推向高潮。据《录鬼簿》统计，全元代杂剧作者著名的达一百五十人左右，《太和正音谱》统计为二百人左右，其中，属于元杂剧鼎盛时期的作者，主要集中于大都以及河北真定、山西平阳、山东东平等地。据王国维对《录鬼簿》所录元杂剧前期五十七名作者的分析，近半数生活创作在大都。以关汉卿为首的"元曲四大家"，他们以自己的优秀创作，构筑杂剧巅峰，使之成为元代文学的代表。他们大多生活在大都，围绕在他们周围，与其同时或者稍早稍晚，出现了一大批才华横溢的杂剧作家和最优秀的杂剧艺术表演家。从钟嗣成《录鬼簿》中，可以发现很多剧作家、表演艺术家相互之间不仅是生活挚友，也是艺术知音，事业同道，关系非常密切，合作也很多。如关汉卿与杨显之、梁进之、费君祥等为好友，马致远和李时中、花李郎、红字李二等同为"元贞书会"中人，关汉卿与珠帘秀之间时有唱和，杨显之号称"杨补丁"，亲力亲为地为他人修改润色剧本。胡祗遹等人与珠帘秀等表演艺术家们保持着广泛而亲密的关系，并对表演艺术时常发表精辟的见解和评论。创作、表演、评论相互启迪，彼此影响；作家、演员、理论家相互交流、切磋，共同合作；同行之间相互学习、

---

① 见《中国古典戏曲论著集成》（二），第6、7页。

② 见《南村辍耕录》，中华书局1959年版，第289页。

竞争，不断创新，整个大都剧坛异常活跃，充满生机活力。

杂剧作家勤奋创作，佳作不断。产生了一大批在中国文学史上堪称经典的伟大作品。关汉卿的社会剧《窦娥冤》、爱情婚姻剧《救风尘》《望江亭》、历史剧《单刀会》，王实甫的爱情婚姻剧《西厢记》《破窑记》，马致远的历史剧《汉宫秋》，纪君祥的历史剧《赵氏孤儿》等，都是在中国文学史乃至世界戏剧史上难得的优秀之作。

在思想内容上，大都杂剧反映了广阔的社会生活，元人胡祗遹说："上则朝廷君臣政治之得失，下则闾里市井父子兄弟夫妇朋友之厚薄，以至医药卜筮释道商贾之人情物性，殊方异域风俗语言之不同，无一物不得其情，不穷其态。"朱权在其《太和正音谱》中将杂剧分为十二科："一曰神仙道化，二曰林泉丘壑，三曰披袍秉笏，四曰忠臣烈士，五曰孝义廉节，六曰叱奸骂谗，七曰逐臣孤子，八曰拔刀赶棒，九曰风花雪月，十曰悲欢离合，十一曰烟花粉黛，十二曰神头鬼面。"大都剧作家们思想活跃，元代杂剧涉及的所有题材，大都作家的创作中都有涉猎。作品取材广泛，有的直接取材当时社会现实，但也有相当一部分源自历史记载或者民间传说，作家善于运用一切题材为现实服务，能够出于古而不拘泥于古，源自传说却不为传说所局限，表现出鲜明的现实性和时代特征。如《窦娥冤》取材于"东海孝妇"的民间故事，《汉宫秋》取材于《汉书》，《单刀会》取材于《三国志》《三分事略》文学作品，但作者无不对旧有题材进行了重新剪裁和改造，使之歌颂人民、主张正义、抨击黑暗的主题更加鲜明突出。在杂剧中，社会地位低下的普通民众成为主角被大力颂扬，贪腐昏庸的统治集团人物成为被抨击、被讽刺的对象。作品揭露黑暗，反抗强权，颂扬英雄，伸张正义，肯定对爱情的忠贞和幸福生活的追求，都充分体现了时代性、人民性，反映出普通民众的心声和要求，维护百姓的利益。即使在数百年之后，人们依然可以在杂剧中，感受到作家思想跳动的脉搏和作品中蓬勃的时代精神。

大都作家的作品风格多样，异彩纷呈，有的慷慨悲壮，有的清丽婉转，正如著名戏剧理论家、评论家吴梅在其《中国戏曲概论》中《元人杂剧》一节所指出的："尝谓元人剧词，约分三类：喜豪放者学关卿，工锻炼者宗实甫，尚轻俊者号东篱。”①

大都杂剧种类齐全，无论是悲剧、喜剧、正剧，均有上乘佳作传世。

大都杂剧在艺术上达到了很高的水平，刻画出了在中国文学长廊中不朽的艺术形象，有的行侠仗义、机智勇敢；有的逆来顺受、委曲求全；有的深明大义、浩气凛然。红娘、崔莺莺、窦娥、赵盼儿、关云长、李逵一个个人物呼之欲出，栩栩如生，个性鲜明。元代剧作家在书写人物命运，赋予他们鲜活的生命方面，达到了前所未有的艺术水准。

这就是元代杂剧鼎盛时期的基本状况。整个元代杂剧的发展呈现先强后弱的趋势，前期为杂剧的鼎盛时期，其中心在京城大都，在其周围，还分布着三个杂剧活跃地区，它们是真定（今河北正定）、东平（今山东境内）和平阳（今山西境内）。

第二节　大都杂剧发展分期

元代杂剧发展的分期，始终是元杂剧研究的一个热点。实际上从钟嗣成《录鬼簿》就已经显现了对这个问题的关注。学界的分期大致可以分为“三分法”和“二分法”。

“三分法”的首倡者和代表是王国维。他在《宋元戏剧史》中的《元剧之时地》一章中指出：“至有元一代之杂剧，可分为三期：一、蒙古时代：此自太宗取中原以后，至至元一统之初。《录鬼簿》卷上所录之作者五十七人，大都在此期中。……其人皆北方人也。二、一统时代，则自至元以后至至顺后至元间，《录鬼簿》所谓‘已亡名公才人，与余相知或不相知者’是也。其人则南方为多，否则北人而侨寓南方者也。三、至正时代：《录鬼簿》所谓‘方今才人’是也。”其他“三分法”大致延续了这种划分方法，只是在各阶段具体时间的断限上略有出入。但“三分法”诸说对于元代杂剧的起点，一

① 吴梅：《吴梅戏曲论文集》，中国戏剧出版社1983年版，第137页。

般都是从1234年蒙古灭金算起，没有什么异议。

把元杂剧分为前后两个发展阶段的“二分法”，主要见诸新中国成立后出版的一些文学史、戏剧史著作。如郑振铎《插图本中国文学史》、刘大杰《中国文学发展史》、中国社会科学院文学研究所编《中国文学史》、游国恩等主编《中国文学史》等。“二分法”诸说在时间的断限上虽然存在细微差异，但大致都以元成宗元贞、大德年间（1294—1307）作为两期之间分界线。“二分法”内部以及与“三分法”最大的不同，是起始时间上的差异，《中国戏剧通史》及《中国大百科全书》等把前期的起点定在“金末前后（1200）”，这样，到两期分界的“元贞、大德年间（1300）”，前期的时间跨度就长达一百多年。而各类《中国文学史》前期的起始点则要向后推了许多，如游国恩等主编的《中国文学史》把前期的起点定在“元世祖至元八年（1271）”，中国社会科学院文学研究所《中国文学史》和刘世德的文章分别标明元杂剧前期的开端为“元宪宗元年（1251）”和“元世祖中统六年（1260）”。据此，元杂剧前期不过是二三十年或四五十年的时间。除“三分法”和“二分法”之外，还有“四分法”，如徐扶明在其所著《元代杂剧艺术》把北杂剧的发展划分为四个时期：“第一个时期，北杂剧初起于金代。”但是“究竟有哪些作家作品，无从查考”。“第二个时期，北杂剧的黄金时代，大约从元代初年到大德年间（1271—1307）。”“第三个时期，北杂剧继续发展，大约从至大年间到至顺年间（1308—1333）。”“第四个时期，北杂剧的衰落，大约从元代元统年间到明代初期（1333—1439年左右）。”此处的“北杂剧”，指的就是通常概念中的元杂剧。

无论是“二分法”、“三分法”还是“四分法”，其对杂剧发展的考察，都是着眼于有元一代整个国家文坛的。至于大都的杂剧，都一致公认元代杂剧的鼎盛时期是在大都，至于大都自身杂剧发展是否存在分期问题，则很少有人论及。以文学发展的客观规律而论，所有的文学现象都不是骤然出现或突然消亡的，一般都是按照初起、发展、衰退的步骤规律进行。以杂剧这种较为复杂、综合了多种艺术的新的文学体式而言，三个阶段之前应该还有一个相当长的演变、酝酿、完备的准备阶段。

大都杂剧发展也符合此规律。应该分为三个阶段。一个是初起阶段，金代覆灭前后，应该是杂剧体式的酝酿成熟时期，这是包括燕京在内的广大北方地区从战乱遍野到社会秩序逐渐建立、生产渐趋恢复、经济进一步复苏的时期，这个时期有哪些作家作品，无从查考。之后，进入了以关汉卿为代表的大都杂剧发展鼎盛时期，这个时期，剧作和演艺名家灿若繁星，新作如雨后春笋，杂剧演出遍地开花，是全国杂剧的鼎盛阶段，也是大都杂剧的全盛阶段，这个阶段一直延续到大德年间，是为大都杂剧发展的第二阶段。大德之后，随着大批杂剧作家和演艺家的南下，全国杂剧中心从大都转移到杭州，大都的杂剧创作基本归于沉寂落寞，尽管旧有的剧目可能仍在继续搬演，但毕竟盛势不再。鉴于史料所限，对第一和第三阶段，我们所能了解的情况极其有限，故本书仅对大都作为全国杂剧中心的阶段，即大都杂剧发展的鼎盛时期进行描述。同时兼顾大都籍杂剧作家南移后情况的简要介绍。

第三节　大都杂剧兴盛原因略说

元杂剧前期作家绝大多数是北方人，活动的中心在大都。其中关汉卿、王实甫、马致远、庾天锡、王仲文、杨显之、纪君祥、费君祥、费唐臣、张国宾、石子章、李宽甫、梁进之、孙仲章、赵明道、李子中、李时中、红字李二、花李郎都是大都人。白朴、尚仲贤、史樟是河北真定人，李好古是河北保定人、王伯成是河北琢州人，高文秀、武汉臣等是山东人，刘唐卿、赵公辅、狄君厚、孔文卿、石君宝、李行甫等是山西人。而且，当时这些作家成立的书会，如玉京书会、元贞书会等，亦主要活动于大都或北方几个杂剧较为兴盛的地方。

杂剧作家队伍的形成，很大程度上还得益于科举制度的崩坏。一方面，文人的仕途之门被关闭；另一方面，儒生社会地位大幅度降低，走出书斋的文人开始了解了民间疾苦和民间的喜怒哀乐，这种思想感情的转变是产生民众文学的基础。元杂剧成为文人释放创作热情的渠道和精神的依托。卑微的乐人，落魄的书生，在大都的闹市走到一起携手努力时，才能成为表演艺术家和伟大的剧作家，他们终于在掌声雷动的观众面前找回了自尊。这是一个良性循环，最优秀的表演艺术家和杂剧作家推动了大都杂剧的兴盛，而兴盛的大都杂剧市场，又吸引和培养了更多的艺术家、作家和懂得欣赏的众多观众。最后，终于将杂剧推向了历史发展繁荣的极致。

当然，杂剧的繁盛与文化交流和文学艺术发展的自身规律是密不可分的。大都在不同时期，不断接受着来自南北东西各方音乐元素的影响，“北曲”逐渐形成。而传统的词乐、民间说唱艺术、俗语俚曲，还有文人诗词曲的创作，金朝后期产生的诸宫调，共同影响生发出了号称“大元乐府”北曲新声。这直接导致了包括杂剧和散曲在内的元曲的兴盛。尤其是诸宫调的产生，可以说是元曲的前奏。元人陶宗仪《南村辍耕录》就指出：“稗官废而传奇作，传奇作而戏曲继。金季国初，乐府犹宋词之流，传奇犹宋戏曲之变，世传谓之杂剧。”① 元人夏庭芝《青楼集志》也说：“唐时有传奇，皆文人所编，犹野史也，但资谐笑耳。宋之戏文，乃有唱念、有诨。金则院本、杂剧合而为一，至我朝乃分院本、杂剧而为二。”

除此之外，大都之所以能够成为杂剧艺术鼎盛时期全国杂剧中心，原因是多方面的，政治方面，贵族统治阶层的喜好，较为宽松的思想环境，都为杂剧创作提供了较为自由的空间。经济方面，城市繁荣，商贸发展，使得大都成为以人口众多、富裕阶层相对集中的繁盛之地，这就具备了杂剧发展必须有相当数量文化消费者的前提，他们的精神需求和文化消费能力，促进了杂剧的创作、竞争、出新、繁荣。在人才方面，杂剧作家、演艺人员、管理人员都有了相当的储备并不断地补充，元代士人的特殊境遇、大都作家本身特有的文化气质、杂剧演艺人员的文化修养等对杂剧艺术的提高都是重要因素。关于这些，将在本书下编进行更为详细的论述。

大都创作群体对杂剧繁荣作出了杰出贡献。他们既是杂剧繁荣的标志，又是杂剧繁荣的原因。大都在元杂剧鼎盛时期，群贤毕集，人才济济，涌现了一大批最优秀的杂剧作家、曲作家和表演艺术家。当时大都的玉京书会、

① （元）陶宗仪：《南村辍耕录》卷二七《杂剧曲名》。

元贞书会和燕赵才人等书会中，剧作家、曲作家和表演艺术家之间有着密切广泛的联系，彼此切磋技艺，声气相通，创作演出相长，使得杂剧呈现出空前的繁荣局面。元曲“四大家”中，关汉卿、王实甫、马致远三人都在大都生活并从事创作。元代杂剧之所以兴盛繁荣，有一个重要的原因，是作家和艺术家们相互之间关系密切，经常在一起相互切磋、合作。例如有“杨补丁”之称的杨显之，就经常为关汉卿修改剧本，补漏拾遗。当时在大都，杂剧作家们还组成了行会性质的组织，“元贞书会”就是其中之一。参与者包括作家、曲家、艺人。天一阁本《录鬼簿》贾仲明为李时中补写的【凌波仙】吊曲开篇中说：“元贞书会李时中、马致远、花李郎与红字公，四高贤合捻《黄粱梦》。”四贤中，李时中、马致远都是曾为官员的著名剧作家，花李郎、红字公则是典型的艺人。一部四折的《黄粱梦》杂剧，由四个人一人撰写一折的做法，在杂剧创作中是个特例，应该与“元贞书会”的创立有直接关系，当时各种各样的书会成为元曲创作、演出和市场推广的组织、协调者，对杂剧发展繁荣产生了较大的推动力量。与以往作家与演员隔膜疏离的关系不同，元曲作家和演员保持着比较密切的合作关系，私交也比较好。一些优秀的表演艺术家多才多艺，更是在文坛受到普遍的尊重，珠帘秀就是其中比较有代表的一位。

第四章 大都杂剧（二）

第一节 关汉卿

关汉卿，生卒年不详，大都人，位居“元曲四大家”之首，是杂剧的奠基人，是元代文学之代表和旗手。据朱经《青楼集序》：“我皇元初并海宇，而金之遗民若杜散人、白兰谷、关已斋辈，皆不屑仕进，乃嘲风弄月，留连光景。”可见关汉卿与杜善夫（杜散人）、白朴（白兰谷）同为由金入元之人。只是从关汉卿创作的《大德歌》创作年代向前推算，金亡时，他最多也就是十几岁而已。其卒年一般学界认为当在大德元年之后，即 1302 年左右。《录鬼簿》将其列为“前辈已死名公才人，有所编传奇行于世者”，《太和正音谱》称其“初为杂剧之始”。所以，关汉卿在杂剧界属于辈分非常高的一代，由其声望和成就推断，他开始杂剧创作的时间较早，具有旺盛的创作活力，艺术生命周期较长，基本上贯穿了杂剧鼎盛期。元末人熊梦祥《析津志》记载他时说：“生而倜傥，博学能文，滑稽多智，蕴藉风流为一时之冠。”他无意于仕途经济，将一生全部的热情和精力都投入到了杂剧的创作之中。

《录鬼簿》著录了关汉卿所作杂剧剧本六十多种，流传至今的剧本有十八种。从内容上来划分，大致分为三类，一种是社会剧，以《窦娥冤》《蝴蝶梦》《鲁斋郎》为代表；一种是表现爱情婚姻的风情剧，以《诈妮子》《救风尘》《望江亭》《拜月亭》等为代表；还有一种是历史剧，以《单刀会》《双赴梦》和《哭存孝》为代表。可见其创作旺盛，题材极其广阔。据《青楼集》《录鬼簿》以及贾仲明《书录鬼簿后》等记载以及为部分元曲作家所作挽词看，关汉卿的主要创作生涯是在大都度过，被誉为“梨园领袖”“杂剧班头”，在全国戏剧界享有极高的威望。王国维在他的《宋元戏剧考》中赞美关汉卿：“一空依傍，自铸伟词，而其言曲尽人情，字字本色，故当为元人第一。”关汉卿的剧作自诞生之日起，便受到大都市民的热烈欢迎，每有新作，马上搬演，并迅速传播至全国主要城市及广大乡村。名气之大，甚至经常能够得到皇帝“钦点”。柯九思《元宫词》百首载有关汉卿新作在皇宫演出的情况，云：“初调音律是关卿，伊尹扶汤杂剧呈。传入禁垣宫里悦，一时咸听唱新声。”这首词说明关汉卿杂剧《伊尹扶汤》在宫内演出，进献给皇帝，大受欢迎，一时宫内宫外传唱不已。他的剧作，具有强大不朽的生命力，许多剧目七百多年来在中国戏剧舞台上长演不衰，不仅被许多其他剧种移植、保留，并被翻译成英、法、德、日，俄等多种语言，走向世界戏剧，成为全人类共同的宝贵财富。

关汉卿的杂剧创作特点表现在以下几个方面：

第一，以女性为主角的剧目占有绝对的优势，据统计，目前所存十八种杂剧中，以女性为主人公的占了十三个。他刻画了一系列地位卑微，但是品德高尚的女性形象，她们个性鲜明，栩栩如生，成为戏剧长廊的不朽丰碑。

第二，作品内容具有强烈的现实性。不仅深刻地反映了广阔的元代社会现实，而且充满了浓郁的时代气息。以民众的语言，反映民众的心声。不管是悲剧还是喜剧，不管是社会剧还是历史剧，都紧密地与时代脉搏相连，表现出对国家前途、民众命运等重大政治问题的关心。关汉卿的杂剧，善于通过人物刻画和情节组织，将社会不平浓缩于舞台。如《窦娥冤》概括社会生活就相当丰富，可以视为元代社会真实生活的缩影，这里面有靠放高利贷盘剥他人的寄生者，有横行不法的恶霸流氓，有贪赃枉法的官吏，也有穷困潦倒被迫卖儿卖女的穷苦书生。当时社会的种种丑恶、黑暗、混乱，都得到了充分的展示。

第三，作品具有强烈的反抗精神。关汉卿将无情批判的利剑指向社会上的种种丑恶，且给予无情揭露与抨击。元代实行民族等级制度，一批不学无术的权豪势要及子弟横行于世，在社会上形成一股以“衙内”为代表的恶势力，他们胡作非为，民愤极大，关剧对此多有反映。《鲁斋郎》中鲁斋郎自夸："花花太岁为第一，浪子丧门再没双。街市小民闻吾怕，则我是权豪势要鲁斋郎!"《望江亭》第二折杨衙内自称："花花太岁为第一，浪子丧门世无对。普天无处不闻名，则我是权豪势宦杨衙内!"元代吏治混乱，法律不行，贪腐成风，《窦娥冤》写楚州太守桃杌道："我做官人胜别人，告状来的要金银。""但来告状的，就是我衣食父母。"作者甚至将矛头直接指向最高统治者及其政治制度，对"王法刑宪"和"皇天后土"进行猛烈的抨击。《窦娥冤》中借角色之口喊出了："有日月朝暮悬，有鬼神掌着生死权，天地也，只合把清浊分辨，可怎生糊突了盗跖颜渊；为善的受贫穷更命短，造恶的享富贵又寿延。天地也，做得个怕硬欺软，却原来也这般顺水推船。地也，你不分好歹何为地？天也，你错勘贤愚枉做天，哎，只落得两泪涟涟。"（【滚绣球】）表现出对社会黑暗的强烈愤懑和反抗，对社会法治、吏治等政治生活的核心予以彻底的否定。更重要的是，关汉卿杂剧中所表现出来对于传统伦理道德以及旧有传统思想规范的反抗，对后世更具有深远的社会影响。在他的杂剧中塑造的一系列女性形象，多是善良、正直、勇敢、智慧的化身。她们敢恨敢爱，有理想有追求，对男权社会提出了挑战。

第四，人物形象生动，充满生命活力和艺术张力。关汉卿始终将人物置于特定的社会、文化、家庭背景之下，通过对其生活经历、人物关系画龙点睛地描绘，使得人物性格更加丰满、可信，具有坚实的根基。窦娥出身贫困的读书人家庭，被卖到夫家，又失去了丈夫，与婆婆相依为命，在孤苦无依的环境中长大，生活圈子狭小，经历简单，所以她的性格善良、温顺、贞洁、规矩，对法律有着天真的期待，直到被污吏冤判，才迸发出冲天的怨气。而赵盼儿则不同，她是风尘女子，送往迎来，对世情有着透彻的洞悉，对周舍之类豪绅子弟朝三暮四的本性更是了如指掌，所以她的性格泼辣、机敏、老道，善于随机应变。能够使出风月手段来对付风月老手这样的计谋非她这样的人不可为。

第五，语言本色当行。所谓本色，就是把口语入剧，使诗意与本色完美结合；所谓当行，就是善于借助语言来刻画人物，使之典型化的问题。吴梅在《顾曲麈谈》一书的《论作剧法》一节中这样写道："一本传奇，至少须有七八人，说何人宜肖何人，议某事宜切某事，赋风不宜说月，赏花不宜赋草，使所填词曲宾白，确为此人此事，为他人他事所不能移动，方为切实妙文。诗古文辞，总宜贴切，填词何独不然？各人有各人之情景，就本人身上，挥发出来，悲欢有主，啼笑有根，张三之冠，李四万万戴不上去，此即贴切之谓也。”“要使其人须眉如生，而又风趣悠然，方是出色当行之作。”[①] 吴梅在这里所说的“贴切”和“须眉如生”云云，指的都是自然、真实、贴切、个性化，即戏剧创作必须遵循的环境和人物塑造的典型化原则。《救风尘》里赵盼儿的唱白，就将关剧这个特点表现得淋漓尽致。

【浪里来煞】你收拾了心上忧，你展了眉间皱，我直着花叶不损觅归秋。那厮爱女娘的心，见的便似驴共狗，卖弄他玲珑剔透。（云）办我到那里，三言两句，肯写休书，万事俱休。若是不肯写休书，我将他掐一掐，拈一拈，搂一搂，抱一抱，着那厮通身酥，遍体麻。将他鼻凹儿抹上一块砂糖，着那厮舔又舔不着，吃又吃不着。赚得那厮写了休书，引章将的休书来淹的撇了。我这里出了门儿。（唱）可不是一场风月，我着那汉一时休？（下）。

赵盼儿的豪爽、泼辣、侠义，有谋略，有胆识，做事周密，在这段唱中都得到了充分展现。从语言角度来看，这段唱词充分体现了本色特征。表面上，很市井，甚至很粗俗，但却完全是性格化的语言，取譬设喻，声色口吻，都非常符合一个生活在社会底层风尘女子的身份。还是《救风尘》，在第二折，赵盼儿嘴中形容妓女们迫切希望逃离火坑，嫁个富裕子弟的情景时说：“一个个眼张狂似漏了网的游鱼，一个个嘴卢都似跌了弹的斑鸠。”而形容纨绔子弟骗取妓女感情，对天盟誓的情景时则说：“那一个不喙可可道横死亡？那一个不实丕丕拔了短筹？”这样一针见血，泼辣形象的语言，只有风尘女子赵盼儿嘴里才能说出来，不仅老实厚道的窦娥(《窦娥冤》)，年轻寡妇谭记儿(《望江亭》)说不出来，就是同为妓女的谢天香(《谢天香》)、杜蕊娘（《金线

---

① 吴梅：《吴梅戏曲论文集》，中国戏剧出版社 1983 年第 1 版，第 60 页。

池》）和宋引章同样说不出来。这些话，只有从深谙世事、聪明过人而又行侠仗义的赵盼儿嘴里说出来才可信，才有生命活力。

关剧并不为俚俗而俚俗，刻意讨好、迎合观众，而是从人物形象、性格、气质、情景出发，决定语言个性和基调，为人物的传神刻画服务。如《单刀会》中关云长的语言就充满了豪迈、壮阔的浩然之气：

（正末云）看了这大江，是一派好水呵！

（唱）【双调】【新水令】大江东去浪千叠，引着这数十人驾着这小舟一叶。又不比九重龙凤阙，可正是千丈虎狼穴。大丈夫心别，我觑这单刀会似赛村社。（云）好一派江景也呵！

（唱）【驻马听】水涌山叠，年少周郎何处也？不觉的灰飞烟灭，可怜黄盖转伤嗟。破曹的樯橹一时绝，鏖兵的江水犹然热，好教我情惨切！（带云）这也不是江水，（唱）二十年流不尽的英雄血！

这样的语言功力，正如明人臧晋叔《元曲选序》评价的那样："人习其方言，事肖其本色，境无旁溢，语无外假，关目紧凑。"贾仲明的挽辞说他"珠玑语唾自然流，金玉词源即便有"，对其语言也给予了高度评价。

第二节　王实甫

王实甫，一云名信德，字实甫，大都人。生卒年不详，由《录鬼簿》将其列于"前辈已死名公才人"一节，可知其年辈较高。他主要创作于元成宗元贞、大德年间。早年曾经为官，并经历坎坷，在套曲《退隐》【金菊香】中自称"想着那红尘黄阁昔年羞，到如今白发青衫此地游"，可见他早年曾经做官，并在官场中遭逢不快，后来领悟到"退一步乾坤大，饶一着万事休。怕虎狼恶图谋。遇事休开口，逢人只点头，见香饵莫吞钩，高抄起经纶大手"（【梧叶儿】《退隐》）所以才走上归隐之路。其晚年似较舒适平静："且喜的身登中寿。有微资堪赡赒，有亭园堪纵游。保天和自养修，放形骸任自由。把尘缘一笔勾，再休题名利友”（【后庭花】《退隐》）。贾仲明在追悼他的【凌波仙】词中，约略提到有关他的情况：“风月营密匝匝列旌旗，莺花寨明飈飈排剑戟。翠红乡雄赳赳施谋智。作词章，风韵美，士林中等辈伏低。”所谓“风月营”、“莺花寨”，代指教坊艺妓聚居之所，可见王实甫与元曲艺妓交往密切。

王实甫著有杂剧十四种，代表作是《西厢记》《破窑记》《丽春堂》等，其中《西厢记》是元代杂剧的巅峰之作。《西厢记》故事取材于唐代元稹创作的传奇小说《莺莺传》。元作带有自传性质，描绘的是崔莺莺与张君瑞的爱情悲剧故事。故事在唐宋广泛流传的过程中，经过文人诗、词反复题咏，艺人鼓子词和说话艺术的不断丰富，原作的情节、人物、思想等都有所改变。直到金代董解元《西厢记诸宫调》，故事的性质已经发生了根本性的改变，从原作对张生“忍情”抛弃莺莺的肯定，变成了对张生和莺莺争取爱情婚姻自由的赞美；从始乱终弃的悲剧结局，变成了有情人终成眷属的喜庆团圆；主要矛盾从张生和莺莺之间感情纠葛，变成了张生、莺莺与崔母之间情与礼的斗争，使得作品具备了反抗封建礼教的思想意义。同时，《西厢记诸宫调》又增加了红娘、惠明和尚等人物，使线索由单一变得复杂，情节从单调变得丰富，为王实甫创作杂剧《西厢记》奠定了坚实的基础。崔、张故事在长期的流传过程中，不仅经历了从“始乱终弃”到反对封建礼教的思想变革，在文体上也实现了从传奇、诗歌、曲艺到戏剧的嬗递演进。董解元诸宫调通过结构矛盾，已经具备很强的戏剧性。但作为一部艺术作品，它存在着不少明显的缺陷。如情节松散，故事拖沓，人物性格矛盾等。王实甫以《西厢记诸宫调》为基础，创作出元曲的压卷之作杂剧《西厢记》。

王实甫《西厢记》的成就分为思想内容和艺术形式两个方面。在思想内容上，反对封建礼教歌颂爱情和婚姻自由的意识具有时代先进性。

中国传统伦理道德中，关乎每个人生命的爱情婚姻，始终是一块禁区。从孔子归纳《诗经》“发乎情，止乎礼”开始，爱情就成为一个禁忌，“父母之命”“媒妁之言”更成为横亘在男女爱情和婚姻之间不可逾越的鸿沟。而

《西厢记》在最后一折中却唱出了“愿天下有情人终成眷属”，表达了对封建礼教和婚姻制度的反抗。作者对于崔莺莺和张生之间基于真挚爱情的结合给予充分的肯定和赞扬，对以崔母为代表的建立在门第、财富、权势基础上的封建婚姻制度予以彻底的否定。

肯定人性中对美，包括体态美、仪表美、气质美的追求。最初张生就是为莺莺“临去秋波那一转”的美貌所倾倒，进而产生爱慕之心的。张生初见莺莺时所唱的一段【元和令】：“颠不剌的见了万千，似这般可喜娘的庞儿罕曾见。只教人眼花缭乱口难言，魂灵儿飞在半天。他那里尽人调戏亸着香肩，只将花笑捻。”非常直率甚至是放肆地表述了一个多情少年对于美丽女性出于本能的渴望与倾慕，但随着剧情展开，作者通过对莺莺多情、痴情、才情、含蓄、端庄、矜持的层层揭示，作者按照真善美的标准，塑造了一个情感丰富、性格内向，秀外慧中的青年女性形象。

肯定人性中对于情爱的要求。在封建礼教中，情爱是需要用礼法来克制、压抑甚至熄灭的。开场时莺莺所唱的一段《赏花时·幺篇》：“可正是人值残春蒲郡东，门掩重关萧寺中。花落水流红，闲愁万种，无语怨东风。”反映了情感压抑的女性青春苦闷和莫名惆怅。《西厢记》剧中有许多对于青年男女相思、相爱的描写，作者并不刻意回避性爱欲望，而是将之视为人的自然本性、正常本能，视为感情发展到一定程度，水到渠成的结果而予以正面肯定。封建纲常中，没有“父母之命”“媒妁之言”的婚姻被视为“淫奔”，历来受到社会的唾弃和谴责，莺莺和张生不仅无视崔母的严厉管束，无视莺莺已经与表兄由父母做主订立的婚约，听琴、酬韵、传简、赠诗，彼此传递爱情，随着感情的不断加深，二人竟然私自同居，约为婚姻。这种张扬爱情和情爱的思想，这种直截了当肯定情与欲的不可遏制和正当合理，是对封建思想观念彻底地背叛。

肯定婚姻应该以纯粹爱情为基础，不应有庸俗的附加条件。张生和莺莺始终把爱情置于门第财富、功名利禄之上。作为相门之女的莺莺，并没有顾忌张生只是一个白衣秀才，既无显赫门第，又无丰厚财力，完全将封建社会通行的择偶婚配标准抛掷脑后，不仅勇敢地与之倾心相爱，而且以身相许，结成婚姻。封建社会，士子将功名视作关系一生的头等大事，《西厢记》中张生却将考取功名抛掷脑后，完全沉浸在与莺莺的爱恋之中。而莺莺在张生被崔母所逼，不得不登程赶考时，也并没有说些“仕途经济的混账话”，而是反复叮咛：“此一行得官不得官，疾早便回来”，在她看来“但得一个并头莲，强似状元及第”，相爱的人为了“蜗角虚名，蝇头微利，拆鸳鸯在两下里”实在是世界上最不堪忍受的。在莺莺接到张生高中的音讯之后，不喜反而更加苦恼：“早是我只因他去减了风流，不争你寄得书来又与我添些症候”。封建社会，“洞房花烛夜，金榜题名时”历来是人生最大快事，把功名视为生命，爱情可以被漠视，婚姻是功名得意的最佳体现和必然补充。而莺莺和张生之间，却是“诚重恩爱而薄功名也”①。这是对封建社会人生价值观的彻底颠覆。

《西厢记》并没有对旧有的社会制度直接提出任何异议，它甚至并没有直接用言辞抨击过任何的陈腐理论和观念，只是通过展示生活真实的本身，通过描绘青年男女对自由爱情不可遏制的渴望，展现主题思想，表达对于传统婚姻制度、婚姻道德、伦理纲常的反对，这使之具有了强烈、鲜明的反封建文化的意味，从而确立了其在文学史上特有的思想高度。

在艺术上，《西厢记》按照人物的地位、身份、教养以及彼此之间的具体关系，准确把握各个人物的性格特征；并且调动多种艺术手段，塑造了一系列性格迥异，层面丰富，生动立体的艺术形象。张生的痴情、憨直，莺莺的矜持、含蓄、多疑，崔母的保守、严厉，红娘的机智、热心都通过曲折的情节，一点点展示出来。王实甫并不是简单地脸谱化地塑造人物，而是多侧面表现人物复杂的情感和个性。张生基本的特征是多情、憨直，如第一次见到莺莺而生爱慕之情，便直截了当地自我介绍“小生未曾婚娶”，显得木讷、拘谨、傻气，但是有时表现得又很机灵，如要求附斋追荐先人以增加与莺莺接触机会，如写信退贼，以向崔母表现自己的才能。因为作者将其置于特定情景之下，这个被爱情燃烧的青年所有的失态与超常就都有了心理依据，并不让人感到性格矛盾或者混乱。莺莺的性格是举止矜持，传情含蓄，做事多疑，这非常符合一个高贵的相门小姐的身份、地位和学养，但是在这个“冰美人”

① 崇祯四年山阴李廷谟刊本《北西厢记》中有徐渭评语。

内心，是掩饰不住的如火的激情，和追求感情生活时敢于冲破一切现实阻挠和精神枷锁的勇气和胆量。作者同样没有将其作简单化处理，直接把她塑造成一个热情似火，主动追求，毫不顾忌的形象，而是通过“闹简”、“赖简”、“酬简”等戏剧情节一步步将她内在的潜质挖掘了出来，写她内心的挣扎、犹豫、反复和最后“情”战胜“礼”的过程，使得人物真实可信。红娘的形象是《西厢记》塑造得最为成功的一个。她处在几个人物矛盾线索交织的核心，一边是礼法严厉的老妇人，派她服侍同时监管着小姐；一边是多疑善变的莺莺，依靠她又猜忌她；一边是需要帮助的傻书生，信赖她却又不真正理解她。她周旋在几个人之间，通过故事推进，将她思想开放、善解人意、巧于周旋、仗义勇敢等个性充分展现出来。

在《西厢记》中红娘这个角色还有着极为特殊的作用。作者并没有简单地让封建礼教捍卫者崔母满嘴理学道德，而是用阻碍莺莺与张生相见，给他们出难题、提条件、出尔反尔、设置障碍的具体行动来表现这个人物的思想。红娘是《西厢记》所有人物中反礼教最彻底、最坚决，在促成张生、莺莺爱情婚姻中最主动、最热情的一个，她出力最多，行动最快，积极性最高。但恰恰是她，把道学礼法经常挂在嘴边。张生第一次拦住红娘自报家门，便遭到红娘义正词严的训斥：“先生是读书君子，孟子曰：‘男女授受不亲，礼也。’君子‘瓜田不纳履，李下不整冠。’道不得‘非礼勿视，非礼勿听，非礼勿言，非礼勿动。’……先生习先王之道，尊周公之礼，不干己事，何故用心？”在“赖简”一节中，红娘斥责应约前来相会的张生：“你既读孔圣之书，必达周公之礼，夤夜来此何干？”红娘的言与行之间，看似非常矛盾，但是却极为符合角色的身份。首先，这些话可能经常挂在老妇人嘴边，以此教导约束莺莺，作为贴身侍女的红娘自然耳濡目染，烂熟于耳，能够脱口而出是再自然不过的事情了；同时小姐莺莺在传统礼教非常严格的环境下长大，所读的书，所受的教育，无不与此有关，对这些话同样更已烂熟于胸，剧中实际是借红娘之口，表达莺莺心中之藩篱，是莺莺对张生行为举止的第一反应和译判，只是她谨言慎行的教养性格不允许她像丫环红娘那样口无遮拦罢了。圣贤之语念叨最多最勤的是红娘，但最不把礼教当回事的却恰恰也是红娘，她虽然口中念叨，但实际上心中从来都觉得那都是一些陈腐胡言，所以说出来漫不经心，与她自己的行为恰好南辕北辙，形成巨大反差。表达了作者对礼教的反感、蔑视。同时在言行矛盾对比中凸显出发人深省的戏剧效果。

附：《西厢记》杰出的艺术成就

《西厢记》用鸿篇巨制来表现一个曲折动人的完整的爱情故事，其结构规模在中国戏剧史上是空前的。它突破了元杂剧一本四折的惯例，全剧长达五本，共二十一折。从而克服了因篇幅限制而造成剧情简单化和模式化的缺点，使得故事情节、戏剧冲突和人物性格可以游刃有余地充分展开。宁宗一先生论述其戏剧冲突的特点时指出："《王西厢》戏剧冲突特点在于：每一本杂剧都有自己的主要冲突，因而造成每本杂剧的强烈的戏剧性，而五本杂剧又具有一个完整的贯穿全剧的基本冲突，每本杂剧在主要冲突解决以后，就给予基本冲突以影响，基本冲突不仅没有消失，反而采取逐步激化的形式，一步比一步尖锐，一层比一层强烈。这就构成《王西厢》全部戏剧性的根基。"他认为这是"《王西厢》以戏剧的艺术手段对主题进行提炼"的结果，表现了"大戏剧家王实甫对戏剧辩证法的真正的美学理解"①。

在艺术结构上的另一个突破是，通常杂剧都是一人主唱，因而杂剧有"旦本"、"末本"之分。在《西厢记》这部多本的杂剧中，各本由不同的人物主唱，但也有若干本由数人轮唱，这就为通过剧中人物的抒情塑造形象提供了便利，这不仅避免了一唱到底的单调、呆板，而且使每一个人物的多面性、复杂性、内心思想情感都得到了充分展现，人物的行为轨迹更加真实可信，形象更加丰满立体。世人对王实甫这种勇于创新的精神赞誉有加。明人

① 宁宗一：《创造性的改编——从'莺莺传'到'西厢记'的情节典型化和主题提炼》，陕西人民出版社1982年版，《古典文学论丛》第二辑第335页。

有鉴于此，称《西厢记》为“传奇之祖”。《西厢记》在形式上的这些大胆革新，对后来的戏剧创作起到了引领作用。

在人物塑造上，通过人物性格之间的对比来凸显个性。红娘机智聪明，热情泼辣，富有同情心，正义感，常在张生和莺莺的爱情陷于困境之时，出手相助，化险为夷。她代表着健康的精神和情感，富有蓬勃朝气，对生活充满自信。张生则比较酸腐，想爱，却软弱，经常处在举手无措的境地。莺莺外表凝静，内心却充满激情，矛盾纠结，喜怒无常，非常矫情，有时表现得甚至虚伪。崔母固执、专横，但却以母爱的形式表现出来。作者通过矛盾冲突来塑造形象，通过人物差异相互映衬，使得个性更加鲜明。例如，同是对爱情渴望，张生和莺莺的表现差异就非常大。

《西厢记》曲词清丽、优美，富有节奏感，感情色彩浓烈，在揭示人物情感，营造环境气氛，描写景物风情方面都臻于完美。《太和正音谱》言“王实甫之词如花间美人”，乃指其绘写之美，故又曰：“铺叙委婉，深得骚人之趣；极有佳句，若玉环之出浴华清，绿珠之采莲洛浦。”王实甫所作曲词，并非追求华丽，而是切近角色，讲求抒情叙事的个性化。如下面描绘少女春心萌动，愁绪无端的这段曲词，就完全是莺莺这样的大家闺秀端庄、含蓄的口吻：

【混江龙】落花成阵，风飘万点正愁人。池塘梦晓，栏槛辞春，蝶粉轻沾飞絮雪，燕泥香惹落花尘。系春心情短柳丝长，隔花阴人远天涯近，香消了六朝金粉，清减三楚精神。

有一段曲词【满庭芳】，被历代评论家视为“字字本色”的典范。剧情是崔母让红娘去请张生赴宴，张生以为婚姻在望，异常兴奋，急急忙忙精心妆扮。红娘旁观者清，心中不免对这个书生的痴情感到一丝怜悯、一丝嘲笑：

【满庭芳】来回顾影，文魔秀士，风欠酸丁。下工夫将额颅十分挣，迟和疾擦倒苍蝇，光油油耀花人眼睛，酸溜溜螫得人牙疼。

这样又白又俗略带尖酸、嘲讽的口气，只有胸中没有什么文墨，却伶牙俐齿、顽皮泼辣的俏红娘才能讲得出口。

“长亭送别”组曲，历来被视为杂剧文辞秀美的经典。古今曲家对其推崇备至。

【正宫·端正好】碧云天，黄花地，西风紧，北雁南飞。晓来谁染霜林醉？总是离人泪。……

【商调·集贤宾】虽离了我眼前，却在心上有；不甫能离了心头，又早上眉头。忘了时依然还又，恶思量无了无休。

这简直就是一首首优美的情诗，将人物的相思之苦，爱恋之深，担忧之甚，劝慰之殷表达得淋漓尽致。明人李贽对该剧本人物情思之真实与表现之自然大加赞赏，誉其为“化工”，说即“如化工之于物，其工巧自不可思议”(《焚书》卷三《杂说》)。明人胡应麟则从剧场演出角度评曰：“才情既富，节奏弥工，演习梨园，几半天下。”著名戏剧理论家吴梅推崇辞藻本色，在他的《中国戏曲概论》之中的《元人杂剧》一节中，曾评论说：“至论文字，则止有本色一家，无所谓辞藻缤纷纂组缜密也。王实甫作《西厢》，以研炼浓丽为能，此是词中异军，非曲家出色当行之作。”① 一方面对王实甫《西厢记》的辞藻华美予以充分肯定，另一方面却又认为此剧在元代剧坛上仅仅是个特例，不能归入“出色当行”之中。但实际上，王作《西厢》是不应该被排斥在“本色”之外的，因为其曲词基本上都能与人物身份、地位、教养、学识以及性格相符。以莺莺所唱曲词为代表的“辞藻缤纷”部分，也大致符合一个出身相门，经过书香长期熏染、琴棋书画俱精，多愁多思多感的灵慧女子声气的。正如我们反复强调的，有什么样的观众，就会产生什么样的杂剧。大都是人文荟萃之地，来自全国的文学文化精英汇聚于此，他们的精神文化需求当是一个不小的市场，同样不可小觑。生产他们需要的精神产品也是一种必

① 吴梅：《吴梅戏曲论文集》，中国戏剧出版社1983年版，第133页。

然。《西厢记》的创作，透露给我们这样一个信息：大都杂剧文化市场已经相当成熟，依据观众需要的不同，在风格、题材上已经有了专业化的划分，创作的针对性更强了。

《西厢记》无论是思想性，还是艺术性，都达到了元杂剧的一个高峰，从它诞生起，就被誉为："新杂剧，旧传奇，《西厢记》天下夺魁。"数百年来，被多个剧种反复搬演，甚至在国外许多国家流传，久演不衰，成为最具舞台生命力的佳作。

王实甫另有杂剧《破窑记》和《丽春堂》两种。《破窑记》描写刘员外女儿刘月娥与穷书生吕蒙正的爱情婚姻故事。吕蒙正历史上确有其人，为宋史名臣。刘月娥奉命抛绣球择婚，绣球打中吕蒙正，刘父反悔，月娥却不肯悔婚，在婚姻问题上，她有自己的衡量标准，不计贫富、门第，只要求"心慈善，性温良，有志气，好文章。"当婚姻遭到父亲反对时，她对父亲说："您孩儿心顺处便是天堂"，毅然决然与吕蒙正结为贫贱夫妻，住到了寒窑里。故事中书生的落魄正是元代社会生活的真实反映。而刘月娥不虚荣、不势力、忠于爱情和任劳任怨的美好品德，在生活的磨难和挫折中不断得到凸显。此剧呼唤的依然是"有情人终成眷属"，歌颂纯真的、没有任何附加条件的、爱情至上的婚姻观念。这部杂剧的产生与元代社会废弛科举，士人穷愁潦倒，社会地位骤然降低有很大关系，最后大团圆的美好结局，非常容易打动那些在无望中挣扎，期盼着时来运转奇迹发生的普通士人。

第三节　马致远

马致远（约1250—1321至1324年间），号东篱，一说字千里，大都人。元代著名杂剧、散曲作家，《录鬼簿》将其列入"前辈已死名公才人有所编传奇行于世者"节。散曲家张可久有【双调·庆东原】《次马致远先辈韵九篇》小令，可知他应早于张可久，而晚于关汉卿和白朴。他是历来公认的"元曲四大家"或"元曲六大家"之一，他的杂剧创作开始比较早，在元贞大德年间就已相当活跃，是元曲社团“元贞书会”的成员。创作时间长，经历丰富，影响也比较广泛。马致远生平事迹多不可考，据其作品自述“昔驰铁骑轻燕赵，往复奔腾稳似船”（【中吕·喜春来】《六艺》）的经历、“佐国心，拿云手”（【南吕·四块玉】《叹世》）的抱负、“自年幼，写诗曾献上龙楼”（【黄钟·女冠子】）的追求，可知他早年曾热衷功名，并且有所作为。后因官场失意，而“人间荣辱都参破”，终于感悟到“半世逢场作戏，险些儿误了终焉计。白发劝东篱，西村最好幽栖。”于是坚定了归隐之心，决心过“远红尘千丈波，倒大来闲快活”的平静生活。于是他成了一位“酒中仙，尘外客，林中友”，并混迹于书会勾栏与艺人之间，《太和正音谱》的《古今群英乐府格势》将其列为开卷第一人，以为“典雅清丽”，并声言“宜列群英之上”。贾仲明为其所作吊词赞其“共庾、白、关老齐肩”，并赞曰：“万花丛里马神仙，百世集中说致远，四方海内皆谈羡。战文场，曲状元。姓名香，贯满梨园。”他自己也说是“怪名儿到处喧驰的大”（【大石调·青杏子】），可见他的名声在当时非常响亮。马致远写有十五部杂剧，流传至今的有七种，即《汉宫秋》《青衫泪》《陈抟高卧》《岳阳楼》《任风子》《荐福碑》六种，以及和李时中等合作的《黄粱梦》。其中《汉宫秋》《青衫泪》成就最高，是元杂剧代表作。马致远的其他杂剧主要是神仙道化剧，这与金元之际北方尤其是燕京地区道教盛行密切相关。

昭君出塞的故事在元代成为创作上的热门题材，仅杂剧中就有关汉卿的《汉元帝哭昭君》，张时起的《昭君出塞》和吴昌龄的《月夜走昭君》等，但存世仅有马致远的《破幽梦孤雁汉宫秋》。

马致远《汉宫秋》取材于史书，但是却不拘泥于史实，作了很多的虚构。《汉书·元帝纪》和《汉书·匈奴传》记载王昭君“和亲”都非常简略，《后汉书·南匈奴传》则较为详细。大致脉络是西汉竟宁元年（公元前33年），元帝将宫人王嫱赐呼韩耶单于为阏氏；昭君入匈奴后，生二子；呼韩耶死，又服从成帝之命，嫁后单于为阏氏。元帝时，汉强匈奴弱，昭君出塞，表现了主动实行民族和睦政策。晋人葛洪《西京杂记》增加了汉元帝按图临幸，画工毛延寿索贿不遂，于是陷害王昭君的情节，使故事更为曲折，人物也较为丰满。后世，吟咏王昭君的文学作品更是多得不胜枚举。马致远从这些诗词中获得创作灵感。在情节上，马致远作了比较大的修改，昭君不再是打入冷宫不得见君王的苦命宫女，而成为汉元帝的宠妃；毛延寿不再是个无良画工，而成为一个卖国通敌的汉朝大臣；王昭君没能“和亲”与单于结婚生子，而是不入匈奴土地，投江殉国。其大致情节变为：汉元帝民间选美。王昭君美貌异常，但因拒绝向毛延寿行贿，而被他在美人图上点上破绽，打入冷宫。汉元帝深夜偶然听到昭君弹琵琶，爱其美色，将她封为明妃，又要将毛延寿斩首。毛延寿畏罪潜逃至匈奴，将昭君画像献给呼韩邪单于，让他向汉王索要昭君为妻。元帝与昭君情深意笃，不舍昭君和番，但满朝文武怯懦自私，无力抵挡匈奴大军入侵，昭君为使国家免受刀兵之灾自愿前往，元帝忍痛送行。单于得到昭君后大喜，率兵北去，昭君留恋故土，思念元帝，在汉番交界之地投江殉国殉情。单于为避免汉朝寻事，将毛延寿送还汉朝处治。汉元帝夜间梦见昭君而惊醒，又听到孤雁哀鸣，伤痛不已，后将毛延寿斩首以祭奠昭君。在马致远笔下，王昭君从史书中那个任由命运摆布的弱女子，变成胸怀大义，临危不惧的民族英雄，她热爱国家，忠诚爱情，正直不屈，形象立体丰满。作者将人物关系置于国难当头的危急时刻，以“卧重裀食列鼎，乘肥马衣轻裘”的满朝文武作为这个后宫柔弱女子的对比；以将相们平日只会“山呼万岁，舞蹈扬尘，道那声诚惶顿首”而此时却畏刀避箭，畏缩不前，映衬王昭君“妾情愿和番，得息刀兵”的豪言，以汉元帝惊慌失措，全无章法的懦弱行为，反衬王昭君的镇静、果敢，突出表现了她巾帼不让须眉的英雄气概和强烈的爱国激情。

《汉宫秋》的产生，有着深刻的历史背景。马致远生活的年代，刚刚经历了金、宋的相继覆亡。那些长于深宫，尊贵至极的宗室、嫔妃以及宫人、随从被押解、掳掠，千里迢迢北上，其屈辱、悲凉之状惨不忍睹。元好问在其所作的七言绝句就曾哀叹金朝宫人被掳，感慨她们一生悲苦的命运：“罗绮深宫二十年，更待桃李向谁妍。人生只合梁园死，金水河边好墓田”。元朝是一个民族压迫沉重的时代，蒙古统治者实行民族歧视政策，引起人民的极大不满。人们反思历史，反思当初成败的原因也就成为必然。元初的诗人中便多有咏昭君之作，“北使选绝色”（刘因《明妃曲》）、“汉室御戎无上策”（王思廉《昭君出塞图》）当都是针对现实的有感而发。这些史实以及诗作，当对马致远《汉宫秋》创作产生过直接影响。

马致远是元代最著名的散曲大家，清人邹祇谟在《远志斋词衷》曾称散曲为“马贯音学”，马，是马致远；贯，是贯云石。“马东篱《汉宫秋》一剧可称绝调。臧晋叔（臧懋循）《元曲选》取为第一，良非虚美。”（《剧说》）。马致远的《汉宫秋》充分展现了他在曲词创作方面的才情与功底。如第三折之中，有两个著名的曲子：

【梅花酒】呀！俺向这迥野悲凉，草已添黄，兔早迎霜，犬褪得毛苍，人搠起缨枪，马负着行装，车运着糇粮，打猎起围场。他他他伤心辞汉主，我我我携手上河梁。他部从入穷荒，我銮舆返咸阳。返咸阳，过宫墙；过宫墙，绕回廊；绕回廊，近椒房；近椒房，月昏黄；月昏黄，夜生凉；夜生凉，泣寒蛩；泣寒蛩，绿纱窗；绿纱窗，不思量。

【收江南】呀！不思量除是铁心肠，铁心肠也愁泪滴千行，美人图今夜挂朝阳，我那里供养，便是我高烧银烛照红妆。

这段文字如此生动，寥寥数笔，便将景色、环境、气氛作了传神勾画，渲染出生离死别的氛围。接着又运用修辞中“顶真”手法，将人物千回百转，愁情满怀的处境表达出来，不仅符合剧情的发展，又推动了人物的感情波澜，具有很强的艺术感染力。

《汉宫秋》之外，马致远的杂剧分为两种，其中《青衫泪》《荐福碑》《陈抟高卧》描写士人不幸的命运，《黄粱梦》《任风子》《岳阳楼》为神仙道化剧。

《荐福碑》取材于宋僧惠洪的《冷斋夜话》，故事说贫穷书生时运不济，穷愁潦倒，向地方官范仲淹求助，范仲淹给他纸墨，让他去拓印荐福碑，到京城售卖，以解穷困。没料到，荐福碑竟然被雷电劈碎。这是一个迷信色彩浓重、宣传宿命的故事。杂剧《荐福碑》写书生张镐，教学乡里，生计难以维持，范仲淹给他写了三封推荐信，让他去博取功名，结果两次未遇。流落荐福寺，寺中长老让他拓碑，碑又被雷电击碎。故事一波三折，情节曲折离奇，情绪渲染得淋漓尽致，真实地反映出元代士人仕途无门、穷愁潦倒的窘境。

【寄生草么篇】这壁拦住贤路，那壁又挡住仕途。如今这越聪明越受聪明苦，越痴呆越享了痴呆福，越糊突越有了糊突富。

【油葫芦】则这断简残编孔圣书，常则是养蠹鱼。我去这六经中枉下了死工夫。冻杀我也《论语》篇、《孟子》解、《毛诗》注，饿杀我也《尚书》云、《周易》传、《春秋》疏。比及道河出图、洛出书，怎禁那水牛背上乔男女，端的可便定害杀这个汉相如！

作品借张镐之口，指斥社会升降无序、吏治腐败黑暗，士人的激愤、愁苦、无奈倾泻而出。可惜剧作却以张镐时来运转、金榜题名高官得做结束，削弱了作品的批判力量，但是却真实地反映出元代士人迫切期待社会仕进制度变革更新的强烈愿望。

第五章 大都杂剧（三）

第一节 杨显之 纪君祥

杨显之，生卒年不详，大都（今北京）人，著名杂剧作家。《录鬼簿》记载他与“关汉卿为莫逆交，凡为文，与公较之，号‘杨补丁’”，这说明杨显之戏曲文化艺术水平较高，对杂剧艺术有独到见解，并且热情、中肯，善于帮助别人。在元初杂剧作家中，他年辈较长，有威望。贾仲明的吊词中说学士王元鼎尊他为“师叔”，顺时秀称他为“伯父”，是个“寰宇知名”的著名杂剧作家。杨显之的杂剧，题材多取材现实生活和民间故事，其所作杂剧今知有八种，现存有两种：《临江驿潇湘秋夜雨》《郑孔目风雪酷寒亭》。《潇湘夜雨》为其代表作，该剧描写了落魄书生富贵之后，抛弃妻子的丑行。未中之时，崔通与落难女子张翠鸾结为夫妻，并向天发誓，决不相负。但是到了京城之后，马上谎称自己无有家室，又迎娶了试官的女儿。当结发妻子千辛万苦找寻来时，崔通不仅不肯相认，竟然谎称翠鸾是“逃奴”严刑拷打，面上刺字，发配荒原，又买通人要途中加害，必置其于死地。但当他得知张翠鸾生父竟然是朝中高官廉访使时，又后悔不迭。元杂剧中书生的形象多是命运坎坷，抑郁不得志的正面形象。而《潇湘夜雨》中这个卑鄙、狠毒、势力、忘恩负义的丑恶小人，无疑是士人之中的败类。这个形象的产生，同样有着现实的生活基础。元杂剧中有很多写得官弃妻的作品，此剧为代表作之一，影响较大，曾被后世多次改编上演。《酷寒亭》写衙门孔目郑嵩娶妓女萧娥为续室，萧虐待前妻子女并与他人结有私情，郑孔目杀死萧娥，发配沙门岛，途中被曾经受过他恩惠的绿林好汉宋彬搭救。杨作关目动人，曲词清丽，本色中偶有华丽，宾白朴实流畅，风格与关汉卿较为接近，属于元杂剧中本色一派。朱权《太和正音谱》称杨杂剧如“瑶台夜月”。

纪君祥，生卒年不详，一名纪天祥，大都人，元代前期的杂剧作家，《录鬼簿》将他列为“前辈已死名公才人”，生平事迹不可考，只知他与郑廷玉、李寿卿为同时代人，相互之间有交往，李寿卿为至元（元世祖年号）间人，由此可推知纪君祥的活动年代，属于以大都为中心的元代杂剧鼎盛时期。其剧作存目八种，现存《赵氏孤儿大报仇》一种。

《赵氏孤儿》是元杂剧中著名悲剧之一，在前期杂剧作家之中，纪君祥也是唯一仅靠一部作品广泛流传而闻名于世的杂剧作家。此剧奠定了纪君祥在元代杂剧中无可撼动的崇高的地位。《赵氏孤儿》是一部历史剧，本事出于《左传》《史记》等史籍，《史记》中《赵世家》《晋世家》《韩世家》都有赵氏故事。《晋世家》记载晋灵公与大臣赵盾之间的矛盾。《赵世家》记晋景公诛杀赵氏家族三百余口的起因是奸臣屠岸贾作祟，而屠岸贾曾经是晋灵公的宠臣。诛灭赵氏之事曾遭韩厥阻拦，赵氏遗孤由公孙杵臼和程婴共同搭救。二人设计，将他人婴儿冒充赵氏孤儿，由程婴告密，公孙与婴儿被杀，以此掩护赵氏后代。程婴带着赵氏遗孤躲进深山，并将其抚养成人。十五年后，韩厥趁机进言，讲出真相，晋景公召回赵氏孤儿赵武，屠岸贾伏法被诛，满门灭族。又四年后，程婴为追随赵盾和公孙杵臼，自杀。纪君祥所作杂剧《赵氏孤儿》将历史记载中晋灵公欲杀赵盾，和晋景公诛杀赵氏家族两个历史上时间相隔甚久的事件捏合在一起，保留了主要历史人物和故事线索，增添变动了一些情节。杂剧故事说春秋时晋国权臣屠岸贾谋害忠直大臣赵盾，使赵氏惨遭灭门之灾，一家三百余口满门抄斩，只有赵盾之孙，一个尚在襁褓中的婴儿被义士程婴救出。屠岸贾发现有人偷偷救出孤儿后，为斩草除根，竟下令残杀全国所有一月以上半岁以下的幼儿。程婴为保全赵氏遗孤和全国幼儿，毅然献出自己的幼子顶替赵氏孤儿，其至友公孙杵臼为掩护程婴救孤，牺牲了自己的生命。孤儿由程婴扶养成人，二十年后，赵氏孤儿手擒屠岸贾，报了血海深仇。《赵氏孤儿》是五折一楔子的大手笔。它结构复杂，气韵贯通，人物繁多，但是主题异常鲜明。为了深化主题，作者舍弃了部分真实历史情节，淡化了一些虽然重要但无关主旨的内容。突出其核心是知恩报恩，有冤必申，有仇必报。塑造了一批为了拯救无辜、报仇雪恨、前赴后继的忠勇义士形象。在作者笔下，无论是将军韩厥，还是医生程婴，或者是大臣公孙杵臼，这些人物虽然身份不同，地位悬殊，但是身上都表现出来“其言必信，其行必果，已诺必诚，不爱其躯”（《史记·游侠列传》）的品德特征。他们为了践行诺言，不惜忍辱负重，不惜牺牲个人生命。程婴是作者着力刻画的人物。为了保护孤儿，他忍受着投敌卖友的骂名，他眼看着好友被鞭打受尽酷刑，他用自己的亲生骨肉替换下赵氏孤儿。当屠岸贾认赵氏孤儿为义子，招程婴为门客时，他又强忍悲愤屈辱，还要向仇人献媚。所有这一切难忍之忍，他都忍了，就是为了“诚信”——对朋友，就是为了“报仇”——对敌人。“诚信”和“报仇”历来是社会下层民众最信奉的道德律条。而在燕赵之地，这又有着非常深厚的文化根源和民众思想基础。《赵氏孤儿》的诞生，与大都民众多尊崇慷慨悲凉行侠仗义之士的文化传统密切相关。另一方面，自赵宋政权建立后，无论是北宋末还是南宋，国家始终面临来自北方少数民族政权的威胁，与辽、金、元战争不断。软弱无助的皇族赵氏，危急时刻，曾给程婴、公孙杵臼这些保全赵氏血脉香火的历史人物追封尊号，建庙祭祀，表彰忠义。这也在客观上扩大了这些历史人物的影响。

全剧主题鲜明，冲突尖锐，情节扣人心弦，基调凄凉悲怆，表现出纯洁、高尚、壮丽之美，《太和正音谱》赞其“如雪里梅花”。王国维《宋元戏剧》评曰：“明以后，传奇无非喜剧，而元则有悲剧在其中……其最有悲剧之性质者，则如关汉卿之《窦娥冤》，纪君祥之《赵氏孤儿》剧中虽有恶人交构其间，而其蹈汤赴火者，仍出于其主人公之意志，即列之于世界大悲剧中，亦无愧色也。”该剧流传甚广，被多个剧种移植，搬演不衰，与杂剧同时或稍晚的有南戏《赵氏孤儿记》、明代传奇《八义记》和清代地方戏的《八义图》等。这部剧作早在十八世纪初就已经流传到了欧洲，曾在法国皇家剧院演出，有法、英、俄、德、意大利等文字的译本流传。

第二节 李宽甫 李子中 李时中 王伯成 赵明道 张国宾

李宽甫（亦作宽夫）生卒年不详，大都（今北京）人，约元世祖至元中前后在世，为元前期杂剧作家，《录鬼簿》将其列入“前辈已死名公才人”一栏中。曾为刑部令史，除庐州合淝县尹。贾仲明为其所撰吊词称其“西煮令史合肥官，局量胸襟怀抱宽，银鞭紫马驿蜚窜。宴秦楼，宿谢馆。肉屏风，锦簇花攒。金叵一醉，醉斟琼酿。青定瓯，茶烹凤团。红烧羊，玛瑙犀盘。”可见其亦曾混迹于市井青楼中。所作杂剧，作品有《汉丞相丙吉问牛喘》，今已不存。《太和正音谱》将其曲辞列入杰作之中，且称“其词格势非笔舌可能拟，真词林之英杰”。

李子中（生卒年不详）大都（今北京）人。元前期作家。《录鬼簿》将其列入“前辈已死名公才人”一栏，贾仲明言其“承盛时”，由此推断其当为元贞、大德时人物。曾任知事，后迁县尹。故贾仲明为其所撰吊词曰：“先除知事显其才，后转郎官为县宰。钟君《鬼簿》清名载，播文风，流四海，承盛时，洗荡吟怀。三场艺，七步才，音律和谐”。所作杂剧今知有《崔子弑君》《韩寿偷香》两种，今已不存。另有散曲套数一首存世。

李时中（生卒年不详），大都（今北京）人，曾任中书省掾吏，除工部主事。《录鬼簿》将其列入“前辈已死名公才人”之列。其活动时间大致与马致远时间相近，同为书会中人。贾仲明为其所撰吊词说：“元贞书会李时中，马致远、花李郎、红字公，四高贤合捻《黄粱梦》。东篱翁，头折冤。第二折，商调相从。第三折，大石调。第四折，是正宫。都一般愁雾悲风。”其所作杂剧今仅存与马致远诸人共同合撰的《邯郸道省悟黄粱梦》一种，该剧虽由四人联手合作，但文意贯通，结构完整，前后协调，非常难得。后人得以通过此剧见元剧创作之盛况以及剧作家、演艺人员及教坊、书会之关系，杂剧生产之模式创新等。

王伯成，生卒年不详，涿州人。元代杂剧作家。约生活在至元年间前后，活跃于大都，与著名戏剧作家马致远及张仁卿关系密切。《录鬼簿》将其列为“前辈已死名公才人”，贾仲明为其所作吊词曰“马致远，忘年友。张仁卿，莫逆交，超群类一代英豪”。散套《赠长春宫雪庵学士》说：“耳若聋，口似缄，有人来问佯装憨。胡芦提了全无闷，皮袋肥来最不憨。渔樵伴，山声野调，阔论高谈。”所作杂剧今知有二种，现存《李太白贬夜郎》一种。《贬夜郎》敷演唐代诗人李白故事，说李白在长安，本来备受皇帝尊崇，后因识破杨贵妃、安禄山之间的“私情”，遭到贬谪，在途中，因酒醉捉月坠入江中身亡，结果在另一个世界受到龙王和众水族的欢迎。剧中汲取了许多有关李白的民间传说，表面上传奇色彩浓重，实际上，主题立足现实，刻画李白才华横溢狂放不羁，旨在述说士人的怀才不遇，难遇贤明；着力渲染了隐逸醉仙生活的美妙，当是厌恶官场争斗，向往归隐生活社会风尚的反映。所著《天宝遗事诸宫调》规模宏大，在文学史上有重要地位。内容较庞杂，既有唐明皇沉迷于和杨贵妃的感情，又有杨贵妃与安禄山的暧昧关系；在杨贵妃马嵬之变死后，又表现唐明皇和安禄山对她的思念。从总的倾向看，作者对唐明皇和杨贵妃的情缘故事持批判态度，这与《贬夜郎》中对杨贵妃的谴责是一致的。今存小令二首，套数三篇。《太和正音谱》评其作品“如红鸳戏波”。

赵明道，一作赵明远，生卒年不详，大都人（今北京人），元代杂剧、散曲作家。钟嗣成将他列为“前辈已死名公才人”贾仲明为其所撰吊词称：“钟公《鬼簿》应清朝，《范蠡归湖》手段高。元贞年里，升平乐章歌汝曹。喜丰登，雨顺风调。茶坊中嗑，勾肆里嘲：明明德，道泰歌谣。”可知其创作活动应在元贞年间（1295—1296）前后。庄一拂在《古典戏曲存目汇考》中推论赵氏“约元世祖至元中前后在世”。至元、元贞、大德时期，是杂剧的鼎盛时期，大都是全国杂剧中心，关汉卿、马致远等曾在这里组织了“玉京书会”、“元贞书会”等文艺团体。赵明道可能参加了此类书会的活动。“茶坊中嗑、勾肆里嘲”，或许描述的就是当时杂剧作家、艺术家们在一起商讨剧本的场景。《太和正音谱》将其列入英杰中，并称其词“如太华晴云”，“势非笔舌可能拟，真词林之英杰”。据《录鬼簿》著录，所作杂剧今知有二种即《牡丹亭》《范蠡归湖》，现仅存残曲《陶朱公范蠡归湖》一种。另有散曲套数三首、残套一首存世。

张国宾，一作张国宝，又称张酷贫，大都（今北京）人，生卒年不详，生平事迹不可考。是元代著名的戏剧艺人、杂剧作家和教坊官员。生活于社会下层，曾任教坊勾管，擅长作曲，其杂剧曲词通俗易懂，有较为浓郁的民间生活气息。贾仲明在为其所作吊词中说：“教坊勾管喜时营，斗米三钱大德中，饱食终日心无用。”喜时营（营，一作“丰”）应为其艺名，《太和正音谱》将其作列入“娼夫之词”，由此推断他很可能是戏剧演员、剧本作者兼教坊官员三位一体之人物，生活年代当在大德前后。所作杂剧《录鬼簿》著录四种，今存《薛仁贵衣锦还乡》（一说为《薛仁贵荣归故里》）《相国寺公孙汗衫记》《严子凌垂钓七时滩》三种。代表作《汗衫记》，讲述了一起谋杀案的前因后果，情节曲折，人物生动，是元杂剧中之名作。后曾流传国外，有法文译本。

第三节　庚天锡　王仲文　梁进之　孙仲章　费君祥　费唐臣　石子章　秦简夫

庚天锡，生卒年不详，字吉甫，大都（今北京）人，元代杂剧、散曲作家。曾任中书省掾，除员外郎，中山府判。贾仲明所写吊词亦曰：“语言脱洒不粗俗，翰默清新果自如，胸怀倜傥多清楚。战文场，一大儒。上红笔，没半点尘俗。寻章摘句，腾今换古，噀玉喷珠。”著有杂剧《骂上元》《琵琶怨》《半昌宫》等十五种，今皆不传。亦善作散曲。贯云石《阳春白雪序》，将他与关汉卿并列，称之为“造语妖娇”。散曲今存小令七支，套曲四套，情调与马致远多有相近处，作杂剧十五种，多表现文人的怀才不遇，今均不存。

王仲文，生卒年不详，大都（今北京）人，元代杂剧作家。贾仲明为《录鬼簿》补作吊词中，言其“仲文踪迹驻金华，才思相兼关、郑、马。”以其与关汉卿、郑光祖、马致远相提并论。所作杂剧十种，今仅存《救孝子贤母不认尸》一种，以及《诸葛亮军屯五丈原》《汉张良辞朝归山》部分曲文。其剧作以历史题材居多，作品呈阳刚之气，《太和正音谱》于元曲家中列王仲文为上品，谓其词“如剑气腾穿”。《救孝子》为其代表作，是一个反映社会问题的公案戏。军户杨兴祖被勾入伍，其妻春香在回娘家路上被歹人赛卢医劫持，并将她的衣服穿在另一被害的女尸身上。官府草率地判定春香是被小叔杨谢祖杀死，由于杨母拒不承认这是儿媳的尸体，因此未能结案。后来，杨兴祖立功归家，拿获赛卢医，真相大白，冤案得雪。剧作着重塑造了杨母形象。她善良正直，有胆有识，敢于同官府力争，使得令史不敢当面对她的儿子采用酷刑逼供。全剧富于生活气息，虽然所写为金代故事，实是对元代社会秩序混乱、吏治黑暗现实的抨击。剧中推官昏聩、令史弄权，给百姓带来深重的灾难。作品借贪官酷吏之口，将百姓的悲惨处境形容得异常形象、贴切、沉痛：“俺这衙门如锅灶一般。囚人如锅内之水，祗候人比着柴薪，令史比着锅盖。怎当他柴薪爂炙，锅中水被这盖定，滚滚沸沸，不能出气，蒸成珠儿，在那锅盖上滴下，就与那囚人衔着冤枉滴泪一般。”《救孝子》关目讲究，结构合理，曲辞俊洁。其生平创作见《集贤大学士荣禄大夫史公神道碑》（《金华黄先生集》卷二六）、钟嗣成《录鬼簿》、朱权《太和正音谱》、臧懋循《元曲选》。

梁进之，（生卒年不详）一作梁退之，大都（今北京）人。元代杂剧作家。曾任警巡院判，除县尹，又除大兴府判，次除知和州。为元初散曲作家杜仁杰妹婿，与关汉卿年辈相当，且为世交。《录鬼簿》将其列为“前辈已死名公才人”。《青楼集》和《南村辍耕录》记载，他和杂剧作家杨显之、费君祥，散曲作家王和卿以及著名女演员珠帘秀等均有交往，和杨显之、王和卿尤其亲密。贾仲明为其所撰吊词曰：“警巡院职转知州，关叟相交为故友。行文高古尊韩柳，诗宗李杜流。填词似苏柳秦周。翠裙红里，鲜羊糯酒，肥马轻裘。”可知他除了杂剧之外，还擅长诗、文、词、曲。朱权《太和正音谱》评其词曲格势，喻如“花里啼莺”。

孙仲章（生卒年不详）大都（今北京）人。元代杂剧作家。《录鬼簿》将其列为“前辈已死名公才人”之列。孙仲章所作杂剧今知有二种《卓文君白头吟》《金章宗断遗留文字》，现俱已不存世。《太和正音谱》谓其词“如秋风铁笛”。

费君祥（生卒年不详）字圣父，大都（今北京市）人，元代戏曲作家，为另一杂剧作家费唐臣之父。《录鬼簿》将其列为“前辈已死名公才人”一栏。生活年代当在金末元初，与关汉卿颇相友善。著有《爱女论》一书，传于世。所撰杂剧《才子佳人菊花会》，已佚。贾仲明所写吊词曰：“君祥前辈效图南，关巳相从看老耽，将楚云湘雨亲把勘。《爱女论》，语句严。《菊花会》【大石调】监咸。珊瑚檐，翡翠监，风月轻担。”朱权《太和正音谱》称其词曰：“势非笔舌可能拟，真词林之英杰”。

费唐臣（生卒年不详）大都（今北京）人，元代杂剧作家。生平事迹已不可考，为另一杂剧作家费君祥之子。费唐臣撰有杂剧三种《斩邓通》《韦贤簠金》《贬黄州》皆为历史剧，现存《苏子瞻风雪贬黄州》一种，描写苏轼被贬的故事，对封建官场的黑暗和世态炎凉有所揭露，辞藻优美，抒情性强，在元杂剧中格调较高。《太和正音谱》评其作品，列于乔吉之次，谓其词“如三峡波涛”，并称其“神风耸秀，气势纵横；放则惊涛拍天，敛则山河倒影，自是一般气象，前列何异?”由现存《贬黄州》观，结构语言俱佳，在一般同类作品之上。

石子章，一作石子璋。(生卒年不详)，大都（今北京）人。元代杂剧作家。约元世祖至元中前后在世，曾随使西域，近人孙楷第考证子章名建中，石晋之后。《元遗山集》有《赠石子章》诗一首，李显卿《寓庵集》亦有《答石子章因送其行》诗一首，杜善夫弟子王旭《兰轩集》亦有《送石子章归省郑南》诗一首，元人蒋易《国朝风雅》中亦见陈节斋《落花寄石子章韵》一首，孙楷第及王国维据此考订石子章与元遗山、李显卿以及杜善夫同时，约元世祖至元前后在世。并曾与元好问、李显卿有诗作赠答，王国维认为他与元好问、李显卿为同时人。金亡后曾随乌古孙仲端出使西域。《录鬼簿》将其列为“前辈已死名公才人”，贾仲明在《录鬼簿》中为石子章作挽词云：“子章横槊战词林，尊酒论文喜赏音。疏狂放浪无拘禁，展腹施锦心。《竹窗雨》，《竹坞听琴》。高山远，水流深，戛玉锵金。”石子章有散曲【八声甘州】描绘自己的生活是：“十年往事，也曾一梦到扬州。黄金买笑，红锦缠头。跨凤吹箫三岛客，抱剑携琴武陵游。风流，罗帏画烛，采扇银钩。”可见其疏狂放浪无拘禁。

石子章有剧《黄桂娘秋夜竹窗雨》及《秦修然竹坞听琴》二种，今仅存《竹坞听琴》。其大致故事内容是：秀才秦修然与郑彩鸾由父亲指腹订婚，后因双方父母皆亡。此时官府贴出榜文，女二十岁不嫁者问罪，郑彩鸾不得已，出家投奔一郑姓老道姑，居于竹坞。秦修然此时在父执郑州尹梁公弼处攻读，踏青晚归，欲投宿竹坞，偶闻彩鸾弹琴。二人互通姓名，各自叙述经历，知为未婚夫妇，于是暗中往来。梁公弼担心秦修然因此耽误学业，谎称道观有女鬼迷惑少年男子，秦修然惊慌不已，匆忙赴京赶考。秦修然状元及第，梁公弼使他与彩鸾在白云观会面，解释误会，二人成婚。梁公弼也因此得知老道姑即自己失散多年的妻子，夫妻重逢，皆大欢喜。《然竹坞听琴》一剧关目紧凑集中，抒写情感细腻，颇富诗情画意，其风格略近马致远文采一派。另存有散曲套数一套。《太和正音谱》称石子章之词如“清风爽籁”“如蓬莱瑶卿”。

秦简夫，生平事迹不详，大都（今北京）人。元代后期著名的杂剧作家，他一直在大都从事戏剧创作，并有较高的名望，公元1330年之前，曾寓居杭州，继续从事戏剧活动。成书于元至顺年间的《录鬼簿》说他："见在都下擅名，近岁来杭。"他非常熟悉舞台生活，所作杂剧易于演出。作剧五种，现仅存《孝义士赵礼让肥》《东堂老劝破家子弟》《晋陶母剪发待宾》三种，均以表现家庭伦理为主题。有论者认为其《破家子弟》有基督教背景。其作品风格淳朴自然，与郑廷玉相近。《太和正音谱》评价其词曲曰"峭壁孤松"，可见极有个性。

代表作《破家子弟》，写的是扬州富商赵国器之子扬州奴，浪荡成性，挥霍无度，父死后将家产败光，沦为乞丐。东堂老李实，是扬州奴父亲的生前好友，他受亡友之托，对扬州奴苦心教诲和帮助，使他痛改前非，终于浪子回头，重振家业。作品刻画的扬州奴形象，很有典型意义。扬州奴懒惰无知、不务正业，浮夸虚荣，即使去一趟隔壁邻居家也要"骑马"，意在炫耀。父亲死后不到十年，他便"把那家缘过活，金银珠翠，古董玩器，田产物业，孳畜牛羊，油磨房，解典库，丫鬟奴仆，典尽卖绝，都使得无了也"，结果家产败光，依然旧习难改，"使惯了的手，吃惯了的口，一二日不使得几十个银子呵，也过不去"。作者意在劝喻富二代子弟引以为戒。作品除了歌颂东堂老忠于朋友的信义行为之外，在思想上也反映出民众对新的商业文化逐渐接受的变化。作品中，商人不再是唯利是图、贪婪吝啬的反面形象，而是正面歌颂了他们的奋斗精神。作品通过人物对白，宣传了正确商业观：

（小末尼云）父亲，您孩儿这几时做买卖，不遂其意，也则是生来命拙哩。

（正末云）孩儿，你说差了。那做买卖的，有一等人肯向前，敢当赌。汤风冒雪，忍寒受冷；有一等人怕风怯雨，门也不出，所以孔子门下三千弟子，只子贡善能货殖，遂成大富。怎做得由命不由人也？（唱）

【正宫】【端正好】我则理会有钱的址咱能，那无钱的非关命。咱人也须要个干运的这经营。虽然道贫穷富贵生前定，不俫咱可便稳坐的安然等？

（卜儿云）老的，你把那少年时挣人家的道路，也说与孩儿知道咱。

（正末唱）【滚绣球】想来我幼年时血气猛，为蝇头努力去争。哎哟！使的我到今来一身残病，我去那虎狼窝不顾残生。我可也问甚的是夜，甚的是明，甚的是雨，甚的是晴。我只去利名场往来奔竞，那里也有一日的安宁？投至得十年五载我这般松宽的有，也是我万苦千辛积攒成。往事堪惊！

这里宣传的是：第一，发家致富靠人不靠天，人的贫富并非命中注定，而是事在人为；第二，为商不能害怕吃苦，风里来，雨里去，起早贪黑，财富都是辛苦来；第三，财富是一点一滴积攒的，只有前面的“为蝇头努力去争”，才有后边“万苦千辛积攒成”的生活“松宽”。

作品还涉及了子女教育问题，告诫父母单纯留下巨额财富，对后代并无太大好处，不仅世代富贵的愿望不能实现，还有可能将子女推上邪路：

（旦儿云）叔叔，想亡过公公挣成锦片也似家缘家计，指望与子孙永远居住，谁想被扬州奴破败了也。

（正末唱）【滚绣球】休言家未破，破家的人未生；休言家未兴，兴家的人未成；古人言一星星显证。（带云）那为父母的，（唱）恨不得儿共女辈辈峥嵘。只要那家道兴，钱物增，一年年越昌越盛。（带云）怎知道生下儿女呵，（唱）偏生的天作对不称人情。他将那城中宅子庄前地，都做了风卫扬花水上萍。哎！可惜也锦片的这前程！

作品正面涉及金钱怎样花，财富怎样用才算有意义这样的话题。作者借东堂老之口，教育扬州奴，如果用金钱去救助那陷本的商贾、受困的官员、落魄的书生才有意义，“强似的与虔婆子弟三十锭，更和那帮懒钻闲二百瓶”。此剧关目紧凑，形象鲜明，曲辞本色而自然，描写委曲尽致，曲、白结合紧密，堪称元杂剧后期佳作。

元代前期是杂剧的鼎盛时期，其中心在大都。到杂剧发展的后期，受到北方政治动荡，社会不安定等诸多因素的影响，使得这个中心南移，杭州成为杂剧新的传播中心。杭州是南宋王朝的首都，历来繁华优裕，南北一统之后，美丽的湖光山色和浓厚的文化气息很快就吸引了大批的北方戏剧家到来，并定居下来。关汉卿、白朴等著名杂剧作家都先后到了那里，杂剧在杭州具有很大的市场号召力和影响力，在北方杂剧作家的影响之下，大批南方杂剧作家迅速成长，使得南戏等其他戏剧品种黯然失色。徐渭的《南词叙录》曾经有过十分准确的记载："元初，北方杂剧流入南徼，一时靡然向风，宋词遂绝，而南戏亦衰。"[①] 王骥德《曲律》的表述与此相类："入元而益漫衍其制，栉调比声，北曲遂擅盛一代。"[②] 于是，杂剧成为真正意义的"国剧"。但杭州本身从来就没有产生关汉卿、马致远那样的杂剧大家，而南下的杂剧名流到了杭州这个温柔之乡似乎也很难持续大都时那样健康、旺盛蓬勃向上的创作活力。

第四节　元代杂剧重要研究、资料及著述者
胡祗遹　钟嗣成　贾仲明　夏庭芝

在元代杂剧兴盛流行之时，元人便开始了对杂剧的关注与研究。胡祗遹、虞集、杨维桢、陶宗仪等人以序跋笔记的形式对包括杂剧在内的元曲发表真知灼见，燕南芝庵《唱论》、周德清《中原音韵》等则为系统论著，钟嗣成《录鬼簿》、夏庭芝《青楼集》在记录、保留元曲重要作家和表演家史料的同时，系统地阐述了自己对这门独特的艺术的观点。元代还有以曲论剧的，如钟嗣成、贾仲明的吊词和杨维桢的《宫词》等。这些著录，长短不一，形式各异，有些记载多于论述和阐释，但开创之功不可磨灭。

胡祗遹（1227—1295）字绍开，号紫山。是元代著名文学家，也是官员中对元曲艺术投入较多关注和研究的一个。他文学艺术修养深厚，曾游历各地，又长期出仕大都，眼界开阔，较少拘谨。与元曲艺人交往广泛，通过一

① 见《中国古典戏曲论著集成》（三），第239页。

② 见《中国古典戏曲论著集成》（四），第55页。

些序跋，对表演艺术进行了系统性的理论阐述。对元前期的杂剧表演、创制较有影响。所作《朱氏诗卷序》《黄氏诗卷序》《优伶赵文益诗序》都是为元曲艺人而作。在这些文章中，他对包括杂剧在内的元曲艺术部分规律进行了总结和归纳。他认为，所谓杂剧，就是应该广泛地反映社会生活："上则朝廷君臣政治之得失，下则闾里市井父子兄弟夫妇朋友之厚薄，以至医药卜巫释道商贾之人。"杂剧应该给人以精神的享受，帮助人们摆脱日常生活的苦恼，即"宣其抑郁"（《赠宋氏序》），他重视舞台表演效果，提出"九美"说，对演员提出艺术素质和表演艺术的要求。

钟嗣成（约1279—约1360），号丑斋。祖籍大梁（今河南开封），寄居杭州。约在至元末、大德初在杭州官学进学，是邓文原授业弟子，与戏曲家赵良弼、屈恭之、刘宣子、李齐贤等人为同窗。曾多次参加"明经"考试，屡试不中，于是闭门著书。除《录鬼簿》外，他著有杂剧七种，皆不传。还著有散曲创作，多散佚。《丑斋自序》是他的代表作。《录鬼簿》是我国戏曲史上第一部元曲作家的略传和元杂剧剧目的专著，是中国戏剧理论的奠基之作。除了其所具有的史料价值，其贡献还在于：第一，他编撰此书，为那些经史所不传，而又高才博识的一代戏曲家作传，以此激励后学，希望"初学之士，刻意词章，使水寒乎冰，青胜于蓝"，推动杂剧艺术继续发展，表现出极强的文化使命感。第二，钟嗣成在《录鬼簿序》中异常自信宣称：要为那些"门第卑微，职位不振"，但却如"日月炳焕，山川流峙，及乎千万劫无穷已，是则虽鬼而不鬼者"的元曲作家们"叙其姓名，述其所作"，"使已死、未死之鬼，作不死之鬼，得以传远"。他讽刺那些理学浅薄之士为"酒罂饭袋""未死之鬼"，这种摒弃历来被认为高尚的"性理之学"，而大张旗鼓地为杂剧张目，在文化上表现出强烈的反传统精神。第三，钟嗣成总结了杂剧创作的部分艺术规律，将戏剧形式与传统的文学样式相比，指出其创新贡献。《录鬼簿》全书为上、下两卷。上卷分："前辈已死名公有乐府行于世者""方今名公""前辈已死名公才人有所编传奇行于世者"三类。两卷共记述一百五十二位杂剧及散曲作家，大略以年代先后排列；著录剧目共四百余种。同时，在书中一些零星的记载中，还揭示了元代杂剧作家的活动和组织情况，并且透露了元代戏曲发展的线索，如院本的创作，杂剧作家的南迁，杂剧作家写南戏的情况，后期杂剧的音乐采用南北合套的情况等。这些都为元代戏曲的研究提供了宝贵材料。至明初，戏曲家贾仲明又增补了吊词。

贾仲明（1343—1422）一作贾仲名，号云水散人，淄川（今山东淄博）人，晚年移居兰陵（今属山东），精于乐章，善吟咏。明初，入燕王朱棣藩邸为清客，至朱棣登皇帝位后多年，甚得尊宠，每有宴会，应制之作，备受赞赏。有《云水遗音》行于世。其晚年增补《录鬼簿》，为八十二位元代曲家补作了【凌波仙】吊曲。近世学者或认为《录鬼簿续编》出于他之手。《录鬼簿》及贾仲明吊词，成为研究大都杂剧发展不可或缺的宝贵资源。

夏庭芝《青楼集》是一部记录元曲表演艺术家的专著。成书于元至正乙未十五年（1355），全书一卷，记述元大都、金陵、江浙、湖广等地的女性艺妓一百多人，其中杂剧演员四十六位，又以大都杂剧演员人数最多，记录最为翔实。《青楼集》记录了她们的艺术专长，与达官显宦、文人才士、戏曲散曲作家的应酬和交往。涉及名公士大夫等五十多人、男演员三十余人。从一个侧面反映了元代戏曲的繁荣状况及元代艺人的生活情景，为后世了解演员行迹、时尚风俗提供了宝贵参考，具有极高的史料价值。《青楼集》对戏曲沿革提出了自己独到的见解。

第六章　大都散曲（一）

第一节　大都元散曲概况

元曲，包括杂剧和散曲。但在元代并无散曲之名，当时人们把散曲当做诗歌看待，统称为“乐府”、“新乐府”、“北乐府”、“今乐府”等。散曲形式上分为套曲和小令两种。套曲是两支以上的、同一宫调的小令的联唱，小令则是单独的一支曲子。在散曲中，小令因为体制短小，易于掌握，创作更为广泛，优秀作品总体而言也更多。套曲因体制要求较高，非才情过人者难以为之，故创作者寡。但套曲中优秀者因为表达情事较小令更为淋漓完整，所以影响更大。

散曲是杂剧艺术最重要的构成要件之一。“元曲四大家”中的关汉卿、马致远、王实甫都是著名的散曲高手。但在元代，散曲作家比杂剧作家要广泛得多，从事散曲创作的有馆阁重臣、理学大儒、翰林文士以及云游四方的才子。作为散曲作家，他们大多不一定能够从事杂剧创作，尽管杂剧作家必须能够创作散曲。一般来说，散曲作家群体的社会地位总体上要比杂剧作家高一些，因为人们将散曲目为诗、词在新时期的流变，认为它是一种新兴的文学样式，所以散曲作家自然也就可以与汉魏唐宋的诗词作家比肩，受到社会的普遍重视与敬重，这从人们将散曲称为“乐府”可以得到印证。元代前期，许多的散曲作家是达官贵人，元世祖忽必烈的谋士刘秉忠就是其中之一。

散曲这种新的韵文形式起源于民间，流行的时间较长。而进入文人视野开始有意识地创作则在金末，由于文人的广泛参与引起社会的普遍关注。其形成历史较杂剧为早，是北方杂剧歌唱的音乐、音韵基础。金朝遗民元好问、杜仁杰等都有散曲的创作，这一时期是文人创作使得散曲正式进入文学领域，并使之成熟、固化为散曲形式的阶段。元初不少达官显贵如杨果、刘秉忠、商挺等人都有散曲创作，并且取得了较高的成就。尽管散曲创作参与广泛，时尚性强，影响力大，社会流传程度很高，但馆阁朝臣、翰林文士依然是创作的主体，他们的作品更多，影响更大，流传更广，正如《中原音韵·正语作词起例》所言："鼓舞歌颂，治世之音，始自太保刘公，牧庵姚公、疏斋卢公辈，自成一家。"他们的参与，对散曲确立其在文坛上的地位具有重要影响。而另外一部分更具特色的散曲创作则来自杂剧作家和部分的杂剧表演家，关汉卿、马致远等是其中最杰出的代表人物。因此，荟萃着最多的诗文作家和作为杂剧中心的大都自然也就成了散曲创作中心。在元初和中期发展时期都是如此。到后期，随着大批文人南下，散曲创作的中心实际上也随之南移了。并且，风格发生了整体的变化。

第二节　大都散曲发展分期

关于元代散曲发展的分期，始终是学术界一个热点问题，备受关注。最早是从钟嗣成的《录鬼簿》开始的，他将杂剧和散曲作家统而论之，以自己的生活时代为基点，向前追溯，大致分为"前辈已死名公才人"、"方今已亡"和"方今名公才人"三个阶段进行论述。王国维《宋元戏曲史》中，把整个元曲的时代分为三期，第一时期蒙古时代。从元太宗窝阔台六年（1234）取中原至元世祖至元十六年灭南宋（1279）为止；第二时期一统时代，自忽必烈一统（1280）到至元时（1340）；第三时期至正时代，自宪宗至元年（1341）至至正二十八年（1368）元朝灭亡。日本人青木正儿《元人杂剧序说》中把元剧作家的时代分为三期，即初、中、末期。其时间划分基本借鉴了中国已有的成果，只是论述更为详细完备而已。初期指蒙古取中原后，到1279年元灭南宋，约五十年，即钟嗣成《录鬼簿》中所说的"前辈已死名公有乐府行于世者”那个时段，初期的作者多为北方人。他们活动的地区也多在大都及中书省所属之地。这一时期的作者，作品流传到现在的，有元好问、杨果、刘秉忠、商道、杜仁杰、工和卿、商挺、胡衹遹、不忽木、徐琰、王恽、鲜于枢、卢挚、关汉卿、白朴、姚燧、高文秀、庾天锡、马致远、王实甫、滕斌、邓玉宾、王伯成、阿里西瑛、白无咎、冯子振、贯云石、张养浩、鲜于必仁等。中期就是王国维在《宋元戏曲史》中所说的“一统时代”，从元世祖至元到元顺帝后至元之间，约有六十年，其作者也就是钟嗣成所说的“方今已亡名公才人，余相知或不相知者”。这时，南宋已亡，南宋的国都临安（今浙江杭州市）仍然繁华，许多北方的散曲作家移居到了江南。中期的重要作家，并有作品流传至今者的有：宫天挺、郑光祖、范康、曾瑞、沈和、施惠、孛罗御史、睢景臣、乔吉、刘时中、薛昂夫、吴弘道、赵善庆、任昱、高拭、王晔、朱凯等人。元散曲的末期，就是王国维所说的“至正时代”。至正是元顺帝最后的一个年号，共二十八年。这期的作者，也就是《录鬼簿》所说的“方今名公、方今才人”。邓绍基主编《元代文学史》将散曲创作分为前后两期，大致以元仁宗延祐年间为界，前期全国散曲中心在大都，后期全国散曲中心转移到了杭州。赵义山《元散曲通论》汲取已有考据研究成果，将元曲的发展分为四个阶段，即 1234 年至 1260 年的演化期，1261 年至 1294 年的初盛期，1295 年至 1332 年的鼎盛期，以及 1233 年至 1368 年的衰落期。

结合大都散曲发展的实际情况，笔者认为大致可将其分为前、中、后三个时期，主要的标准是从生活时代、作家组成、创作风格、作品影响、繁荣程度等几个方面综合衡量判断的。其时间断代与社会政治经济发展状况相一致，与杂剧和诗文创作发展阶段略有交错。起始年代从蒙古大军实际控制燕京地区开始，与一般的研究论著不同的是，在此时期对元好问、杜仁杰略而不论，主要原因不仅是他们并未出仕新朝，更主要的是其作品内容多遗民倾向，所以将其划入金代，北京元代文学中不再重复叙述。而一般散曲研究所指的所谓后期，对于大都文坛来说，基本上是个空白，因为随着大批散曲创作人才迁居江南，散曲的创作重心也随之南移，之后大都散曲创作在部分馆阁文士支撑了一段后基本归于沉寂，如此，对非大都籍同时也未在大都展现散曲才能的作家基本也就略而不述了。因而《北京元代文学》中大都散曲的三分法，与一般基于整个元代中国散曲创作研究的三分法在方法论上有一致的地方，但在具体时间划分上则存在较大的差异。

第一期为文人试作阶段。时间为蒙古政权实际控制燕京地区开始的金末元初，以杨果、商道、商挺、刘秉忠等为代表。这些人多是金遗民，由金入元，受到了新政权的认可，位列卿相，社会地位较高。又以馆阁重臣兼诗文大家的身份，一律只作韵体散曲，未作杂剧，在文坛上具有特殊的影响力。是他们使得散曲不仅从民间登堂入室，走进了文学的高雅殿堂，获得普遍认可。而且散曲在他们手中，本阶段也唯有依靠他们，才得以确立了在新朝文坛上与诗词并驾齐驱的崇高地位。所以应该把这样一个对散曲确定身份、地位的时期作为一个特殊的阶段加以认识。

第二期为大都散曲的繁盛阶段，时间在前元时代和元代前期，主要集中于中统、至元、贞元、大德四朝，至灭宋统一，以关汉卿、王实甫、马致远等为代表。这一时期的作家在大都已属于散曲第二代，他们大多以杂剧剧作家或表演艺术家的身份兼做散曲。与第一期散曲作家不同的有这样几点：第一，他们大多是本土作家，许多人本身就是大都人，或来自周边文化特质相同的地区，如白朴。第二，他们社会地位普遍不高，属于体制外自由编剧或者是表演艺术家之类，关汉卿、珠帘秀堪为代表。他们的身份地位与第一期的馆阁重臣身份和社会地位悬殊巨大。第三，由于其杂剧创作或者表演方面的巨大成功和影响，因而这部分作家社会知名度甚高。第四，由于社交圈子不同，传播渠道不同，更主要的是受体不同，这期与第一期散曲作品主要通过官场交际、文人雅集的上流社会流行不同，他们的作品在社会各个层面尤其在民间受到普遍欢迎，其影响并不逊于第一期作家，在流传广泛性和受欢迎程度上甚至可能更胜一筹。第五，随着蒙元灭宋，杭州归于统一版图，这些作家大多先后离开大都，到了江南，并在那里继续着散曲创作。第六，这期创作的内容和风格与之前的第一期、之后的第三期都有显著区别，作家创作的个性特征极为突出，将散曲通俗、本色、率真的特征发挥到了极致，这将在后面的分析中具体论述。

第三期为变异阶段，时间在元中期，以乔吉、张可久、贯云石为代表，这时期的作家属于大都散曲家的第三代。这一时期的突出特点一是非本籍作家大量增加，其中以进京为官者居多，馆阁文士成为散曲创作的主力；二是在题材、内容和思想情趣上与第一期、第二期都有明显的区别，创作风格也发生了较大的变化；三是讲究格律、追求典雅，出现较为明显的散曲雅化倾向；四是出现了以散曲创作为主或专攻散曲的作家，这与第一期的诗、文、散曲兼做以及第二期的杂剧、散曲兼做都是有很大区别的。

当然以上的划分只是根据散曲发展主流倾向的变化来确立的。实际上任何时代、任何阶段的文学发展都是复杂多样的，很难统而论之。对于参与者众多、民间基础广泛、上流社会雅好、才人各逞其能的散曲来说尤其如此。将关汉卿等杂剧作家归纳为第二时期，其实也是大致划分，相对而言。因为这些人“门第卑微，职位不振”，缺乏史料记载，许多人连生卒年代都还不能确定，作品的具体写作年代就更难准确考订了。能够确定的是他们创作主要集中在第二时期这个时段，某些个别作品是否早于这个时段，与第一个时期的分界点在哪一年，则不能作机械化理解。即使是在第二时期，也并非仅有杂剧作家和表演家创作散曲，名高位显的官员，如胡祗遹、姚燧、卢挚等都以自己的创作，为散曲繁荣作出了极大的贡献，他们的创作甚至一直延续到关汉卿等人南下后，成为支撑起大都散曲第三时期的主力。

第三节　杨果　商道　商挺　商琥　商琦

从成吉思汗到蒙哥汗的五十年，是燕京地区社会、经济、文化逐渐恢复时期，也是散曲由民间文艺正式进入文人创作并逐渐成熟发展阶段。虽然直到公元1260年忽必烈才称帝，至元元年（1264）八月，燕京才正式改为陪都，但这却是今日北京国家首都地位和影响确立的最重要的一环。散曲在经历了较长时间和较为复杂的演化过程后，不仅引起文人墨客的关注，而且通过他们的专业化创作，正式登上文坛，并逐渐走向繁盛。这期间蒙古政权中汉族幕僚、达官显贵，文人雅士，即所谓“显宦名公，词章行于世者”（钟嗣成《录鬼簿》语）如杨果、刘秉忠、商挺、商道等人创作，因其社会政治地位和影响，吹响了大都散曲最早最为响亮的奏鸣曲，是散曲走向全面繁荣并在更为广阔的地域空间和文化空间展示其艺术魅力的开始。

杨果（1195—1269），字正卿，号西庵，祁州浦阴（今河北安国）人。金哀宗正大甲申年（1224）进士，为官以廉洁干练著称。由金入元后，元太宗十一年（1239），杨奂出任河南课税，起用杨果为经历。史天泽经略河南时，任杨果为参议。中统元年（1260），拜北京宣抚使，明年拜参知政事。至元六年（1269），出为怀孟路（今河南怀庆）总管。不久以老致仕，卒于家，年七十五岁，谥文献。《元史》本传称：“果性聪敏，美风姿，工文章，尤长于乐府，外若沉默，内怀智用。善谐谑，闻者绝倒。”他是元代前期较为著名的散曲家，散曲流传不多，今存小令十一首，套数五套，但是风格典雅，从中可以看出传统诗歌创作从词向散曲的过渡痕迹。明人朱权《太和正音谱》称其曲作“如花柳芳妍”。有《西庵集》传世。

套数【仙吕·赏花时】（赚尾）：

晚风林，萧萧响，一弄儿凄凉旅况。见壁指一似桑榆侵着道旁，草桥崩柱摧梁。唱道向红蓼滩头，见个黑足吕的渔翁鬓似霜。靠着那驼腰拗桩，瘿累垂脖项，一钩香饵钓斜阳。

全作意境优美，一如图画，笔墨苍劲，色彩清雅，人景契合，古意盎然。

杨果也有词作传世，【太常引】《宋商参政西行》：

一杯聊为送征鞍。落叶满长安。谁料一儒冠，直推上、淮阴将坛。西风旌旆，斜阳草树，雁影入高寒。且放酒肠宽，道蜀道，而今更难。

这是一首送别词作。对离别者一名儒士撑起将旗赞誉有加，并对未来寄予厚望，希望对方珍重的情谊包含其中。

商道（原字写为“衜”，音同“道”），（？—1231），字正叔，一作政叔。曹州济阴（今属山东）人。出身于簪缨世家。父锡，因正叔兄仕金显贵，封朝大夫。与元好问有通家之好，交谊颇厚。元好问有《商正叔陇山行役图》诗二首，记商道的漂泊生涯及二人友谊，中有“陇坂经行十遇春”之句，说明他往来东西，客居秦陇之地时间甚久。元好问在《曹南商氏千秋录》又说他“滑稽豪侠，有古人风”。商道喜作词曲，擅长绘画，曾为名妓张怡云绘《怡云图》。从散曲作品中可知他熟悉声色场所，对艺妓的感情、生活有较多的了解，能够传达出她们对真挚爱情的执著与渴望，作品表现了对这些女性不幸遭遇的同情。商道曾改编南宋初年艺人张五牛所作《双渐小卿诸宫调》，为青楼名妓赵真真、杨玉娥所传唱，当时影响很大，今已不传。明人朱权《太和正音谱》评其词“如朝霞散彩”。

套数【南吕】一枝花《叹秀英》，借一位妓女的口吻，叙述了一个卖笑女子的非人生活和悲惨命运：

钗横金凤偏，鬓乱香云亸，早是身是名染沉疴。自想前缘，结下何因果？今生遭折磨，流落在娼门，一旦把身躯点污。

【梁州第七】生把俺殃及做顶老，为妓路划地波波。忍耻包羞排场上坐。念诗执板，打和开呵。随高逐下，送故迎新。身心受尽摧挫，奈恶业姻缘好家风俏无些个。纣撅丁走踢飞拳，老妖精缚手缠脚，拣挣勤到下锹镬。甚娘，过活。每朝分外说不尽无廉耻，癫狂相爱左。应有的私房贴了汉子，恣意淫讹。

【赚煞】禽唇撮口由闲可，殴面枭头甚罪过，圣长里厮搽抹。倒把人看舌头厮缴络，气杀人呵。唱道晓夜评薄，待嫁人时要财定囫囵课，惊心碎唬胆破。只为你没情肠五奴虔婆，毒害相扶持得残病了我。

写身陷娼门女子送往迎来的苦楚，正常婚姻生活的无望，写老鸨的残忍，嫖客的无耻，更写出了她们心灵的痛苦，包括精神上的折磨和道德的自我鞭拙，作者对这位身染重病败花残柳般的女子给予了深切的同情。

【南吕】梁州第七《戏三英》描写京城元宵盛况：

暖律回春过腊，融和布满天涯。禁城元夜生和气，况金吾不禁，良宵欢治。九衢三市，万户千门。重重绣帘高挂，列银烛荧煌家家斗骋奢华。玉帘灯细捻琼丝，金莲灯匀排艳葩，栀子灯碎剪红纱。壁灯儿，巧画。过街灯照映纱灯、戏灯机关妙，滚灯、转鬣灯耍。月灯高悬水灯戏，将天地酬答。

【幺】彩结鳌山对耸，箫韶鼓吹喧哗。仕女王孙知多少？宝鞍锦轿，来往交叉。酒豪诗俊，谢馆秦楼。会传杯笑饮流霞，见游女行歌尽《落梅花》。向杜郎家酒馆里开樽，王厨家食店里饭罢，张胡家茗肆里分茶。玉人，娇姹。爱云英辨利绛英天然俊，共联臂同把。偶过平康赏茗妓，越女吴姬。

【赚煞】绮罗珠翠金钗插，兰麝风生异香撒，弦管相煎声咿哑。民物熙熙，谁道太平无象？听歌舞见风化，酩酊归来，控玉骢不记得还家。唱道玉漏沉沉，楼头彷佛三更打。灯影伴月明下，醉醺醺婉英扶下马。

从绚烂如锦的万家灯火，到争奇夺胜的元宵灯节，从繁华熙攘的商衢闹市，到杯盘交筹的秦楼楚馆，歌声，笑声，弦歌一片；酒香、茶香、溢满京城。全曲以赋的笔法，铺陈渲染，层层递进，描绘盛世京城夜景，繁华犹如仙境。

商道的散曲创作保留了很多市井俗曲的色彩，如【双调】新水令中【乔牌儿】："自从他去了，无一日不口店道。眼皮儿不住了梭梭跳，料应他作念着。"【挂玉钩】："这些时针线慵拈懒绣作，愁闷的人颠倒。想着燕尔新婚那一宵，怎下得把奴抛调。意似痴，肌如削。只望他步步相随，谁承望拆散鸾交！"以及【乱柳叶】："为他、为他曾把香烧，怎下的将咱、将咱抛调。惨可可曾对神明道，也不索，和他、和他叫。紧交，誓约，天开眼自然报。"民间色彩极为浓厚，从语言、声气以及表达方式，质朴、自然、率真。同时，从作家另外一些创作中，却又可以非常清晰地看到散曲与词的联系，虽然也包含了市井俚曲味道，但是在遣词用语以及表述方式上似乎浸染了更多词的色彩，例如【双调·风入松】中的【离亭宴煞】："客窗夜永愁成阵，冷清清有谁存问？汉宫中金闺梦断，秦台上玉箫声尽。昨夜欢，今宵恨，都只为风风韵韵。相见话偏多，孤眠睡不稳。暮云楼阁景萧疏，秋水泛萍湖。几双鸣鹭蒹葭浦，昏鸦噪争宿林木。锁闲愁朱扉半掩，约西风绣帘低簌。”声色、口吻是市井俚曲的味道，但其用典、用事却皆词之笔法规范。而这恰巧非常清晰地展现了文人散曲发展的轨迹和脉络。

商挺（1209—1288），字孟卿，曹州（今属山东）人，自号左山老人。其父商衡仕金，达于显贵，死于蒙古灭金过程中。其叔父商道擅长散曲，有较多作品传世。元世宗三年（1253），受知元世祖于潜邸，对其登基帝位有谋划之功。忽必烈即位之后，曾任中书省参知政事，枢密院枢密副使等职，全家在此期间定居大都。其后，商挺虽数度外任，但是诸子仍在大都生活并任职。商挺青年时期与著名诗人元好问交好，其子商琥、商琦也皆有政声文名。

至元十五年（1278），商挺由于官场斗争受到牵连而罢官，数年后方昭雪，但不久又遭牵累，再度罢官。于是，对官场甚为寒心的商挺效仿屡遭贬黜的宋代大文学家苏轼，筑圃而居，言：“苏端明贬黄州，作雪堂于东坡，贬惠州，筑室于白鹤观，若将终身，善处变矣。”结果是“淡然与造物者游，朝士及僧道日造门问道不绝，益为世所重。”[①] 散曲今存小令十九首。明人朱权《太和正音谱》将其列于“词林英杰”一百五十人之中。【双调·潘妃曲】十九首是其代表作，将男女情事写得细腻、生动、传神：

冷冷清清人寂静，斜把鲛绡凭，和泪听。蓦听得门外地皮儿鸣。则道是多情，却原来翠竹把纱窗映。

带月披星担惊怕，久立纱窗下，等候他。蓦听得门外地皮儿踏，则道是冤家，原来风动荼蘼架。

将少女的痴情、娇憨、激动和惊恐表现得淋漓尽致。

① （元）苏天爵：《国朝名臣事略》（中华书局本）卷十一。

商琥（生卒年不详），字台符，曹州济阴（今属山东）人。商挺长子。至元十四年（1277），因姚枢、许衡的举荐，拜江南行御史台监察御史。当时江南政局未稳，商琥为官秋毫明察，法度严谨，处置得当。二十七年，征拜中台监察御史。属地震，琥上书言："昔汉文帝有此异，而无其应，盖以躬行德化而弭也。"认为实行德政是对天灾损害最好的消弭。因而向皇帝进言："为国之道，在立法、任人二者而已。法不徒立，须人而行，人不滥用，惟贤是择。"认为立法和任贤是为政最关键所在。商琥向朝廷举荐天下名士十余人。帝从之，皆召用，待以不次。三十年，迁国子司业。诗文皆有时名，有《彝斋文集》，惜未见传本。且擅绘画。生平事迹见《元史》卷一五九，见附于《商挺传》。

商琦（？—1324）字德符，号寿岩，曹州济阴（今山东菏泽）人。父商挺为元初名臣，官至枢密副使。大德八年（1304）商琦拜见元成宗铁穆耳，并与当时尚为王子的爱育黎拔力八达（即后来元仁宗）交往密切。皇庆元年（1312）仁宗即位，授商琦集贤侍讲学士，朝列大夫，延祐四年（1317）升侍读官、通奉大夫，至治三年（1323）升为秘书卿。擅画山水，宗法宋代李成、郭熙一脉，笔墨俊逸，情趣高雅，有"天下无双比"之誉。与高克恭、赵孟頫并称为画坛"元初三杰"。柯九思题其《山水图》诗云："众奇百谲乌可名，笔力到处俱天成；王维久死唤莫起，此画一出疑更生。"一生所作甚多，而且多是为皇亲显贵宅第和宫廷殿宇而作的大型山水壁画，虞集、张雨等均有诗记其事。兼工墨竹，自成一家。同时也是著名的诗文家。生平事迹见《元史》卷一五九，见附于《商挺传》。

第四节　刘秉忠

刘秉忠（1216—1274），初名侃，字仲晦，自号藏春散人，邢州（今河北邢台）人。为元开国名臣。十七岁曾出仕金朝，后削发为僧。元世祖忽必烈在潜邸为亲王时，随海云禅师被召入见，因博学多才，成为忽必烈的主要谋士，于是令其还俗，留侍左右，更名秉忠。他参与元朝建国初期几乎所有的重大政治决策。定国号为“大元”，协助制定朝仪官制，以中都为大都，都是听从了刘秉忠的建议。元大都城址的勘探、规划等，也都是他亲自主持的。在为政的三十余年间，举贤荐能，广罗人才，这些人后来在大都都身居要职，在元初政治、经济、军事、文化的舞台上发挥着重要的作用。其中以张文谦、张易、王恂、郭守敬、王文统等为最杰出的代表。卒后赠太傅，封赵国公，常山王，谥文贞。其自幼好学，至老不衰，为官后仍保持淡泊清净的生活。他不仅是元初最重要的政治家、儒学家，也是北京历史最值得大书一笔的人物。《全元散曲》收其小令十二首，大多为写景之作。

【南吕·干荷叶】为其代表作：

干荷叶，色苍苍，老柄风摇荡。减了清香，越添黄。都因昨夜一场霜，寂寞在秋江上。

虽为写景，处处传情，笔墨老辣，写意传神。道尽繁华过后的凋零凄凉，有着一份感悟人生的禅意。

【双调·蟾宫曲（折桂令）】《四时游赏联珠四首》，写春夏秋冬一年四季不同美景，寥寥数笔，勾勒出最有代表性最典型的物候，给人以丰富想象。四首分别以“杜甫游春，散淡逍遥”、“右军观鹅，散淡逍遥”，“赏菊陶潜，散淡逍遥”、“浩然踏雪，散淡逍遥”作结，表达了对古代先贤杜甫、王羲之、陶渊明、孟浩然的敬仰。而最后一首点题，所描摹的一切并非他处，而是繁华京城大都旷远独特的雪中奇景。

朔风瑞雪飘飘，暖阁红炉，酒泛羊羔。如飞柳絮，似舞蝴蝶，乱剪鹅毛。银砌就楼台殿阁，粉装成野外荒郊。冬景寂寥，浩然踏雪，散淡逍遥。

刘秉忠还是词人，其词今存八十余首，以词言志，风格豪放，气势恢宏，非一般儒生可比。一是胸怀壮阔，眼界高远，所取物象多宏丽壮伟，观览沧桑，情怀古今，任朝代迭换，穷通更替，自有一种天地之间岿然不动的恢弘气度和安民生济沧海有为于世的胸襟。【木兰花慢】《混一后赋》是这方面的代表作：

望乾坤浩荡，曾际会，好风云。想汉鼎初成，唐基始建，生物如春。东风吹遍原野，但无言、红绿自纷纷。花月流连醉客，江山憔悴醒人。龙蛇一屈一还伸。未信丧斯文。复上古淳风，先王大典，不贵经纶。天君几时挥手，倒银河、直下洗嚣尘。鼓舞五华鸑鷟，讴歌一角麒麟。

【朝中措】《书怀》则表达了作者大有为于时代的凌云壮志：

布衣蓝缕曳无裾。十载苦看书。别有照人光彩，骊龙吐出明珠。天人学业，风云气象，可困泥涂。随着传岩霖雨，大家济润焦枯。

同时，在诗人的内心深处又有富贵如云、人生如梦的巨大悲凉，对世事难平、英杰沉没始终保持着难得的清醒。即使是身处显要，也时刻准备着功成身退。【临江仙】就表现了他的这种状态：

同是天涯流落客，君还先到襄城。云南关险梦犹惊。记曾明月底，高枕远江声。年去年来人渐老，不堪苦事功名。倾开怀抱酒多情。几时同一醉，挥手谢公卿。

下面这两首【木兰花慢】典型反映了作者这种矛盾、复杂的思想情绪：

到闲人闲处，更何必，问穷通。但遣兴哦诗，洗心观易，散步携筇。浮云不堪攀慕，看长空、淡淡没孤鸿。今古渔樵话里，江山水墨图中。千年事业一朝空。春梦晓闻钟。得史笔标名，云台画像，多少成功。归来富春山下，笑狂奴、何事傲三公。尘事休随夜雨，扁舟好待秋风。

既天生万物，自随分，有安排。看鹫鹭云霄，骅骝道路，斥鴳蒿莱。东君更相料理，著春风、吹处百花开。战马频投北望，宾鸿又自南来。紫垣星月隔尘埃。千载拆中台。叹麟出非时，凤归何日，草满金台。江山阅人多矣，计古来、英物总沉埋。镜里不堪看鬓，尊前且好开怀。

笑平生活计，渺浮海，一虚舟。任紫塞风沙，乌蛮瘴雾，即处林丘。天地几番朝暮，问夕阳、无语水东流。白首王家年少，梦魂正绕扬州。凤城歌舞酒家楼。肯管世闲愁。奈麋鹿疏情，烟霞痼疾，难与同游。桃花为春憔悴，念刘郎、双鬓也成秋。旧事十年夜雨，不堪重到心头。

尽管曾叱咤风云，国是大政予以定夺，但元世祖后，刘秉忠的仕途或者更确切地说是事业并不顺利，在官场上有很多难言之隐，雄志难伸，宏图难展，其情思多有抑郁不得志的苦闷。所以悲秋、伤春、悼逝、离别、归隐又成了其吟咏的主题。在别人，归隐似乎是个很时尚的话题，而对刘秉忠来说则是心中的理想与归途。这种外表积极入世，而内心枯寂、悲凉、对人生充满绝望，使得其作品即使是及时行乐的慨叹也都缺乏生命的热度。这种“可怜夜半虚前席，不问苍生问鬼神”的悲哀，本是自古知识分子有志难伸的共同的人生伤感，只是在刘秉忠这样一个智慧绝伦、透彻超众的人身上更加深入骨髓，传达出对世事上天入地、从古到今都无法挣脱的绝望和忧伤。【桃花曲】：

青山千里，沧波千里，白云千里。行程问行客，更无穷山水。青史功名都半纸。念刘郎、鬓先如此。桃源觅无路，对溪花红紫。

【点绛唇】：

十载风霜，玉关紫塞都游遍。驿途方远。夜雨留孤馆。灯火青荧，莫把吴钩看。歌声软。酒斟宜浅。三盏清愁散。

【望月婆罗门引】：

午眠正美，觉来风雨满红楼。卷帘情思悠悠。望断碧波烟渚，苹蓼不胜秋。但冥冥天际，难识归舟。大夫骨朽。算空把，汨罗投。谁辨浊泾清渭，一任东流。而今不醉，苦一日醒醒一日愁。薄薄酒、且放眉头。

刘秉忠的这种挣扎，一方面是“叹息肠内热”对国家、对百姓、对历史难以推脱的使命感和责任感，另一方面是圣君难遇、清浊不分、报效无门、走投无路的绝望，在“放下”和“放不下”之间，人被撕裂，智慧的灵魂却又清醒无比地看着它的破碎。有时，作者似乎决计要在庸常的生活里找到逃避的寄托，如【永遇乐】云：

山谷家风，萧闲情味，只君能识。会友论文，哦诗遣兴，此乐谁消得。壶中天地，目前今古，今日还明日。似南华蝶梦醒来，秋雨数声残滴。诗书有味，功名应小，云散碧空幽寂。北海洪尊，南山佳气，清赏今犹昔。一天明月，几行征鹰，楼上有人横笛。想醉中、八表神游，不劳凤翼。

不错，论文吟诗，品茗饮酒，赏山岚，观明月，陶然于内心是可以的，也能暂且求得片刻宁静。但是，心灵的苦闷毕竟难以排解，回望惊涛骇浪跌宕起伏的一生，刘秉忠不得不将其归结为人生的宿命。如【三奠子】：

念我行藏有命，烟水无涯。嗟去雁，羡归鸦。半生形累影，一事鬓生华。东山客，西蜀道，且还家。壶中日月，洞里烟霞。春不老，景长嘉。功名眉上锁，富贵眼前花。三杯酒，一觉睡，一瓯茶。

在【诉衷情】中，作者又将个人遭际归为历史必然，在自我宽慰中求得心灵苦难的解脱：

山河萦带九州横。深谷几为陵。千年万年兴废，花月洛阳城。图富贵，论功名。我无能。一壶春酒，数首新诗，实诉衷情。

刘秉忠的确是个慧眼看穿古今，心胸超越天地，而又时刻自省的千古奇人。同时代还有像他一样充满矛盾的另外一位著名大儒许衡。许衡平生曾十次被征召，深受忽必烈的尊崇礼遇。但许衡每次都是“君召辄往，进辄思退”，这是因为他既深知如此的政治班底和文化根基使得他的儒学主张难以真正施行，但是却又依然不可更改地“以道不行为忧”[①]。这种知其不可为而依然为之的矛盾，也曾使他痛苦不堪，他叹道：“因时用舍固有命，与道卷舒还在人。百尺竿头愁据险，一庵林下乐为林。孰轻孰重何须问，梦想故园桑柘春。”[②] 同样表现了这种用事与归隐的强烈矛盾。

第五节　许衡　张弘范　荆干臣　王恽　魏初

许衡（1209—1281）字仲平，号鲁斋，怀孟河内（今属河南）人。元代最著名的理学家。甲寅（1254）年忽必烈在潜邸，即以许衡为京兆提学，忽必烈即位后，召其为国子祭酒。期间，许衡极力向世祖建议推行汉法。不久，谢病归。至元二年（1265）复召至京师，命议事中书省，至元四年又归，至元五年复召，至元七年又归，至元八年召为集贤大学士，兼国子祭酒。世祖开太学，由许衡主持教授蒙古、色目贵族子弟，后又与郭守敬等制定《授时历》。至元十七年请还，次年病卒，年七十三，谥文正。他曾对其子师可说：“我平生虚名所累，竟不能辞官。死后慎勿请谥，但书许某之墓。”（《宋元学案》卷九十），其《辞召命作》诗有“留取闲身卧田舍，静看蝴蝶挂蛛丝”句，亦可见其隐遁之志。他与姚枢、窦默等同是著名的北方理学家，与吴澄

① （元）欧阳玄：《文正公许先生神道碑》，《圭斋文集》卷九。

② （元）许衡：《和先生姚公》，《皇元风雅前集》卷一。

齐名，称为“南澄北许”。由于他任国子祭酒时独尊朱、程之学，在使理学成为元代官学的过程中起了重要作用，被人尊为开国大儒。《全金元词》录其词五首，多为长调，抒写归隐之怀。抒写归隐情怀是古人最常见的题材，耕读生活更是文人返璞归真的理想，但许衡这方面的作品却较一般文人更多几分质朴、纯情：

【满江红】《书怀》：

亲友留连，都尽道、归程息逼。还可虑、干戈摇荡，路途难厄。万事岂容忙里做，一安惟自闲中得。便相将、妻子抱琴书，青山侧。

行与止，吾能识。成与败，谁能测。但粝餐糊口，小窗容膝。桑梓安排投老地，诗书准备传家策。使苏张重起论纵横，心难易。

【沁园春】《垦田东城》：

月下檐西，日出篱东，晓枕睡余。唤老妻忙起，晨餐供具，新炊藜糁，旧腌盐蔬。饱后安排，城边垦劚，要占苍烟十亩居。闲谈里，把从前荒秽，一旦驱除。

为农换却为儒。任人笑、谋月拙更迂。念老来生业，无他长技，欲期安稳，敢避崎岖。达士声名，贵家骄蹇，此好胸中一点无。欢然处，有膝前儿女，几上诗书。

许衡词的好处是真情，并未将田园生活诗意化或者是宽泛化，而是本能地对质朴的生活、本真的状态怀有纯真而热烈的追求。所以他的作品注重细节，粥是什么粥，菜是什么菜，住什么房子，房子内摆放什么，周边环境如何，怎样早睡早起，饭后如何，都想得非常细致，甚至住所局促，饭菜粗糙，他人的嘲笑也都预料到了，可见归隐的话并不是赶时尚，追时髦。今存《读易私言》一卷，《鲁斋遗书》八卷，附录二卷。生平事迹见欧阳玄《文正公许先生神道碑》（《圭斋文集》卷九）、《元朝名臣事略》卷八、《元史》卷一五八《元儒考略》卷一、《宋元学案》卷九〇、《历代名儒传》、《新元史》卷一七〇、《蒙兀儿史记》卷八六。

张弘范（1238—1280），字仲畴，祖籍河北易州定兴（今属河北），出身豪族，金时就变相割据一方。蒙古灭金，其父张柔从蒙古征战，立下战功。张弘范少承家训，文武兼备。元朝著名的军事家、统帅。至元十一年元倾全国军力攻宋，伯颜用张弘范为先锋，屡立战功，元世祖忽必烈赐名为“拔都”（勇士）。封淮阳王，谥献武。张弘范幼年从郝经学，能为诗歌，著有《淮阳集》《淮阳乐府》。其散曲内容主要是以铁骑征战自矜，在散曲创作史上可谓独树一帜。

【中吕·喜春来】：

金妆宝剑藏龙口，玉带红绒挂虎头，旌旗影里骤骅骝。得志秋，喧满凤凰楼。

【双调·殿前欢】《襄阳战》：

鬼门关，朝中宰相五更寒。锦衣绣袄兵十万，枝剑摇环，定输赢此阵间。无辞惮，舍性命争功汗。将军战敌，宰相清闲。

这些散曲，作家个性极为鲜明，表现出一个军事统帅的尚武精神和雄浑气魄。与此相近的是蒙古大将军、收服南宋的军事总统帅、历史上以“不杀南人”而著称的伯颜所作【中吕·喜春来】，其曲唱道：“金鱼玉带罗襕扣，皂盖朱幡列五侯，山河判断在俺笔尖头。得意秋，分破帝王忧。”同样的胸怀气魄。明人朱权《太和正音谱》将张弘范列于“词林英杰”一百五十人之中。

荆干臣（生卒年不详）北京路兴中府（今属河北昌黎）人。出身豪族，能折节读书。自幼游学于燕，选入宿卫，《录鬼簿》记其官职为“参军”，并列其名于“前辈名公”之下。王恽《狄涧先生大全集》卷二十三有《送荆书记干臣北还诗并序》，作“干臣参议”，记录了他在至元年间曾随忻都等东征日本事。[1] 今北京大学有荆干臣所书《文庙瑞芝记》碑文拓本，书前自署官职是“奉训大夫彰德路转运副使”。诗词曲俱佳，王恽则赞誉他“素能诗”(《狄涧先生集》),李庭在《寓庵集》中评价其“据幽发粹以昌其诗，语意天出，清新瞻丽，无雕镌艰苦之态。”明代朱权《太和正音谱》评其词“如珠帘鹦鹉”。其诗词均散佚不传。《录鬼簿》《全元散曲》存其套曲二套，虽然都是抒发相思之情，但情境变化、思绪起伏、情感波折，全用极富个性的言辞出之，所以毫无雷同重复之感，反而呈现出回环往复、一波三折、层层渲染，不断递进之美。前一个套数《闺情》不过是“悔教夫婿觅封侯”古老主题的翻版，先是以比兴开头，写劳燕分飞，虚度了好时光；自己害相思，已是病入膏肓；想要不思量，却是自难忘；无论弹琴还是燃香，都只能徒增悲伤。于是由爱生恨，抱怨心上人：一切都因为“你为功名纸半张”。到此本来应该话已说尽，但作者宕开一笔写道：

【四门子北】玉容寂寞娇模样，饭不拈，茶不汤。一会家思，一会家想：你莫不流落在帝京旅店上？一会家思，一会家想：你莫不名标在虎榜？

【闹樊楼南】锦被堆堆空闲了半床，怎揉我心上痒？越越添惆怅！共谁人相傍？最难捱苦夜长。

【古水仙子北】我、我、我自忖量，他、他、他仪表非俗真栋梁。傅粉胜何郎，画眉欺张敞，他、他、他风流处有万桩。端的是世上无双，论聪明俊俏人赞扬。更温柔典雅多谦让，他、他、他？一片俏心肠。

【尾声南】攀蟾折桂为卿相，成就了风流情况，永远团圆昼锦堂。

这位多情女子不断揣测着心上人迟迟未归的原因，反复思量着“他”的种种好处，最后自我安慰，等着吧，也许是个大团圆的美好结局。将女子的

① 详见孙楷第：《元曲家考略》。

多情、痴情、感情单纯专注渲染得淋漓尽致。而【中吕】《醉春风》写一位青楼女子的相思，结尾处：

【卖花声煞】：俺疑他指不过走智儿猜，他只俺除将罢字儿揣，厮等待心肠各宁奈。女貌郎才怎难摘？志诚心看谁去败。

看似是矢志不渝，难免是自欺欺人，难以预料的结局给读者无限的遐想空间。

王恽（1227—1304）字仲谋，号秋涧，卫州汲县（今属河南）人。王恽有弹劾赃官、平反冤狱等名声。元初著名文臣之一，诗词文皆有成就。生平著述较丰，善字画，著有《秋涧先生大全集》一百卷，其中《秋涧乐府》包括小令四十一首。本身曾创作散曲，但又轻视散曲，劝年轻人“渊源正学，不致费日历于此”，批判当时流行的散曲“纵使有成，未免笔墨劝淫为狭耳”（【黑漆弩】《游金山寺并序》）。散曲之所以给王恽留下“劝淫”的印象，可能与散曲脱胎市井俗曲时间较短，带有较多色情、庸俗市井色彩有关。基于此，王恽散曲不涉艳情，并点化诗词入曲，自觉进行散曲雅化的努力。正是由于所谓“正统”文学观的偏见，使得其创作较多传统桎梏。但也有一些作品颇有新意，如【正宫·双鸳鸯】《柳圈辞》（六首之一）：

醉留连，赏春妍。一曲清歌酒十千。说与琵琶红袖客，好将新事曲中传。

【越调小桃红】《寿府僚》：

锦貂千骑朔方豪，瀚海渊波浩，画戟清香看倾倒，醉仙桃。秋光虽晚人难老。烟花紫禁，玉鱼金带，新宠照朝袍。

风格潇洒豪放，充满积极的浪漫主义气息。

魏初（1232—1292），字太初，号青崖，弘州顺圣（今属河北）人。元世祖中统元年（1260）辟为中书省掾吏，兼掌书记，不久，以祖母老辞归，隐居教授。后授国史院编修官，寻拜监察御史，入为治书侍御史，又以侍御史行御史台事于扬州，擢江西按察使，寻征拜侍御史，行台移建康，改任中丞，他遇事敢言，于元代开国，多所裨益。则其学本出元好问。存词四十余首，多为祝寿、赠别、次韵等应酬之作。

第七章　大都散曲（二）

第一节　关汉卿

忽必烈统治的中统、至元时期，社会较为安定，经济发展，文化繁荣，散曲创作也得到了长足发展。散曲创作以关汉卿、王和卿的出现在文坛为标志，引领整个元代散曲创作进入繁盛阶段，同时这也是大都散曲创作的鼎盛阶段。此时的主要作家有关汉卿、王和卿、卢挚、姚燧、胡祗遹、徐琰、庾天锡等。这一时期，散曲的题材和内容有了极大的开拓，其自然潇洒韵致普遍成熟，已经彻底摆脱了词的影响，全面显现出新的文学体式的独特个性。

关汉卿，号已斋，有的作巳斋叟，大都（今北京）人，生卒年无可考，大约生于金末，卒于元朝大德年间。与元初王和卿、杨显之、梁退之、费君祥诸人皆友善。《录鬼簿》说他曾作过太医院尹。生而倜傥，博学能文，滑稽多智，蕴藉风流，为一时之冠。他不但能编剧，并且“躬践排场，面敷粉墨抄偶俳优而不辞”。可见，关汉卿是很有演唱功底的。所以他的散曲，更符合声韵规律，易于传唱。散曲作品有套曲十余套，小令五十余首。其创作，表现出其张扬不羁的个性特征。

关汉卿是写情高手，他善于把握女子情态、心理，将一个个或泼辣、或多情、或聪慧的女性形象描绘得栩栩如生。如【双调】《沉醉东风》：

咫尺的天南地北，霎时间月缺花飞。手执着饯行杯，眼阁着别离泪。刚道得声“保重将息”，痛煞煞教人舍不得。好去者，望前程万里！

此曲写男女离愁别绪，感情真挚，婉转细密，而又健康质朴，毫无矫揉造作之感。又如套曲【黄钟·侍香金童】之【神仗儿煞】：

深沉院宇，蟾光皎洁，整顿了霓裳，把名香谨爇；深深拜罢，频频祷祝：不求富贵豪奢，只愿得夫妻每早早圆备者。

作品真实地反映了平民生活理想和爱情追求，与文人词中所展现的男女情爱有着本质区别，情趣迥异。

他的许多小令，写儿女意态，情感细腻，人物刻画入木三分。【一半儿】《题情》、【四块玉】《别情》都是这类作品的代表。郑振铎评价说“比柳词还要谐俗，却也比柳词还要深刻活泼；比山谷词还要艳荡，却也比山谷词还要令人沉醉，同时却又那样的温柔敦厚，一点也不显出粗鄙恶俗。”① 当是指这类作品。

关汉卿作为大都杂剧领袖，与众多表演艺术家保持着非常密切的关系。与杂剧所反映出的世界观相同，关汉卿在散曲中同样表达了对于女性发自内心的欣赏与尊重，事实上，他与女性尤其是身处社会下层的艺妓平等相交，切磋技艺，【南吕·一枝花】《赠朱帘秀》就表现了他对杂剧表演艺术家珠帘秀由衷的钦佩与赞美：

轻裁虾万须，巧织珠千串。金钩光错落，绣带舞蹁跹。似雾非烟，妆点就深闺院，不许那等闲人取次展。摇四壁翡翠浓阴，射万瓦琉璃色浅。

【梁州】富贵似侯家紫帐，风流如谢府红莲，锁春愁不放双飞燕。绮窗相近，翠户相连。雕栊相映，绣幕相牵。拂苔痕满砌榆钱，惹扬花飞点如绵。愁的是抹回廊暮雨萧萧，恨的是筛曲槛西风剪剪，爱的是透长门夜月娟娟。

① 郑振铎：《中国俗文学史》，第168页。

凌波殿前，碧玲珑掩映湘妃面。没福怎能够见？十里扬州风物妍，出落着神仙。

【尾】恰便似一池秋水通宵展，一片朝云尽日悬。你个守户的先生肯相恋，煞是可怜。则要你手掌儿里奇擎着耐心儿卷。

作品用比喻、象征、双关等艺术手段，将这个杰出女艺术家的形象渲染描绘得光芒四射宛若天仙。赞美其秀美的体态仪容，冰雪聪明的天资，卓越超群的技艺和人品的高洁。通篇流露出关氏对珠帘秀的尊重与爱戴。

关汉卿才华横溢，狂放不羁，充满叛逆精神。在他的散曲作品中，一个愤懑不平，勇于抗争的下层知识分子形象跃然纸上。【南吕·一枝花】“攀出墙朵朵花”、【梁州】第七“我是个普天下郎君领袖”以及【黄钟煞】“我是个蒸不烂煮不熟捶不扁炒不爆响当当一粒铜豌豆”等，都是这方面的代表。

【南吕·一枝花】《不伏老》：

攀出墙朵朵花，折临路枝枝柳。花攀红蕊嫩，柳折翠条柔。浪子风流，凭着我折柳攀花手，直熬得花残柳败休。半生来折柳攀花，一世里眠花卧柳。

【梁州第七】我是个普天下郎君领袖，盖世界浪子班头。愿朱颜不改常依旧。花中消遣，酒内忘忧，分茶攧竹，打马藏阄，通五音六律滑熟，甚闲愁到我心头。伴的是银筝女银台前理银筝笑依银屏，伴的是玉天仙携玉手并玉肩同登玉楼，伴的是金钗客歌金缕捧金樽满泛金瓯。你道我老也，暂休。占排场风月功名首，更玲珑又剔透。我是个锦阵花营都帅头，曾玩府游州。

【隔尾】子弟每是个茅草岗沙土窝初生的兔羔儿乍向围场上走，我是个经笼罩受索网苍翎毛老野鸡踏踏的阵马儿熟。经了些窝弓冷箭铁枪头，不曾落人后。恰不道人到中年万事休，我怎肯虚度了春秋。

【尾】我是个蒸不烂煮不熟捶不扁炒不爆响当当一粒铜豌豆，恁子弟每谁教你钻入他锄不断斫不下解不开顿不脱慢腾腾千层锦套头。我玩的是梁园月，饮的是东京酒，赏的是洛阳花，攀的是章台柳。我也会吟诗，会篆籀，会弹丝，会品竹；我也会唱鹧鸪，舞垂手；会打围，会蹴鞠，会围棋，会双陆。

你便是落了我牙，歪了我口，瘸了我腿，折了我手，天赐与我这几般儿歹症候，尚兀自不肯休。则除是阎王亲自唤，神鬼自来勾，三魂归地府，七魄丧冥幽，天哪，那其间才不向烟花路儿上走。

书写他的桀骜不驯，他的玩世不恭，他的眠花卧柳，他的天马行空，与其说是自我不屈不挠、抗争、反叛形象的真实写照，是郁闷、愤懑之情的畅快宣泄，倒不如说是对自己才情、能力、水平、影响、成就、魅力的夸耀，其自信、自豪之情力透纸背。关汉卿作品中这种世俗化的尽情享乐随处可见，【越调·斗鹌鹑】《女校尉》二套写女子蹴鞠表演，全作汪洋恣肆，酣畅淋漓地描绘了参赛女子们矫健敏捷的身手，奋勇争先的神情，灵活多变的战术，娴熟高超的技艺，写得绘声绘色，气氛热烈，节奏紧凑，细节逼真，读之有身临其境之感，让人不由对其笔下功力和创作中表现出的蓬勃激情与生命热度慨叹不已。

关汉卿的艺术活动主要在大都，他是元代文学代表杂剧和散曲的旗帜和丰碑。晚年到杭州，在那里有无继续从事杂剧创作不可确考，但是散曲的创作依然丰富。套曲【南吕·一枝花】《杭州景》就作于刚刚抵达杭州之时：

【一枝花】普天下锦绣乡，寰海内风流地，大元朝新附国，亡宋家旧华夷。水秀山奇，一到处堪游戏。这答儿。忒富贵。满城中绣幕风帘，一哄地人烟凑集。

【梁州第七】百十里街衢整齐，万余家楼阁参差。并无半答儿闲田地。松轩竹径，药厨花蹊。茶园稻陌，竹坞梅溪。一陀儿一句诗题，行一步扇面屏帏。西盐场便似一带琼瑶。吴山色千叠翡翠。兀良。望钱塘江万顷玻璃。更有清溪，绿水，画船儿来往闲游戏。浙江亭紧相对，相对着，险岭高峰长怪石。堪羡堪题。

【尾】家家掩映渠流水，楼阁峥嵘出翠微。遥望西游暮山势，看了这壁，觑了那壁。纵有丹青下不得笔。

杭州湖光山色，自然景物秀丽多姿。成为南宋的首都后，经济日趋繁荣，人烟更加稠密，据南宋淳祐年间统计，杭州及所属各县人口已达一百二十几万。蒙元是在祥兴二年（1279）灭亡南宋的。南宋故都杭州，入元后依然保持着繁华。并以其历史悠久，景色秀美，物产丰富，人文荟萃和文化环境更为宽松吸引了众多文人雅士，尤其是北方士人。关汉卿等文化领军人物的大举南迁，使大都元代杂剧文化中心的地位被取代，让位与杭州。从这个套数看，关汉卿在元朝占领杭州不久就从大都来到了这里，所以曲内有“大元朝新附国，亡宋家旧华夷”之语。作者以写实的手法，逼真地描画了这座江南人烟辏集景色宜人的历史名城最初留给他的独特鲜明的印象，刻写清晰，勾画准确。作者称杭州是“普天下锦绣乡，寰海内风流地”，其兴奋、新奇、喜悦、羡慕、流连、赞赏等复杂的情感跃然纸上。

第二节　王实甫　马致远

杂剧大家王实甫，大都（今北京）人，生卒年不详，大约与关汉卿同时。著杂剧十四种，今存《西厢记》等三种。其散曲成就也很高，可谓无一首不好。【山坡羊】《春睡》：

云松螺髻，香温鸳被，掩香闺一觉伤春睡。柳花飞，小琼姬，一片声雪下呈祥瑞。把团圆梦儿生唤起。谁，不做美？呸，却是你！

写的是传统的美人怀春主题，但是通过一个合情合理的小细节，将此表达得别有情趣。与著名女词人李清照【如梦令】“昨夜雨疏风骤，浓睡不消残酒，试问卷帘人，却道海棠依旧。知否，知否，应是绿肥红瘦。”有异曲同工之妙，只是更加的通俗、质朴，口语化。伤别，同样是古代文学中最传统的题材，散曲中的伤别同样很多，但是王实甫的【中吕·十二月过尧民歌】《别情》却通过使用叠音、重复等俗语语句手段，造成音韵回环往复的效果，将离别的感情表达得细腻婉转，缠绵曲折，悠远不尽：

自别后遥山隐隐，更那堪远水粼粼。见杨柳飞绵滚滚，对桃花醉脸醺醺。透内阁香风阵阵，掩重门暮雨纷纷。怕黄昏忽地又黄昏，不销魂怎地不销魂。新啼痕压旧啼痕，断肠人忆断肠人。今春，香肌瘦几分，缕带宽三寸。

《太和正音谱》云：“王实甫之词如花间美人，铺叙委婉，深得骚人之趣；极有佳句，若玉环之出浴华清，绿珠之采莲洛浦。”[①] 王实甫散曲的这种辞采优美，感情细腻，用词雅致的特点，在他的元杂剧创作中更得到了充分的表现。当然，由于他曾经为官的经历，所以对仕途险恶有着清醒的认识：

【梧叶儿】：退一步乾坤大，饶一着万虑休。怕狼虎恶图谋。遇事休开口，逢人只点头。见香饵莫吞钩，高抄起经纶大手。

在作品中大讲处世之道，为官之道，经纶万种，“世故”十足，足以见得散曲距离现实生活是多么的密切。而下面这首【后庭花】则直接描绘了作者心目中政治困境里得以保全身心的“理想”生活：

住一间蔽风霜茅草丘，穿一领卧苔莎粗布裘。捏几首写怀抱歪诗句，吃几百杯放心胸村醪酒。这潇洒傲王侯，且喜的身登中寿。有微资堪赡赒，有亭园堪纵游。保天和自寿，放形骸任自由。把尘缘一笔勾，再休提名利友。

马致远，号东篱，大都（今北京）人，生卒年不详，生平事迹多不可考。元贞、大德（1295—1307）年间是元代杂剧的鼎盛期，马致远是这一时期的重要作家，他作有【中吕·粉蝶儿】《至治华夷》套曲，“至治”是元英宗年号，可见他到1321年尚在。【中吕·粉蝶儿】：

① （明）朱权：《太和正音谱》，见《中国古典戏曲论著集成》第三册。

至治华夷，正堂堂大元朝世，应乾元九五龙飞。万斯年，平天下，古燕雄地，日月光辉。喜氤氲一团和气。

【醉春风】小国土尽来朝，大福荫护助里。贤贤文武宰尧天，喜，喜！五谷丰登，万民乐业，四方宁治。

【啄木儿煞】善教他，归厚德，太平时龙虎风云会。圣明皇帝，大元洪福与天齐！

此曲把“堂堂大元”描绘成尧舜一般的圣君贤臣时代，天下大治，国家强盛，人民安康，一团和气。完全是歌功颂德之作，许多文学史或者是论著都不愿提及或者引用此曲，仿佛会影响元曲“革命性”和马致远的人民性，但这的确是马致远曾经的作品，是他元曲创作的一个不可忽略的部分。他在另一首【粉蝶儿】更礼赞道：“寰海清夷，扇祥风太平朝世，赞尧仁洪福天齐。乐时丰，逢岁稔，天开祥瑞，万世皇基，股肱良庙堂之器。”“凤凰池暖风光丽，日月袍新扇影低，雕阑玉砌彩云飞，才万里，锦绣簇华夷。”因而他发自内心地祝贺：“祝吾皇万万年，镇家邦万万里：八方齐贺当今帝，稳坐盘龙亢金椅。”其实，这样的作品，在元曲中并非绝无仅有，王恽、张养浩、贯云石等都有这样类似“颂歌”式的作品传世。但就马致远而言，他并非一开始就心灰意冷地决绝于新王朝，早年也曾热衷功名，其散曲【黄钟尾】就曾自述：“自年幼，写诗曾献上龙楼”可见他还是努力想要有为当世，但因屡遭挫折，过了中年之后，才自问“图甚区区苦张罗？”才把“人间荣辱都参破”放下出将入相的心思，向往“远红尘千丈波，倒大来闲快活”（【南吕·四块玉】《叹世》）的平静生活。由此可见，悲观、避世、归隐并非作家天性使然，也非主动的人生选择，而是繁华阅尽无路可走的无奈，这种在政治上积极进取而进取不得的个人遭际，更强烈证明了现实之残酷。于是马致远不仅要作“酒中仙，尘外客，林中友”，更大隐隐于市，混迹于书会勾栏艺人之间。他曾于元贞、大德年间（1295—1307）参加大都的“元贞书会”，与艺人花李郎、红字李二等人合撰杂剧。其后曾出任江浙行省务官，住在杭州，晚年致仕，隐居乡村。他是当时最为著名的杂剧作家，与关汉卿、白朴、郑光祖并称四大家。散曲家张可久有【双调·庆东原】《次马致远先辈韵九篇》小令，可知他应早于张可久，而晚于关汉卿和白朴。散曲成就也极为突出，有“曲状元”之称。贾仲明为其所作吊词已言其“共庾、白、关老齐肩”，并赞曰：“万花丛里马神仙，百世集中说致远，四方海内皆谈羡。战文场，曲状元。姓名香，贯满梨园。”有散曲套数二十七首，小令一百一十五首，小令创作的数量和质量在元人中名列前茅，且风格多样，时人难以匹敌。马致远的杂剧与散曲创作对明清曲坛都有巨大影响，王国维的《宋元戏曲史》论马致远在元曲中的地位，于诗将其比之为李商隐，于词将其比之为欧阳修，可知其分量与影响。散曲有今人辑本《东篱乐府》。小令【越调·天净沙】《秋思》被称为“秋思之祖”：

枯藤老树昏鸦，小桥流水人家，古道西风瘦马。夕阳西下，断肠人在天涯。

通过叠印不多的几个独立画面，却描绘出了一幅完整的晚秋景色，不尽的凄凉萧瑟，不尽的孤独寂寞，让人读之黯然神伤。

贾仲明在给《录鬼簿》补的挽词中称马致远是“万花丛里马神仙”，言其善于书写男女爱恋的细腻情致，实际上这只说对了一部分。马致远更多的作品表达了历史的沧桑和人生的感悟，主观抒情意味极其浓烈。【双调·蟾宫曲】（二首）：

叹世东篱半世蹉跎，竹里游亭，小宇婆娑。有个池塘，醒时渔笛，醉后渔歌。严子陵他应笑我，孟光台我待学他。笑我如何，倒大江湖，也避风波。

咸阳百二山河，两字功名，几阵干戈。项废东吴，刘兴西蜀，梦说南柯。韩信功兀的般证果，蒯通言那里是风魔。成也萧何，败也萧何，醉了由他。

两首小令借用秦汉之争的历史，表达了对于追求功名富贵的厌弃。因为刘项之争，无论兴废，最后不过都是南柯一梦而已。无论是韩信那样为兴汉立下过汗马功劳的盖世功臣，还是像蒯通那样的卓越谋士，最后全都难逃悲惨的结局。既然是“成也萧何，败也萧何”，历史上哪里还有什么是非曲直可说？作者希望能够像严子陵、孟光远避尘世，过一种“醒时渔笛，醉后渔歌”散淡无忧的生活。这种消极避世的人生态度，是元代部分士人面对当时蒙古统治所采取的无奈的选择。【双调·寿阳曲】五首，是一组写景佳作，全写江边暮景，而有四时变化，给人以静谧、安详、时空倒转之感，首首宛若图画。

【般涉调·耍孩儿】《借马》是马致远散曲作品中最具幽默色彩的一组套曲。通过生活中一个常见情节，刻画出人的心态、性格和形象。作者先写主人对马的百般爱惜，再写不识时务者借马要求给主人带来的复杂矛盾心理，后写不得不出借时的反复叮咛乃至絮叨抱怨。描摹人物声气口吻惟妙惟肖。而在语言上，也一洗雅致，务求本色，大量使用俗语方言，使之更加生动诙谐。

第三节　珠帘秀　王和卿　王伯成　庾天锡　荆干臣　滕斌

珠帘秀，又作朱帘秀，是大都乃至全国最著名的杂剧戏曲艺术表演家。她的杂剧表演独步一时，为头牌魁首，戏路开阔，善于扮演驾头（扮为帝王）、花旦、软末泥。后辈多以“朱娘娘”称之。《青楼集》有她的相关记载。珠帘秀不仅艺术造诣很高，并且有相当的文学修养，当时的许多著名文人如胡祇遹、冯子振、关汉卿、卢挚等都与她有交往，并以曲文相赠。胡紫山曾赠以《沉醉东风》，冯海粟赠以《鹧鸪天》，王秋涧赠以《浣溪纱》，关汉卿赠以《一枝花》。朱氏也善作散曲，今天仍保留有她的小令一首，套曲一套。小令【双调·寿阳曲】《答卢疏斋》：

山无数，烟万缕，憔悴煞玉堂人物。倚篷窗一身儿活受苦，恨不得随大江东去。

卢疏斋，即著名文臣卢挚。他写有《别珠帘秀》，曲曰："才欢悦，早间别，痛煞煞好难割舍。画船儿载将春去也，空留下半江明月。"《答卢疏斋》是珠帘秀收到卢挚的赠别曲后，依原调作答。曲中流露出对当时社会不公平和自己地位低下的悲愤之情，也表达了对朋友的眷恋、不舍和相知。虽然短小，但甚为精湛，二人相知相惜的情谊表达得含蓄而浓烈。珠帘秀后来也从大都移居到了杭州。

套数【正宫·醉西施】是珠帘秀书写离别相思的一组曲子，感情细腻婉转，用笔清丽，借用前人诗词恰切协调，毫无生硬之感，如"检点旧风流，近日来渐觉小蛮腰瘦。想当初万种恩情，到如今反做了一场僝僽。害得我柳眉颦秋波水溜，泪滴春衫袖，似桃花带雨胭脂透。绿肥红瘦，正是愁时候。"可见其文学造诣很高。【玉芙蓉】"寂寞几时休，盼音书天际头。加人病黄鸟枝头，助人愁渭城衰柳。满眼春江都是泪，也流不尽许多愁。若得归来后，同行共止，便是牡丹花下死，做鬼也风流。"情感浓烈真挚，非一般文人代言体所能比。

王和卿，生卒年不详，大都人，与关汉卿同时，是关系很好的朋友。中统初年与关汉卿在大都曲坛活动。[①] 与关汉卿一样，他也是名震勾栏的"散人"曲家。两人性格有许多相似之处，同样风流蕴藉，追逐歌伎舞女，表现出玩世不恭的情绪。《录鬼簿》称他为"学士"，蒋一葵《尧山堂外纪》云："关汉卿同时，和卿数讥谑，关虽极意还答，终不能胜。"[②] 由此可见其机智、幽默、风趣，非一般人能比。他的作品从题材内容到艺术风格，都洋溢着滑稽诙谐的意趣。艺术价值最高的多是咏物之作。今存套数一篇，小令二十多首。著名的作品有小令【仙侣·醉中天】《咏大蝴蝶》：

蝉破庄周梦，两翅架东风，三百座名园，一采一个空。难道风流种？吓

① （宋）陶宗仪：《南村辍耕录》卷二三。

② （明）蒋一葵：《尧山堂外纪》卷六十八。

杀寻芳的蜜蜂。轻轻的飞动，把卖花人扇过桥东。

这首小令，作者描摹了一个蝴蝶形象。不着一字，尽得风流，本是咏物传统，而本曲以极度夸张笔法，将蝴蝶写得如此猖狂霸道，恐怕别有深意，因为其贪婪、狂妄实在像极了气焰嚣张不可一世的权豪势要。这首曲子影响很大，元史樟杂剧《庄周梦》第一折中就引用了它，说明当时非常流行，明代徐氏《笔精》和王骥德《曲律》对这首曲子的评价也很高。

【双调·拨不断】《大鱼》：

胜神鳌，夯风涛，脊梁上轻负着蓬莱岛。万里夕阳锦背高，翻身犹恨东洋小。太公怎钓？

其写法与《咏大蝴蝶》如出一辙，描绘了一个鲲鹏万里，气壮寰宇的大鱼形象，似是写形，实为描摹胸怀心志，刻画出一个特立独行、无私无畏、不为名利羁绊的理想形象。此外王和卿的其他咏物之作如咏长毛狗、绿毛龟等，也都充满滑稽、诙谐的意趣。

当然，王和卿某些作品如《咏秃》《胖妓》不免恶俗，有学者认为："文人散曲中的俳优庸俗习气，最早似可溯源于王和卿。"[①]

王伯成，涿州人，为马致远忘年友。有《天宝遗事诸宫调》见称于世，今只有残本流传。著杂剧三种，今仅存《贬夜郎》一种。散曲今存小令三首，套数三套。套曲《越调·斗鹌鹑》描绘乡村景色，充满诗情画意：

酒力禁持，诗魔唤起。紫燕喧喧，黄莺呖呖。红杏香中，绿杨影里。丽日迟，节序催。柳线摇金，桃花泛水。

【紫花儿序】香馥馥花开满路，碧粼粼水绕孤村，绿茸茸芳草烟迷。扬鞭

① 邓绍基主编：《元代文学史》人民文学出版社2006年版，第333页。

指处，堪画堪题。更那堪，竹坞人家傍不溪。彩绳高系，春色飘零，花事狼藉。

【小桃红】一帘红雨落花飞，酝酿蜂儿蜜。跨蹇携壶醒还醉，草凄凄，融融沙暖鸳鸯睡。韶光景美，和风暖口，惹起杜鹃啼。

语言上多用叠音词象声、肖形、绘色，给人以明丽欢快之感。【仙吕·春从天上来】《闺怨》则把女子怀春的情态、情怀刻画得惟妙惟肖，入木三分：

巡官算我，道我命运乖，教奴镇日无精彩。为想佳期不敢傍妆台，又恐怕爹娘做猜，把容颜只恁改。漏永更长，不由人泪满腮。他情是歹，咱心且捱，终须也要还满了相思债。

而套数【般涉调·哨遍】《项羽自刎》借楚汉争雄的历史，抒发了作者对胜败得失的感慨。通过分析具体事件，层层揭示出项羽一步步走向败亡的深层次原因，推导出“上合天统，下应民情”才能夺得天下的结论，精辟深刻。其中不乏借古喻今感慨兴亡的意味。王伯成是个杂剧作家，《项羽自刎》通过组曲，完整描绘了楚汉相争的全过程，简直就可看做是一个浓缩本的杂剧。

元代宗教自由开放，大都更是各流派必争之地，道教有着非常强大的势力。以宗教说理入于文学非常常见，杂剧甚至更出现了专门的“神仙道化”题材。王伯成套曲《赠长春宫雪庵学士》是一首有着较为浓郁道教思想的作品，赞叹人生苦短，世事无常，劝导人们无私、无欲、无求、无争。表现了作家对人生、仕途、金钱、家庭、友情的观点，得出结论是人生百年，凡尘俗事皆为羁绊，到头来万事皆空，人们孜孜以求的功名利禄其实都是自由的枷锁、人生的负担，识破了世态浮云，人生就能吃得香，睡得美，就能装聋作哑，远离各种痛苦祸患，达到一个全新的境界。虽然通篇说理，通篇宣扬道家虚无，但是因为形象刻画鲜明，比喻恰当贴切，所以并不给人似呆板、重复、空泛的说教印象。例如，“生来忙似尘中蚁，老去空如茧内蚕”、“耳若聋，口似缄，有人来问佯妆憨”都明白如话，浅显易懂，而道理深刻。事实上，这种虚无避世的思想在元代文人雅士中非常普遍，这也是“神仙道化”类杂剧和散曲盛行的社会思想基础。当然，其中【收尾】“甲配了庚，离应了坎。是非不在天公鉴，那道轮回近得俺。”却又表现出作者对善恶轮回报应的现实主义态度。

庾天锡，生卒年不详，字吉甫，大都人。曾任中书省掾，授员外郎，中山府判。杂剧作家，亦善作散曲，现存小令七首，套曲四篇。《太和正音谱》评其曲“如奇峰散绮”。贯云石序《阳春白雪》品评元代散曲，曾把他和关汉卿相提并论，称之为“造语妖娇”。明人贾仲明作【凌波仙】曲概括其平生说：“语言脱洒不粗疏，翰墨清新果自如。胸怀倜傥多清楚，战文场，一大儒，上红笔，没半点尘俗。寻章摘句，腾今换古，噀玉喷珠。”[①] 但是以现存的散曲看，他的成就和水平实际上是没有办法与关汉卿相比的。

【双调】《雁儿落过得胜令》：

名缰厮缠挽，利锁相牵绊。孤舟乱石湍，羸马连云栈。宰相五更寒，将军夜渡关。创业非容易，升平守分难。长安，那个是周公旦？狼山，风流访谢安。

前六句写为名利所羁绊的危险、疲惫，即使能够出为将，入为相，位极人臣，依然免不了身心劳顿；后六句写创业难，守业更难，哪里有周公那样的圣君贤臣？索性不如像东晋名臣谢安那样不恋权位，及时激流勇退，保持自己的高洁。全曲形象刻写生动传神，议论画龙点睛，人生道理寥寥数语，醍醐灌顶。

荆干臣，生卒年不详，一说北京路兴中府（河北昌黎），一说东营（元代大

① 天一阁抄本《录鬼簿》。

宁路兴中州，今内蒙古宁城西）。虽出身豪族，但能折节读书，少年时游学于燕地（今北京、河北一带），以制曲知名，《太和正音谱》将其词列为上品。《全元散曲》存其套曲两套。至元年间曾两次出使日本。

滕斌（生卒年不详）又作滕宾，字玉霄。《录鬼簿》将其列为“前辈已死名公才人”。元武宗至大年间曾为翰林学士，出为江西儒学提举，后弃家入天台山为道士。据《草木子》：“白云平章察罕求仙于燕京西山顶，一日适出，滕玉霄访之，不值。因戏题于壁云：西风短褐飞黄埃，何不从我游蓬莱；狂歌醉舞下山去，后夜月明骑鹤来。”《全元散曲》收小令十五首，《全金元词》收词十首。

这一时期的散曲，有几个特点，一是以关汉卿、马致远、王实甫、王和卿等这样的勾栏曲家为主力，他们大多为大都籍的本土作家，社会地位低下，长期混迹勾栏，因而创作表现出了与文人散曲迥然相异的风格面貌。他们的散曲与杂剧创作有许多相通之处，一般来说，通俗、自然，直抒胸臆，很少辞藻雕琢。

他们都是杂剧创作中的领军人物或表演艺术家中的佼佼者。歌女伶工依靠杂剧作家的扶持帮助才能创造出更加丰富生动的舞台形象，提高自己的知名度和美誉度，而剧作家的剧本创作，又通过艺术家们舞台高超的再创作，才能最终实现其价值，这种彼此相助、依赖生存的关系，使得他们之间来往密切，配合默契。与此同时，一些著名的表演艺术家，在社会上也有广泛的交际，他们的交往已经远远超出杂剧界的范围，上至达官贵人、社会名流甚至是皇帝皇亲，下至普通观众，贩夫走卒。例如著名女演员珠帘秀在大都与关汉卿、胡祇遹、冯子振、王恽、卢挚等交往密切，至元十九年（1282），珠帘秀要出游江南，这些人均作曲以赠，可见当时文坛众人与勾栏中人关系之密切。[①] 这种不同的社会生活阶层和文化圈通过杂剧、散曲演艺者彼此勾连成为一个非常完整的传播链条，极大程度地扩大了散曲创作在社会上的影响力，

① （元）夏庭芝：《青楼集》。

它使得剧作家的散曲作品，不仅在当地广为流传，又借助演唱者的社会交际，进入了一个以高官贵戚文人雅士为主的文化圈子，并通过他们传播到更远的地方，甚至由于他们的文字记录，得以留存后世。另外这个时期散曲的题材和内容都得到了开拓，反映社会生活和作家情感更加广泛，而自然风流的韵致也得到了充分的表现。这在关汉卿、王实甫、马致远、王和卿等人的创作中表现得尤其突出。

第八章　大都散曲（三）

第一节　赵孟頫　管道昇

赵孟頫（1254—1322），字子昂，晚号松雪道人，又号水精宫道人，湖州（今属浙江）人。为宋宗室之后。宋亡后家居，致力于学。元世祖搜罗江南遗逸时，被程钜夫推荐入朝，因才气英迈，神采焕发，世祖一见赞赏有加，他风度优雅，俊逸潇洒，鲜于枢称“神情简远，若神仙中人”[①]，杨载则言其“神采秀异，珠明玉润”（《赵公行状》）。入朝第二年，授兵部郎中。至元二十七年（1290）迁集贤直学士。二十九年，补外。还京后修《世祖实录》，延祐三年（1316）拜翰林学士承旨、荣禄大夫。卒追封为魏国公，谥文敏。赵孟頫自幼聪慧过人，过目成诵，素养深厚，天分极高，是历史上并不多见的文艺全才。《元史》本传记载并评价说：“篆、籀、分、隶、真、行、草书，无不冠绝古今，遂以书名天下。天竺有僧，数万里来求其书归，国中宝之。其画山水、木石、花竹、人马，尤精致。史官杨载称孟頫之才颇为书画所掩，知其书画者不知其文章，知其文章者，不知其经济之学。人以为知言。”他还精于文物鉴赏，能够达到“望而知之，不待谛玩”（杨载《赵公行状》）的程度。另外值得注意的是，他对音乐、音律亦有很精湛的研究和创作，著有《乐原》《琴原》等文，虞集在为《中原音韵》作序时，特别提到赵孟頫的音乐造诣：“每朝会大合乐，乐署必以其谱来翰苑请乐章。唯吴兴赵公承旨（指

① 鲜于枢语，见《松雪斋文集》卷八《田氏贤母之碑》引。

赵孟頫）时，以属官所撰不协，自撰以进并言其故，为延祐天子嘉赏焉。”他有深厚的文化修养和极高的文化品位。其为文操笔立成，清邃奇逸，超然脱俗。他同样工于散曲，但不多见，以戏赠其妻管夫人的“我为学士”一阕最为流传。小令【黄钟】《人月圆》：

一枝仙桂香生玉，消得唤卿卿。缓歌金缕，轻敲象板，倾国倾城。几时不见，红裙翠袖，多少闲情。想应如旧，春山澹澹，秋水盈盈。

【仙吕】《后庭花》：

清溪一叶舟，芙蓉两岸秋。采菱谁家女，歌声起暮鸥。乱云愁，满头风雨，戴荷叶归去休。

前首似是简笔画，寥寥数笔，将这位女子的容貌、才艺、神情意态描绘出来，并以“想应如旧”将意境扩展到了诗外，用春山秋水之清纯来衬托女子的纯净姣好。后一首用连续转换的视角，连缀起诗意的瞬间，自然灵动，笔墨清新，大有绘画的意境情趣。

管道昇（1262—1319年）字仲姬，乌程（今浙江湖州）人，赵孟頫之妻，自幼聪慧，能诗善画，为书画家、诗文家，以画竹闻名，又工山水、佛像，赵孟頫评价她的画作：“落笔秀媚，超逸绝尘”。至元中与赵孟頫相伴入京，元仁宗曾将赵孟頫、管道昇及其子赵雍书法合装一卷轴，藏之秘书监，曰：“使后世知我朝有一家夫妇父子皆善书，亦奇事也。”至大四年（1311）封吴兴郡夫人，延祐四年（1317）加封魏国夫人（一品）。其小令【锁南枝】是元曲名篇。关于这首小令，《尧山堂外纪》（卷七十）还有段非常有趣的故事。故事说赵孟頫想要纳妾，但又不好意思开口，于是写小令一首给夫人管道昇：“我为学士，你做夫人。岂不闻，陶学士有桃叶桃根，苏学士有朝云暮云。我便多娶几个吴姬越女何过分？你年纪已过四旬，只管占住玉堂春。”曲中的“陶学士”和“苏学士”分别指东晋王献之和宋代苏轼，二人都是中国文学史上最著名的诗人和书法家，他们都以曾拥有温柔、美丽的侍妾而闻名。赵孟頫希望自己也能享有同样的“艳遇”。对此，管夫人当即提笔作答云：“你侬我侬，忒煞情多。情多处，热似火。把一块泥，捻一个你，塑一个我。将咱两个，一齐打破，用水调和。再捻一个你，再塑一个我。我泥中有你，你泥中有我。与你生同一个衾，死同一个椁。”赵孟頫观后，大笑不已，从此不再提纳妾之事。管道昇的这首《我侬词》就是著名的小令【锁南枝】。

四月八日是佛教“浴佛日”，元贞二年（1296）的这一天管道昇画了一幅《紫竹庵图》，除本人题写之外，柯贞白也题诗其上，在流传过程中，又有曹妙清、释妙空（尼）、赵鸾、梁园秀、了凡、妙空分别题诗。七位女子在当时社会都有一定影响，为同一画作题咏，开创了纯属女子“同题集咏”之先河，实属珍贵，不愧文坛佳话一段，由此可知元代妇女的社会生活相对活跃开放。此画作之后流传有序，世所珍视，清乾隆皇帝御笔题诗，著名文臣于敏中和题其上。该画作于2010年北京瀚海秋季拍卖会上以人民币二十九万一千二百元成功拍卖。

第二节　胡祗遹　卢挚　刘因　姚燧　鲜于枢　陈英

胡祗遹（1227—1295）[①]，字绍开，号紫山，磁州武安人（今属河北），幼年丧父，因学养渊博见诸于名流，经张文谦等人推举，荐为员外郎，从此走上仕途。至元年间，授应奉翰林文字兼太常博士，兼左司员外郎。因忤权奸阿合马（？—1282）而出为太原路治中，升河东山西道提刑按察副使。元灭宋后，历任荆湖北道宣慰副使、山东东西道和江南浙西道提刑按察使等职。所至“抑豪右，扶寡弱，以敦教化，以厉士风”[②]。他是元代前期各方面文化

---

① 《元史》卷一七，胡祗遹本传言其卒于元世祖至元三十年（1293），年六十七。此说有误，详参丰家骅《胡祗遹卒年和王恽生年考》，《文学遗产》1995年2期。

② 《元史》卷一七，胡祗遹本传。

艺术修养都比较高的官员，曾仕宦南北，眼界开阔，思想开放。与杂剧作家白朴和关汉卿以及杂剧表演艺术家珠帘秀、赵文益等均有往来，声气相通。对元曲这种新兴的艺术形式有较为深刻全面的认识，他所撰写的有关杂剧及相关曲艺样式大量的序跋，是元代前期研究元曲最为珍贵的文献。胡祇遹通过对元曲表演艺术家的赠诗作序，较为系统地表达了关于杂剧散曲表演的观念。现存散曲十一首，朱权《太和正音谱》称其散曲风格如“秋潭孤月”一般明净。他和王恽、卢挚、姚燧一样，是元世祖忽必烈即位之初就起用的青年文士，文学创作周期很长，其散曲创作延续数十年，跨大都散曲发展的第二期和第三期。

【双调】《沉醉东风》（二首）：

月底花间酒壶，水边林下茅庐。避虎狼，盟鸥鹭，是个识字的渔夫。蓑笠纶竿钓今古，一任他斜风细雨。

渔得鱼心满愿足，樵得樵眼笑眉舒。一个罢了钓竿，一个收了斤斧，林泉下偶然相遇，是两个不识字的渔樵士大夫，他两个笑加加的谈今论古。

归隐山林是元代诗词甚至书画中最常见的题材。胡祇遹将其纳入曲中，他这两首小令，表达着同样的情怀。第一首，把贪官暴吏比作虎狼，他愿逃离虎狼成群的官场，与鸥鹭为盟，做个“识字的渔夫”，过隐居生活。前一首还有许多词的痕迹，如用典较多，化用前人诗句。而在后一首中，他赞美隐居山野的渔樵，称他们是不识字的渔樵士大夫。他赞美那种没有贪欲知足常乐的生活态度。在作者看来，他们虽不识字，却谈古论今，是真正了悟人生成败的智者达人。这两首小令写得恬淡平静，同时透露了诗人对世事的态度和个人所追求的理想。

胡祇遹【中吕·阳春曲】《春景》是三首非常著名的小令。传唱很广，关汉卿的杂剧《诈妮子调风月》第二折中就有“你又不是残花酝酿蜂儿蜜，细雨调和燕子泥”之句，就是化用胡散曲而成，可见其散曲创作在当时是有不小影响的。

胡祗遹与元曲艺人交往密切，且对元曲创制、表演体会深刻，感悟独特，有深入研究，而且影响很大。他在《赠宋氏序》《优伶赵文益诗序》和《黄氏诗卷序》中表达了自己的观点和见解。《黄氏诗卷序》中，提出“九美”的标准，从九个方面衡量演唱艺术的高低：

女乐之百伎，唯唱详焉。一、姿质浓粹，光彩动人；二、举止闲雅，无尘俗态；三、心思聪慧，洞达事物之情状；四、语言辨利，字真句明；五、歌喉清和圆转，累累然如贯珠；六、分付顾盼，使人解悟；七、一唱一说，轻重疾徐，中节合度；虽记诵娴熟，非如老僧之诵经。八、发明古人喜怒哀乐，忧悲愉佚，言行功业，使观听者如在目前，谛听忘倦，惟恐不得闻。九、温故知新，关键词藻，时出新奇，使人不能测度，为之限量。

所谓“九美”，大致可分为三个方面，第一方面是演员姿容品貌、风度气质和文化素养；第二方面是演员的说唱和表演等基本功；第三方面是表演时要张弛有度，轻重有节，有节奏感，要体会角色的喜怒哀乐，并通过表演传达给观众，充满艺术感染力；表演的过程，是不断再创作的过程，要给人常看常新的感觉。如此，“九美既具，当独步同流”才能成为卓然超群的艺术大家。胡祗遹的阐述已经远远超越了一般性的艺术点评，全面、系统，是最早的元曲理论专门研究著述。

卢挚（1235—1314），字处道，号疏斋，涿州人。至元五年进士，受到忽必烈的赏识，元成宗大德年间，入朝为翰林学士，官至翰林承旨。是元代前期影响较大的文学家。散曲内容多为怀古，也有不少闲适之作。风格清丽而富于变化。他与南北文学艺术家、歌人舞伎都有着广泛密切的联系。从他本人散曲作品中，可以知道他与艺妓们交往甚密。单单从小令题目上看，就有杨娇娇、江云、珠帘秀、刘蕙莲等。诗词、古文、散曲以及书法创作都颇有时名，但最高成就是散曲，是元初第一个大量写作散曲的名公大臣。散曲与姚燧齐名，合称“姚卢”。现存小令一百二十首，在元代鼎盛时期的散曲作家中数量仅次于马致远。由于他的积极提倡和倾力创作，散曲才作为一种与诗词相提并论的体裁正式进入上层社会主流创作。他的散曲典雅蕴藉，清新流丽，自然活泼，与词较为接近，对后来张可久等“雅正”一派的小令有开启之功。《太和正音谱》将其列入“词林英杰”一百五十人中。贯云石《阳春白雪序》曾评价其作品：“疏斋妩媚，如仙女寻春，自然笑傲。”所存小令，题材广泛，几乎涉及元曲家写过的所有领域。小令【前调】《避暑》写得简洁、明快、潇洒，不加雕饰，读之如同炎炎夏日有清风吹过，清丽而俊爽。

【前调】《闲居》（三首）也是一组佳作：

雨过分畦种瓜，旱时引水浇麻。共几个田舍翁，说几句庄家话。瓦盆边浊酒生涯，醉里乾坤大，任他高柳清风睡煞。

恰离了绿水青山那答，早来到竹篱茅舍入家。野花路叶开，村酒槽头榨，直吃的欠欠答答，醉了山童不劝咱，白发上黄花乱插。

学邵平坡前种瓜，学渊明篱下栽花。旋凿开菡萏池，高竖起荼蘼架。闷来时石鼎烹茶，无是无非快活煞，锁住了心猿意马。

率真，自然，话如家常，而且融入“那答”“欠欠答答”等衬字和形声词，口语味道十足，如同村居生活一样的天然、淳朴、亲切。

另外特别值得注意的是，卢挚一直是文坛召集人，在大都文坛对散曲的写作、用韵与演唱的关系探讨颇多。其词今存二十余首，词风清婉，部分词作带有曲味。

刘因（1249—1293），字梦吉，保定容城（今河北容城县）人。天资绝人，不为苟合，不妄接交，表所居名为“静修”。至元十九年（1282），征拜右赞善大夫，以母疾辞归。二十八年（1291），召为集贤学士，以疾病固辞，越二年卒，年四十五。延祐中赠翰林学士，追封容城郡公。著有《静修集》等。《全元散曲》存其小令二首。

【黄钟】《人月圆》：

自从谢病修花史，天意不容闲。今年新授，平章风月，检校云山。门前报道，麹生来谒，子墨相看。先生正尔，天张翠幕，山拥云鬟。

友人造访，作者向朋友叙谈自己近况。用曲的形式写日常生活，平实质朴，语如口出，而对朋友来访的欣然之情却宛如面前。大有《陋室铭》之意境，其中也暗含“谈笑有鸿儒，来往无白丁”之意，表达了对朋友道德、学识、修养的赞誉。

姚燧（1238—1313），字端甫，号牧庵，河南洛阳人，官至翰林学士承旨。曾参与纂修《世祖实录》，是元代德高望重的著名大儒。一生游历甚广，足迹遍布大江南北，秀丽多姿的山川景色，丰富多彩的民俗风情，不仅丰富了他的社会阅历，更使其视野极大开阔，陶冶了情操和品格。同时也影响了他的创作，使他的散曲小令带上了较为浓郁的民间色彩。姚燧个性豪迈，耿介正直。同时又以风流多情侠义潇洒著称。姚燧身居高位，宴饮应酬较多，出入秦楼楚馆自然在所难免，而其洒脱的个性，也使得不少色艺双全的名妓与他交往密切，成为挚友。许多散曲就是他在歌醉酒酣之际为她们所写的。《青楼集》记载，乐妓张怡云“能诗词，善谐笑，名重京师”，姚燧和阎复等人常去她位于海子（今北京积水潭附近）的居处小酌，吹拉弹唱，极为融洽。交往中，姚燧对这些身份低下遭遇不幸的歌伎真诚相待，尊重她们的人格，理解她们的处境，同情她们的遭遇，并尽可能地对她们施以援手。他在大都任翰林学士承旨时，宴席间，偶遇一位秀丽娴雅略带江南口音的歌妓，姚燧把她招至席前，细问身世，当了解到她是宋儒真德秀的后人，因父亲贫寒无法偿还公债而被迫将其卖入娼家后，十分同情。于是姚燧特地请求丞相为之削去乐籍，还其自由。而后又把她以干女儿的身份嫁给他了解并熟悉的一名史官，使之有了一个较为圆满的归宿。这件事受到广泛赞誉，在京师名动一时，传为佳话。《南村辍耕录》“玉堂嫁妓”记载的就是此事。嘉兴县阙更为此曾赋诗三百余言嘉其义行。正是由于出于真性情，所以姚燧散曲不仅多儿女风情之作，而且感情真诚隽永，风流蕴藉，缠绵庄重，文辞清新雅致，优美流畅，富有情趣。

【越调】《凭阑人》：

博带峨冠年少郎，高髻云鬟窈窕娘。我文章你艳妆，你一斤咱十六两。马上墙头瞥见他，眼角眉尖拖逗咱。论文章他爱咱，睹妖娆咱爱他。

这里表现的是男女对对方才情的彼此欣赏，感情率真泼辣，表达大胆直白，毫无矫揉造作之感。

【越调】《寄征衣》：

欲寄君衣君不还，不寄君衣君又寒。寄与不寄间，妾身千万难。

通过犹豫、缠绵、复杂的心理活动，刻画出相思之苦，因其真实、细腻、表达质朴而广为传颂。而“寄与多情王子高，今夜佳期休误了。等夫人熟睡着，悄声儿窗外敲。”则大有待月西厢的意境情趣。

姚燧散曲与卢挚齐名，对散曲发展有极大的开拓之功，人评其作“婉丽中见宏劲”。《太和正音谱》将其列入“词林英杰”一百五十人之列。著有《牧庵文集》五十卷，清人辑《牧庵集》三十卷。《全元散曲》存小令二十九首。

【双调】《寿阳曲》（落梅风）：

酒可红双颊，愁能白二毛。对樽前尽可开怀抱。“天若有情天亦老”。且休教少年知道。

《咏李白》：

贵妃亲擎砚，力士与脱靴。御调羹就飧不谢。醉模糊将吓蛮书便写。写着甚“杨柳岸晓风残月”。

作者以唐宋诗词入曲，极大地拓展了散曲的创作空间和内容含量。以上两首，一个直接引用唐代号为“鬼才”的诗人李贺代表作《金铜仙人辞汉歌》中名句“天若有情天亦老”入曲，写“愁”情“愁”绪，不仅有“以酒浇愁愁更愁”的含义，而且在看似平淡的“且休教少年知道”一句中，隐含了辛弃疾的词【采桑子】“少年不识愁滋味，爱上层楼。爱上层楼，为赋新词强说愁。而今识尽愁滋味，欲说还休。欲说还休，却道天凉好个秋”的蕴含寓意。这就将非常抽象的“愁”表达得层次丰富，感情绵密，蕴含深厚。后一首不仅借用贵妃捧砚力士脱靴书写李白的醉态，后更直接以宋代因“倚红偎翠”、“浅斟低唱”而闻名的词家柳永代表作【雨霖铃】名句“杨柳岸晓风残月”入曲，隐含着“今宵酒醒何处”的意趣，中间二句醉写草书又暗含着张旭“饮酒辄草书，挥笔而大叫，以头揾水墨中而书之，天下呼为‘张颠’”的历史典故。这样不仅描摹出“醉”的形态，传达出“醉”的意蕴，更增添了“醉”的历史内涵，将酒赋予的洒脱、癫狂、自负、多情、缠绵等表达出来，言语简洁而内涵透彻、丰富、深厚。并且在亦庄亦谐的对比中，凸显出特殊的艺术效果。而另外一些作品，尽管没有以诗词直接入曲，但是同样点化了诗词意境，例如：

【驻马听】心事匆匆，斜倚云屏愁万钟。襟怀冗冗，半欹鸳枕恨千重。金钗剪烛晓犹红，胆瓶盛水寒偏冻。冷清清，掩流苏帐暖和谁共？

【得胜令】书信寄封封，烟水隔重重。夜月巴陵下，秋风渭水东。相逢，枕上欢娱梦。飘蓬，天涯怅望中。

其中【驻马听】以唐人温庭筠词【菩萨蛮】“小山重叠金明灭，鬓云欲度香腮雪。懒起画蛾眉，弄妆梳洗迟。照花前后镜，花面交相映。新帖绣罗襦，双双金鹧鸪”意境入曲；【得胜令】则借用了李商隐《夜雨寄北》“君问归期未有期，巴山夜雨涨秋池。何当共剪西窗烛，却话巴山夜雨时”诗意，使得曲的思想内容更加丰富，空间含量更大。而下面这首【太平令】则以民间俗语入曲：

悔当日东墙窥宋，有心教夫婿乘龙。见如今天寒地冻，知他共何人陪奉？想这厮指空、话空、脱空，巧舌头将人搬弄。

臧晋叔在《元曲选》的“序”中评价制曲创作“如六经语、子史语、二藏语、稗官野乘语，无所不供其采掇，而要归断章取义，雅俗兼收，串合无痕，乃悦人耳，此则情词稳称之难”。姚燧以诗词入曲，其卓然出众处正在“妙合无痕”。【中吕·阳春曲】：“墨磨北海乌龙角，笔蘸南山紫兔毫，花笺铺展砚台高。诗气豪，凭换紫罗袍。”表达了他要凭借自己的杰出才华博取功名成就的壮志豪情，当为早年之作。

鲜于枢（1246—1302年），字伯机，号困学民，又号西溪子、虎林隐吏等。晚年自号困学山民，又号直寄老人。蓟州渔阳（今属河北）人。元世祖至元年间以才选为浙东宣慰司经历，后改江浙行省都事，其为人豪放耿直，傲岸不羁，常与上司争是非于公庭之上，一语不合，则拂袖而去，为百姓爱戴，称“我鲜于公”。喜好诗歌与古董，文名显于当时，书法成就最著。《新元史》有传。著有《困学斋集》。明代朱权《太和正音谱》将其列于“词林英杰”一百五十人之中。晚年以太常寺典簿致仕返回京师。他的到来，为大都文坛增加了更多欢快轻松的亮色。他喜欢结交各方文士，结交的办法常是家中设宴，而设宴必有艺妓助兴，而助兴的艺妓素养极高，色艺俱佳，曹娥秀就是其中佼佼者。据《青楼记》记载：“曹娥秀，京师名妓也。赋性聪慧，色艺俱全。一日鲜于伯机开宴，座客皆名士。鲜于因事入内，命曹行酒。适遍，公出自内，客曰：伯机未饮。曹亦曰：伯机未饮。客笑曰：汝以伯机相呼，可谓亲爱之至。鲜于佯怒曰：小鬼头，敢如此无礼！曹曰：我呼伯机便不可，却只许尔叫王羲之也。一座大笑。”这是一个很高雅的玩笑。鲜于枢的字是伯机。客人们戏笑曹娥秀直呼其字是与鲜于枢关系亲密至极，曹娥秀却辩道："我怎么就不能叫呢，只许你们称呼王羲之？"原来晋代大书法家王羲之除了字逸少外，还有个字叫伯机，与鲜于枢之字相同。但知道王羲之这个字的人很少，因为非常生僻。曹娥秀临场应对，说出这样一句只有文人学士才能听懂的谑语，不仅见其睿智敏捷，更足可证明其文化素养非同寻常。

鲜于枢散曲创作有着轻快明丽的色彩，套数【仙侣·八声甘州】中【元和令】：

粳米炊长腰，鳊鱼煮缩项。闷携村酒饮空缸，是非一任讲。恣情拍手棹渔歌，高低不论腔。

作者有着非常细致敏锐的观察能力，粳米之"长腰"，鳊鱼之"缩项"可谓状物生动传神的典范，以质朴语言出之，自有一种难以企及的潇洒风流韵致。

陈英（1245—1320后），一作陈士英，字彦卿，号草庵，大都（今北京）人。历官监察御史，诸道宣抚、中丞等职。延祐五年（1318）陈英仍在河南任左丞，已年过古稀，其卒年似可近八十。《录鬼簿》称其为"陈草庵中丞"，列为"前辈名公"。《全元散曲》存其小令二十六首。【中吕·山坡羊】《叹世》共二十六首，专写世情，表达了对社会各种丑恶现象的鄙视和厌倦：

阴随阴报，阳随阳报，不以其道成家道。枉劬劳，不坚牢，钱财人口皆凶兆。一旦祸生福怎消？人，也散了。财，也散了。

须教人倦，须教人怨，临危不与人方便。吃腥膻，着新鲜，一朝报应天公变。行止不依他在先。饥，也怨天。寒，也怨天。

晨鸡初叫，昏鸦争噪，那个不去红尘闹？路迢遥，水迢迢，功名尽在长安道。今日少年明日老。山，依旧好。人，憔悴了。

以上三首分别讽刺了贪婪吝啬的守财奴、冷酷盘剥的豪强劣绅、追逐功名的利禄之徒，认为这些人机关算尽，到头来都是瞎忙活一场，世事不过是万般皆空。这里虽有非常浓厚的善恶报应、因果轮回思想，但在揭露黑暗、批判现实上不无积极意义。

第三节 冯子振 不忽木 回回 巙巙

冯子振（1257—1327），字海粟，自号怪怪道人，又号瀛洲客，潭州（今属湖南）人，一说湘乡（今属湖南）人。自幼“博洽经史，于书无所不读”。元成宗大德二年（1298）登进士第。才思敏捷，诗文词曲书画皆享有极高美誉。朝廷重其才学，先召为集贤院学士、待制，以“轮番值日，以备顾问”。是元代文坛的活跃人物，诗文词曲书画都有很高的声誉，文思敏捷，著述颇多，在文学史上极有名的《梅花百咏》便是他与释明本所为。所作散曲题材广泛，内容丰富。有对美好景色的描摹，有对个人情致的抒发，有对闲适隐逸生活的追慕，有吊古伤时对世事的慨叹，用笔劲逸潇爽，遒劲豪放，享有盛名。今存散曲共四十四首，其中四十二首均为【鹦鹉曲】。此组曲子作于大德六年（1302）冬，当时冯子振留寓京城，听歌女演唱白贲【鹦鹉曲】，此曲韵险，无人和韵创制新辞。当时的情景冯子振在此组曲自序中云：

白无咎有【鹦鹉曲】云：“侬家鹦鹉洲边住，是个不识字渔父。浪花中一叶扁舟，睡煞江南烟雨。觉来时满眼青山，抖擞绿蓑归去。算从前错怨天公，甚也有安排我处。”余壬寅岁留上京，有北京伶妇御园秀之属，相从风雪中，恨此曲无续之者。且谓前后多亲炙士大夫，拘于韵度，如第一个“父”字，便难下语；又“甚也有安排我处”，“甚”字必须去声字，“我”字必须上声字，音律始谐，不然不可歌，此一节又难下语。诸公举酒，索余和之，以汴、吴、上都、天京风景试续之。

正是因为韵险，又有如此多的严格限制和规定，所以长期以来竟无人敢续，一篇难求。而冯子振竟然一鼓作气填写了四十二首之多，其才思敏捷，文笔酣畅可见一斑。冯由此轰动一时，名声大震，在文坛传为美谈。遍览其作，几十首之多，写樵父、渔父、耕父、农父、田父、蜂父、村父、邻父、师父等却并无强拼硬凑之感，更无滥竽充数之流，内容充实，言之有物，架构完整，言辞恰切。《农父渴雨》是【鹦鹉曲】中的一首，描写农民急切盼雨的心情：

年年牛背扶犁住，近日最懊恼杀农父。稻苗肥恰待抽花，渴煞青天雷雨。【么】恨残霞不近人情，截断玉虹南去。望人间三尺甘霖，看一片闲云起处。

写农民耕作的辛苦和难以排解的愁苦：久旱无雨，他们恨残霞没有人情，不体谅农人的辛苦，竟然裁断玉虹南去，他们渴望三尺甘霖，普降久旱大地，使田野恢复生机。语言质朴，声情迫急，把农民渴雨的焦急心情刻画得淋漓尽致。时评对其才能赞誉有加，不吝褒词。宋景濂称其人“横厉奋发”，“真一世之雄”。贯云石称其作“豪辣灏烂，不断古今”（均见《阳春白雪序》）。冯子振退隐后，贯云石曾写有《寄海粟》，以三国时的陈登喻之，可见冯子振的为人与个性。曾著有《海粟集》，今人王毅辑有《海粟集辑存》。

不忽木（1255—1300），一名时用，字用臣，世为康里部大人。康里即汉朝高车国，为回纥族。祖父海蓝伯是康里贵戚，成吉思汗袭取康里王国，“虏其全部以归”，海蓝伯“不知所终”，十个儿子都被俘虏，幼子燕真赐给庄圣皇后。长成，从元世祖征战有功。不忽木是燕真次子，幼年为皇太子真金（即元裕宗）侍从。十二岁得到时为国子祭酒的著名理学家、文学家许衡赏识，面请元世祖，“欲教之读书”。所以不忽木的汉学功底非常扎实深厚。许衡为教导、传授查阅方便，曾专为蒙古、色目子弟编撰了一个中国历代帝王谱系读本，不忽木竟全部背诵下来，世祖召见，他默写全书，无有错漏。同时，他也深切体会到儒家经典对治理国家的至关重要。至元十三年（1276），不忽木和国子监的色目同学坚童等人一同上书世祖，请求推行蒙古、色目子弟学习儒家经典的制度。上书由不忽木执笔，原文保存在《元史》本传。不忽木奉世祖命给事东宫，师事赞善王恂、祭酒许衡。至元十五年，出为燕南河北道提刑按察副使，二十一年，召参议中书省事，擢吏、工、刑三部尚书，以疾免，二十七年，拜翰林学士承旨知制诰，兼修国史。至元二十八年，权臣桑哥诛，世祖召见不忽木，欲用为宰相，不忽木举“国族”（蒙古贵族）完泽代已，不忽木拜平章政事。政事之暇，以读书写作为乐，自号“静得”。至元三十一年，世祖病重，不忽木和开国功臣、太尉伯颜，御史大夫月鲁那颜留侍禁中，同受遗诏，立皇太孙继帝位，是为元成宗。成宗即位，拜昭文馆大学士平章军国事，大德二年（1298），特命行中丞事兼领侍仪司事，四年疾作，举觞满饮而卒。年四十六。武宗时，赠太傅、开府仪同三司、上柱国、鲁国公，谥文贞。史称他在“帝前论事，吐辞洪畅，引义正大，以天下之重自任，知无不言，世祖尝语之曰：‘太祖有言，人主理天下，如右手持物，必资左手承之，然后能固。卿实朕之左手也。’每侍燕间，必陈说古今治要。”(《元史·不忽木传》)康里是信奉基督教的部族，其父是康里人，其母是高丽人，不忽木用汉语写作，是著名元曲家，《录鬼簿》曾列名于“前辈名公乐章传于世者”节。生平事迹见赵孟頫撰碑文[1]、《元朝名臣事略》卷四、《元史》卷一三〇、《蒙兀儿史记》卷一一四、《元西域人华化考》卷二、卷四。

套数【仙吕·点降唇】《辞朝》是其代表作：

宁可身卧糟丘，赛强如命悬君手。寻几个知心友，乐以忘忧，愿做林泉叟。

【混江龙】布袍宽袖，乐然何处谒王侯。但樽中有酒，身外无愁。数着残棋江月晓，一声长啸海门秋。山间深住，林下隐居，清泉濯足。强如闲事萦心，淡生涯一味谁参透？草衣木食，胜如肥马轻裘。

【油葫芦】虽住在洗耳溪边不饮牛，贫自守。乐闲身翻作抱官囚，布袍宽褪拿云手，玉箫占断谈天口。吹箫访伍员，弃瓢学许由。野云不断深山岫，

① （元）赵孟頫：《松雪斋集》卷七。

谁肯官路里半途休。

【天下乐】明放着伏事君王不到头，休休，难措手。游鱼儿见食不见钩，都只为半纸功名一笔勾，急回头两鬓秋。

【哪吒令】谁待似落花般莺朋燕友，谁待似转灯般龙争虎斗，你看这迅指间乌飞兔走。假若名利成，至如田园就，都是些去马来牛。

【鹊踏枝】臣则待醉江楼，卧山丘，一任教谈笑虚名，小子封侯。臣向这仕路上为官倦首，枉尘埋了锦带吴钩。

【寄生草】但得黄鸡嫩，白酒熟，一任教疏篱墙缺茅庵漏。则要窗明炕暖蒲团厚，问甚身寒腹饱麻衣旧。饮仙家水酒两三瓯，强如看翰林风月三千首。

【村里迓鼓】臣离了九重宫阙，来到这八方宇宙。寻几个诗朋酒友，向尘世外消磨白昼。臣则待领着紫猿，携白鹿，跨苍虬。观着山色，听着水声，饮着玉瓯。倒大来省气力如诚惶顿首。

【元和令】臣向山林得自由，比朝市内不生受。玉堂金马间琼楼，控珠帘十二钩。臣向草庵门外见瀛洲，看白云天尽头。

【上马娇】但得个月满舟，酒满瓯，则待雄饮醉时休。紫箫吹断三更后，畅好是休。孤鹤唳一声秋。

【游四门】世间闲事挂心头，唯酒可忘忧。非是微臣常恋酒，叹古今荣辱，看兴亡成败，则待一醉解千愁。

【后庭花】拣溪山好处游，向仙家酒旋篘。会三岛十洲客，强如宴公卿万户侯。不索你问缘由，把玄关泄漏。这箫声世间无，天上有，非微臣说强口，酒葫芦挂树头，打渔船缆渡口。

【柳叶儿】则待看山明水秀，不恋您市曹中物穰人稠。想高官重职难消受，学耕耨，种田畴，倒大来无虑无忧。

【赚尾】既把世情疏，感谢君恩厚，臣怕饮的是黄封御酒。竹杖芒鞋任意留，拣溪山好处追游。就着这晓云收，冷落了深秋，饮遍金山月满舟。那其间潮来的正悠，船开在当溜，卧吹箫管到扬州。

不忽木的这套《辞朝》之所以能在元代众多避世退隐题材中脱颖而出，

不仅在于规模宏大，系统规整，通过十四只曲子，把官场之险与归隐之乐一一对比，从多个侧面全方位阐释“辞官”的理由。更主要的是坦诚直率，剖白内心了无隐瞒：尽管历代从来不乏懂得“伴君如伴虎”道理的臣子，但是敢于面对君王说出口的却从来都没有，不忽木竟然直截了当地说“伏事君王不到头”！并胆大包天地说“宁可身卧糟丘，赛强如命悬君手”，能说这话，也就是在帝王胸怀相对开阔的元代；也就是这个曾为太子侍从和顾命大臣，政治资本雄厚堪比皇家“家里人”的康里人；也就是这个直率如童子有着登天梯却弃之如敝屣的不忽木！作者从对权力的自我疏离，到对官场“龙争虎斗”的极端厌恶；从脱离羁绊的逍遥，到山林隐居的自在；从世人半纸功名葬送一生的痴迷，到粗茶淡饭胜却高官重职的无虑无忧，作家一一道来，不矫情，不虚饰，不偏执，不故作高深，不标榜清廉，不放虚话空言，而是以人之常情，世之常理，平实之中详分析，家常之中见性情，千古之后读之，依然真切动人。

不忽木生平事迹见赵孟頫碑文(《松雪斋集》卷七)、《元朝名臣事略》卷四、《元史》卷一三〇、《蒙兀儿史记》卷一一四、《元西域人华化考》卷二、卷四。不忽木之子回回、巎巎皆为元代名臣，并以诗文、书法闻名于时。

回回（1291—1341）字子渊，号时斋，康里人，故又称康里回回。为不忽木之子，巎巎之兄。元成宗元贞间任太常少卿、至大间改大司农。后历任南台治书侍御史、户部尚书、中书参议，宣政使、中书右丞等。卒，谥忠定。《元史》本传称其“敦默寡言，耆学能文”，“与弟巎巎皆为时之名臣，世号为双璧云”，生平见《元史》卷一四三、《元西域人华化考》卷二、卷五。

巎巎（1295—1345）字子山，号正斋，又号恕叟，蓬累叟，又称康里巎巎或康里子山，康里人，不忽木之子，回回之弟，定居大都，博学工书，早年入国子监，师从吴澄，官至集贤直学士、礼部尚书、奎章阁大学士，拜翰林承旨。诗文均有时名，是元代最著名的书法家之一。

第九章　大都散曲（四）

第一节　散曲中心南移后大都作家群的散曲创作

元代，士人直接用散曲体裁进行写作成为一种时尚。其中，涌现了许多身居要职，身份显达的散曲作者。钟嗣成在《录鬼簿》中云："前辈公卿居要路大夫者，皆高才重名，亦于乐府用心。"从大都作家情况分析，前期既有刘秉忠、张弘范这样的国家重臣，也有姚燧、许衡这样的著名理学家，中期除了关汉卿、王实甫、马致远一批著名的杂剧作家创作出个性鲜明、风格独具的散曲外，翰林学士胡祇遹、王恽、虞集、卢挚等活跃于大都文坛的诗文作家，对散曲创作也情有独钟，参与者众多。据隋树森在《阳春白雪》一书中统计的全元著名散曲作者二百余人，出仕翰林国史院的就多达四十多人，占其总量五分之一以上。他们除了以"雪堂雅集"的形式进行诗文创作之外，也在"歌台舞榭"、"官邸酒楼"集中的海子（今北京西城区积水潭）一带活动，与聚集在那里的歌舞艺伎杂剧演员相互唱和，进行散曲创作和演唱。明人黄正位在《阳春奏·凡例》中所言："元时善曲藻者，不下数百家。"其中多数集中在大都。所谓"自绅及门闾歌咏者众"，指的就是散曲创作队伍庞大，优秀作品深受民众喜爱，传播广大，它几乎包括了达官勋贵、吏员僚佐、文人士子、艺伎优伶在内的各个阶级、阶层的成员。"高才重名"的士大夫和"门第卑微，职位不振"的杂剧作家两支创作队伍，共同促进了元曲的繁荣，是元曲走向成熟的一个重要标志。

从元成宗元贞元年（1295）到元文宗至顺三年（1332），这一阶段史称

“垂拱而治”，[1] 元代散曲超越大都，超越北方，在江南乃至全国更大范围内广泛流行。此时杂剧和散曲的创作中心已经转移到了杭州。但是支撑起这个中心的却是一大批来自北方的文士如关汉卿、马致远、贯云石、乔吉、曾瑞等，他们与江南作家共同开创了杭州这个奢靡城市里散曲的鼎盛新局面。这个阶段，散曲的题材得到了开拓，由原来多书写个人牢骚愤懑，转向更广阔的社会人生，张养浩等是这方面的代表。同时由于散曲创作中人不少经历过宦海风波，对官场险恶、世态炎凉有切身体会，所以叹世归隐题材竟然成为创作的主旋律。从创作风格上，南北作家虽有融合，但是依然各自带有鲜明的地域特色。相对南方作家的清丽来说，北方作家的创作更偏重豪放。马致远、贯云石为豪放派的代表。在豪放派中，还有冯子振、张养浩、刘时中、薛昂父、睢景臣等。

第二节　贯云石

贯云石（1286—1324）号成斋、疏斋、酸斋，先后曾用疏仙、芦花道人，石屏等别号。高昌畏吾人。以北庭为郡望。阿里海涯之孙，本名小云石海涯，因父亲名为贯之哥，所以以贯为姓氏。贯云石生于大都，少年时膂力过人，善骑射，可飞身上奔马，运槊生风，稍长即折节读书，文武双全。虽为色目贵族，仕途遂顺，但由于深受汉族文化以及佛道思想影响，加之个性豪放、直率、洒脱，所以对功名并不以为意。早年世袭父亲爵位，治军极严。数年后即大德末年将职位让给其弟，自己返回大都家族聚居地——大都畏吾村（又称畏兀儿村，即今北京魏公村），师从姚燧，深受汉文化熏陶，更受佛、道影响。并很快融入了大都的皇族生活，他选取为英宗潜邸说书秀才，宿卫禁中，并受到元武宗、元仁宗的赏识。1307年农历五月，武宗海山继位登基，第二年改元至大，贯云石特地创制套曲【双调·新水令】《皇都元日》表示

① 《元史》称：“成宗承天下混一之后，垂拱而治，可谓善于守成者矣。”

庆贺：

郁葱佳气霭寰区，庆丰年太平时序。民有感，国无虞。瞻仰皇都，圣天子有百灵助。

【搅筝琵】江山富，天下总欣伏。忠孝宽仁，雄文壮武。功业振乾坤，军尽欢娱，民亦安居。军民都托赖着我天子福，同乐蓬壶。

【殿前欢】赛唐虞，大元至大古今无。架海梁对着擎天柱，玉带金符。庆风云会龙虎，万户侯千钟禄，播四海光千古。三阳交泰，五谷时熟。

【鸳鸯煞】梅花枝上春光露，椒盘杯里香风度。帐设鲛绡，帘卷虾须。唱道天赐长生，人皆赞祝。道德巍巍，众臣等蒙恩露。拜舞嵩呼，万万岁当今圣明主。

虽然是歌功颂德，但在贯云石看来，君王圣明，文治武安，国家强盛，人民安泰，所以他的赞美和祝福发自肺腑，情绪饱满、高亢、振奋，因而成为颂歌中的上乘之作。

贯云石还将《孝经直解》进呈给当时的太子爱育黎拔力八达（元仁宗），这本书以图文并茂的形式，用元代当时的口头语言解释儒家经典，便于非汉语的少数民族人士研习，对于普及文化经典有示范作用，实际效果甚佳。皇庆二年（1313）贯云石任翰林学士，中书省为恢复科举上奏，提出了考试科目、各榜人数等具体规定及建议，贯云石也参与了规则的制定。

在大都文坛，贯云石非常活跃，交际范围广泛，是很受注目的人物。至大元年（1308）许有壬与贯云石同游大都城南著名的廉园。许有壬【木兰花慢】词序说："至大戊申八月二十五日，同疏仙万户（即贯云石）游城南廉园，园甲京师，主人野云左丞未老休致，指清露堂扁，命予二人分赋长短句，予得清字，皆即席成章，喜甚，榜之堂上。疏仙其甥也，后更好酸斋云。"贯云石的父亲贯只哥就娶了乐人"金兽头"为妾。贯云石自己与大都著名杂剧艺妓杨驹儿交往密切，贯云石两组散曲《题情》【醉高歌·过喜春来】和【凭栏人】都是专为杨驹儿而作，皆为元曲名篇。杨不但精于杂剧表演，而且文学修养也很高，曾经创作过杂剧《东窗事犯》，贯云石与杨驹儿在散曲创作上相互影响应当不小。

延祐（1314—1320）初年，贯云石离开大都，游历江南，定居钱塘（即杭州）。后来他曾写了一首五言古诗《翰林寄友》，怀念自己在翰林院的生活和那些朝夕相处的同僚：

兴来何所倚，唯杖归而已。梦游白玉堂，神物撼青史。我师秋谷叟，秦楚可岂棰。中庵四海名，羸老久无齿。珍重白雪楼，涕唾若行水。北山已东山，高卧呼不起。泊然万卷怀，廉苦悉之比。诸孙赵子昂，挥遍长安纸。文郁老经学，阅义出明旨。复初执高节，须鬓备清美。希孟文气涩，道义沦于髓。垂雪公谅翁，字学贵穷理。诸公衮盛时，忝会总知己。浓头一杯外，相思各万里。

贯云石对每个人品貌、个性、才情、癖好、擅长、成就一一道来，充满了美好、温暖、纯真的回忆和思念。作者留恋的不仅是这些文化大师，恐怕还有大都丰富的文化生活和浓郁的文化氛围。

我们发现，无论是大都，还是江南，贯云石都能很快融入主流社会生活，并与社会各阶层的人建立友谊。这恐怕与他开朗快乐、无拘无束、潇洒无羁的个性有关。在杭州，贯云石竟然经常以卖药人的身份出没市肆。友人叶颙写过一首七言歌行《第一人间快活丸歌》[1] 简直就是其肖像的传神写照：

芙蓉仙人冰玉质，貌粹骨刚长八尺。阅遍尘寰扰扰人，玄鬓朱唇双眼碧。利名场里寡交游，势要途中绝踪迹。世夸豪富尚荣辱，信手拈来笑轻掷。留得人间快活丸，行住之间常服食。平生颠沛藉扶持，什袭珍藏深护惜。吞不得，吐不得，快活满怀言不及……

这样的形象做派，分明是中国汉学文化中高德大隐的典型，是古代那些为人敬仰的圣贤奇士的再现。贯云石之所以广受欢迎，除了其性格开朗、豪

① （元）叶颙：《樵云独唱》，卷二。

放、坦诚、率真、热情之外，还因为他以一个色目人的身份，却具有较“汉人”、“南人”毫不逊色的汉学修养、天分和气质，让人不得不刮目相看，由衷钦佩。这种文化的认同消弭了种族、等级、出身、地位等差异和距离，这是他能够非常好地融入主流社会并得到拥戴的根本原因所在。元末孔齐《至正直记》说：“北庭酸云石酸斋，善今乐府，清新俊逸，为时所称。”并记载说，一次贯云石赴某官员宴请，当日正逢立春日，座中有人提议以【清江引】为赋，规定要金木水火土冠于每句之首，并且每句之中都要用“春”字，这种格律严谨，限制又多的曲子，即使是学养深厚的汉族文人士子也会望而生畏，即使勉强凑成，恐怕也难顾及思想艺术性，不过连缀文字而已。但贯云石却当即题云：“金钗影摇春燕斜，木抄生春叶，水塘春始波，火候春初热，土牛儿载将春来也。”曲出而令“满座皆绝倒”。贯氏不仅才思敏捷，更在严格奉规情况之下，创作出架构合理，诗意饱满，出语天然的咏春佳作，其文学功底之深厚，确实令人叹为观止。即使是汉学大儒，对他也是赞誉有加。元代大儒姚燧是著名的文学家、教育家，官高位显，提携后进，贯云石早年曾从学姚燧，即使以姚燧的见多识广，也评价他“见其古文峭厉有法及歌行古乐府慷慨激烈，大奇之”。贯云石的卓然出众由此可见一斑。

贯云石的散曲创作豪放、遒劲、直率、清新，与其禀性极为相合，时人赞誉“俊逸为当行之冠”。叹世归隐、鄙弃功名本是元代散曲的主旋律，同样是贯云石散曲创作的重要主题。【双调·清江引】作于延祐元年（1314）贯云石“称疾还江南”之后：

竞功名有如车下坡，惊险谁参破？昨日玉堂臣，今日遭残祸。争如我避风波走在安乐窝。避风波走入安乐窝，就里乾坤大。醒了醉还醒，卧了重还卧。似这般得清闲的谁似我？弃微名去来心快哉，一笑白云外。知音三五人，痛饮何妨碍！醉袍袖舞嫌天地窄。

将人们竞相追逐的功名利禄形容为“车下坡”，不仅形象生动，其大难临头惊心动魄实在触目惊心，足以警醒红尘中的迷途者。而作家心目中的“安乐窝”并非高不可攀，而是一种俯拾皆是，触手可及的状态，不过是辞去官职，挣脱羁绊，这样就能“醒了醉还醒，卧了重还卧”，如此生活，一言以蔽之：简单、单纯、随我所愿。正是这种思维逻辑的直率和表达的坦诚，直截了当，使他的作品散发出俊逸之气，比一般的避世隐逸之作更能打动人。

事实上，贯云石并非生来就是虚无主义的避世者，他早年积极入世的态度非常鲜明，并且有所作为，只是他真诚、坦率、豪迈的性格，使他对官场黑白颠倒、贤愚混淆的现实充满了厌恶，这在【双调·殿前欢】表现得非常充分：

楚怀王，忠臣跳入汨罗江。《离骚》读罢空惆怅，日月同光。伤心来笑一场，笑你个三闾强，为甚不身心放？沧浪污你，你污沧浪？

这支【殿前欢】由三首小令组成，这是其中的第一首。屈原忠贞报国，却反遭楚怀王猜忌放逐，最后竟然落到投汨罗江而死的悲惨结局。他的《离骚》饱含忠愤，可与日月同光。但贯云石没有像历代文人骚客一样赞美屈原和《离骚》，将其视为爱国的典范，人格的楷模，而是指责他没有随波逐流，讥笑他不能把身心放下。这实际上是贯云石经过对现实、对历史的思索考辨后发出的愤慨之语，表达了对社会黑暗、忠臣不得报国的慨叹。如此出语惊人的激烈之语，确实使人“神气鹰扬，毛发洒淅”。①

贯云石写景咏物之作，同样透射着豪放、俊逸之气。如写西湖景色的【正宫·小梁州】《秋》：

芙蓉映水菊花黄，满目秋光。枯荷叶底鹭鸶藏，金风荡，飘动桂枝香。

寥寥数笔，将江南水乡秋色描绘得如在眼前：岸上，芙蓉的娇艳与菊花的金黄相互映衬，分外绚丽；水上，枯荷、鹭鸶一静一动，宛如图画；风中，

① 徐渭《南词叙录》评论北曲语。

若隐若现飘荡着的桂花香气，令人陶醉。不枝不蔓，笔墨洗练，将杭州秋天妩媚的特色展露无遗，显现出作者豪迈、潇洒、直率的天性。

贯云石的散曲作品有任讷的《酸甜乐府》（与甜斋徐再思合集），顾嗣立《元诗选》二集《酸斋集》存诗二十七首。[①] 贯云石散曲可与马致远比肩，影响很大。时人将散曲称为“马贯音学”，可见其在曲坛的分量。元散曲选家杨朝英更评道：“云石之曲，不独在西域人中有声，即在汉人中亦可称绝唱也。”贯云石不仅精于北曲，同时还擅长南曲，并创造性地制作了南北合套的《西湖游赏》。

同时，贯云石还是颇有见地和影响的曲论家，今天所能见到的最早的一篇元人专论散曲的文字，就是贯云石在元仁宗皇庆二年（1313）为杨朝英编选的当代散曲集《阳春白雪》写的序，《阳春白雪》的结集，标明散曲在文坛地位的确立和认可。而贯云石所作《序》，是第一篇元代散曲风格论著。其后，是在延祐六年（1319）春天，贯云石又为张可久散曲集《今乐府》写了序[②]，贯云石对张可久的散曲创作非常欣赏，在《今乐府》序中说：“丝竹叶以宫徵，视作诗尤为不易。予寄武林，小山以乐府示余，临风朗玩，击节而不自知，何其神也！择矢弩于断枪朽戟之中，拣奇璧于破物乱石之场，抽青配白，奴苏隶黄，文丽而醇，音和而平，治世之音也。谓之‘今乐府’，宜哉！小山以儒家读书万卷，四十犹未遇。昔饶州布衣姜夔献《铙歌鼓吹曲》，赐免解出身。尝谓史邦卿为句如此，可以骄人矣。小山肯来京师，必遇知音，毋老于海东，重为天下后世惜。”[③] 在这段话里，贯云石不仅对散曲这种时尚的艺术形式有非常高的评价，认为佳作难出，标准很高，只有那些“文丽而醇，音和而平”，文采美丽醇厚，音韵谐调中和的才是好作品，才能称得上是“治世之音”。而在贯云石看来，张可久的创作是达到这样的标准和水平了，极为难得。他希望张可久到京城，一定会遇到知音，并产生更大的影响。这

① 杨镰：《元代文学编年史》，第329页。

② 天一阁旧藏《小山乐府》卷首。

③ （元）张可久：《小山乐府》，北京图书馆所藏天一阁旧藏影元抄本。

里特别需要注意的是，贯云石自己后来虽然离开了大都，但是他对大都的认识比谁都深刻、理性，作为国家首都和文化中心，这里的环境氛围，对于文化人才的成长、发展、提升何其重要，文化精英之间的相互切磋、提携、褒奖、揄扬，对于成就为文化大师多么重要。贯云石除在《元史》有传外，欧阳玄为贯云石写有墓志铭。[①] 贯云石去世时年仅三十九岁，欧阳玄所作贯云石墓志铭言对其辞世“自士大夫至儿童贱隶，莫不悼惜”。人们对他盛年如此突然亡故难以接受，所以各种传说颇多，极富传奇色彩，贯云石密友张可久为此写了一首流传非常广泛的《为酸斋解潮》。[②]

第三节　张养浩　曾瑞

张养浩（1270—1329），字希孟，号云庄，又称齐东野人，济南历城（今属山东）人。少时苦读，被荐为东平学正，游京师，得平章不忽木赏识，辟为礼部令史，仍荐入御史台，拜监察御史，除翰林待制，任职期间，他不畏权贵，以直言敢谏著称，多次上疏批评朝政，因而被当权者忌恨，屡遭诬陷，甚至一度不得不改换名姓逃归故乡。英宗即位，又因谏元夕节大肆张灯事而获罪。五十岁后，深感官场险恶，宦海浮沉，风云难测，所以毅然辞官归隐。他的创作中多寄情林泉、叹世归隐之作，间有关怀民瘼篇什。《录鬼簿》将张养浩列为“前辈名公”《太和正音谱》评其词“玉树临风”。散曲集有《云庄休居自适小乐府》，多为归隐后所作，艾俊谓其曲“言真理到，和而不流，依腔按歌，使人名利之心都尽。”【双调·新水令】《辞官》是套曲，用几支曲子反复吟唱，表达自己急流勇退，希望归隐山林的迫切愿望。其中的【七弟兄】一支唱曰：“唱歌，弹歌，似风魔，把功名富贵都参破。有花有酒有行窝，无烦无恼无灾祸。”追求单纯、自在生活的心情溢于言表，直率而坦诚。下面这首曲子则表现心愿实现后的轻松、豁亮、满足：

---

① （元）欧阳玄：《圭斋集》卷九。

② 吕薇芬、杨镰：《张可久集校注》，浙江古籍出版社 1995 年版，第 97 页。

中年才过便休官，合共神仙一样看。出门来山水相留恋，倒大来耳根清眼界宽。细寻思这的是真欢，黄金带缠着忧患，紫罗襕包着祸端，怎如俺藜杖藤冠。

【双调·水仙子】共有两首，这是第二首，表现辞官归隐后快乐的心情。“黄金带”和“紫罗襕”都是典型的官员服饰，此处运用借代、比喻的修辞笔法，指代官场、名利等，蕴含深厚，说“带缠忧患”、“襕包祸端”非常形象地道出了作家将仕途视为险途，将名利视为人生羁绊的真实心理。

在【双调·沽美酒兼太平令】中他还刻画讽刺了那些口中喊着归隐，实际另有图谋的人：

在官时只说闲，得闲时又思官，直到教人做样看。从前的试观，哪一个不遇灾难？楚大夫行吟泽畔，伍将军血污衣冠，乌江岸消磨了好汉，咸阳市干休了丞相。这几个百般，要安，不安，怎如俺五柳庄逍遥散诞？

【中吕·朱履曲】更一针见血地揭示了为官的无聊：

那的是为官荣贵，止不过多吃些筵席，更不呵安插些旧相知。家庭中添些盖作，囊箧里攒些东西，教好人每看做甚的？

晚年他为自己“也曾附凤与攀麟”而悔恨，深深慨叹“无穷名利无穷恨，有限光阴有限身”（【中吕·喜春来】）。

天历二年（1329），关中大旱，张养浩临危受命，被任命为陕西行台中丞，前往赈济灾民。这年农历四月，恰逢关中普降大雨，旱魔解除，于是写了套曲《咏春雨》，以表达个人喜不自禁的心情。

【南吕·一枝花】《咏春雨》：

用尽我为民为国心，祈下些值玉值金雨。数年空盼望，一旦遂沾濡。唤省焦枯，喜万象春如故。恨流民尚在途，留不住都弃业抛家，当不的也离乡背土。

【梁州】恨不的把野草翻腾做菽粟，澄河沙都变化做金珠。直使千门万户家豪富，我也不枉了受天禄。眼觑着灾伤教我没是处，只落的雪满头颅。

【尾声】青天多谢相扶助，赤子从今罢叹吁，只愿三日霖霪不停住。便下当街上似五湖，都淹了九衢，犹自洗不尽从前受过的苦。

套数的开头，以朴实无华的语句，表达了作者对天降甘霖的喜悦和对流民苦难的关切。第二支曲子则用丰富的想象，希望马上给当地带来福祉。尽管“野草成菽粟”，“河沙变金珠”纯为臆想之词，但希望救百姓于水火，使之尽快脱离饥饿、贫穷的迫切之情却呼之欲出。末尾一支曲子以夸张之笔和形象的比喻，写出作者真诚地期盼“三日霖霪不停住”，以洗尽百姓从前受过的苦，感情极为真挚，是元曲中的名篇。

【中吕·山坡羊】《潼关怀古》是张养浩的代表作，也是作者在陕西赈灾时所作：

峰峦如聚，波涛如怒，山河表里潼关路。望西都，意踌蹰，伤心秦汉经行处，宫阙万间都做了土。兴，百姓苦；亡，百姓苦。

这首将山河壮美与怀古忧民联系起来，指出历代王朝的兴亡都凝聚着百姓的苦难和血汗，其中“兴，百姓苦；亡，百姓苦”为千古传唱的名句，寄寓着作者的无限感慨和愤激。

曾瑞（？—约1330前），字瑞卿，自号褐父，大兴（今北京）人，散曲作家，生卒年不详，元人林景熙《霁山先生集》卷四有《孤竹斋记》一文，专为曾瑞而作，记载曾瑞自述“家世平州（今河北卢龙），祖、父皆学而仕，吾未乳而徒于燕也。”《录鬼簿》说他“神采卓异，衣冠整肃，优游于市井，洒然如神仙中人。志不屈物，故不愿仕。”后因“喜江浙人才之多，羡钱塘景物之盛”，而移家南方。他曾向林景熙请教诗文，林见而赞叹不已：“挹其貌，冰悬雪峙，莹然而清也；聆其论，蛟腾虎跃，轩然而异也。”其冰雪之貌，轩昂之态，睿敏之分，宏阔之论可以想见。《录鬼簿》记他“临终之日，诣门吊者以千数”，其风采、声誉为世人所崇仰可见一斑。他善丹青，尤长于山水，学范宽一路，能作隐语小曲。异乡漂泊的曾瑞，在江南享有声望，每当生活拮据时，便有“江淮之达者，岁时馈送不绝，遂得以徜徉卒岁”，使其悠游的生活得以维持继续。尽管如此，他的内心是落拓不平的，作品多有愤懑之气。【商调·集贤宾】《宫词》是一篇反映宫中生活的套曲。曲子以情景交融的手法，描写在暮秋之夜，一位幽闭深宫宫女辗转反侧难以成寐的场景，反复渲染其孤苦寂寞和绝望的心情，表现出作者对其苦难命运的深刻同情。《酷吏》《叹世》则对社会现实进行了抨击。曾瑞散曲不避俚俗，传承了散曲早期通俗、本色的传统，如【骂玉郎过感皇恩采茶歌】《闺中闻杜鹃》：

无情杜宇闲淘气，头直上耳根底，声声聒得人心碎。你怎知，我就里，愁无际？帘幕低垂，重门深闭。曲阑边，雕檐外，画楼西。把春酲唤起，将晓梦惊回。无明夜，闲聒噪，厮禁持。我几曾离，这绣罗帏？没来由劝我道不如归！狂客江南正着迷，这声儿好去对俺那人啼。

这首小令，表达的是抒情主人公对情人深切的思念，但作者并没有平铺直叙，而是通过设置主人公对窗外杜鹃呵斥、埋怨这样一个别致而富有情趣的场景，表现她内心缠绵的情思。尤其是结尾处，表面看像是在埋怨杜鹃啼叫找错了对象，实际写出了对远方情人未归的不满，是由爱生恨的表现。作品口语化、通俗化特色显著，将女子的心理情绪、声气口吻传达得惟妙惟肖，浑然天成。而这样的本色，恐怕不仅与作者生活在民间，熟悉百姓语言表达有关，更重要的是他用的是故乡语言创作，所以能够得心应手，顺手拈来。

元代实行民族歧视不平等政策、士人仕途阻塞、汉人和南人深受压迫，这些尖锐的社会矛盾在散曲中都有反映。刘时中《代马诉冤》、姚守中的《牛诉冤》以及曾瑞的《羊诉冤》以拟人化的手法，表达了对社会现实的不平和愤懑。《代马诉冤》中骏马倾诉自己出生入死，忠心救主，立下汗马功劳，但到头来却被驴群所欺，抨击汉人、南人不得重用，社会贤能不得出头，无才、无能、无德、无行的小人反而猖狂得势。《牛诉冤》中耕牛倾诉自己辛劳一生，到头来不仅难以寿终，而且被肢解得七零八碎，落得死无完尸。隐喻任劳任怨而不得善报的严酷现实。《羊诉冤》中的羊本想着要做个以身报国的忠勇义士，到头来反被出卖，死于非命。这些社会不平，在封建时代普遍存在，但在元代由于社会秩序的混乱，各种矛盾尤其尖锐突出。曾瑞在所作【南吕·四块玉】《酷吏》中更直接警告那些当权的势要："官况甜，公途险，虎豹重关整威严，仇多恩少人皆厌。业贯盈，横祸添，无处闪。"其同调《叹世》曲道："罗网施，权豪使，石火光阴不多时。劫活若比吴蚕似。皮作锦，茧做丝，蛹荡死。"直接斥责他们恶贯满盈绝无好下场。

曾瑞今存散曲小令九十余首，套数十七首。所作杂剧今知有《才子佳人误元宵》一种，已佚，现存杂剧有《王月英元夜留鞋记》一种。

第四节　欧阳玄　曹德　鲜于必仁

欧阳玄（1273—1358），字原功，号圭斋，元朝"四学士"之一。祖籍庐陵（今属江西），迁居潭州浏阳（今属湖南），延祐进士。致和元年（1328）任翰林侍制兼国史院编修官。天历初，署奎章阁艺文少监，参修《经世大典》。期间，至顺三年（1332）二月，稍有闲暇的欧阳玄修典之余，创作了著名的【渔家傲】《大都十二月乐词》，分月歌咏大都风光见闻，颇有风俗画的意趣。词序[①]曰：

余读欧阳公李太尉席上作十二月【渔家傲】鼓子词，王荆公亟称赏之，

① （元）欧阳玄：《圭斋集》卷四。

心服其盛丽，生平思仿佛一言不可得。近年窃官于朝，久客辇下，每欲仿此，作十二阕，以道京师两城人物之盛，四时节令之华，他日归农，或可资闲暇也。至顺壬申二月，玄修大典即毕，经营南归，属春雪连日，无事出门，晚寒附火，私念及此，夜漏数刻，腹稿具成，枕上不寐，稍谐叶之。明日，笔之于简，虽乏工致，然数岁之中，耳目之所闻见，性情之所感发者，无不隐括见于斯。至于国家之典故，乘舆之兴居，与夫盛代之服食器用，神京之风俗方言，以及四方宾客宦游之况味，山林之士未尝至京师者，欲有所考焉，此意可见其大略矣。

这十二首小令，写尽了京师繁华盛况：

正月都城寒料峭，除非上苑春光到。元日班行初见了，朝回早，阙前褫帕欢相抱。汉女姝娥金搭脑，国人姬侍金貂帽。绣毂雕鞍来往闹，闲驰骤，拜年直过烧灯后。

二月都城春动野，引龙灰向银床画。士女城西争买架，看驰马，官家迎佛喧兰若。水暖天鹅纷欲下，鹰房奏猎催车驾。却道海青逢燕怕。才过社，柳林飞放相将罢。

三月都城游赏竞，宫墙官柳青相映。十一门头车马并。清明近，豪家寒具金盘饤。墦祭流连芳草径，归来风送梨花信。向晚轻寒添酒病。春烟暝，深深院落秋千迥。

四月都城冰碗冻，含桃初荐瑛盘贡。南寺新开罗汉洞，伊蒲供。杨花满院莺声弄。岁幸上京车驾动，近臣准备銮舆从。建德门前飞玉鞚。争持送，蒲桃马乳归银瓮。

五月都城犹衣夹，端阳蒲酒开新腊。月傍西山青一掐。荷花夹，西湖近岁过苕霅。血色金罗轻汗褟，宫中画扇传油法。雪腕彩丝江玉甲。添香鸭，凉糕时候秋生榻。

六月都城偏昼永，辘轳声动浮瓜井。海上红楼欹扇影。河朔饮，碧莲花肺槐芽渖。绿鬓亲王初守省，乘舆去后严巡警。太液池心波万顷。闲芳景，扫宫人户捞鱼艇。

七月都城争乞巧，荷花旖旎新棚笊。龙袖娇民儿女狡。偏相搅，穿针月下浓妆佼。碧玉莲房和柄拗，哺时饮酒醒时卯。淋罢麻秸秋雨饱。新凉稍，夜灯叫买鸡头炒。

八月都城新过雁，西风偏解惊游宦。十载辞家衣线绽。清宵半，家家捣练砧声乱。等待中秋明月翫，客中只作家中看。秋草墙头萤火烂。疏钟断，中心台畔流河汉。

九月都城秋日亢，马头白露迎朝爽。曾上西山观苍莽，川原广，千林红叶回春赏。一木黄花金十镪，富家菊谱签银榜。龙虎台前鼍鼓响，擎仙掌，千官瓜果迎銮杖。

十月都人家百蓄，霜菘雪韭冰芦菔。暖炕煤炉香豆熟。燔獐鹿，高昌家赛羊头福。貂袖豹袪银鼠褥。美人来往毡车续，花户油窗通晓旭。回暖燠，梅花一夜开金屋。

十一月都人居暖阁，吴中雪纸明如垩。锦帐豪家深夜酌。金鸡喔，东家撤雪西家噱。纤指柔长宫线弱，阳回九九宫冰凿。尽道今冬冰不薄，都人乐，官家喜爱新年朔。

十二月都人供暖箑，宫中障面霜风猎。甲第藏勾环侍妾，红袖摄，笑歌声送金蕉叶。倦宦玉堂寒正怯。晓洮金井冰生鬣。冻合灶觚饧一碟。吴霜镊，换年懒写宣春贴。

该曲从一年之初的元月元日写起，刚刚散了早朝的人们宫阙之前相互拥抱，互贺新春，一直写到腊月寒天人们欢声笑语喜贴春联，便把新桃换旧符。这中间时序变化中，每一个月，大都人们吃什么，穿什么，住什么，到哪里游玩，怎样过各种节日，有什么风俗，日常消遣是什么，四季里开什么花，结什么果，景色如何，朝廷有什么庆典，百姓有什么反应，怎样算是时尚，家常人的日子怎样打发，都一一写来，成为元代北京生活的真实画卷。除此之外，我们从这组作品中可以深切体会到社会富足，百业兴旺，人民安乐，文化生活极大丰富、多民族友好相处，各种民俗相互渗透影响。欧阳玄以一个“外来人”的视角，新奇发现着，欣赏着，描绘着，但却使千古之后的我们深切感受到了大都真实的魅力和生活其中的情趣。

曹德，字明善。衢州（今浙江衢县）人。《录鬼簿》将其归入“方今才人相知者”，并记载说：“明善，名德，衢州路吏，甘于自适，今在都下。有乐府，华丽自然，不在小山之下。即赋《长门柳》二词者。”贾仲明所补吊词也称其“神京独赋《长门柳》”。《南村辍耕录》卷八【岷江绿】记载了原作及其本事：“太师伯颜擅权之日，剡王彻彻笃、高昌王帖木儿不花皆以无罪杀。山东宪吏曹明善时在都下，作【岷江绿】二曲以讽之，大书于五门之上。伯颜怒，令左右暗察得实，肖形捕之。明善出避吴中一僧舍，居数年，伯颜事败，方再入京。”《南村辍耕录》所言【岷江绿】即钟嗣成和贾仲明所说的《长门柳》。据《元史》记载，丞相伯颜事败被贬病死的的时间在至元六年（1340），曹德在都下作【清江引】（又名【岷江录】）当在此之前。权相伯颜为七朝元老，愚昧贪婪，当国时期，擅自专权，气焰熏天，不但禁止江南农家使用铁器，而且禁止戏文、杂剧，对汉人和南人极尽迫害，大搞文字狱，杀害剡王彻彻笃，锻炼诸狱，殃及无辜，搞得民怨鼎沸。曹德在大都，作小令两首，大书于五门之上，其曲曰：

长门柳丝千万缕，总是伤心处。行人折柔条，燕子衔芳絮，都不由凤城春作主。

长门柳丝千万结，风起花如雪。离别复离别，攀折复攀折，苦无多旧时枝叶也。

这两首小令完全是政治讽刺诗的作法，利用文字的谐音寓象、拆合藏头等手法。“风起花如雪”与“燕子衔芳絮”影射着伯颜的汉译名字。“雪”寓白，与伯同音，“燕”与“颜”音近同。所以伯颜一看即怒，立即明白讽刺的是他。曹德因而获罪，藏匿数年，直到伯颜败亡才重回京师。元代文人关心时事参与政治的勇气和胆识由此可见一斑。

鲜于必仁，生卒年不详，字去矜，号苦斋，渔阳郡（今北京密云附近）人，元末明初在世。现存小令二十九首，主要内容为写景抒怀之作，曲文华美，意境开阔，咏史论世，格调健朗。【折桂令】《燕山八景》（此曲有的说是张养浩所作）专写大都景致，非常著名。

鲜于必仁写有“燕京八景”组曲，满含激情地描摹刻写了大都雄奇壮伟的景色。

【前调】《芦沟晓月》：

出都门鞭影摇红，山色空蒙，林景玲珑。桥俯危波，车通远塞、栏倚长空。起宿霭千寻卧龙，掣流云万丈垂虹。路杳疏钟，似蚁行人，如步蟾宫。

卢沟桥兴建于元代，是著名的京城八景之一。前三句写卢沟桥的方位、出发游览的时间和沿途景色；接着三句写见到卢沟桥的雄伟高峻，气魄宏大。再以“卧龙”、“垂虹”作比喻，渲染其非凡气象。末尾三句点题，写卢沟桥在的澄澈月光笼罩下的幽静，游人的流连忘返，给人以广寒漫步飘然欲飞之感。

《西山晴雪》：

玉嵯峨高耸神京，峭壁排银，叠石飞琼。地展雄藩，天开图画，户判围屏。分曙色流云有影，冻晴光老树无声。醉眼空惊，樵子归来，蓑笠青青。

西山，在京西，一名小清凉山，其中佛寺甚多，张鸣凤《西山记》说“西山内接太行，外属诸边，磅礴数千里。”这首《西山晴雪》写的是晴空下西山积雪的景色。首三句总体概括西山银装素裹的雪后初晴景色。中间三句写西山所处的重要地理位置。接着两句，以“有影”“无声”渲染西山的空旷寂静，最后三句以“樵子”归来作结，赋予整个画面以生机与诗意。

第五节　元代散曲重要研究、资料及著述者 杨朝英　周德清　夏庭芝

关于大都散曲的重要研究论述、作品结集及相关资料搜整理，从元代即已开始，散见于很多的史料中，比较重要和集中的有以下数人：

杨朝英，号澹斋，青城（四川灌县）人，行年大致与贯云石相当，活动于元代中期。《阳春白雪》（全名《乐府新编阳春白雪》）与后来问世的《太平乐府》（全名《朝野新声太平乐府》）都是杨朝英以个人之力而成书的元曲总集，是元人第一次对本朝曲家所作的筛选，也是元曲第一次作为一种独立的文学形式展示全貌。它们的出现，对散曲创作有相当大的推动作用。杨朝英本人所作的散曲当时也很有名，杨维桢甚至认为，元散曲“奇巧莫如关汉卿、庾吉甫、杨澹斋、卢疏斋”。[①]《太和正音谱》评其词“如碧海珊瑚”。

周德清的《中原音韵》对元曲的创作、传承、传播都起到重要作用，有着历史性的深远影响。周德清（1277—1365），字日湛，号挺斋，高安（今属江西）人。元代最杰出的音韵学家和文学家。从《中原音韵》起例第二十则所言“余尝于天下都会之所”，可知他曾北上大都，但其长期留滞江南吴楚江淮一带。平生所交多嗜曲者。工乐府，善音律，在北曲创作和欣赏方面皆有很深造诣，《录鬼簿编》说他“工乐府，善音律”。《录鬼簿续编》说他“又自制为乐府甚多……皆佳作也。长篇短章，悉可为人作词之定格。”元杨朝英所辑《朝野新声太平乐府》，收入其所作二十五支曲和两个套曲，足见推崇。著名曲学大师吴梅先生在《顾曲麈谈》第四章《谈曲》中赞誉他：“所作小令散套，绰有大家风范。”周德清生当杂剧和散曲创作的鼎盛时期，目睹了名家辈出，佳作泉涌的盛况，对于一代新文艺的勃兴充满了兴奋、自豪和崇敬

---

① （元）杨维桢：《东维子文集》卷十。

之情。而在他而立之年，随着杂剧中心的南移，杂剧和散曲也逐渐衰微，盛势不再，这使周德清感到无限的怅惘与留恋。为了追随前贤，总结他们的创作经验，以为后学者之楷模，也为了纠正时谬，给后世以规范，于是在总结北曲创作的基础上，撰写了对后世影响巨大的韵学名著《中原音韵》。《中原音韵》写成于泰定元年甲子（1324），全书共二卷。前卷为韵书，后卷为附论，列《正语作词起例》及作词诸法。《中原音韵》兼及北曲及杂剧诸曲，其用韵正音依据是中原语音。《中原音韵》以当时北方实际语音为标准，是一部“实践性、规范性、技术性、程式性很强的理论著作。”[①] 它本是为后学者制定规范的实用性很强的工具用书，但由于该书所定的韵部，以及它反映的声纽和调类，是以当时北方的实际语音为依据的，正如其在《中原音韵》自序中所言：“欲作乐府，必正言语；欲正言语，必宗中原之音。乐府之盛、之备、之难莫如今时。其盛，则自缙绅及闾阎者众；其备，则关、郑、白、马，一新制作，韵共守自然之音，字能通天下之语，字畅语俊，韵促音调。”不仅在客观上保留了北曲和杂剧诸曲鼎盛时期的用韵、律角、曲谱等真实的面貌，而且真实地反映了我国十三、四世纪北方口语的语音系统，使其具有了独到不二的史料价值，因为其语音大半与现代北京音相符，成为探讨汉语普通话语音形成和演变的重要资料，在汉语语音史上具有很高价值。《中原音韵》成书后，戏曲、散曲的创作、演唱都有了标准，促进了用韵的统一规范，对于后世戏曲的用韵影响巨大，在一定程度上促进了戏曲用韵的统一。不仅在中国音韵学与戏曲史上具有了非凡影响，同时也极大地带动了中原语音在全国的推广与普及，因而它的贡献远远越出了戏曲范围，事实上，它即为现代汉语普通话确立奠定了基础，又为普通话的广泛推广提供了历史的实践的依据。因而音韵学家赵荫棠在《论中原音韵之倔兴》中评论此书时说：“周氏这书本为戏曲而设，我们现在尊它为国音的鼻祖，乃是它的副产；副产的效用比正产还大，这是原作者所料不到的。”[②] 就更高的角度而言，周氏《中原音韵》

---

① 陆林：《元代戏剧学研究》，安徽文艺出版社，第53页。

② 赵荫棠：《中原音韵研究》《中原音韵之倔兴》，商务印书馆1936年版。

对中国这样一个幅员辽阔、民族众多、语言复杂的国家实现语言的规范、统一确有千秋之功。

夏庭芝（1300—1375），字伯和，号雪蓑，华亭（今上海市松江县）人。出身豪族，平生喜交游，好宴集声歌，结识了不少曲家和歌曲艺人，熟谙曲坛掌故。创作散曲极多，大都散佚，仅有小令二首存世。所作《青楼集》，专记有元一代艺妓，凡一百一十七人。除去十几人为院本、诸宫调、小说等曲艺说唱艺人，其余一百余均为散曲歌手和戏曲演员，或为戏曲、散曲两栖相兼者。统计比例约为戏曲与散曲各半。夏氏《青楼集志》云："我朝混一区宇，殆将百年，天下歌舞之妓，何啻亿万，而色艺表表在人耳目者，固不多也。"由此可以确定，集中所记，都是当时活跃在舞台上的最优秀的大家、名家。《青楼集》评论表演艺术家，强调色艺互补，"色艺俱绝"是其最高标准。所谓色，并不是单纯地指相貌、姿色、体型等外表特征，还包括气质、态度以及风韵等内在的精神因素。如"美风度"（赛天香）、"文雅彬彬"（张玉莲）、"举止文雅"（李真童）等。在色艺不能同时达到最高标准时，夏庭芝认为艺重于色。《青楼集》中特别记述了一些其貌不扬，而其歌艺却能超群出众的人物。如喜春景、周喜歌、赵梅歌等，或是"姿色不逾中人，而艺绝一时"，或是"善弹唱，声遏行云，然貌微陋"，或是"虽貌不扬，而艺甚绝"。《青楼集》中还专门记载了一位以丑闻名的歌星般般丑，说他文化修养和艺术修养都很高，"善词翰，达音律"。在夏氏看来，才艺是能够弥补容貌上的先天不足的。所以他在为表演艺术家所作传记中，特别突出那些才艺超群者。如张怡云、一分儿、刘婆惜等人的文学修养，樊香歌的"涉猎书史"，张玉莲的"南北旧曲其音不传者，皆能寻腔依韵唱之"等，都是作者着力笔墨的人物。在《青楼集》中，夏庭芝刻画得最精彩的就是大都的艺妓群体，她们的学养、表演出神入化以及与文人墨客交往的奇闻逸事夏氏都津津乐道。当时大都艺术文化的繁荣景象和这些艺术家们的传奇人生，都幸赖《青楼集》才得以保存。

第十章　大都诗文（一）

第一节　大都诗文概况及发展分期

元代诗歌创作是中国诗歌史上重要的环节之一。尽管元代以杂剧散曲之盛闻名于世，但作家最众创作最多的依然是诗歌，其光芒并不能由于戏曲小说的特别耀眼而被遮蔽。

元代诗歌基本上是承继汉唐传统，但是却表现出独特的个性，如叙事化的倾向。这与有元一代俗文学盛行不无关系。它是中国诗歌从唐宋走向明清辉煌的一个重要桥梁。元代散文与诗歌比，相对要沉寂一些。在仁宗延祐之前的近五十年间，总体成就不大，以兼容古文和理学的倾向展现其特性。姚燧既出，蔚然改观，尤其是碑版文字，纵横开阖，远承汉唐，对大都文坛散文走向产生了重大影响。

元代的诗文作家，大多为汉人，也有少部分深受儒学浸染的少数民族作家，这使诗文这种高雅艺术从内容到形式基本上较为完整地保留了传统本色。同时由于社会沧桑巨变，一部分有着特殊生活经历的作家在创作中展现出时代风貌和独特生气。元代历史的发展可分为前、中、后三个时期，诗文的发展脉络大致也是如此。顾嗣立《元诗选》曾概括说："元诗之兴，始自元遗山。中统、至元而后，时际承平，尽洗宋金余习，则松雪为之倡。延祐、天历间，文章鼎盛，希踪大家，则虞、杨、范、揭为之最。至正改元，人才辈出，标新立异，则廉夫为之雄，而元诗之变极矣！"[①] 则不同时期诗坛的创作

① （清）顾嗣立：《元诗选》，辛集，《铁崖先生杨维桢小传》。

风格和思想倾向尽管有继承脉络，但仍表现出鲜明差异，繁荣程度也尽显鲜明的时段性。

大都文坛集中体现了元代诗文的基本风貌，是全国诗文发展的一个缩影。因为对元代不同时期诗文发展起到重要作用并产生重要影响的作家，除了元初一些具有强烈遗民情结的诗文作家之外，大多都集中在京师，或者曾经到达京师并借力大都文坛平台，展现才华、释放影响。

大都诗文在发展过程和阶段划分上呈现出与杂剧和散曲不尽相同的面貌，这是因为杂剧和散曲作为一种“时尚”艺术，具有非常显著的流行文化特征，兴起、繁荣、衰退的轨迹非常明显，潮起潮落之间落差很大。繁荣之时，轰轰烈烈，人们趋之若鹜；倏然南去，则骤然寂静，唯留下余音袅袅。所以《青楼集》曾描述说遥想元曲当年盛况，恍然如梦。在时间维度上，保持着时尚的流行文化尽管辉煌一时，但总是不如源远流长的传统文学样式较为稳定的、持久的创作态势。元代最主要、在大都发展最充分的三种文学样式，杂剧最繁荣红火，鼎盛之况，影响面之广，影响力之大，其他文学样式难以匹敌，可惜时间长度上最短，作家以绝对数量论，最少，而且并无社会身份地位显赫的文臣士子染指，大都杂剧在大德之后迅速沉寂。相反，大都的诗文从来没有像杂剧那样轰轰烈烈，但是却贯穿了整个蒙元政权的始终，大都馆阁之士，隐逸之徒，无论身份高低贵贱，多参与其中。前期创作较少，但是也有创作个性突出的堪称优秀的作家；中期人才济济，大家迭出，群星灿烂，一派繁荣；后期风格多样，个性凸显。整个发展轨迹非常清晰，均衡有序。介于诗文和杂剧之间的是散曲，在大都文坛活跃的时间比杂剧要长，创作者比杂剧要广泛，无论是诗文作家还是杂剧作家，都有散曲创作，并且楚河汉界，互不关涉。但是与诗文创作相比，散曲的活跃时间又稍短，创作者并没有像诗文那样能够贯穿整个元代始终。

元代大都诗坛以仁宗和泰定为界，大致可分为前、中、后两个时期。元代前期的诗坛，大多数是由金入元和由宋入元的诗人。如耶律楚材、刘秉忠、郝经等都是由金入元的北方诗人，他们大多承继金代诗风，袁桷在《乐侍郎诗集序》中说：“金之亡，一时儒先犹秉旧闻于感慨穷困之际，不改其度，出语若一，故中统、至元间皆昔时之余绪。”而金代诗风，又主要是受到了苏轼、黄庭坚的影响，尤以苏轼为宗师。所以北方著名文士如刘秉忠、郝经、许衡、王恽等人的诗歌创作大多追求通达、豪迈、平实，不以新奇、华丽、险怪求胜，诗作多质朴但略显粗粝。袁桷、虞集、赵孟頫等是由宋入元的南方士人代表。他们的文学主张大抵是宗法汉魏两晋及唐，显示了鲜明的复古色彩。先是赵孟頫、袁桷进京，将“宗唐得古”的南方诗风带入大都，使得南北诗风得以碰触。延祐二年杨载、马祖常、黄溍这些著名文士也通过蒙古王朝第一次举行的科举进入京师，才使得南北文风充分汇合，融汇的结果如欧阳玄《罗舜美诗序》所称“京师诸名公，咸宗魏晋唐”，虞集《使还新稿序》则描述“东南宋季衰陋之气，亦已销尽。”南北诗风在融汇中都显示了根本性的转变，大都文坛在南北文风汇合中呈现繁荣兴旺的态势，一时名家辈出。虞集从大德、至大年间作为后起之秀活跃于大都文坛，在延祐年间成为诗坛“盟主”，与范椁、杨载、揭傒斯并称“元诗四大家”。欧阳玄在《雍虞公文集序》中说：“皇元混一之初，金宋旧儒，布列馆阁，然其文气，高者崛强，下者委靡，时见旧习。承平日久，四方俊彦萃于京师，笙镛相宣，风雅迭唱，治世之音，日益以盛矣。于时雍虞公方回翔胄监容台间，吾乡有识之士见其著作，法度谨严，辞指精赅，即以他日斯文之任归之。至治、天历，公仕显融，文亦优裕，一时宗庙朝廷之典册，公卿大夫之碑版，咸出公手，粹然自成一家之言。山林之人，逢掖之士，得其赠言，如获拱璧。公之临文，随事酬酢，造次天成，初无一毫尚人之心，亦无拘拘然步趋古人之意，机用自熟，境趣自生，左右逢源，各识其职。”这就是说，虞集的文章，已经彻底改变了“金宋旧儒”的面貌，扫荡了北方“崛强”和南方“委靡”的旧习，成为“治世之音”的代表。以虞集为代表的“四大家”的出现，标志着元诗进入成熟和繁荣的高潮阶段。“元诗四大家”之外有萨都剌等一大批著名诗文作家，他们的创作从内容、风格、体裁更趋丰富多彩，题材也更为广泛，并出现了“古乐府”、“竹枝词”等，诗人辈出，创作繁盛。

延祐之前，蒙古灭金之后到灭亡南宋之前，即统治北方的前期，北方还活跃着一批由金入元的重要诗人，他们留在北方，继续进行诗文创作，其中最著名的是元好问、李俊民和段克己、段成己等。元好问本是金末最著名的诗人，金亡后还有大量的创作，前人有人将这部分诗作列入元诗范畴，但是为叙述方便，兼之思想感情根基依然保持着与金的密切关联，所以将其纳入金文学的范畴，在元代文学中不再论述。尽管如此，元好问对于元代北方诗坛的影响是巨大的。他与大都文坛许多作家交往密切，并有数次燕京之行，对大都文坛影响尤其深刻，影响之大不可小觑。

第二节　耶律楚材　耶律铸　刘秉忠　刘秉恕　张弘范

元代前期活跃于文坛的诗文创作者表现出一些共同的特点：第一，多是由金入元，一少部分则是由宋入元。第二，并非专治诗文，耶律楚材、刘秉忠为蒙古国权要重臣，许衡、郝经、刘因、姚燧皆为理学大儒。第三，在风格上宗法北宋苏轼、黄庭坚，豪迈、平实但略显粗粝，与江南诗派形成鲜明对照。

耶律楚材虽然曾出仕金朝，但后来一直辅佐成吉思汗，是元朝的开国功臣，所以一般惯例都将其归入元代。其文学的杰出成就，使之成为中国元代文学的开宗者和奠基人，他是大都诗坛前期最重要的作家。与之地位相当，同为蒙古政权高官，且诗文灿烂者还有刘秉忠。

耶律楚材（1190—1244），字晋卿，号湛然居士。契丹贵族，自祖上定居燕京地区，是元代文学的奠基者和创立者。17 岁仕金，曾在金尚书省任职，久居燕京。中都被元攻陷后，受到元最高统治者的信赖，成为成吉思汗和窝阔台汗时期最有作为的政治家。王国维《耶律文正公年谱》曾经评价说：“文正（耶律楚材）师事万松老人，称嗣法弟子从源。其于禅学所得最深，然其所用以佐蒙古安天下者，皆儒术也。公对儒者则倡以儒治国，以佛治心之说。”耶律楚材的思想兼具儒家、佛家、道家多重色彩，将儒、释、道诸家有机调和在一起，这一点在他文学创作中有鲜明显现。公元 1220 年，耶律楚材曾全程随从成吉思汗出征西域，游历足迹到达俄属亚洲极南地区，其间创作了大量诗文，这是他一生中创作活力最为旺盛的时期。他追述随军生活的《西游录》，记载了我国新疆和中亚西亚的见闻，是研究历史地理的重要著作。而那些“西域诗”也是其诗歌最高成就的代表。在耶律楚材身上高度浓缩地体现了元代文学的典型特征。据《黑鞑事略》记载，在蒙古与南宋对峙时期，耶律楚材见到南宋使臣时说：“你们只恃着大江。我朝马蹄所至，天上天上去，海里海里去。”由这段话，不难看出他无比壮阔的胸怀和恢弘的气势。

耶律楚材今存诗六百余首，近体诗成就高于古体，以写景绝句最见神韵。他描写边塞风光和西域人文风俗物产景色的诗歌极具审美和史料价值，《西域河中十咏》中，“冲风磨旧麦，悬碓杵新粳”描绘了当地充分利用风力、水力进行生产、生活活动的先进工具，“食饭秤斤卖，金银用麦分”的商业习俗和迥异于中原地区的衡量标准，至今读之清新之气仍然扑面而来。《阴山》“八月阴山雪满沙，清光凝目眩生花。插天绝壁喷晴月，擎海层峦吸翠霞。松桧丛中疏畎亩，藤萝深处有人家。横空千里雄西域，江左名山不足夸。”与唐代边塞诗不同的是一扫悲苦怀乡愁思，对奇特恶劣的自然环境也保持了一种叹奇欣赏的态度，表现出了对成吉思汗霸业的由衷赞赏和积极向上奋发进取的精神。《再用前韵》“西望月窟九译重，嗟乎自古无英雄。出关未盈十万里，荒陬不得车书同。天兵饮马西河上，欲使西戎献驯象。旌旗蔽空尘涨天，壮士如虹气千丈。”在描绘西北山川奇伟壮丽的同时，歌咏西征大军的神威勇武，所向披靡，自有一种势薄云天的豪迈。

当然耶律楚材创作并非一味色彩明丽，豪气冲天。耶律楚材作为辽皇族后裔出仕金国，燕京陷落，又降服蒙古。特殊的身世，以及深受汉学思想的浸染，使之不免离黍之叹。而作为蒙古朝廷重臣，越接近权力中心，对于最高统治阶层内部权力的倾轧，政治的黑暗较一般文士就有更多的了解，这常使他苦恼不已。他在《冬夜弹琴颇有所得，乱道拙语三十韵以遗犹子兰并序》中直白地道出了自己对官场生活的厌倦和对本真生活的向往。

我本嗜疏懒，富贵如桎梏。幸遇万松师，一悟消三毒。早晚挂冠去，同山结茅屋。蔬笋粗充庖，粝饭炊脱粟。有我春雷子，岂惮食无肉。旦夕饱纯音，便是平生足。

其长诗《和张敏之诗》在歌颂最高统治者“宸心尊德义，圣政济柔刚。恩泽涵诸夏，威棱震八荒。势连西域重，天助北方强。”的丰功伟绩时，也直斥官场的险恶与龌龊“避祸宜缄口，当言肯括囊。遭谗心欲剖，涉苦胆先尝。”其对政治龌龊的感受之深当非一般文士所能言。尽管耶律楚材政绩卓然，大略雄才，有志于天下，但终遭木秀风催之虞，郝经《立政议》言：“耶律楚材为相，定赋税，立造作，榷宣课，分郡县，籍户口，理狱讼，别军民，设科举，推恩肆赦，方有志于天下，而一二不逞之人，设隙抵罅，相与排摈，百计攻讦，乘宫闱违豫之际，恣为矫诬，卒使楚材愤悒以死。”在蒙古王朝初期，耶律楚材是成就最为突出的诗人。当时由于南北长达数百年的分立对峙，造成文学的地域特征极为明显。耶律楚材集女真、蒙古、西域、汉族等北方多元文化于一身，荟萃为独具奇异特色的地域文化，因其成就最高，影响最大，故而成为北方地域文学的代表，也正是基于这样的地位，清人顾嗣立《元诗选》中的《耶律楚材小传》称他为蒙古王朝的“一代词臣”。由于耶律楚材积极倡导和率先示范开创了元代诗文振兴的局面，所以他也就成为元代文学当之无愧的开创者和奠基人。

耶律铸（1221—1285）契丹人，字成仲，号双溪，耶律楚材之子，出生于西域。中统二年（1261）为中书左丞相。至元四年（1267）改平章政事，次年又复任中书左丞相。一生三次出任丞相，但最终以“不纳职印”、“妄奏谋逆”等获罪。耶律铸是家族中仅次于耶律楚材的诗文家，但其作长期隐而不传。清人《四库全书》编其作《双溪醉隐集》为六卷。生平事迹见《元史》卷一四六[①]、《新元史》卷一二七。

与耶律楚材一样带有鲜明北方地域文学色彩并且生动真实地反映了恢弘

① 见《元史·耶律楚材传》。

历史变迁和重大事件的是刘秉忠的诗歌创作。

刘秉忠（1216—1274）初名侃，字仲晦，自号藏春散人，邢州（今河北邢台）人。是元代历史上地位和作用都极为特殊的一个人物。不仅在忽必烈统一大业过程中，在许多关键性的决策上发挥过相当重要的作用，而且经他手制定的许多国策在其后的元朝统治中得到了延续继承，对一个多民族统一国家的维系发挥了极其深刻久远的影响。对于北京而言，他更是值得大书一笔的人物，元统一国家首都大都的选址、勘定、规划以及建设他始终都是决定性的关键人物。这种罕见的历史胆识，宏大的政治抱负，决策者百般倚重的社会地位，都决定了其胸襟视野不同于一般的文人墨客，诗歌内容更加壮阔丰富，而心态则更加淡定坦然。《元史》本传说："秉忠自幼好学，至老不衰。虽位极人臣，而斋居蔬食，终日澹然，不异平昔……每以吟咏自适，其诗消散闲淡，类其为人。"刘秉忠的诗歌创作推崇元好问，作品大多直抒胸臆，表达理想抱负，较少唱和应酬之作，表现出与同时代江南诗人截然不同的创作倾向。刘秉忠身处蒙古统治急剧扩张之时，位居权力中枢，参与了许多重大的政治决策和军事征伐，他的作品许多都创作于征战途中，如《西番道中》《乌蛮稻种》《下南诏》《灭高国主》等，但是他的作品基本上保持了"平正通达"（《四库全书总目题要》语）的个性风度，并无过多的嚣张杀伐之气，反而能够脱开距离，站在旁观者的角度历史地观察事物，道出自己独特的慨叹。他说"江山如旧年年换，谁把功名人笑谈"（《岭北道中》）、"半纸功名满地愁，都教白了少年头"（《秋日途中》），表现出了对功名的淡然与超脱。事实上，他的有些作品甚至直接就表达了归隐之情："归鸦一片投林去，自笑劳生未解休。"（《秋日途中》）"对客倦谈当世事，向人难悉未归情。"（《睡起》）"蜗居虽微足容尔，画梁争得几多高。"（《留燕》），但他的归隐与出仕一样，虽然真切，但是同样并不执著。这种大彻大悟的超脱，表现出了超凡的智慧，大概与他曾为出家高僧，文化修养特别深厚而顿悟力极强不无关系。他的代表作有《过居庸关》《读遗山诗十首》等。前人评价刘秉忠的诗歌首首可读，但缺乏明显的佳篇佳句，这与他对待文学创作的态度大有关系。

他在五言律诗《再录杜诗》其三中有言："贼盗起如草，戈矛森似林。窜身常迫难，感物不忘吟。关塞感君泪，乾坤许国心。敬传金石语，万古比虞箴。"[①]这首诗非常直白地表露了刘秉忠的文学观，他认为创作就是记录真实的经历，抒发真实的感受，这样有思想有内涵的作品就是能够传之久远的佳作，至于雕章凿句非其不能为，实其不屑为之。尽管如此，无损他的伟大，刘秉忠仍然是元初北方文学最具代表性的诗人。

刘秉恕（生卒年不详）字长卿，顺德邢州（今属河北）人。刘秉忠弟。少时勤奋好学，受教于邢州安抚使刘肃门下，攻读《易经》。二十岁时已经成为邢州名人，刘秉忠向忽必烈举荐贤才甚多，都得到了重用，唯独没有推荐过刘秉恕，忽必烈嘉奖兄弟二人，二人均不接受。刘秉恕于中统元年(1260)提升为礼部侍郎、邢州安抚副使，中统二年，调吏部侍郎，中统三年，赐金虎符，委任顺德府（邢州）安抚使，任职期间勤政爱民，积极发展生产，使邢州百业俱兴。累官至礼部尚书，出为淮西宣慰使，又历湖州、平阳两路总管。为官有惠政，年六十卒于官，谥文定，葬于邢台西贾村。《元诗选·初集》录其诗一首。

张弘范（1238–1280），字仲畴，祖籍河北易州定兴，元朝著名的军事家、高级统帅。元初汉人世侯张柔第九子，曾从郝经学习。张氏家族是河北豪族，汉军世家之一，金朝时就变相地割据一方。蒙古灭金过程中，其父张柔追随蒙古政权征战，立下战功。张弘范很年轻时就表现出卓越的政治军事才能，至元元年（1264）授顺天路官民总管，配金虎符。至元六年，以行军万户统兵参加襄樊之战，后跟随元帅伯颜灭宋，为先锋，屡立战功。1276 年 1 月攻陷南宋首都临安（今浙江杭州），俘获五岁的宋恭帝和嫔妃宫女、众官僚和太学生，押送到大都。至元十四年（1277）授予镇国上将军，任命为江东道宣慰使。至元十五年使弟张弘正为前锋，俘获南宋丞相文天祥于五坡岭（今广

① 《永乐大典》卷九〇一。

东海丰北）。十六年率部击溃宋将张世杰所部，陆秀夫抱幼主投海，张弘范在崖山海岸勒石记功而返。十七年正月十日病卒，终年四十三岁。延祐六年追封为淮阳公，谥武略，改谥忠武，再改献武。

张弘范戎马一生，虽然真正在大都生活的时间并不长，但是他对元朝重大军事行动的参与，使之成为整个国家统一进程中举足轻重的关键人物。他对新政权的态度，个人的身份和政治立场，诗词文创作的内容与风格，兼具国家功勋地位的特殊性和北方诗风的典型性，这些，对大都社会生活和文坛的影响是难以估量的。因而，作为特例，将其收入《北京元代文学》。《南征》二首是张弘范在参加元军灭宋战争时的作品，诗曰：

百战归来气未松，紫泥又起作元戎。楼船万碟三山外，塞马千群百粤中。举目山川浑各异，伤心风景不相同。明年事了朝天去，铜柱东边第一功。

离多会少古皆然，惟我平生苦太偏。已是十年驱战马，又还万里驾征船。相思回首南天角，独许倾心北阙边。寄语古人知道否，戮鲸沉海在来年。

作者并没有正面描写残酷的战争场面，而只是对战争的形势和氛围进行铺叙渲染，更多地表现的是参与战争所特有的复杂心态和感情。这与所作【木兰花慢】《征南》一脉相承。其词曰："混鱼龙人海，快一夕，起鲲鹏。驾万里长风，高掀北海，直入南溟。生平许身报国，等人闲、生死一毫轻。落日旌旗万马，秋风鼓角连营。炎方灰冷已如冰。余烬淡孤星。爱铜柱新功，玉兰奇节，特请高缨。胸中凛然冰雪，任蛮烟瘴雾不须惊。整顿乾坤事了，归来虎拜龙庭。"历史上人们更多看到的是张弘范对建功立业的热望，但他的诗词，却清晰地表达了对战争尽快结束的期待。因为他这样一个蒙元混一过程中最得力的战争机器面对战争的惨烈也清醒地意识到："我军百万战袍红，尽是江南儿女血。"（《过江》）事实上，一主独掌天下和群雄争霸之间，哪个更能少些战乱纷争是不言而喻的，何况，张弘范熟读经史，对社会发展规律和天下统一的必然性有明确的预见，其实这才是他做出政治抉择的根基。《读韩信传》和《读李广传》为其代表作。《读韩信传》云：

一怒燕齐楚赵收，将军今古果谁俦。后来肯为陈豨计，先日何辞蒯彻谋。自是多能惭哙等，何能轻举学留侯。可怜一片肝肠铁，却使终遗万古羞。

张弘范少年时跟随郝经学习，从他诗歌用典可以看出，他对汉代历史及其人物十分熟稔。作者从正反两个方面总结韩信成败得失，既是对历史的总结，更暗含对自己人生的规划与警策。两首七律《述怀》表达了作者人生的矛盾，他尽管为“飘零孤影寄天涯”而苦闷，但又始终坚信“天产我材应有意”，既不肯虚度时光“不成空使二毛华”，也不肯与纨绔子弟为伍“笙箫日醉软香中”。面对理想与现实的巨大落差，他期望着一旦功成名就，便悄然隐退：“功业千年须好在，荣华一笑待如何。几时得遂归欤志，高咏渊明岁暮歌”。许从宣《淮阳集原序》对张弘范诗歌创作进行概括时说：“王（张弘范）以事业之余，适其情性，而聊以见之吟咏。雅韵清辞，雍容谐协，固非服介胄者所能及。至其读韩信、李广诸作，英气伟论，卓荦发扬，又岂拘拘律度之士所能道哉。”张弘范的诗词创作，兼具北方诗风的真率质朴，王侯将帅的豪迈伟纶、英气勃发，同时也有着具备深厚文化学养者所特有的宏博、沉郁。由于对张弘范诗歌的评价始终无法脱离对其人的评价，这就造成了正反褒贬的巨大反差。张弘范诗歌有《淮阳集》一卷，词有《淮阳乐府》一卷，散曲见《全元散曲》。《淮阳集》计有五律十首，五绝十首，七律三十二首，七绝六十六首。

第三节　赵复　姚枢　许衡　郝经　刘因　叶李

赵复（生卒年不详）字仁甫，德安（今湖北云梦）人。元将阔出攻占德安，德安民数十万“皆俘戮无遗”，北方大儒姚枢正好在阔出军中，奉诏将儒生从战俘之中挑选解救出来，赵复在其中因而得以保全性命。押解到燕京，曾冒死拒绝充当蒙古南下部队的前驱，被安置在江汉之上，学者称为“江汉先生”。当时南北隔绝，儒家经典不能传到北方，赵复凭记忆将朱熹诸经传注默写下来，全部交付姚枢，并主讲太极书院。姚枢退隐苏门山，就使用赵复亲传的理学著作讲授给门徒。许衡、郝经、刘因、姚燧等，都因此间接地接受了程朱理学。诗文传世不多见。

姚枢（1203—1280）字公茂，号敬斋，又号雪斋，祖籍营州柳城（今辽宁朝阳），后迁居洛阳（今属河南）。金亡，携家住辉州。元世祖在潜邸，派赵璧召姚枢入见，陈治国平天下之策，并汇总为八目，受到器重。姚枢在元初首倡经学，与许衡、窦默互相讲习，开一代风气之先。《元诗选·二集》收入姚枢诗二十五首，题为《雪斋集》。姚燧是姚枢的侄子，为元代前期主要的古文家之一。

许衡（1209—1281）字仲平，号鲁斋，怀孟河内（今属河南）人。甲寅（1254）忽必烈以衡为京兆提学，忽必烈即位后召其至京师，为国子监祭酒，他极力向世祖建议推行汉法。不久，谢病归。至元二年（1265）复召至京师，命议事中书省，至元四年又归，至元五年复召，至元七年又归，至元八年召为集贤大学士，兼国子监祭酒。世祖开太学，由衡教授蒙古、色目贵族子弟，对大都教育事业的发展以及人才培养鞠躬尽瘁。后又与郭守敬等制定《授时历》。至元十七年请还，次年病卒，年七十三，谥文正。他曾对其子师可说：“我平生虚名所累，竟不能辞官。死后慎勿请谥，但书许某之墓。”（《宋元学案》卷九十），从其诗作《辞召命作》中“留取闲身卧田舍，静看蝴蝶挂蛛丝”之句，亦可见其隐遁之志。他与姚枢、窦默等同是著名的北方理学家，与吴澄齐名，称为“南澄北许”。由于他任国子祭酒时独尊程朱理学，对理学成为元代官学发挥了重要作用，被人尊为开国大儒。《全金元词》录其词五首，多为长调，抒写归隐之怀。今存《读易私言》一卷，《鲁斋遗书》八卷，附录二卷。生平事迹见欧阳玄《许先生神道碑》(《圭斋文集》卷九)、《元朝名臣事略》卷八、《元史》卷一五八《元儒考略》卷一、《宋元学案》卷九〇、《历代名儒传》、《新元史》卷一七〇、《蒙兀儿史记》卷八六。

郝经(1223—1275),字伯常,泽州陵川(今山西陵川)人。元代著名的理学家。师出名门,家学渊源深厚,是理学家赵复的弟子,崇奉朱熹之学,又从元好问学诗文,其祖郝天挺即元好问之师。金亡后迁居河北。宪宗二年(1252)得忽必烈赏识,被召入藩邸,条陈数十事,颇受信任。忽必烈即位后,以他为翰林侍读学士。中统元年(1260)以翰林侍读学士身份出使南宋,贾似道恐谎报战功的阴谋败露,将他囚于仪真(今属江苏)长达十几年之久,直到伯颜伐宋才被放归。“垂头自惜千金骨,伏枥仍存万里心。岁月淹延宫路杳,风尘荏苒塞垣深。”(《老马》)表达了其北还之时复杂难言的感情。郝经一生著述甚丰,著有《郝文忠公集》三十九卷,附录一卷(《四库全书总目》作《陵川集》)。另有《续后汉书》。生平事迹见集前志传、行状,《元朝名臣事略》卷一五、《蒙兀儿史记》卷八四、《元史》卷一五七、《新元史》卷一六八、《宋元学案》卷九〇。

刘因(1247—1293),初名骃,字梦骥,后改字梦吉,号静修,保定容城(今河北徐水)人。元代著名的学者、作家。出身世儒,天资聪颖,敏而好学,为元代三大理学家之一。理学在元代是官方哲学,而元代的许多诗人,也都是理学中人。虞集推许他说“国朝混一之初,北方之学者,高明坚勇孰有过于静修者哉!”(《安敬仲文集序》),清人全祖望更推许他与许衡为“元北方两大儒”。刘因在政治上采取了与元朝统治者不合作的态度,被称为“不召之臣”。诗歌受苏轼、元好问影响较深,多感时伤事,表现家国之痛,很有现实意义。

《白雁行》即是一篇时事之作:

北风初起易水寒,北风再起吹江干。北风三起白雁来,寒气直薄朱崖山。

乾坤噫气三百年，一风扫地无留残。万里江湖想潇洒，伫看春水雁来还。

该诗含蓄而高度概括了元灭南宋四十年的全过程，以“北风”喻指蒙元军事力量之凶悍，祈祷江南人民早日从“北风”、“寒气”侵袭中恢复过来，重拾和平、安定。刘因创作上诸体兼备，题材广泛，内容丰富，有很高的成就。《西山》、《饮后》等吟咏大都风物的作品都很能代表刘因诗歌气势磅礴，奇丽雄峭的特征。至元三年（1266）刘因游燕京，在一次登临览胜时创作了著名的《横翠楼赋》。在为这篇赋所作序中，刘因说：“金台雄壮甲天下，而山水人物为最也。”① 作为早期元赋，对以后写京师风光的作品如黄文仲《大都赋》（《天下同文》卷十六）、陈栎《燕山八景赋》（《定宇集》卷一）等，都产生了一定影响。《渡白沟》也是其名篇：

蓟门霜落水天愁，匹马冲寒渡白沟。燕赵山河分上镇，辽金风物异中州。黄云古戍孤城晚，落日西风一雁秋。四海知名半凋落，天涯孤剑独难投。

诗中塑造的天涯孤旅的形象，其实正是诗人孤独忧愤、思投明主而不得的自我心灵的写照。《白沟》“宝符藏山自可攻”诗中指出宋太祖曾图谋收复幽燕之地，但儿孙却对辽金一味妥协退让，终于酿成亡国之祸。诗人借咏史表达了深沉兴亡的感慨。白沟，即拒马河，宋辽曾以此为界，所以又称界河。刘因的诗作中题画咏物也占有相当的数量，大多表达了兴亡慨叹和思想寄托，《采菊图》：“庙堂衮衮宋元勋，争信东篱有晋臣。南山果识悠然处，不惜寒香持赠君。”即是这样的作品。

刘因和历史上大多数的士人一样，曾经是有政治雄心和抱负的，这在他的创作中也有所体现：“整顿乾坤了，千古功名立”（《秋夕感怀》），无奈现实是“头上无绳系白日，胸中有石补青天”（《除夕》），元代特殊的政治环境和种族制度，都使得他对政治前途充满了绝望之情，对统治政权产生了巨大的

① （元）刘因：《刘文靖公文集》卷一，四库全书本。

疏离之感，所以“不召之臣”不过是一种无奈但又必然的选择。一方面刘因对卑躬屈膝追逐名利者非常反感，写《拟古》等诗予以讽刺：“多少白面郎，屈节慕身肥。奴颜与婢膝，附势同奔驰。吮痈与舐痔，百媚无不为。”一方面又为文《唯诺说》《唯诺后说》，主张在现实生活中唯诺以自保，并时时发出“世态尽伥鬼，吾将谁与归”（《拟古》）的慨叹。反映了他内心的纠结与矛盾。张养浩《挽刘梦吉先生诗》就非常透彻地指出他“一生怀抱谁能识，他日休猜作逸民”。矛盾纠结的结果是刘因以追慕陶渊明的形式表达了自己现实的生活态度，他写《和陶诗》一卷之多，表达隐逸情怀，对元代诗歌的和陶之风以及元代文学各类题材包括诗、词、曲大量涌现的书写隐逸之情有开风气之先的作用。刘因的诗学论著《叙学》[1] 是元诗理论的奠基之作，系统地表达了自己对文学传统和诗学流变的认识，对元代文学发展的方向提出了卓有见解的主张。从第一部元人选元诗的总集《皇元风雅》开始，就形成了以刘因为元诗之首的诗选格局，反映了元人对于本朝诗歌体系和发展肇源的一种确认，反映出刘因在元诗发展中的重要地位。

叶李（1242—1292）字太白，一字舜玉，号亦愚，杭州（今属浙江）人。南宋末补太学生，上书弹劾贾似道误国，刺配漳州。至元十四年（1277）起为浙西儒学提举。元世祖派程钜夫到江南寻访贤才，并指名不能遗漏叶李。至元二十三年（1286）征入京师，明年授尚书左丞，进右丞，权臣桑哥柄政，无所匡正。桑哥败，谢病南归。所作多已散佚。《全元文》第十一册录其文五篇，《元诗选・癸集》乙集存诗三首。生平事迹见《元史》卷一七三、《大明统一志》卷三八。

① （元）刘因：《静修集》卷一，《畿辅丛书》本。

第十一章　大都诗文（二）

第一节　“雪堂雅集”及大都文坛

至元二十九年（1292）三月，元朝统治者接受了御史大夫月儿鲁等人的建议。建议曰：“比监察御史商琥举昔任词垣风宪，时望所属而在外者，如胡祗遹、姚燧、王恽、雷膺、陈天祥、杨恭懿、高凝、程文海、陈俨、赵居信十人，宜召置翰林，备顾问。”[①] 于是，分别从外地任所召回胡祗遹、姚燧、王恽等十人，入京为翰林。他们成为至元后期大都文坛最为活跃的文臣。

当时一些环境幽雅、住持文化素养较高的寺庙道观成为文人汇聚的场所，他们在此享受清幽的同时，相互诗文酬和，探讨文艺。“雪堂雅集”是当时最著名的文人雅集场所之一。所谓“雪堂”，是大都天庆寺住持释普仁的居所。释普仁，字仲山，号雪堂。俗姓张。他“喜儒家，有器识，所交皆蕃蔫大臣，文武豪士”（王恽《大元国大都创建天庆寺碑铭并序》）。至元二十二年至二十三年建成天庆寺，随之成为大都最著名的文坛活动场所。实际上，这种聚会的形式从至元九年就已经形成了。王恽《秋涧集》卷五十七《大元国大都创建天庆寺碑铭》记载雪堂雅集“自鹿庵、左山二大老已去，至野斋、东林，凡十九人，作为文字道。其不凡，时方之庐阜莲社云。”所谓“莲社”，故指晋代庐山东林寺高僧慧远，与僧俗十八贤结社念佛之地。因寺池有白莲，故称。原意为佛教净土宗最初的结社，其特点就是参与者文化修养都很高。时

① 《元史·世祖本纪》。

人将“雪堂雅集”视为“莲社”，可见其确实是当时公认的文坛最高档次的雅集，名声之大可见一斑。商挺、燕公楠、王磐、胡祇遹、董文用、刘好礼、徐琰、阎复、王构、徐世隆、王恽、王博文、夹谷之奇，刚刚为大都所接受的赵孟頫也成为雅集中的常客。姚燧《跋雪堂雅集后》列出了参与“雪堂雅集”的文人名单二十八人，[①] 其中多数出于翰林集贤两院。杨镰《元代文学编年史》认为：“只要略做增补，这便是至元后期大都文坛主要作家名单。”[②] 这说明，元世祖至元年间，一个以馆阁文人为主体的诗人群体已经形成，并开始活跃在元代诗坛之上，支撑着元初诗坛局面，维系着诗坛命脉，引领着元代诗坛的走向，延续着元代诗坛以馆阁文人为主流的发展趋向。因而，“元代馆阁诗人群体的形成要早于元诗‘四大家’时期。”[③]

第二节　胡祇遹　姚燧　王恽

胡祇遹（1227—1293），字绍开，号紫山。他和王恽、卢挚、姚燧一样，是元世祖忽必烈即位之初就起用的青年文士，文学创作周期很长，他除了以散曲知名，是著名的杂剧理论家，诗文亦相当有成就。胡祇遹至元年间在京师时写下的一组七言绝句，系统地吟咏了中统、至元年间的大都市景，从勾栏到宫廷诸种艺伎演出的盛况：

《小儿爬竿》其一：休凭口舌慢矜夸，看取当场戏险家。剑鞘高竿斜复正，喧声百万动京华。

其二：险艺呈来已数回，弄人鼓笛莫相催。当筵一博天颜喜，百尺竿头稳下来。

---

① （元）姚燧：《跋雪堂雅集后》（《牧庵集》卷三一）四部从刊初编本，上海涵芬楼藏武英殿聚珍本。

② 杨镰：《元代文学编年史》，山西教育出版社2005年版，第153页。

③ 叶爱欣：《“雪堂雅集”与元初馆阁诗人文学活动考》，平顶山学院学报2006年第6期。

《相扑》其一：满前丝竹厌繁浓，勾引耽耽角抵雄。毒手老拳毋借让，助欢鼓勇兴无穷。

其二：臂缠红锦绣裆襦，虎搏龙拿战两夫。自古都人元尚气，摩肩累迹隘康衢。

《迓鼓》其一：竹马曾迎旧使君，幸逢圣诞拜佳辰。至和鼓舞儿童乐，翠盖青衫一样新。

其二：老瘥幸遇太平辰，不似儿童乐更真。好向画图留舞态，至元二载万年春。

《太平鼓板》其一：三弄桓伊声正和，猛风白雨战新荷。岁丰民乐君恩重，不让梨园法曲歌。

其二：乐音先自得佳名，万寿筵前乐太平。更倩东风扶醉袖，一时繁剧弄新声。

《诸宫调》其一：谈锋滚滚决悬河，嚼徵含宫格调多。唱到至元供奉曲，篆烟风细蔼春和。

其二：古人陈迹不须言，圣代文章合剩传。留着才情风调曲，缓歌中统至元年。

《赠伶人赵文益》其一：富贵贤愚共一生，万红千紫竞时新。到头谁饱黄粱饭，输与逢场作戏人。

其二：抹土涂灰满面尘，难猜公案这番新。世间万事谁真假，要学长安陌上人。

其他还有《马骑》《使棒》《斗虾蟆》等诗（见于《紫山大全集》卷七）。

姚燧（1238—1313）字端甫，号牧庵，洛阳人，祖籍营州柳城（今属辽宁），是元代德高望重的著名大儒，一代文宗。以“慎许可”著称。姚燧三岁而孤，随伯父姚枢长大成人。姚枢是蒙古王朝统一北方初期的著名文臣。十八岁时姚燧拜著名理学家许衡为师。蒙古王朝改称大元的第二年许衡任国子监祭酒，姚燧受召随之教授蒙古贵胄。元贞元年（1295），以翰林学士应诏修《世祖实录》。大德五年（1311），出为江东廉访使，九年（1305）拜江西行省参知政事。至大元年（1308）入为太子宾客，进承旨学士，寻拜太子少傅；二年（1309）授荣禄大夫，翰林学士承旨，知制诰兼修国史；四年后告归。皇庆二年（1313）七十六岁去世，《元史》有传。《元史》说他“有得于许衡，由穷理致知，反躬实践，为世名儒”。姚燧追随姚枢和许衡，在理学上强调经世致用，在政治上则积极效忠元王朝。姚燧当朝三十年，为元代大儒，以文著称，当时极富盛名。现存文章以碑铭诏诰为主，名臣勋戚的碑传多出其手，抒情写景之作很少，但却灵动雅致。他的散文作品古奥简约，描写刻画却极为生动，对所记人、事皆能曲尽其妙，得其神韵。而章法跌宕，质朴平和而又摇曳生姿。姚枢受忽必烈诏命，随蒙古大军南下，在南宋被攻陷之地尽力搜罗儒、道、释、医、卜诸等人才，在此过程中得到赵复，并将其带回北方，使程朱理学得以在北方传播，这是中国文化史上最重大的事件之一，它不仅推动了理学在北方的广泛传播，而且改变了元代思想文化的整体格局，对大都文化多样性发展影响巨大。因为此后，赵复在燕京太极书院授徒讲学，姚枢根据赵复背诵，获得了宋代发展起来的程朱理学，整理成书后大量印行，“散之四方”，并亲自收徒传道，成为北方理学重要的一脉，前人甚至有“北方知有程朱之学，自复始”（《元史·赵复传》）之说。姚燧作为姚枢的侄子和理学传人，对当时决定理学传播命运的一刻了解甚详，在《中书左丞姚文献公神道碑》一文中，对这段作为姚枢一生最值得书写的辉煌历史加以记录：

乙未，诏二太子南征，俾公（姚枢）从杨中书，即军中求儒、道、释、医、卜。会破枣阳，併公所招将尽坑之。大将幕竹林间，公前辩析：“明诏如此，它日将何以复命？”乃麾数人逃入竹中，才脱死数十人。继拔德安，得江汉先生赵复仁甫，见公，公戎服而髯，不以华人遇之，至帐中，见陈琴书，骇曰：“西域人知事此乎？”公为一莞，与之言，信奇士，出所为文数十篇。以九族殚残，不欲北，与公诀，蕲死，公留宿帐中。既觉，月浩而盈，惟寝衣存，乃鞍马号积尸间，求至水裔，脱履披发，仰天而号，（赵复）欲投溺而未入也。公晓以“徒死无益，汝存，则子孙或可传绪百世，吾保而北无它也”。遂还，尽出程、朱二子性理之书付公。

此段言简意赅，通过描摹形象、言语、神情，人物的处境、性格、志向、抱负和思想感情的波动、转折、起伏，都得到了清晰、传神、有序的展现，事件意义之重大与作者之惜字如金形成强烈对比。古奥朴拙的文风，显示出厚重深远的意韵，许多地方深得古人无言胜有言之奥妙。如元世祖忽必烈看重版图、看重财富同时也重视人才的宏图远志，姚枢肩负特殊使命搜求儒、道、释、医、卜时的积极认真，太子南征中“将在外君命有所不受”的鲁莽无知，军队不顾王命对甄别出的有用之才欲“尽坑之”的残暴无情，姚枢手捧圣旨努力争辩却难以改变将帅决定的万般无奈，暗中指使这些人逃入竹林保全性命的机敏大义，这样宏大的历史事件，复杂的政治、军事局势，世祖和军事统帅之间政治眼光高低、深浅的巨大差异，姚枢与世祖君臣之间彼此的深刻理解与默契，这些丰富的内容和复杂的关系，都在寥寥数语间得到了清晰、真实的展现。“蹙”、“骇”、“莞”、“号”可谓一字千钧，人物矛盾的心理、纠结的感情、惊诧的表情、绝望的神态、起伏变化的情绪，都得到深刻的展露。《太华真隐诸君传》是姚燧传记文体的代表，它记叙了全真道士褚志通在华山隐居生活，华山之险和牛心谷之幽在他笔下形神兼备，笔墨轻灵，而气象尽出，风格与唐宋八大家中柳宗元《永州八记》十分相近。郑大和《祭翰林柳待制先生文》认为姚燧之文“上追韩柳”是颇有见底的。

姚燧在《送畅肃纯甫序》中自称“冠首时未尝学文”，“年十四始取韩文读之”，可见其为文是从学韩愈入手的。同时受欧阳修的影响也很大，他在文章中多次尊欧阳修为“一代文宗”，认为其“去圣贤也有级而不远”。除散文外，姚燧诗词曲皆有创作，但数量较少。诗作受韩愈影响，以古体较佳，有些诗能反映民生疾苦。其词现存四十余首，词风偏于豪放。著有《牧庵文集》五十卷，清人辑《牧庵集》三十卷。世人推许其诗文为当世的典范。《元史》称其“闳肆该洽，豪而不宕，刚而不厉，春容盛大，有西汉风。宋末弊习，为之一变”。清人黄宗羲更将其文比诸唐代韩柳、宋代欧曾，推崇姚燧、虞集为元文两大家，此说遂为定论。姚燧与其伯父姚枢都是北方世族代表，始终是以学者和诗文家的双重身份活跃于文坛的。

王恽（1227—1304）字仲谋，号秋涧，卫州汲县（今属河南）人。父祖世代仕金。幼有时名，博学能文，受知于元好问，与东鲁王博文、渤海王旭为时所举，并称“三王”。元世祖中统元年（1260）上书论时政，选入京，擢为中书省详定官。中统二年（1261）夏五月，元世祖在上都下诏成立翰林院，王恽首批进入，为翰林院元老之一，转翰林修撰、同知制诰，兼翰林国史院编修官，寻兼中书省左右司都事。至元五年（1268），建御史台，首拜监察御史，能知无不言，受到信用。至元二十六年外派福建，至元二十八年召回京师，后授翰林学士。王恽是元初著名文臣之一，为官四十年，以才干著称，交游广泛，思想活跃，喜好著述，诗歌创作才华横溢，内容丰富。有《秋涧集》一百卷。其中诗歌三十三卷，存诗三千多首，为元人存诗数量之最。清人顾嗣立《元诗选》评价其诗云：“秋涧诗，才气横溢，欲驰骋唐宋大家间。然所存过多，颇少持择，必痛加芟削，则精彩愈见。”[①] 但也正因删削较少，王恽集给后人保留了更多的元代社会原生态风貌。王恽诗作以七言律、绝句多，颇能表现民生疾苦。七言古诗《义侠行》是其名作，其诗并序真实记录了河北义士王著刺杀奸相阿合马的壮举，这在当时是件震撼朝野的重大历史事件，王恽此诗激情四射地正面歌颂了王著义举，将其比之古代刺秦义士荆轲，为其树碑立传，大唱赞歌：

予为王著作《剑歌行》，继更曰《义侠》。或询其所以，因为之解曰：彼恶贯盈，祸及天下，大臣当言天吏，得以显戮。而著处心积虑，一旦以计杀之，快则快矣，终非正理。夫以匹夫之微，窃杀生之柄，岂非暴豪邪，不谓之侠可乎？然大奸大恶，凡民罔不憝。又以春秋法论，乱臣贼子，人人得而

① （清）顾嗣立《元诗选》初卷，444页。

诛之，不以义与之可乎？又且以游侠言，古今若是者不数人，如让之止报己私，轲之劘躯无成。较以此举，出于寻常万万也。凡人临小利害，尚且顾父母、念妻子。虑一发不当，且致后患。著之心，孰谓不及此哉？然所以略不顾藉者，正以义激于衷，而奋捐一身为轻，为天下除害为重。足见天之降衷，仁人义士，有不得自私而已者，此著之心也，何以明之？事既露，著不去，自缚诣司败，以至临命，气不少挫。而视死如归，诚杀身成名。季路仇牧，死而不悔者也。故以《剑歌》易而为《义侠》云。著字子明，益都人。少沈毅，有胆气，轻财重义，不屑小节。尝为吏不乐，去而从军。后与妖僧高比行假千夫长，归有此举，死年二十九。时至元十九年壬午岁三月十七日丁丑夜也。

君不见悲风萧萧易水寒，荆轲西去不复还。狂图袛与蝥蛛靡，至今恨骨埋秦关。又不见豫让义所激，漆身吞炭人不识。劘躯止酬一己恩，三刜襄衣竟何益。超今冠古无与俦，堂堂义烈王青州。午年辰月丁丑夜，汉允策秘通神谋。春坊代作鲁两观，卯魄已褫曾夷犹。袖中金锤斩马剑，谈笑馘取奸臣头。九重天子为动色，万命拔出颠崖幽。陂陀燕血济时雨，一洗六合妖氛收。丈夫百年等一死，死得其所鸿毛輶。我知精诚耿不灭，白虹贯日霜横秋。潮头不作子胥怒，地下当与龙逢游。长歌落笔增慨慷，觉我发竖寒飕飕。灯前山鬼忽悲啸，铁面御史君其羞。（是月受南台侍御史，故云。）[①]

王恽所作《员先生传》，是元人传记中水平成就很高的一篇，传主员炎、阚举都是大都诗坛的另类，通过王恽的传神描述，使人如闻其声，如见其人。

《玉堂嘉话》是一部值得关注的笔记。玉堂，翰林院的别称。从中统二年（1261）春到至元十四年（1277），王恽初步编订自己在翰林院期间的笔记成书，至元二十五年（1288）基本编定，这就是近年来引起学界特别关注的《玉堂嘉话》。但本书的记事一直延展到元贞元年（1295），其间跨度长达三十四年。至元二十五年（1288）十月王恽为《玉堂嘉话》八卷作序。《玉堂

① （元）王恽：《秋涧先生大全文集》第九卷，四部丛刊集部，商务印书馆。

嘉话》除了记载作者自己对历史与史书的看法，也大量记载了金元之际社会生活、政治事件、文人的活动情况，所记当时制诰特详，许多都是其他史书史料中所没有的，对于了解当时制度，研究大都文人生活、政治取向乃至微妙心态有着特别重要的价值。

王恽存词四卷。况周颐《蕙风词话》称赞他的【鹧鸪天】“清军超逸，近两宋风格”。他的词也有蕴藉风流的一面，如【春从天上来】一词“不引用故实而浓宕可喜”（《词苑粹编》卷六引《乐府纪闻》）。

王恽也作散曲，但又轻视散曲，劝年轻人“渊源正学，不致费日历于此”，批判当时流行的散曲“纵使有成，未免笔墨劝淫为狭耳”（【黑漆弩】《游金山寺并序》）。他的散曲不涉艳情，同时点化诗词入曲，有使散曲雅化的倾向。生平事迹见集中附录王公孺所作《神道碑》、《元史》卷一六七、《新元史》卷一八八。

第三节　文天祥　陈孚　滕安上　吴澄　程钜夫

文天祥（1236—1283），小名云孙，字天祥，后以字为名。吉州庐陵（今江西吉安）人，南宋著名的民族英雄。宋景炎三年，即元至元十五年，公元1278年，文天祥兵败被俘，宁死不降，被押解到大都。在大都的监牢里，文天祥被囚禁在一土室中，“室广八尺，深可四寻，单扉低小，白间短窄，污下而幽暗。当此夏日，诸气萃然：雨潦四集，浮动床几，时则为水气；涂泥半朝，蒸沤历澜，时则为土气；乍晴暴热，风道四塞，时则为日气；檐阴薪爨，助长炎虐，时则为火气；仓腐寄顿，陈陈逼人，时则为米气；骈肩杂遝，腥臊污垢，时则为人气；或圊溷，或毁尸，或腐鼠，恶气杂出，时则为秽气。叠是数气，当侵沴，鲜不为厉，而予以孱弱俯仰其间。”[①] 然而各种威胁利诱，都不能使之屈服。狱中，他创作了大量的诗词文稿，表达了坚贞不屈的信念。

① （南宋）文天祥：《正气歌》序，《文山先生全集》。

《正气歌》云：

天地有正气，杂然赋流形。下则为河岳，上则为日星。于人曰浩然，沛乎塞苍冥。皇路当清夷，含和吐明庭。时穷节乃见，一一垂丹青。在齐太史简，在晋董狐笔。在秦张良椎，在汉苏武节。为严将军头，为嵇侍中血。为张睢阳齿，为颜常山舌。或为辽东帽，清操厉冰雪。或为出师表，鬼神泣壮烈。或为渡江楫，慷慨吞胡羯。或为击贼笏，逆竖头破裂。是气所磅礴，凛烈万古存。当其贯日月，生死安足论。地维赖以立，天柱赖以尊。三纲实系命，道义为之根。嗟予遘阳九，隶也实不力。楚囚缨其冠，传车送穷北。鼎镬甘如饴，求之不可得。阴房阒鬼火，春院闭天黑。牛骥同一皂，鸡栖凤凰食。一朝蒙雾露，分作沟中瘠。如此再寒暑，百疠自辟易。嗟哉沮洳场，为我安乐国。岂有他缪巧，阴阳不能贼。顾此耿耿在，仰视浮云白。悠悠我心悲，苍天曷有极。哲人日已远，典刑在夙昔。风檐展书读，古道照颜色。

在《五月十七日夜大雨歌》中他写道“但愿天下人，家家足稻粱。我命浑小事，我死庸何伤”。流露出对故国、对亲人的思念和视死如归的决心。经过数年囚禁后，至元十九（1282）年十二月，文天祥被押到南城柴市（今北京菜市口一带）杀害。当时大都的许多文人，包括南宋遗民和仕元官宦，都作词赋诗表达对他由衷的钦佩和深切的悼念。其中汪元量的《文山道人事毕诗（壬午腊月初九）》写得最为沉痛：

崖山禽得到燕山，此老从容就义难。生愧夷齐尚周粟，死同巡远只唐官。雪平绝塞魂何在？月满通衢骨未寒。一剑固知公所欠，要留青史与人看。

汪元量是在南宋灭亡后，随宋皇帝和皇后一起被押解到大都的，被迫供职于元廷。他的自责、愧疚、悲愤等复杂感情是元前期很多遗民作家所共有的。

陈孚（1259—1309）字刚中，号笏斋，台州临海（今属浙江）人。陈孚是元初较早到朝中任职的南人。《元史》有传，称其“幼清峻颖悟，读书过目辄成诵，终身不忘。”元至元二十二年（1285），他以布衣身份将其所作的《大一统赋》献给朝廷，受到青睐，授临海上蔡书院山长，任满后升翰林国史院编修官，擢奉训大夫、礼部郎中。至元二十九年（1292），随梁肃出使安南（即今越南）。

陈孚为人正直敢言，出使不辱使命，返朝后元世祖本欲重用，但遭廷臣妒忌，以“南人”为由诋毁，于是外放。陈孚为地方官体察民间疾苦，敢于为民请命，大德七年（1303）因救灾事劳瘁而卒，享年六十四。其诗作影响很大。《元史》称他“天才过人，性任侠不羁，其为诗文，大抵援笔即成，不事雕斫。”明人张纶言在《林泉随笔》中评论说：“陈刚中之诗豪迈卓异，每每惊人。”对其《题范增墓》《博浪沙》诗甚为激赏，认为“皆有出人意外之见”堪比杜牧《赤壁》《项羽庙》二诗。

陈孚一生著作甚富，著有《天游稿》《观光稿》《玉堂稿》《交州稿》《桐江稿》《柯山稿》等。观其内容，则是一职一稿或一地一稿。《观光稿》反映其进京时的一路风光；《玉堂稿》则是他在大都任职翰林期间所作，反映了在此期间的生活、感受和交往。《居庸叠翠》写出了居庸关的雄奇壮伟：

断崖万仞如削铁，鸟飞不度苔石裂。嵯岈枯木无碧柯，六月太阴飞急雪。寒沙茫茫出关道，骆驼夜吼黄云老。征鸿一声起长空，风吹草低山月小。

滕安上（1242—1295）元初荐授中山府教授，迁禹城主簿，入为国子博士，升国子监丞，改太常院丞。元贞元年（1295）任监察御史。因发生京师地震，上疏说“君失其道，责见于天”，有司不予上呈，便称病辞职。不久重新起用，未就职而逝。《全元文》（第十册）辑出二篇。姚燧评其文：“为文一本义理，辞旨畅达，不为险谲，非有裨世教者不言。”著有《东庵集》十六卷，被收录于《四库全书》。长于七言古诗，《四库全书总目》评《东庵集》则说：“其诗格以朴劲为主，不免稍失之粗犷。而笔力健举，七言古诗尤有开阖排宕之致，视元末艳纤媚之格全类诗余者，又不以彼易此矣。”

吴澄（1249—1333），字幼清，晚年称伯清，学者称为“草庐先生”，抚州崇仁（今江西崇仁）人，元代著名的理学家，与许衡并称“南澄北许”。至大、皇庆年间（1308—1313）任职国子监，后升翰林学士。泰定年间主持修《英宗实录》，著有《吴文正公集》《草庐精语》。当时影响极大，许多著名文士出于其门，深受影响。得其褒奖而闻名京师的文人学士也不在少数。他每次任职时间都不长，对于仕进表现出很不情愿的态度，总是旋进旋退。吴澄以理学闻名于世，但文章辞采亦可称道。《三十年前好用工》是四首劝学组诗，鼓励学子们在三十岁之前要发愤攻读，做好成就英雄伟业的准备：

三十年前好用工，男儿何者为英雄？世间有事皆当做，天下无坚不可攻。万里行方由足下，一毫非莫入胸中。拳拳相勉无他意，三十年前好用工。

所作题画诗构思精巧，往往突出观画者审美感受，联想丰富，使画境得到极大拓展。

明人徐渤《笔精》云“吴草庐专志理学，而诗亦多巧思”；《四库全书提要》也说其文“词华典雅，往往斐然可观”。吴澄作《立春日寓北方赋雪》：

腊转洪钧岁已残，东风剪水下天坛。剩添吴楚千江水，压倒秦淮万里山。风竹婆娑银凤舞，云松偃蹇玉龙寒。不知天上谁横笛，吹落琼花满世间。

将北国特有风光渲染得极为传神，表现了江南人士对此新奇景色的惊叹。著有《吴文正集》一百卷。生平事迹见集中附录虞集所作行伏，揭傒斯所作神道碑，危素所作年谱。《元史》卷一〇、《元儒考略》卷三、《宋元学案》卷九二、《新元史》卷一七〇有传。

程钜夫（1249—1318）字文海，为避元武宗海山之讳，以字行，号雪楼，又号远斋，建昌南城（今属江西）人。少时与吴澄同学，宋亡随叔父飞卿入燕京，是宋亡后最早仕元的著名文人之一。他历仕四朝，忠亮鲠直，为时名臣。其散文工整典雅，被视为“有北宋馆阁余风”（《四库全书总目》），《元文类》录其文十余篇，多为诏诰碑版纪功铭德之作。钜夫亦善词，现存词五十余首，而寿词竟占了三十多首，其余便是次韵、酬唱之作，词风粗豪，成就平平。生平见集中附录揭傒斯所作行状，危素所作神道碑，贡奎所作祭文，《元史》卷一七二、《宋元学案》卷八三、《新元史》卷一八九有传。

第四节　鲜于枢　阚举　何失　张进中　吴元德

鲜于枢（1256—1301），字伯机，号困学山民，寄直老人，大都人，元代书法家、诗人。官至太常典簿。工正、行、草，与赵孟頫齐名，尤以草书闻名。有《京师上元夜》等诗作，著有《困学斋集》《困学斋杂录》。鲜于枢是较早到江南任职的北人。

阚举（生卒年不详）字彦举，号函谷道人，陕西人。寓居京师十余年，后客死清苑，墓碑题“诗人阚某墓”。其诗《元诗纪事》卷五录存五首，元人郝经《陵川集》卷二四有《与阚彦举论诗书》。鲜于枢《困学斋杂录》对阚举的描述是：“性嗜酒，工于诗。客京师十余年，竟流落以死。同时有郑云表者，慕彦举之为人，作诗挽之云：形如槁木因诗苦，眉锁苍山得酒开。人以为写真云。”又说：“诗人阚举有诗集行于世。今得佚诗数篇，信手录之。”鲜于枢信手所录，为如今阚举流传于世作品的全部。《录鬼簿》将其列为“前辈已死名公才人”，王恽所作《员先生传》，回忆了自己与阚举交往的过程，可谓传神写照：

阚举，字彦举，亦陕人。面黯惨，目光迷离，殆鬼物凭者，少为里啬夫。初不解文字。一日，忽能作诗，吐奇怪语，皆古人所未经道。虽苦无义意，其豪侈诡异，时辈属和，终不能及。中元冬，见余于燕市酒楼。殊寒素，浮大白数行，径步出炉间，嘤嘤然吻作露蚓声，欻跃来扼余腕，忻甚，曰：“吾有以赠子”其诗有：“凌太华九千仞，诗绕国风三百篇”之句，醺酣中惜不全忆也。尝谒得楮币若干，醉过里井，即投其中。曰“为尔俾予，区区若此，奚用为?”其狂易如实。后客死保塞（清苑县），殡西南门外，路北若干步。揭曰“诗人阚某墓”。诗三卷，号《函谷道人集》。好事者刊行于世。①

阚举生平事迹除王恽《员先生传》②、鲜于枢《困学斋杂录》之外，尚有郝经《陵川集》卷二十四中《与阚彦举论诗书》、《元诗纪事》卷五小传和《元曲考略》等。

何失（约1247—1326）字得之，昌平（今北京）人。他在大都文坛特立独行，属于“异数”。早年曾与鲜于枢、高克恭同学作诗，以才气自负。一生践行“大隐隐市朝”的追求，既不入仕为官，也不单纯以文人自居，而是在大都以织纱帽为业，自食其力，由于产品质量精良，号称“售不二价”。晨起骑驴买纱备料，一路歌吟着穿过闹市，成为当时大都城令人瞩目的一景。他风貌高古，举止脱俗，颇受世人推崇。其吟咏大都诗篇，出语自然，而意境悠远。他这样描述大都的生活场景：“一井当门冻，寒光照四邻”，“我住东街北，鼓楼在屋西。”身处繁杂都市而内心平和恬淡也许正是其格外引人瞩目的原因。当朝公卿一再举荐，皆以亲老为由，辞而不就。他拒绝出仕的理由似乎也非常简单，“慈亲俱老大，稚子始狂颠。此日能完聚，称觞赖圣年。”(《辞荐》)既没有对当朝不满和抱怨，也没有自我标榜清高脱俗，而是质朴无华地表明了自己无欲无求，无怨无悔，追求简单、本真、平实的生活态度和对慈亲稚子难舍的眷恋。也许这种质朴的生活态度和本真的精神追求，在物欲横流名利熙攘的大都太稀缺了，所以格外受到人们的珍惜与尊重。马祖常在为他所作挽诗中就赞其“手织乌纱日卖钱，全家闲住五云边”。何失一生

① 这段文字，原文多有脱误，孙楷第《元曲家考略》作过节要。此据《全元文》第6册，第365页《员先生传》所作的校勘。

② （元）王恽：《秋涧文集》卷四十九，四部丛刊本。

诗均不留稿，死后友人杜本据记忆笔录出其诗二十三首，并保存在《元风雅》卷二〇，清顾嗣立《元诗选·二集》据此编成《得之集》。《燕都杂题三首》《感兴四首》等为其代表作。其中《感兴四首》是大隐之作的代表：

大宝隐于石，哲匠莫核真。猛虎走四野，尺草岂蔽身。昧者虎不见，投石安足珍。所以卞和泣，千载共沾巾。

饮酒莫啜醨，结交当求知。论人先论行，相马不相皮。一谄余何敢，三谗亲亦疑。投身入屠钓，犹胜坐书痴。

人皆欲富贵，我岂愿贫贱。青云一差池，如药弗瞑眩。幼学苦不多，夜思曾得半。今也发尽白，梳头雪满面。长恐愧乡闾，一朝死愚懦。

渥洼骐骥儿，自有绝尘足。锦张过都门，飞彩射众目。叹彼辕下姿，亦非驽骀物。世乏伯乐传，谁识千金骨。所以荷蓑士，烟水日沦没。

“饮酒莫啜醨，结交当求知。论人先论行，相马不相皮。一谄余何敢，三谗亲亦疑。投身入屠钓，尤胜坐书痴。”“人皆欲富贵，我岂愿贫贱。青云一差池，如药弗瞑眩。”他与人结交重的是心灵相通，彼此相知，在他心里也许根本就没有社会地位差异的芥蒂。所以李孟、吴珪这些元史名臣也愿意与之交往。而他对富贵贫贱又有透彻的了悟，所以富贵贫贱这些困扰世人的种种烦恼，在何失看来是得失分量不分伯仲的，因而面对世事纷纭自有一份坦然淡泊和宁静。无论同时代还是他去世多年后，有许多文人作诗作文思念他、追忆他。揭傒斯有《寄何得之隐居二首》认为何失“达人在道府，不异山中栖”堪比“巢与夷”，后又作《过何得之先生故居五首》追思，虞集为之作跋。何失生平事迹见《元风雅》卷二〇所附虞集跋、王士熙撰《张进中墓表》（《元文类》卷五六）、《元诗选·二集》小传。

在大都，与何失齐名的还有张进中。张进中（1241—1320年），字子正，大都（北京）人。以制笔为业。王士熙在《张进中墓表》中说：“余识京师耆老多矣，所敬者惟君及何失。失家善织帽縠，最能为诗，充然有得，如宋陆务观，可传也。日出买丝，骑驴歌吟道中，旨意良远。”并对“今张君何君相继以陨，求似者未之见。”表现了深深的惋惜。可见，何失和张进中的形象，竟然已经成为混迹名利场上的都市人心灵一个旗帜，或者是寻归精神家园的航标了。

吴元德（约1280—约1350）字子高，江夏（今湖北武昌）人。家境贫寒，颇有清誉，早年即以诗知名，整日吟诗为乐，不计生计，以致妻子无米为炊。在乡结识了蒙古功臣之后阿荣。天历二年（1329）阿荣出任中书参政，拜奎章阁学士，便以吴元德为奎章阁僚属。在京期间，与马祖常、虞集、揭傒斯交游唱和。后妻亡南归，虞集以诗为其送行，有“怀宝献京国，悼亡还独归”之句。揭傒斯也写了《吴子高悼亡归岳阳》相赠。生平事迹见苏天爵所撰《书吴子高诗稿后》①、袁桷撰《跋吴子高诗》②、《元诗选》、《元诗纪事》卷一二。

阚举、员炎、何失、张进中、吴元德是中国元代诗坛的另类，既不同于馆阁诗人，也不同于寓居京师的文人，他们来自社会底层，形迹高古，特立独行，不以物悲喜，视诗歌为生命，在诗坛有特殊的一席之地，受到大都作家的普遍尊重。王恽、王士熙等著名文人学士纷纷为其作传或书写墓志铭，赞美他们身上所具有的精神和品质，他们是大都诗坛的重要组成部分，也是大都诗坛文化特色的体现。

第五节　赵孟頫　赵雍　邓文原　薛汉

赵孟頫（1254—1322），字子昂，号松雪道人、水晶宫道人，宋朝宗室，生于文化底蕴十分浓厚的江南湖州（今属浙江），元代著名的文学家、书法家、全能画家，艺术造诣高深，所涉艺术领域广博，而成就皆卓然超群。宋朝灭亡后，赵孟頫被推荐给元世祖忽必烈，至大三年（1310），召至京师，极

---

① （元）苏天爵：《滋溪文稿》卷二九。
② （元）袁桷：《清容居士集》卷四九。

受重视，入仕新朝，官至翰林学士承旨，封魏国公，谥文敏。忽必烈死后，他感到“世事多变”，于仁宗延祐六年（1319）南归。赵孟頫以宋宗室历仕元世祖、成宗、武宗、仁宗及英宗五朝，并曾在世祖面前赋诗“往事已非那可说，且将忠直报皇元”。以宋宗室的身份仕元在旧臣遗老看是人生最大的污点，在赵孟頫则是终身羞愧难当的心结，亡国的伤痛和出仕新朝的屈辱，在其诗文中表露无遗。这方面的代表作是《罪出》：

在山为远志，出山为小草。古语已云然，见事若不早。平生独往愿，丘壑寄怀抱。图书时自娱，野性期自保。谁令堕尘网，婉转受缠绕。昔为水上鸥，今为笼中鸟。哀鸣谁复倾，毛羽日摧槁。向非亲友赠，蔬食常不饱。病妻抱弱子，远去万里道。骨肉生别离，丘垅谁为扫。愁深无一语，目断南云沓。恸哭悲风来，如何诉穹昊。

《岳鄂王墓》也是这方面的代表作品，集中展露了他纠结难解矛盾痛苦的思想感情。他的诗歌以清丽著称，散文则舒缓从容。元成宗即位，诏赵孟頫修《世祖实录》。元仁宗即位，授集贤侍讲学士。赵孟頫在大都，身份上是南宋遗民旧臣的标志性人物，在文坛上则是南宋诗风在新朝转变的代表，在元前期诗坛极具标志意义，影响广泛。明胡应麟《诗薮》称他“首创元音”，正是从他在诗风转变中所发挥作用和影响的角度来评价的。其诗风格清丽，富于情趣，各体诗作中，以七律最为出色。词存三十余首，或写冶游闲情，或抒发历史沧桑之感，词风婉丽。曲作仅存小令二首。现有浙江古籍出版社校点本《赵孟頫集》。其生平事迹见于杨载所作孟頫行状、《元史》卷一七二、《两浙名贤录》卷四六、《新元史》卷一九〇。

赵雍（1289—?）字仲穆，赵孟頫之子。官至集贤待制，同知湖山路总管府事，能诗，以书画知为。《思归》抒发了仕途不遇、盼望回归故里的郁闷情思。诗后落款为“书于大都咸宜里之寓舍。”可见是在大都为京官时所作。《思归》：

袅袅秋风动客怀，啾啾猿鹤苦相催。鲁侯不遇关天意，臧氏焉能沮我才。万里驱驰离乡国，十年奔走在尘埃。吴兴山水何清远，一棹扁舟归去来。

邓文原（1258—1328）字善之，一字匪石，人称邓巴西、素履先生，绵州（今四川绵阳）人，迁寓浙江杭州。又因绵州古属巴西郡，人称邓文原为“邓巴西”。历官江浙儒学提举、江南浙西道肃政廉访司事、集贤直学士兼国子监祭酒、翰林侍讲学士，卒谥文肃。其政绩卓著，为一代廉吏，其文章出众，是元代较早的应制文臣，《元史》有传。著述有《巴西文集》《内制集》《素履斋稿》等。擅行、草书。传世书迹有《临急就章卷》等。《元诗选》选录其诗一百一十五首。在元代文坛影响较大，大德至延祐年间，以文坛盟主的身份活跃于大都，袁桷、贡奎等追随旗下，“操觚之士，响附景从，元之文章于是时为极盛，文原实有独导之功”（《四库全书总目》）。顾嗣立《元诗选》小传也说：“当大德、延祐之世，承平日久，善之与袁伯长（袁桷）、贡仲章（贡奎）辈振兴文教，四海之士，望风景附。王士熙、冯思温名位最为显赫，亦皆出善之之门。文章之柄悉归焉。”由此可见邓文原在元代文坛举足轻重的作用。邓文原的诗歌创作以简古、清丽，俊逸著称。现存诗作多为应制、酬和之作，元代馆阁诗文风格的形成，邓文原有重要影响。《题千里山水诗》云：

苍山高处白云浮，楼阁参差带远洲。千尺虬龙依绝辟，一群鹳鹤唳清秋。山翁有约凭双屐，野客无心遡碧愁。最是霜林好风景，居然咫尺见丹丘。

邓文原一生创作题画诗甚富，所著的《素履斋稿》中，有一半以上为题画之作。这与其为著名书法大家不无关系。这些题画诗，或寄情志于画中山水人物，或阐发绘画理论，内容丰富。生平事迹见吴澄撰神道碑，收入《吴文正集》卷六四，黄溍撰神道碑，收入《黄金华集》卷二六。《元史》卷一七二，《元诗选》二集等。

邓文原行、草、楷兼擅，陶宗仪《书史会要》评曰：“邓文原正、行、草书，早法二王，后法李北海。”明人袁华跋曰：“观其运笔，若神出海，飞翔白如。”（见汪珂玉《珊瑚网》）青年时就与赵孟頫交好，被赵称为“畏友”，二人感情至深。邓文原和鲜于枢同在赵孟頫书法复古的大旗下，成为中坚。大德二年，成宗召赵孟頫入大都书金字《藏经》，许举能书者自随，邓文原为赵所荐，共同入京，使他的书法大显于世。在邓文原传世不多的书作中，可以明显地看出他受赵书影响颇深，风格颇似赵氏。邓文原晚年忙于朝政，书名渐隐。有张雨跋《临急就章》云：“（邓）早岁大合作。中岁以往，爵位日高，而书学益废。与之交笔砚，始以余言不妄。殆暮年章草，如隔事矣。信为学不可止如此。”，可见邓氏因多涉政事，翰墨日疏。

薛汉（？—1324）字宗海，永嘉（今浙江温州）人。自幼好学不倦，受时人推重。延祐五年（1318），待铨京师，辟为功德使。授休宁县主簿，将离京赴任之际，因国子祭酒邓文原向朝廷举荐，便又留在京师。泰定元年（1324）选授国子助教，并随车驾北赴上都。八月从上都回到大都，九月三日去世于居贤坊寓舍。薛汉不但是诗人、书法家，还精于古玩、书画鉴定。赵孟頫鉴赏名重当时，每得古遗书画，往往访于薛汉，听取意见，可见其学问鸿博高深。薛汉与虞集、柳贯等友善，去世时，虞集、柳贯深感痛惜。其诗作严缜有法，多清逸之句。《元诗选·二集》选入诗四十六首，题为《宗海集》。

第六节　冯子振　袁桷　王执谦　张养浩　元明善　吴全节　周权

冯子振（1257—1327），字海粟，自号怪怪道人。又号瀛洲客，潭州（今属湖南）人，一说湘乡（今属湖南）人。自幼“博洽经史，于书无所不读”。元成宗大德二年（1298）47岁登进士第，人称“大器晚成”。朝廷重其才学，先召为集贤院学士、待制，以“轮番值日，以备顾问”。其为人性格豪放，文思敏捷，宋濂评价他说："海粟公以博学英词名于时，当其酒酣气豪，横厉奋发，一挥万余言，少亦不下数千，真一世之雄哉。"（《居庸赋跋》），《元史》记载他："酒酣耳热，命侍吏二三人，濡笔以俟，据案疾书，随纸数多寡，顷刻辄尽，事料浓郁，美如簇锦，殆天才也。"[①] 艺术造诣深厚，多才多艺，诗、文、词、曲、书、画都有很高的声誉，是元代前期文坛相当活跃的人物。他与赵孟頫、陈孚等人交好，相互题跋。其诗散佚甚多，清顾嗣立从书画卷中搜得七十三首，题为《海粟集》载入《元诗选》，所传多为题画诗。赋作今存《十八公赋》和《居庸赋》，架构宏伟，气势磅礴，慷慨淋漓，洋洋大观，明吴纳赞曰："今观海粟赋，何宏衍巨丽之若是也。"（题《居庸赋》）其散文也是豪奇恣肆，英气勃发。冯子振的书法为时人所重，重金购之，或勒石刻之，或藏之名山，传世书迹有《居庸赋》《与无隐元晦诗》等。他是元代著名散曲大家，诗文名声为曲所掩。诗文才思敏捷而并不重推敲，所以有评其作并不完全合乎法度。但实际上他的诗文想象丰富，见解独到，如《题杨妃病齿图》："华清宫，一齿痛，马嵬坡，一身痛，渔阳鼙鼓动地来，天下痛！"将题画诗挖掘画旨，拓展画境，阐发幽趣的作用发挥得淋漓尽致。

袁桷（1266—1327），字伯长，鄞县人。最初为丽泽书院山长，大德初年，被荐举担任翰林国史院检阅官、翰林直学士、知制诰、同修国史。至治元年（1321），又拜侍讲学士。他奉旨修成宗、武宗、仁宗三朝大典。元英宗对他的博学赏识有加，又命他撰述宋、辽、金史。泰定初年（1324），袁桷辞归故里，泰定四年（1327）卒，享年六十二，谥文清。他是元代诗文兴盛之前一个重要的承上启下的人物。少时即以能文出名，先后拜戴表元、王应麟、舒岳祥为师学诗文辞赋，博览古籍，学识渊博。大德六年在京师任职时，因厘定郊祀典礼的伪杂之说，旁征博引，斟酌古今而名声大震。他论诗受戴表元影响，推崇"唐人风调"，主张以古为则，"博而采之，精以思之"（《曹邦衡诗文序》）。清代四库馆臣对他的评价很高，称他"诗格俊迈高华，造语亦

---

① 《元史》卷一九〇，《陈孚传》后附其小传。

多工练，卓然能自成一家”。诗多写景抒怀之作，袁桷从大德初年（1297）入大都为官，中间除几次短期还里以及四次随扈上都，大约二十余年时间都是在大都度过的，从翰林国史院检阅官，升至翰林侍讲学生、集贤直学士，仕途遂顺。袁桷的不少诗歌都反映了在大都一个馆阁之士的寻常生活，如《元日朝回》就描绘了春节这天大都浓郁独特的节日气氛：

万国梯航满禁衢，弁裳象译语音殊。凤箫声送纤腰舞，雉扇行分两翼趋。花气欲浮金凿落，云光疑下锦流苏。词臣不识金泥秘，点指薇垣颂六符。

而《次韵周南翁退朝》二首 则描绘了皇宫中陈设、礼仪：

跸道声回观后皇，霞旌双引拂朱光。龟台新按《霓裳》曲，兽鼎重然甲煎香。歌板遏云穿泱漭，酒车流水度汪洋。重轮瑞世思齐圣，传信应须属子长。

雉尾高张拥玉皇，彤庭金榜粲明光。舞阶飞絮呈（一作宣）滕六，执卫（一作鈗）传胪转阿香。珠帽箫声双窈窕，翠旌云影互方洋。侍臣谁近前螭立，愿纪尧年化日长。

当然，作为一个长期在北方为官的南人，袁桷还有自己的许多独特感受，《饮酒杂诗》就是这样一组作品，其中两首颇具代表性：

京师二十载，酒中有深欢。大雨即闭户，朔风当解鞍。客至辄笑之，是岂宜居官。振容笾神蓍，鸿飞渐于磐。百岁苦世短，万盅非我干。所以东方生，吏隐神益完。

阳乌乘南云，飘飘振奇翮。迫此梁稻谋，居移遂成客。愧我食京尘，誓墓志未获。双峰十丈松，下有千载魄。当年侍蓬瀛，香芸森宝册。高斋集遗编，朱墨犹手泽。战兢愧匪承，永念在行役。

由于他交际广泛，所以往来赠答之作很多。唯吊古伤今诗作，流露出沧桑之感。另外所创作的上京纪行也以内容丰富而受到人们的普遍喜爱。论文宗宋古文家欧阳修、王安石、曾巩，文风于平正之中求宏丽，他熟习掌故，长于考据，行文引经据典，颇为精博，深受时人赞赏。朝廷制册，勋臣碑铭，多出其手。有些题跋序记，短小精练，生动而有趣。《王生鬼戏图》《出山佛像》《题赤壁图》等见解新颖，见识洞彻。袁一生著作甚丰，有《易说》《春秋说》《五朝实录》《延祐四明志》《仁宗实录》《读书记》《清容居士集》传世。《四库全书总目提要》称誉其文“博硕经训，有盛世之音，尤练习掌故，长于考据”。他晚于赵孟頫，早于虞集入朝，是大德、延祐乃至泰定之间文坛重要的人物。由于交际广泛，影响很大，他的出现，预示着元大都诗文盛世的到来，之后，他又与虞集、揭傒斯、马祖常等人交往密切，是大都诗坛承接前后且始终令人瞩目的活跃人物。《四库全书总目提要》肯定他在文坛的地位说：“盖桷本旧家文献之遗，又当大德、延祐间为元极盛之际，故其著作宏富，气象光昌，蔚为承平雅颂之声。文采风流，遂为虞、杨、范、揭等先导之路，其承前启后，称一代文章之巨公，良无愧矣。”

王执谦（1266—1313）字伯益，以字行，大名（今属河北）人。少颖异，及长游京师，仕为符宝典书，常与李京、张养浩饮酒赋诗，为诗简淡萧远，如在山林不与人接者，飘然无尘俗。元仁宗时任翰林应奉文字，与西域辛文房、浦城杨载、大梁卢亘同僚，四人并称能诗，曾自云：“吾知吴楚多瑰玮奇绝者，当委身往游，乃称吾意耳。”但始终未能如愿，享年四十八。死后，杨载说：“诚使伯益广之以山水之胜。视陈子昂、李太白未知何如！”王执谦以诗文名著称于世，但作品多已散佚不存，元人选本有其诗三首，一首见《元文类》卷八，署名王执谦，二首见《元风雅》卷三〇，署名王伯益。生平事迹见虞集为其所撰写的墓表。[①]

张养浩（1270—1329）字希孟，号云庄，又称齐东野人，济南历城

① （元）虞集：《道园学古录》卷二〇。

（今属山东）人。少时苦读，被荐为东平学正，游京师，得平章不忽木赏识，辟为礼部令史，武宗时拜监察御史，除翰林待制，因言事得罪权相，恐构陷弃官遁亡。仁宗即位，召为右司都事，迁翰林直学士，改秘书监。延祐初，恢复科举，以礼部侍郎知贡举，累迁礼部尚书。张养浩一生敢言，谏诤朝政，不遗余力。张养浩在至大三年曾上万言《时政书》[①]，针对的是元武宗（曲律皇帝）的"喜奢乐近"，但是没有收到任何效果。至治元年辛酉（1260）正月七日，张养浩风闻皇宫之内即将于正月十五日举行"内廷灯山之戏"，马上疾书《谏灯山疏》进谏。在《谏灯山疏》中，时任参议中书省事的张养浩说："外人皆曰：今岁正月十五夜，圣上欲于宫中结绮为山，树灯其上，盛陈诸戏，以为娱乐。臣养浩初闻其事，意谓妄传，岂有万乘英明仁孝之君，临御之初，而肯为此浮华无益之事？既而质诸近侍，颇以为然。臣养浩不敢远引古昔，钦惟我世祖皇帝在位三十余年，每值元夕，虽市井之间，灯火亦禁……臣养浩于今年初六日密言此意于左丞相拜住，丞相第曰：已知。臣养浩不胜惓惓蝼蚁之诚，尘渎天颜，僭陈所见，伏愿皇帝陛下以世祖皇帝崇俭虑远为法，以曲律皇帝喜奢乐近为戒，寝其灯宴，止其所为之山。"[②]《谏灯山疏》一上，元英宗表示："有臣若此，朕复何忧？"立即罢止。

但他的刚毅直言，切论时政，终为"当国者不能容"[③]，于是有感于"东汉党锢迷臧否，西晋玄谈混是非；被祸枉投冠在地，复仇空拔剑挥衣"的处境，不得不"高蹈丘园"[④]。

后张养浩以父老为由，弃官归隐，屡召不赴。天历二年（1329），关中大旱，赤地千里，饿殍遍野，特拜陕西行台中丞，张养浩受命即刻登车赴任。救灾积劳成疾，百日病故在任上。虞集《题张希孟中丞送毕申达提点卷后》以"十年七聘不还朝，起为饥民夜驾轺。嘉树百年谁忍伐，生刍一束讵能召"赞其

① （元）张养浩：《张文忠集》卷一一。
② （元）张养浩：《张文忠集》卷二六。
③ 《元史》卷一七五《张养浩传》。
④ （元）张养浩：《读史有感自和十首》，见于《归田类稿》卷二〇。

高风亮节的道德风尚和为民请命死而后已的精神品质。张养浩以散曲闻名，诗词文也都很有特色。《读史有感自和十首》之三：

揖让雍容万善随，纷纷攘夺费心机。前车才覆后车继，曩日为公今日非。神器果谁承正统，博徒亦复着黄衣。云翻雨覆无从诘，可是天公寓意微。

这可看作一首自白诗，从中鲜明标明了对政治、对官场、对仕途、对进退等一系列问题的观点和原则。张养浩的其他诗文许多与此相似，有较为浓郁的历史使命感，这与他的散曲名作【中吕・山坡羊】《潼关怀古》是一脉相承的。顾嗣立认为这些诗作近于唐代元稹、白居易，是从其切近生活着眼的。事实上，因为张养浩曾朝中为高官，耿直敢言，屡遭挫败，对官场有更多的体会，所以其作品在体味人生的内涵方面更具哲学思索的意味。

元明善（1269—1322），字复初，鲜卑拓跋氏后裔，清河（今河北清河）人。年方二十便已有文名，初为路学正，累迁中书左曹掾。仁宗居潜邸，选取为太子文学。仁宗即位，改翰林待制，与修《成宗实录》《武宗实录》，升翰林学士、侍讲学士。延祐二年（1315），会试进士，为考试官，廷试为读卷官。改礼部尚书，迁翰林侍读。英宗即位，授翰林学士，与修《仁宗实录》。元明善精工古文，与姚燧齐名，被目为一代文宗。马祖常评论其文说："刻而不见其迹，新而必自己出"（《元文类》卷六十七），清人辑其文，为《清河集》。

吴全节（1269—1346）字成季，号闲闲，又号看云道人，饶州安仁（今江西贵溪）人。十三岁学道于龙虎山，至元二十四年（1287）随玄教宗师张留孙北至大都，入觐元世祖。大德十一年（1307）授玄教嗣师。至治元年（1321）张留孙去世，次年授玄教大宗师、崇文弘道玄德真人。总摄江淮荆襄道教、知集贤院道教事。吴全节历事六朝，出入宫掖，眷渥如一。入朝后遍识名流权贵，影响颇大。著有《瓢稿》《代祠稿》等，总名为《看云集》，共二十六卷，未见传本。《元诗选·二集》选入诗三十七首，题为《看云集》。

周权（约1280—1330）字衡之，号此山，松阳（今浙江西屏）人。早年不得志，延祐六年（1319）携诗稿北游京师，受到袁桷赏识，曾向朝廷积极举荐充任馆职，未获批准。当代大都名流赵孟頫、揭傒斯、欧阳玄、陈旅也都很推许他的诗才。欧阳玄评价周权诗："无险劲之词，而有深长之味；无轻靡之习，而有春容之风。"[①] 顾嗣立评价他的作品是："衡之句法，多有可观。"

① （元）周权：《此山集》序。

第十二章　大都诗文（三）

第一节　鼎盛时期大都诗坛特征

随着赵孟頫等大批南方文人陆续入京，大德后期大都文坛已经成为接纳各路文化精英的场所。随着国家统一，南北屏障消除，官员文人的调遣流动迁移形成潮流。不仅有胡祗遹、卢挚、燕公楠、高克恭、陈思济、鲜于枢等一批北人南下江南任职；也有陈孚、贡奎、程钜夫等南人到大都任职。仁宗朝后，皇庆（1312—1313）、延祐（1314—1320）年间，国家统一天下的大业已经完成，政治稳定，生产发展，社会繁荣，人们把这个时期视为元朝“盛世”。此时新一代文人也成长起来。皇庆二年（1313）十一月甲辰诏行科举，这成为当时尤其是士人社会生活中的头等大事。延祐二年（1315）终于恢复科举，开科取士，经过会试、廷试，本届两榜共录取进士五十六人。右榜十六人、左榜四十人。这是元代取材最为集中的一届，人数多，文学成就显赫者多。首科进士中，欧阳玄、马祖常、黄溍、许有壬、杨载等对元代文学都产生过重大影响，他们是大都文坛的中坚力量。元代重要的诗文作家，大多都集中在这个时期。元仁宗皇庆年间江南籍的文人在大都文坛已成气候，袁桷、虞集、贡奎、范梈、杨载、揭傒斯、柳贯、黄溍等人是其中的代表和佼佼者。这些人大多在集贤院和翰林院等要处任职，地位较高，又无太多俗务缠身，因而吟诗作文，相互酬唱，形成了一个很有影响力的文化圈。其中虞集、杨载、范梈、揭傒斯身处馆阁，社会地位更高一些，他们之间来往密切，文学成就不俗，闻名于当世，被誉为“元诗四大家”。在接近四十年后写的

《为从子旦题所藏予昔年在京写冬窝赋手卷后》(《道园类稿》卷三十五)中，虞集回忆文坛盛世，说："大德中，予始至京师，海宇混一。之余，中外无事，中朝公卿大夫士，敦尚忠厚，雅好问学，四方名胜萃焉，四明袁公伯长在翰院，最为相知。济南潘君仲德，同为国学博士。甲辰乙巳，回首凡四十年，而二公修文地下，已二十载矣。"他们作诗宗法唐诗，对之前文坛"元初袭金源派，以好问为大宗"(清人宋荦《漫堂说诗》)是个革命性的转变。当然四人成就与创作又各有差异和侧重。虞集、揭傒斯诗文并重，杨载、范椁侧重诗歌创作，其中虞集的成就更加突出，影响也更大。清人沈德潜《说诗晬语》云："虞、杨、范、揭四家诗品相敌。中又以'汉廷老吏'(虞集)为最。""元诗四大家"的出现代表着大都诗文创作的繁荣兴盛的高峰。这些蜚声中外，成就粲然的诗人将大都的诗坛妆点得星光灿烂。天历二年(1329)二月，当时身为太子的元文宗在大都设立了奎章阁学士院，这为京师的馆阁诗人提供了新的创作交流平台，借助这样一个园地，揭傒斯、虞集、许有壬、宋本、柯九思等人，成为当时京师乃至全国影响最大的诗人创作群体。元代著名诗人戴叔能说："我朝自天历以来，学士大夫以文章擅名海内者，有蜀郡虞公、金华柳公、黄公。一时作者，涵醇茹和，以鸣太平之盛。治学者宗之，并称虞、杨、柳、黄，而本朝之盛极矣。"[①] 王理撰《国朝文类序》也说："国初学士大夫，祖述金人、江左余风，车书大同，风气为一。至元、大德之间，庠序兴，礼乐成，迄于延祐以来极盛矣。"后人也都肯定了这一评价，清人顾嗣立《寒厅诗话》云："延祐、天历之间，风气日开，赫然鸣其治平者，有虞、杨、范、揭，又称范、虞、赵、杨、揭，一以唐为宗，而趋于雅，推一代之极盛，时又称虞、揭、马(祖常)、宋(本)。"

元朝似乎有用"四"之癖好。有"杂剧四家"、"散曲四家"、"元朝四学士"、"元诗四大家"、"儒林四杰"。这些都表明了对于盛世的自诩或者认同。"元朝四学士"指吴澄、虞集、欧阳玄、揭傒斯。"元诗四大家"则是元代兴盛期大都文坛影响较大并最具代表性的诗文创作群体。

---

① (清)顾嗣立编:《元诗选》庚集。

“盛世之文”在内容上表现为“羽仪斯文，黼黻治具”，为文风格上的特点则是纡徐雍容、涵醇茹和，一派平易正大。此一时期的著名文家，最能代表一时风气的有袁桷、虞集、范梈、揭傒斯、黄溍、柳贯、欧阳玄、苏天爵等。

第二节　虞集　杨载　范梈　揭傒斯　欧阳玄　胡助

虞集（1272—1348），字伯生，祖籍仁寿（今属四川），宋丞相虞允文五世孙，元代文学家。曾师从吴澄。元成宗大德元年（1297），虞集因大臣举荐，从江南来到元朝京师大都任职，授大都路儒学教授。又任国子监助教，升国子监博士。元仁宗即位，除太常博士，迁集贤修撰。延祐六年（1319）改翰林待制。以丁忧还江南。泰定初年授国子司业，迁秘书少监。元文宗即位，命虞集乃兼经筵。元文宗崩，称病南归。曾参与《经世大典》的编写。入仕四十年，在朝为官三十多年，主要生活在大都。他是元代官学理学中人，性情宽容，见识通达，又能提携后进，任职国子监，有师长之位，经其引荐或出其门下的文士甚多，“当世文士，尝经论荐，后皆知名”。延祐初，揭傒斯经他引荐入翰林国史院。仁宗至文宗朝，聚集在虞集周围的知名文家，先后有揭傒斯、杨载、许有壬、黄溍、柳贯、欧阳玄、苏天爵等。虞集创作勤奋，作品数量多，影响大，受到广泛的尊重与拥戴，是绝对的文坛宗主：“元文之有虞集，陶铸群材，主持风气，如金之有元好问。”“元诗四大家”、“儒林四杰”、“元朝四学士”中，他均占主要地位，不仅起到承前启后的关键作用，也被视为巅峰代表，是元中期最负盛名的诗文家和最有影响的文臣之一。虞集是元代诗人中唱和应酬最为勤勉的，在当时文坛上，能与虞集唱和已经成为诗人身份是否能够被确认的一个标识。元人文献中，关于虞集的记载也是最多的。虞集生长在社会和平安定时期，他的诗词一般都写得清雅淡远，一派承平祥和气象。如《腊日偶题》《听雨》《宫词》等给人一种安祥幽静的印象。久居官场，媢嫉者多，一些蒙古贵近、世家子孙因皇帝对他“知遇日隆”而不断中伤陷害，更使他心生退意。虞集诗歌中表现厌倦官场退隐山林的作品占有相当的数量，不过大多表达较为隐晦罢了，而这又正是大多数江南籍文人的共同特点。虞集的不少文章赞扬为人要有坚定的政治抱负和高尚的道德风貌。《小孤山新修一柱峰记》假“一柱”之形象，借题发挥，表明自己理想的人格追求“卓然独立，无所偏倚，而震凌冲激，八面交至，终不为之动摇。使排天沃日之势，虽极天下骄悍，皆将靡然委顺，听令其下而去，非兹峰其就足以当之耶！”这种自身道德修养不断完善的追求，对在官场尤其是在大都这样一个政治中心，身居高位而要保持独立人格是有特别意义的。虞集对自己的诗作颇为自负，自谓如“汉廷老吏”。清人陶玉禾的评价对此解释说：“道园法度严谨，词章典贵，敛才就范，不屑纵横，汉廷老吏，故非自负。”三十年的京师生活，使得大都成为他诗文中最多的题材，他的诗中有些就直接描写翰林国史院生活及海子的风光景物。诗作《听雨》将一个长年宦游者复杂莫名的心境表达得了无痕迹：

屏风围坐鬓毵毵，绛蜡摇光照莫酣。京国多年情尽改，忽听春雨忆江南。

虞集为文讲究文辞章法。当时宗庙朝廷之典册，公卿士大夫碑版皆出自其手，被推为一时大家。明清之际的杰出学者黄宗羲尊姚燧和虞集为元文两大家，认为他们的散文胜过所有的明文。《四库全书总目》更高度评价虞集的变革之功和重要地位影响：“文章至南宋之末，道学一派，侈谈心性；江湖一派，矫语山林，庸沓猥琐，古法荡然。理极数穷，无往不复。有元一代，作者云兴，大德、延祐以还，尤为极盛，而词坛宿老，要必以集为大宗……迹其陶铸群才，不减庐陵（欧阳修）之在北宋。”

事实上，虞集对于文学流变以及一代必有一代之文学是有相当精辟见解的。元孔齐《至正直记》记虞集“尝论一代之兴，必有一代之绝艺足称于后世者，汉之文章，唐之律诗，宋之道学，国朝之今乐府，亦开于气数，音律之盛。其所谓杂剧者，虽曰本于梨园之戏，中间多以古史编成，包含讽谏，无中生有，有深意焉，是亦不失为美刺之一端也。”

虞集一生著述繁富，有“平生为文万篇”之称(《元史》本传)，诗文结集为《道园学古录》五十卷、《道园类稿》五十卷、《道园遗稿》六卷(别本八卷)、《翰林珠玉》六卷、《虞伯生诗续编》三卷等多部专集，今均有传本。虞集现存诗二千多首，这使他不仅是元代最著名的诗人，也是元代存诗最多的诗人。《元诗选》录选虞集诗歌甚多。七律《挽文山丞相》是其代表作：

徒把金戈挽落晖，南冠无奈北风吹。子房本为韩仇出，诸葛宁知汉祚移。云暗鼎湖龙去远，月明华表鹤归迟。不须更上新亭望，大不如前洒泪时。

元代陶宗仪曾评价当时的诗坛：“国朝之诗，称虞、赵（孟頫）、杨（载）、范（椁）、揭（傒斯）焉”，而其中以虞集成就最高，历来诗论家均将其视为元代诗文的巅峰。

杨载（1271—1323）字仲弘，浦城（今属福建）人，后徙居杭州（今属浙江）人。少孤，博览群书。年四十未仕，户部贾国英数荐于朝，以布衣召为国史院编修官，修《武宗实录》。延祐初，仁宗以科目取士，杨载重新应举，延祐二年（1315）首科登进士第，官至宁国路总管府推官。在“虞、杨、范、揭”中，杨载进入官场最晚。但他一入翰林，就受到侍讲学士赵孟頫的赞赏，因而名震京师。有《杨仲弘集》八卷传世。杨载为官并不显达，诗作多为对现实的歌颂，有时也婉转地显露出怀才不遇的不满。《寄维扬贾侯》就表达了其复杂难言的思想感情。而《客中即事》：“渐觉星星雨鬓皤，推愁不去奈愁何！客中忘却春光度，惊见前林嫩竹多。”更宣泄出叹老嗟卑的情绪。《题文丞相书梅堂》歌颂文天祥的高尚品德和节操，表达了由衷的景仰心情。杨载作诗注重格律和词句锤炼。《元史·杨载传》说“自其诗出，一洗宋季之陋。”虽不免夸张，但是却也道出了其创作革新宋末流弊的意义。他的作品社会视野较为狭窄，其中酬唱、送别、怀古、写景、题画占了相当大的比例。

往往有精练工整之佳句，而少气韵恢弘之佳篇。一些小诗却显得清新、精练，如《到京师》寥寥数语，却静中有动，写出了冬日京城寂静中的勃勃生机，给人以充满人生希望的无限遐想：

城雪初消荠菜生，角门深巷少人行。柳梢听得黄鹂语，此是春来第一声。

杨载传世的文章很少，较为著名的是为赵孟頫写的墓志铭。但《元史》对他的文章有很高的评价，云："其文章一以气为主，博而敏，直而不肆，自成一家言。"另有诗学著作《诗法家数》，提倡写诗学汉魏、盛唐，但该著作是否为他人托名伪作学界存在争议。然观其基本观点，却与范梈在其身后为其诗卷所作《翰林杨仲弘诗集序》所言基本吻合。这篇诗序只记杨载诗与诗论，并无旁涉。因二人年辈相当，同朝为官，且文字关系密切，同为"元诗四大家"中人，因而被看做是有关杨载最具权威性的描述。顾嗣立《元诗选》初集《杨载小传》中还记载了这样一段大都文坛佳话："虞文靖公（虞集）与仲弘同在京师，每载酒诣仲弘，问作诗之法焉。仲弘酒既酣，尽为倾倒。他日见文靖诗，叹曰：此非伯生（虞集）不能作也。仲弘与虞（虞集）、范（范梈）切磋如此。尝谓学者曰：诗当取材于汉魏，而音节当以唐为宗。又言：用功二十余年，始能会诸法而得其一二。故当时之论诗法者，以仲弘称首。"《元史》本传也说杨载"于诗犹有法"。杨载生平主要见于黄溍所撰写的墓志铭(《黄金华集》卷三十三)、《元史》卷一九〇和《元诗选》初集。

范梈（1272—1330），字亨父，号德机，清江（今属江西）人。少孤，家贫。三十六岁北游京师，卖卜燕市，中丞董士选延教家塾。后被吴澄荐为左卫教授，迁翰林编修。后改任南方地方官吏。他在馆阁任职时间很短，与杨载一样仕途坎坷且不显达，所以更加专注诗文创作。他的诗多描写日常生活及应酬之作，也有关心世事民生之作，内容丰富，涉猎广泛，风格多样。揭傒斯《范先生诗序》说范梈"有文章，工诗，尤好歌行"。现存诗集中歌行体占了四分之一。虞集认为他的诗“如唐人临晋帖”，赞其诗作有古意。范椁在大都停留时间并不长，但他的影响却使之成为大都诗坛繁盛不可或缺的人物。《卢师东谷怀城中诸友》是作者寓居卢师山（今北京卢沟桥西北）东谷怀念大都友人之作。诗中表达了复杂矛盾的心情，一方面诗人烦倦时俗，避世隐居，另一方面又眷念友人，难以忘情。《京下思归》乃作者五言律诗之佳构，抒发了诗人自居京城而欲归隐的情思。“乡逢徐孺子，万口薄南州”诗人以南州高士徐稚自许，表达了对社会不公、政治黑暗的不满和不愿与社会流俗妥协的志向，这与《元史·范椁传》记载他：“于流俗中克自树立，无苟贱意，居则固穷守节”相一致。其《己未行》描写了皇庆二年（1313）大都地震的情形：

二年六月己未朔，京城五更大地作。卧者颠衣起若吹，起者环庭眩相愕。室宇无波上下摇，乾坤有位东西却。自我南来睹再震，依微初震不今若。昨朝展席坐堂上，耽玩图书坐无觉。堂下群儿又惊报，方馔饔人丧杯勺。栉者仓皇下床榻，门屋铿锵振铃铎。只今犹自腾妖讹，旦暮殊言共鄂鄂。大家夜卧张穹庐，小家露坐瞻星落。焉知怪变不可屡，安巢尽有南飞鹊。昔闻上帝忧瀛州，亲敕巨鳌十二头。特为群臣举手戴，万古不与水东流。岂其九州亦类此，此事或诞或有由。上帝甚神吾甚愚，戴者勿动勿优游。

作者非常详细地描述了地震的情形，震前有什么预兆，大震的时间，震时房屋如何，震波如何，人们惊慌失措的表现，震后不断的余震和彻夜露宿时的不安恐惧。全诗并无文采可言，但面面俱到，真实记录了这次地震造成的损害和百姓的心理。范椁感叹道：人生慕富贵，富贵翻受怜。不有钟鼎食，亦无膏火煎。[1]

揭傒斯（1274—1344）字曼硕，龙兴富州（今江西丰城）人，元代著名

① 范椁：《赠安西王提举别》，见《范德机诗集》卷一。

的文学家、史学家、书法家。出身书香门第，读书刻苦，享有盛名。大德年间出游湘汉，得到程钜夫的赞赏。皇庆年间，随程钜夫进京，因迎娶程钜夫从妹为妻，时人尊之“程公佳客”。他诗坛得名较早，而仕途出道较晚，与虞集同为名臣。延祐元年（1314），荐授翰林国史院编修官，前后三入翰林，官至翰林侍讲学士。元统间为艺文监丞，时寓居大都双桥，距离奎章阁十余里，每当入值，无车无马，步行前往，风雨无阻，人皆赞其老成厚重。至正初年，诏修宋、辽、金三史，任为总裁官。与虞集、黄溍、柳贯号称“儒林四杰”，诗为“元诗四大家”之一。在“元诗四大家”中，揭傒斯的诗歌创作内容最为丰富，并在一定程度上揭露了社会现实矛盾，对民生疾苦表现出关注同情。杂言乐府《居庸行》刻画居庸关的雄壮险要，气度不凡，表现出其作品豪放的特征。在各体诗作中，他擅长五古，尤其是五言短古，写得甚为圆熟。欧阳玄言其“作诗长于古乐府、选体、律诗、长句，伟然有盛唐风。”其中“选体”指《文选》体古体诗。他也喜欢写乐府、歌谣体，这类作品平易流畅，有民歌风。

其文章与诗歌相比较，直指社会现实，更为尖锐犀利。在《送刘旌德序》中便充满义愤地列举“天下政烦教驰，民情壅塞，风俗不兴”种种表现；“以仁义道德为虚言，以孝悌忠信为曲行，特窃其言以取禄位”；“猜贤忌能者尚多，怀奸挟诈者益众，附之则安富尊荣，违之则贫贱忧辱，虽儒者亦委而从之”；“琐琐州县，上迫大府，震之以不仁之威，压之以非理之势，虽欲自竭，有所不能，虽能，有所不容”；“任小者不可以谋大，任轻者不可以图重，守一官则治一官，居一职则治一职，非宰相不足以变天下之化，易天下之俗”。而造成这些社会弊端顽疾的根本原因是“非儒者之无益于国也，不能尽儒者之用焉耳！”将矛头直指最高统治者的政治基础，批评其民族歧视政策和抛弃儒家治国之道，胆识甚是罕见。前人对其诗文表现出来的风格差异也很瞩目，《四库全书总目》就说：“独于诗则清丽婉转，别饶风韵，与其文如出二手，然神骨秀削，寄托自深，要非嫣红姹紫，徒矜姿媚者所可比也。”其实，翻检揭诗，可以发现其诗有些也是有“寄托自深”之作的，如《题芦雁》之四就写道：“寒就江南暖，饥就江南饱。莫道江南恶，须道江南好。”《山居新话》

说“此诗大有寄托”，孔齐《至正直记》更明确阐释诗意说：“揭曼硕题雁，盖讥色目北人来江南者，贫可富，无可有，而犹毁辱骂南方不绝，自以为右族身贵，视南方如奴隶，然南人亦视北人加轻一定，所以往往有此诮。”揭傒斯的个性可见一斑。揭傒斯的创作寿命很长，几乎贯穿元代的全盛时期。著有《揭文安公全集》十四卷。

欧阳玄（1273—1358），字原功，号圭斋，“元朝四学士”之一。祖籍庐陵（今属江西），迁居潭州浏阳（今属湖南），延祐进士。致和元年（1328）任翰林侍制兼国史院编修官。天历初，署奎章阁艺文少监，修《经世大典》。不久兼国子祭酒，升侍讲学士。拜翰林学士承旨，屡乞休不允。历官四十余年，编修四朝实录，总裁修辽、金、宋三史。卒于大都寓舍，年八十五，谥文。危素在《圭斋先生欧阳公行状》中说他“历官四十余年，在朝之日，居四之三。三任成均，两为祭酒，六入翰林，而三拜承旨，修实录、《大典》、三史，皆大制作。屡主文衡，两知贡举及读卷官，凡宗庙朝廷雄文大册，播告万方，国所用制诰，多出公手”。欧阳玄是著名文章家，不作夸诞之文，孔齐《至正直记》说：“欧阳玄作文，必询其实事而书，未尝代世俗夸诞。”他的碑铭墓志便力戒浮夸，写得平实。其诗作多是题画赠答之作，自然流畅，富贵雅致，颇有意趣。【渔家傲】词十二首，分月歌咏大都风光见闻，颇有风俗画的意趣。著有《圭斋集》，生平事迹见集中附录危素行状及《元史》卷一八二。欧阳玄与同朝为官的虞集等人关系密切，文风也极为相似。

胡助（生卒年不详）字古愚，一字履兴，又作履信，自号纯白道人，婺州东阳（今属浙江）人。举茂才，为教官，授建康路儒学学录。延祐二年（1315），秩满赴京师，滞留京城两年多，与元明善、袁桷、虞集等馆阁之臣唱和交游，泰定二年（1325），胡助因书院山长秩满再赴吏部候选等待授职。但此次候选依然不顺，时任太常博士的同乡好友柳贯为他甚感不平：“孰不叹其淹滞而悼其屈，虽予亦不能不为之慨然也。”后来，朝廷授胡助为温州路儒学教授，泰定五年（1328）又改为翰林国史院编修官，任满，回到南方。至正二年（1342），胡助再度授翰林国史院编修官。至正三年（1343），朝廷诏修辽、金、宋三史，胡助作为编修官却被排除在外，但他竟能淡然处之。在待职京城的几年中，胡助处境相当窘迫而尴尬："余待选吏部，贫不能归，尘衣垢面，憧憧往来，盖亦莫自知也。于是，以日所闻所见，感触于中者，辄形为五言五韵，分二十章，题之曰《京华杂兴》。诗率然而作，曾无律吕之次，譬如候虫之鸣，不能自已。故亦偶寓一二微意焉。他日南归，将以夸示田夫野老，俾知京华之风景。"[①] 于是他将自己的所闻所感发而为诗，这便是著名的《京华杂兴》二十首。当时为《京华杂兴》题跋者甚众，多为馆阁之臣和大都名士，如王士熙、马祖常、虞集、欧阳玄、贡奎、曹元用、谢端、段辅、李端、赵由辰、张起岩、周仁荣、汤弥昌、王肖翁、龚璛、刘汶、杨刚中、黄清老、苏天爵等。可见这组杂兴诗在当时影响之大。至顺元年（1330），胡助随元主避暑上京。"羁旅之思，鞍马之劳，山川之胜，风土之异"使诗人诗兴大发，一去一回，又创作了五十首《上京纪行诗》，一时间又引得不少馆臣为其题诗作跋。至正五年（1345），胡助擢太常博士，时六十八岁。也就在这一年，胡助告老归田。他的《告老得请留别诸公》诗表达了他致仕时的心境："来往京华三十载，自怜孤苦傍人门。白头始遂归田志，朱绂新承致仕恩。上苑莺花春梦老，故园松菊晚香存。太常博士古官职，赢得虚名遗子孙。"胡助算得上是元代对大都最一往情深矢志不渝的诗人。一生虽未显达，但文名甚著，在出入官场来往京师的三十年间，几乎遍交文坛名流，其诗文平易近人。吴澄评价其作为："如春兰茁芽，要竹含萚；露滋雨洗之余，馥馥幽媚，娟娟净好。五七言、古近体皆然。"[②]《上京纪行·见玉泉山下荷花》："西山咫尺玉泉清，无数藕花香气生。立马岸边看不足，却疑五月过临平。"将玉泉山荷花与临平荷花盛开的景色相联系，不仅写出了京师景色不输江南的美丽，更含蓄表达了诗人对故乡的怀恋。所著有《纯白斋类稿》三

① （元）胡助：《纯白斋类稿》卷二之《京华杂兴》诗序。

② （元）吴澄：《题古愚诗庥》，见《纯白斋类稿》附录二。

十卷，今存有明正德年间本二十卷。生平见《纯白先生自传》、虞集《题胡古愚诗集序》[①]、顾嗣立《元诗选》三集小传等。

第三节　傅若金　黄溍　柳贯　贡奎　贡师泰　刘鹗　释悟光

傅若金（1303—1342）字汝砺，揭傒斯为其改字与砺，新喻（今江西新余）人。早年家贫，学徒编席，又改学针工。后受业范梈之门，游食百家，发愤读书，刻苦自学，终为一代名儒。以布衣入京师，数日之间，其诗即为人传诵，京中名流倒屣而迎，以为上宾，虞集见其《奉题仇工部壁间古松图歌》，大为称赏。因而诗名大振。由于受到大都名流虞集、揭傒斯、宋褧赏识，以异才荐。元顺帝元统三年（1335）奉命以参佐使安南（今越南），当时情况复杂，若金应付自如，圆满出色完成使命。安南以姬相款，若金却之而去，并赋诗以表节操。归后任广州路学教授。后安南入贡使往往称其贤能才德，入国门则先问："傅先生安在？"欧阳玄称其是"以能诗名中国，以能使名远夷"。其诗"高出魏晋，下亦不失于唐"。王士禛《居易录》称他的七律有格调，《四库全书》收录了《傅与砺诗文集》，并说："今观其集，当以士祯为定论"。在《元诗别裁》的七律中，以傅若金的最多，达十三首，可见其七律具有相当功力。傅若金的文章"无可长短，特以诗传"，文不如诗，但也写得和平雅正，无诘屈聱牙之病。著有《初稿》《南征稿》《使还新稿》《牛铎音》，范梈、虞集诸人都曾为之作序。至正间其弟若川汇集刻印，总名《清江集》。后诗文总为一编，名《傅与砺诗文集》，计二十卷。

黄溍（1277—1357），字晋卿，义乌（今属浙江）人，世称金华先生。师从方凤，壮岁隐居不仕。延祐二年（1315），县吏强迫参加考试，中进士，先授县丞，后官侍讲学士，知制诰，晚年上书辞官，回归故里，至正十七年

① （元）胡助：《纯白斋类稿》卷首。

(1357) 卒，年八十一，追封江夏郡公。今存《黄学士文集》四十三卷。黄溍为“儒林四杰”之一。“儒林四杰”文章皆推崇儒学经术，宣扬伦理道德，文章风格又别具特色：虞文清雅淡远，和蔼平正；揭文叙事严整，语言简练精确；柳贯则长于议论，叙事完备而语言简要；黄溍结构谨严整齐，举据缜密精切。黄溍博学缜密，善于独立思考做出判断。《元史·黄溍传》说他剖析经史疑难往往能够做到“多先儒所未发”。所作《贾论》就是一篇非常独特的文章。作中先是极度渲染市场商品之丰富充盈，珍稀毕至；次写其品质精良，得之不易；再写买卖双方“其货诚千金也，人且以千金至矣”公平交易，无有欺诈；然后得出结论“仁义忠信”乃世间“大宝”，最为珍贵。最后笔锋一转，将讽喻的矛头直指社会丑恶，对世间那些腹中空空，却汲汲求售的利禄之徒和妄加援引，而自谓有德于人的当道要员，给予了无情的抨击和辛辣的讽刺。

柳贯（1270—1342），字道传，自号乌蜀山人，浦江（今属浙江）人。少从著名理学家金履祥学习理学，后从方凤、谢翱学习诗文。自幼至老，好学不倦。至大都，得到了程钜夫、吴澄器重。官至翰林待制，兼翰林国史院编修。延祐、泰定年间，柳贯在朝中任职，与袁桷、马祖常等文臣唱和，呈一时之盛。这个时期的诗文创作较多，水平也较高。他在诗中这样描述自己在大都的生活“都城一住十余年，挈挈今朝更徙居。奴辈莫嫌家具少，箧中犹有借来书”（《自宗正府西移居尚食局后杂书五绝句》）诗人寓居京城，无恒产，生活清贫，身无长物，虽有丰富的精神生活和文化享受，但却始终没有归属感，依然是随时迁来移去的匆匆过客。柳贯博学多通，以文知名，但诗作也很多，现存诗五百余首，为诗奇逸之气，其七古长篇，遣词命意奇特，好发议论。论诗推崇李杜。有《柳待制文集》二十卷。柳贯与黄溍、虞集、揭傒斯并称“儒林四杰”，又与黄溍并称“黄柳”。黄柳二人不仅在大都文坛相互呼应，对故乡的文化发展也起到了推波助澜的作用。清代顾嗣立《元诗选·柳贯传》中说：“（柳贯）与同郡黄溍、吴莱声名一时相埒，浙东之文，争奇竞爽，涵育甄陶，人才辈出，殆于明初而极盛焉。”有《柳待制文集》二十卷。生平事迹见《元史》卷一八一、《元儒考略》卷四、《两浙名贤录》卷四六、《宋元学案》卷八二、《蒙兀儿史记》卷一一〇、《新元史》卷二三七。

贡奎（1369—1329）字仲章，宁国宣城（今属安徽）人。少即能文，博通经史。大德九年（1305），为翰林国史院编修官。至大元年（1308），转应奉翰林文字，预修《成宗实录》，迁江西等处儒学提举，入为翰林待制，预修《仁宗实录》。泰定三年（1326），复起为翰林待制，拜集贤直学士。卒后谥号文靖。平生著述甚多，凡百二十卷。他与当时大都文坛元明善、袁桷、邓文原、马祖常、王士熙、虞集等相唱和。清四库馆臣认为“奎诗格在虞、杨、范、揭之间，为元人巨擘”，诗多赠送酬答之作，五言古诗朴实无华。同题《枪竿岭》贡奎创作了两首，一为七绝，一为五律。七绝作于初过：“百折回冈势欲迷，举头山市与云齐。经行绝似江南路，落日青林杜宇啼。”五律作于再过：“薄宦辞家远，经秋未得归。直随山北去，却背雁南飞。川净白云起，郊平红树微。忆曾留宿处，立马认还非。”诗人两过枪竿岭，都触发了宦游思归 之情，但前后对比，沧海桑田之感却油然而生。有《云林集》六卷传于世。

贡师泰（1298—1362）字泰甫，宁国宣城（今属安徽）人。贡奎之子，性倜傥。少承家学，又从吴澄受业，与虞集、揭傒斯交往，学养深厚。为地方官吏，善断疑案，有政声。入翰林，预修《后妃》《功臣列传》，迁宣文阁授经郎，历翰林待制、国子司业，擢礼部郎中，再迁吏部，拜监察御使。至正十四年（1354），擢吏部侍郎，迁兵部侍郎，除浙江都水庸田使。其诗歌创作题材广泛，多能反映社会现实而有社会责任感，如“纪变”、“论人物”、“游方之外”、“感古”，以及“厚伦理”、“树风操”，凡仕宦民情、战争行役、灾害农事、民风民情等都有反映。

刘鹗（1290—1364）字楚奇，永丰（今属江西）人。至正元年（1341）累迁秘书郎，升翰林修撰。其间，与虞集、欧阳玄、揭傒斯等人同游浮云道院，并写有《浮云道院诗十二首》，感慨世态炎凉、人情翻覆，比较深刻。《四库全书总目》评刘鹗诗文说："今观其集，大都落落不群，无米盐龌龊之气，可以想见其平生。"又以"体裁高秀，风骨清遒"来总括创作成就。生平事迹见刘玉汝撰墓志铭(《惟实集》附录)、《元秘书监志》卷一〇、《元诗纪事》卷一二。

释悟光（1292—1375）字公实，号雪窗，新都（今属四川）人。俗姓杨，住四明天童寺。有诗名，与虞集交往密切，至治三年（1323）寓居京师，与贡师泰唱和。"所为诗，清丽可传，有《雪窗集》稿二卷。"但《雪窗集》原本已佚，今十九首。按：元代有两个号"雪窗"的释子。从名流之间相互交往可以看出，当时大都的活跃、多元、包容。

"延祐之盛"所体现出来的元诗特征是"雅正"。欧阳玄在论述这一时期的诗歌创作时说："我元延祐以来，弥文日盛，京师诸名公，咸宗魏晋唐，一去金宋季世之弊，而趋于雅正，诗丕变而近于古，江西之士之京师者，其诗亦弃其旧习焉。"[①]

① （元）欧阳玄：《圭斋文集》卷八《罗禹美诗集序》。

第十三章　大都诗文（四）

第一节　元代后期大都诗文概况

从泰定帝之后，社会各种矛盾不断激化，元朝统治迅速走向衰落。诗坛风貌较之前期和中期，也发生了较大的转变。这个时期，大都文坛依然是有一定官职的诗文作家比较活跃，由于江南陷入了长达二三十年的战乱，南北再次陷入事实上的隔绝状态。这个时期整个国家文坛的活动，都集中收缩到了大都，大都文坛集中、容纳了南北各地滞留京师的文臣阁员诗文作家。此时的诗坛改变元中期“雅正”为核心的创作观，呈现出多样风格，诗人个性得到了充分的张扬。

第二节　宋本　宋褧

宋本（1281—1334），字诚夫，大都（今北京市）人。别号江汉羁伧、垂纶亭主人。早年因父亲宋祯在杭州（今属浙江）、江陵（今江苏南京）等地做官，就学江南，师从理学家王奎文。父亲为官清廉，死后家境贫苦，衣食不周，于是延祐六年（1319）与其弟宋褧为应试回到大都。至治元年（1321）二榜进士，廷试第一。历任翰林修撰、监察御史、国子监丞、吏部侍郎等职。至顺元年（1330），晋奎章阁学士，次年擢礼部尚书，转集贤学士，兼国子监祭酒，卒于官。追封范阳郡侯，谥正献。为人有乃父风范，清廉刚正，高亢无私。虽仕途显达，籍在京师，但未置产业，始终赁房而居，是元朝名臣。门生故吏众多。兄弟二人声望很高，在大都文坛也相当活跃，并称“二宋”或“大小宋”，二人热爱大都，宋本为其子取名“京华儿”[①]。宋氏家族世居大都为美坊，死后安葬宛平。[②] 宋褧所作“行状”说宋本“尤嗜骈俪乐府”。有宋褧所编诗文集《至治集》四十卷，未见传本。生平事迹见宋褧撰行状、《燕石集》卷一五、《元史》卷一八二、《元书》卷七五、《新元史》卷二〇八、《元诗选·二集》小传。身为馆阁名臣，宋本兄弟是大都籍诗人中最有影响的。

现存宋本诗中，《大都杂诗》写于殿试之前，表达了游子回乡时的兴奋、彷徨、犹豫和期盼的复杂情感。其诗曰：

抛却鱼竿沧海边，拂衣来看九重天。画阑九陌桥如月，绿影千门树似烟。南国佳人王幼主，中朝才子杜樊川。紫云楼上如渑酒，孤负东风二十年。

秀错繁华遍九衢，上林辞赋汉西都。朱门细婢金条脱，紫禁材官玉鹿卢。万里星辰关上界，四朝冠盖翊皇图。东邻白面生纨绔，笑杀杨雄卧一区。

卢沟晓月堕苍烟，十二门开日色鲜。海上神仙非弱水，人间平地有钧天。宝幢珠珞瞿昙司，豪竹哀丝玳瑁筵。春雨如膏三万里，尽将嵩呼祝舜年。

形势全燕拥地灵，梯航万国走王城。狗屠已仕明天子，牛相宁知别太平。玄武钩沉腾王气，白磷赤雁入新声。近来朝报多如鱼，不见河南召贾生。

《大都杂诗》在当时就比较流行，历来受到选家的关注，《元诗别裁集》《元诗选》均有选录，诗歌极力渲染铺陈大都的人杰地灵，巍峨雄奇，繁华富丽，冠盖如云，给人以人间仙境之感，既有希望大有作为的兴奋，又有书生无用的慨叹。情感真挚而热烈，被视为元人咏大都之代表作。元统元年（1333）闰三月二十九日。元文宗时期的权臣——右丞燕帖木儿去世，为此，

① 见隋树森编：《全元散曲》1068页，宋褧《诚夫兄生子名京华儿》曲。

② 据（元）熊梦祥：《析津志辑佚》，北京古籍出版社1983年版。

宋本特作绝句一组，来记载这一重大敏感的政治事件。因为燕帖木儿的死，意味着元文宗时代的终结。

绝句

至顺四年（即元统元年，笔者补注），闰三月二十九日赋。时日太平王燕帖木儿卒。

楼头红粉哭千场，楼下仓头酹百觞。却怪满城春相杵，歌声更比夜来长。
颜回盗跖自彭殇，举世无人问彼苍。为国横身终遇贼，千年同是靖恭坊。
十年甲第合污潴，又作元勋上相居。玉碗金杯同一死，吞舟刚漏网中鱼。
弯弓射月是心期，捶碎天东若木枝。空尽朝堂亡国老，五龙行可濯咸池。
不畏中天九庙神，倒悬谁解万方民。陈平未是安刘者，凭道真成妄语人。
熏风避暑借明光，丝络传餐出上方。列第房帷半妃主，门阑部曲亦丞郎。
邢部鞭搭困凤鸾，宣徽鸡肋厌尊拳。庙堂木偶韩忠献，正笏垂绅只俨然。
南城北城千官谒，十日九日大燕开。六诏干戈非我事，四方水旱是天灾。
积金至斗不然脐，一旦星辰动紫微。日午酒楼瓶尽倒，家家扶得醉人归。
道途相目两眉攒，带剑垂绅汉百官。从此长霄背贴席，夜来鬼录载曹瞒。
明年多稼满王畿，壮士耕耘妇子嬉。更有余波沾动植，驽鹅春淀饱凫茨。
半岁无君四海忙，尚谈功业叙旗常。玺书未下恒温死，辜负中朝一字王。
五年相业自多多，擢发其如未了何。欲使文章少遗憾，南山增竹海增波。
云台勋业绝郡伦，就第封侯老此身。政事枢机付台阁，向来光武爱功臣。

蒙古贵族燕帖木儿，是五朝元老，在元代政治舞台上举足轻重。这十四首绝句，描述了时人对这个权倾朝野人物的褒贬与感受，不仅可以深刻感受到朝野上下欢庆喜悦的气氛，也能体味到人们对一个新的时代即将开始的热切期盼。

宋褧（1292—1354）字显夫，大都（今北京）人，宋本最小的弟弟。自幼随父宦游江南。延祐六年（1319）随兄宋本一起返回大都应科举试。泰定元年（1324）进士及第，授秘书监校书郎。建立詹事院，选为照磨，转太僖宗正院照磨，迁翰林修撰。与修宋、辽、金三史，拜翰林直学士，不久兼经筵讲官。卒追封范阳郡侯，谥文清。宋褧自幼聪明好学，延祐时刚回大都，就因诗受到文臣元明善、张养浩、王士熙等人的赏识，仕途较为遂顺。一生专注于诗歌创作，在大都诗坛较其兄宋本更为活跃，影响也更大。

《都城杂咏》四首与宋本的《大都杂诗》有异曲同工之妙，诗写道：

万户千门气郁葱，汉家城阙图画中。九关上彻星辰界，三市横陈锦绣从。玉碗金杯宰相府，珠幢宝刹梵王宫。远夷纵睹争修贡，不用琱戈塞徼通。

豪杰纷纷白玉京，汗颜血指战功成。九重见帝多因鬼，万里封侯不用兵。肥马尘深心独苦，鲥鱼波涸事难平。西山小隐烟罗暗，依旧春犁趁雨耕。

风物鲜妍饰禁城，豪家戚里竞留情。花围锦幄清明宴，香拥珠楼乞巧棚。叱拨马摇金镫具，帡幪车飏绣帘旌。他年定拟持铅椠，细数繁华纪太平。

流珠声调弄琵琶，韦曲池台似馆娃。罗袖舞低杨柳月，玉笙吹绽牡丹花。龙头泻酒红云滟，象口吹香绿雾斜。却笑西邻蠹书客，牙签缃帙费年华。

组诗写都城的恢弘，写市井的繁华，写官邸的气派，写帝国的强大，写显达者的得意，写失意者的不平，写名利追逐者的亢奋，写了悟者的隐逸之情；写京师人们欢度四季节俗的蓬勃兴致，写王侯公府竞相比富无处不在的奢侈；还以官僚贵戚日日笙歌夜夜醉，奢华无度靡费无边的生活与士人十年寒窗无人问的凄凉境况相对比，表达了诗人的郁闷与不忿。

《双清亭春日独坐》写浮生偷得半日闲，诗人到朋友家亭中独坐，看人们湖中泛舟，笙歌悦耳，美景如画，在紧张的公务之余享受片刻的自然和宁静：

帝城何处不红尘，小海危亭独可人。笭箵舟航浮上舾，笙歌池馆接西津。恩波浴鹭连洲暖，宫树啼莺隔岸春。不用鞭笞了官事，笑谈容得幕中宾。

题下注曰："时张为都水经历，双清，幕府名也。"从诗中可以看出当时都城园林之美，可泛舟可眺望的休闲之处甚多。

《得周子善书文京师事及贱迹以绝句十首奉答》是反映大都真实生活场景的组诗，历来受到人们的关注。

春王朝会大明宫，祝栗鱼蛮四海同。至治元年调玉烛，和风甘雨看年丰。（时皇帝初举亲祭之礼，四方未知。）

晓日云冠缀彩珠，龙颜如玉映康衢。大宫门外停天驷，群辟翱翔侍步趋。

黄流玉瓒荐馨香，九庙神灵降百祥。一部云韶导仙驾，归来朝贺坐明堂。

至公堂下鱼鳞屋，丽正门前蜗毂居。三百英雄来献赋，是中应有马相如。（至公堂，会试之所。四方进士来试南宫者，率皆僦居丽正门外。）

瑶肝玉肺渥洼驹，玄圃昆仑是坦途。暂蹶霜蹄未为失，三年奋迅碧云衢。（子善昆季连与乡贡，皆不利，故勉之。）

人海茫茫万仞山，健夫争赴碧岩端。跻攀分寸不得上，始信文场蜀道难。（予亦以旧岁失举。）

一念遗孤一怆然，心旌无日不悬悬。潞阳二月河冰解，定买吴侬燕尾船。（弘夫兄殁于武陵，侄广在彼，时予欲往视之。）

谢家择胥得逸少，温峤先酬玉镜台。罗帐合欢犹有待，可怜孤凤意徘徊。（时予得婚家初纳采。）

迩来吟思浊如泥，今日酬君喜赋诗。不识心忪并胆怯，犀珠银液竟何施？（予向苦心疾，至京遂不作。）

汩没京尘度岁华，胸中千绪乱如麻。南风准拟挥谈尘，賸费君家木杵茶。

组诗十首，但是内容上大致可以分为三部分，前三首先写至治元年朝会胜景，将天子出巡的气度排场，皇帝亲祭的庄严和百官朝贺的盛况，描绘渲染得如同众仙驾临人间；次三首写参加会试人之多，竞争之激烈，成功难度之大，劝勉乡试不顺的周子善失败很正常，不能气馁，应该振奋精神继续努力，这是对朋友的鼓励，也是自勉；最后四首是向朋友交待自己亦悲亦喜的生活近况和心情：兄长新殁，对在外的侄儿非常牵挂，放心不下；自己最近订了亲，很快就要大婚，也算完成了件成家立业的大事；入京以来心绪烦乱，幸有朋友寄来新作让自己重拾久违的诗兴；期待着见面时烹茶畅谈，一吐心声，洗却胸中积蓄已久的烦恼。这组诗如果说是京城生活的真实反映，倒不如说是一个青年人典型的心灵写照。面对骤然巨变的生活所产生的精神亢奋、心绪波动和烦躁不安，恐怕是任何一个时代初到帝京生活的人们都要经历的心路历程。

据顾嗣立《元诗选》转录，欧阳玄在宋褧《燕石集》序称其诗“务去陈言，虽大堤之谣，出塞之曲，时或驰骋乎江文通、刘越石之间。而燕人凌云不羁之气，慷慨赴节之音，一转二位清新秀伟之作，吾知齐鲁老生不能及是也。”危素的评论是“公之诗精深幽丽，而长于讽喻”[①] 故能成一家之言。他还写了一些民歌体作品，如《竹枝词》《杨柳词》。宋褧亦善词，是元后期词坛的著名词人，继承姜、周词风。今存词三十多首，其中【菩萨蛮】《丹阳道中》深受清代词论家况周颐称许。宋褧散文不如诗词，但也写得柔和简洁。另存散曲小令《黄钟 · 人月园》二首。

第三节　陈旅　许有壬　柯九思　汪泽民

陈旅（1288—1343）字众仲，兴化莆田（今属福建）人。幼孤，笃志于学，于书无所不读，被荐为闽海儒学官，中丞马祖常很赏识他的才能，在马的鼓励下入京师，又得虞集知遇，视他为后继者，说“此所谓‘我老将休，付子斯文’者矣。”赵世延力荐，任国子助教。后至元四年（1338），入为应奉翰林文字，至正元年（1341），迁国子监丞，又二年卒，享年五十六。他是元后期有名的文章家之一。钱惟善《送陈众仲之官翰林应奉》诗中称赞他“一代文章关气韵，十年馆阁擅风流”。他的文名大于诗名。有《安雅堂集》，

① （清）顾嗣立：《元诗选 · 二集 · 戊集 · 宋学士褧传》。

系其子所编。《元史》和清顾嗣立《元诗选》均称十四卷，《四库全书》所收为十三卷，有张翥、林泉生二序。

许有壬（1287—1364）字可用，彰德汤阴（今属河南）人，延祐二年（1315）登进士第。至治元年（1321），迁吏部主事，次年转江南行台监察御史，召拜监察御史。泰定元年（1324），改中书左司员外郎，三年，升右司员外郎。天历三年（1330）擢两淮都转运监司使。至顺二年（1331）召参议中书省事。元统二年（1334）拜中书参知政事。至元初遭忌南归，六年召入，依然为中书参知政事，转中书左丞。至正初，遭诬陷归，六年召为翰林学士承旨，次年授御史中丞。十五年迁集贤大学士，改枢密副使，复拜中书左丞。十七年致仕，卒年七十八岁，谥文忠。许有壬在朝为官五十载，历七朝，凡遇国家大事，不计生死利害，无不尽言谏诤，绝不回避推诿，屡遭排挤而始终性情不改。泰定元年，京畿发生饥荒，时任中书左司员外郎的许有壬主张开仓放赈，有人反对说："子言固善，其如亏国何?"质疑国与民孰重孰轻，而许有壬则回答："民，本也，不亏民，顾岂亏国邪?"民本民生的思想非常坚定明确，由于他的坚持，很多饥民由此得以存活。许有壬散文不少，雄浑闳隽，涌如层澜。诗歌创作能够同情民生疾苦，关心国家大事，《哀弃儿》《书所见》都是这样的作品。其诗有很多感愤之作，揭傒斯说他"凡志有所不得施，言有所不得行，忧愁感愤，一寓之于酬唱。"作为朝中重臣，他多次往返上京，有《上京十咏》描绘少数民族地区的奇风异俗。他的词作也不少，现存一百六十多首，是一位多产的词作家。

柯九思（1290—1343），字敬仲，号丹丘生，又号五云阁吏，台州仙居（今属浙江）人。柯九思书画享有很高的声誉，尤精墨竹，亦作山水，且精于金石，是著名的书画家、文物鉴赏家，诗文亦有时名。在太学时，遇文宗于潜邸，得侍左右，彼此关系密切。文宗即位后，恩宠甚隆，内府所藏书法图画，皆由九思鉴定，又特赐牙章，得通禁署。擢为典瑞院都事，置奎章阁，特授学士院监书博士。与赵孟頫、卢挚为友，同有声名。至顺二年（1331），九思为人攻讦，受到了御史台的弹劾，时逢文宗突然去世，于是便匆匆离京，流寓江南。元代雅琥、童童、柯九思都是精于诗文，擅长绘画，且文物鉴赏水平极高者，三人都因艺术方面的才能受到最高统治者的赏识，但最后皆被弹劾驱逐。顾嗣立《元诗选》三集《丹丘生稿》编录其诗二百六十二首。柯九思最有影响的作品是《宫词》系列。由于他受到元文宗特殊的宠信，对宫廷生活相当熟悉，使得他创作宫词有了得天独厚的条件。“宫词”始创于唐朝王建、张籍，到元代发展成为一个非常特殊的文学题材，作品多而影响面广。柯九思宫词著名的作品有《宫词十五首》《宫词十首》等几组。《宫词》十五首中的第四首写的是散朝之后，皇帝召集儒臣一起赏画，于是群玉内史将《开元纳谏图》献上。诗曰：“四海升平无一事，常参已散集诸儒。传宣群玉看名画，先进开元纳谏画”。这首诗从一个侧面反映了宫廷文化生活，委婉含蓄地表达了作者期望政治清明君王圣贤的理想。《酬陆友仁城南杂诗》十首，是诗人在大都为金中都遗址写的另外一组宫词。十首皆以“尺五城南”起兴，最著名的一首是：

尺五城南可垦田，势随高下接平川。十年沃野连千里，能减东吴漕运船。

关于这首诗，后续的故事有：元人徐显《稗史集传》中说：“予尝读其《城南诗》，有尺五城南垦田，能减漕运海船之语。当时出，盖尝言之，而不以为信。后二十余年，天子用大臣议，募江南农师，开燕蓟田数百万顷。比中原多故，海槽不继，而公之言足验。”

汪泽民（1273—1355）字叔志，婺源（今江西）人，一作宣城（今属安徽）人。延祐五年（1318）登进士第，授承事郎、同知岳州路平江州事，转南安路推官，迁平江路，升兖州知州。至正三年（1343）召为国子司业，与修辽、宋、金三史。书成，迁集贤直学士，不久以礼部尚书致仕。《元诗选》录其诗二十三首，题《宛陵遗稿》。

第四节　周伯琦　苏天爵　朱德润　吕思成　张翥　黄清老　陈肃

周伯琦（1298—1369）字伯温，别号玉雪坡真逸，饶州（今属江西）人。自幼随父宦游京师，年十五入国学为上舍生，泰定二年（1325），以荫补南海尉，三转为翰林修撰。至正元年（1341）擢宣文阁授经郎，教授贵族大臣子弟，进鉴书博士，除崇文监丞，出为广东宪佥。至正八年入为翰林待制，预修《后妃》《功臣列传》，历崇文少监、翰林直学士。至正十二年除兵部侍郎，与贡师泰同擢监察御史。至正二十四年以南台侍御史致仕。他博学工文章，为文渊博而高雅，尤以书法擅名当时。诗多"揄扬上德"颂圣的内容，为文雍容典重，多议论，不少诗枯燥乏味。曾扈从上京，写有二十四首纪行诗。自上京返回时，又写了途中纪行五首。有《近光集》三卷、《扈从诗》一卷。

苏天爵（1294—1352），字伯修，世称滋溪先生，真定（今河北正定）人，元代著名的儒学大家。自幼师承理学大师安熙，延祐元年（1314）前后，随父至京城入国子监读书，受到著名学者虞集、吴澄、齐履谦等人的赏识与指点。延祐四年（1317），在国子生员公试中，以《碣石赋》脱颖而出，受到主考官马祖常的赏识，列为第一，授大都路蓟州判官。至顺元年（1330），预修《武宗实录》，至顺二年升修撰。后至元间，由刑部郎中改御史台都事，历任礼部侍郎、吏部尚书。至正四年（1344），召为集贤侍讲学士，兼国子祭酒。至正九年，召为大都路总管。他的散文成就高出诗歌。王理在《元文类》序中说："伯修博学而文，于书无所不读，讨求国朝故实，及近代逸事最详。"虞集《赋苏伯修滋溪书堂》诗说："积学抱沉默，时至有攸行。抽简鲁史存，采诗商颂并。"指出他的学问根柢在于潜心于经史掌故的研究。《元史》称他"为诗尤得古法"。辑录《国朝文类》（后世称为《元文类》）七十卷，是对后世产生较大影响的一部元代诗文总集，另收集碑文百余篇，记录元制度文物甚多。又收集碑志、行状、传记百余篇，编成《国朝名臣事略》十五卷，所作传四十七人。今有中华书局点校本《滋溪文稿》。生平事迹见《元史》卷一八三、《宋元学案》卷九一、《新元史》卷二一一。

朱德润（1294—1365）字泽民，世居睢阳（今属河南），先祖于金时南迁平江（今属江苏），遂为吴人。延祐六年（1319）入京，经赵孟頫推荐，仁宗召见于玉德殿，命为应奉翰林文字，兼国史院编修官。英宗嗣位，出为镇东行中书省儒学提举，次年英宗猎于柳林，他献《雪猎赋》，共万余言，留京师。英宗去世，辞官南归，杜门屏居近三十年。他诗、文、书、画皆擅长。绘画长于山水人物，诗中律体尤佳。他仿白居易新乐府创作组诗，通过对一些社会现象的描写，抨击社会黑暗和不平，以白描手法，刻画了一系列置民众于水火的贪官形象，他们中有的贪婪无度，却要立“德政碑”，有依靠贪污受贿而坐在官位上的“无禄员”，也有的不管天灾人祸，照收田租的“官买田”等。

吕思成（1293—1357）字仲实，平定州（今山西平定）人。曾从萧𣂏学治经，泰定元年（1324）登进士第，累擢翰林国史院编修，历国子监司业、监察御史等。至正初历刑部、礼部尚书，以治书御史总裁辽、宋、金三史，升侍御史，历集贤侍讲、湖北宪使，入为中书参政，进中书左丞。至正十七年（1357）卒，谥忠肃。所著有《仲实集》《两汉通纪》若干卷。《元诗选·三集》录其诗十二首。生平事迹见《元史》卷一八五、《南村辍耕录》卷一、二及《元诗选·三集》小传。

张翥（1287—1368）字仲举，号蜕庵，晋宁襄陵（今属山西）人。年轻时豪放不羁，好蹴踘喜音乐，后幡然悔悟，闭门读书，昼夜不辍。先师从大儒李存，对理学多有研究。后学诗仇远，以诗文著称。至正初，因同郡傅岩起之荐，召为国子监助教，不久退居淮东，起为国史院编修官，与修辽、金、宋三史，历应奉、修撰，迁太常博士，升礼仪院判官，又迁翰林，历直学士、侍讲学士，以侍读兼祭酒，除集贤学士，以翰林学士承旨致仕，官至从一品，进封潞国公。据《元史》记载，张翥平日善谐谑，出谈吐语，辄令人失笑，且“勤于诱掖后进，绝去崖岸，不徒以师道自尊，用是学者乐亲炙之。有以经义请问者，必历举众说，为之折中，论辩之际，杂以谈笑，无不厌其所得而后已。”表现得谦和中庸，但每于大是大非之前，却执于坚守，不为权势所动。《元史》记载：“初，孛罗帖木儿之入京师，命翥草诏，削夺扩廓帖木儿官爵，翥毅然不从。左右或劝之，翥曰：‘吾臂可断，笔不能操也。’天子知其意不可夺，乃命他学士为之。”其忠义耿介，凛然不可夺其志之态可以想见。张翥善诗、文、词，而尤长于诗、词。但他本人却于文颇为自负，曾经说：“吾于文已化矣，盖吾未尝构思，特任意属笔而已。”（《元史》小传）其诗如《四库全书总目》概括：“以一身历元之盛衰，故其诗多忧时伤乱”。明代胡应麟《诗薮》和清代王士祯《居易录》对他的诗歌评价都很高。胡应麟认为元人五律远不及宋，但却独推重张翥与傅若金，赞誉其作“雄浑悲壮，老杜遗风”，并称其成就超出元诗四大家虞集、杨载、范椁、揭傒斯。张翥生逢元末乱世，所以诗作多描绘民生凋敝，乱象丛生的现实。《杂诗》：“河淮厌兵祸，城邑多荒榛。百里无几家，但见风起尘。燕雀归果树，豺虎饥食人。乡来脂膏地，死骨今如银。”《中秋望月》：“近闻钱塘破，流血城市丹。官军虽杀贼，斯民已多残。不知亲与故，零落几家完。”诗人无时无刻不忧国忧民，诗风也表现得慷慨悲凉。其代表作《溦农叹》：

溦南有农者，家仅一辆车。王师征淮蔡，官遣给军储。翁无应门儿，一身老当夫。劳劳千里役，泥雨半道途。到军遭焚烹，翁脱走故闾。车牛力既尽，户籍名不除。府帖星火下，尔乘仍往输。破产不重置，笞垂无完肤。翁复徒手归，涕洟满敝襦。问家墙屋在，榆柳余残株。野稚雊梁间，狐狸穴阶隅。老妻出佣食，四顾筐篚无。有司更著役，我实骨髓枯。仰天哭欲死，醉吏方歌呼。

写一个农家在乱世之中被劳役所逼，走投无路的生活，是杜甫“三吏”

“三别”在元代的翻版。而且，张翥为诗勤奋异常，凡有重大事件及感触必留诸笔端，全面、立体、多角度地展示了元末社会生活的画卷，故读其作，有“诗史”之感。胡应麟推崇其“老杜遗风”正是从这些方面着眼的。《书所见》“戊戌七月”、《偕鄢元止善东门视田》等都具有同样的特色。《阳曲义士薛氏旌表诗卷》“至正二年事十二年其里人赵时照求题”歌颂了民间义士薛氏，在大荒之年开仓赈灾，将自己多年的点滴积蓄贡献出来，拯救了大批饥民的生命，张翥以诗歌为其树碑立传，赞誉其德行义举。

他写日常生活的诗作很多，从上朝、伴驾、扈从，到起居饮食，多轻松开朗，充满意趣。张翥居京为官二十多年后，才置办房屋，又因年高体虚购买了皮袍，因为不宜骑马上朝，为出行方便又添了辆非常简朴的车子，他把这个生活变化写进诗里，并自注：“予京居廿年始置屋灵椿坊，衰老畏寒始置青鼠袍，且久乏马始作一车出入，皆赋诗自志”。作者的知足长乐、幽默风趣、质朴豁达都跃然纸上。诗三首：

五槐浓绿荫门前，东宇西房数十椽。不是衰翁买屋住，归时留作雇船钱。

青鼠毛衣可御寒，秃襟空褏放身宽。遮头更著狐皮帽，好个农家老契丹。

浅浅轻车稳便休，何须高盖与华輈。短辕不作王丞相，下泽聊为马少游。

张翥题咏名胜古迹之作也不少，这与他“游历四方”的经历有关。这些作品工谨整饬，或简洁清新，或怀古探幽，无不形神兼备，蕴含无穷。一些与僧侣道人来往的应酬或者是题咏寺庙之作则空灵而有禅意。他还创作了许多题画诗，笔意奔放，想象奇伟。能够开拓挖掘画外之意，深得题画神髓。《宫中舞队歌词》三首，直接描述了在宫中所见舞蹈表演，其一云：

十六天魔女，分行锦绣围。千花织步幛，百宝贴仙衣。回雪纷难定，行云不肯归。舞心挑转急，一一欲空飞。

其服饰、装扮，舞蹈特色，给人的感受都一一呈现。

张翥在有元一代堪称一流词人，《元史》称他“长短句尤工”，陈廷焯在元词人中独推张氏，甚至认为他是元词的中流砥柱，说：“仲举词树骨甚高，寓意亦远，元词之不亡，赖有仲举耳。”清四库馆臣指出他的词“有南宋旧格”，梁廷楠《莲子居词话》也说他“出南宋而兼诸公之长”，其作结集为《蜕庵诗集》《蜕庵词》。生平事迹见《元史》卷一八六、《两浙名贤录》卷四六。（按：金明昌、承安年间也有一张翥，字仲扬。）

黄清老（1290—1348）字子肃，号樵水，邵武（今属福建）人。泰定三年（1326）浙江乡试第一，明年登进士榜。本届进士诗人辈出，杨维桢、萨都剌为元代最著名的诗人。中举后，曹元用、马祖常等人举荐留任馆阁，授翰林典籍。不久，升翰林检阅，又任翰林应奉文字、兼国史院编修。在朝中十几年，元顺帝至正元年（1341）为湖广行省儒学提举。至正八年去世，享年五十九。当时诗名较著，明清不甚流行，长期被排除在主要的元代诗人之外。顾嗣立编《元诗选·二集》，曾自《樵水集》选入黄清老诗八十五首。顾嗣立在小传中说：“子肃为文驯雅，诗飘逸有盛唐风。平生多所著述，学者称为‘樵水先生’。”

陈肃（？—1368）字伯将，无锡（今属江苏）人。举博学宏才，为兰溪州判。累官翰林学士，迁兵部尚书，出为河南行省参政。至正二十八年（1368）大都换主之际死于军前。有诗名，至正间与张翥、危素等诗人唱和于大都，以组诗《杂兴》表现其去留两难的困惑。也是知名的元曲家。《元诗选·三集》编录其诗十六首，题为《伯将集》。

第十四章　大都诗文（五）

少数民族诗人群体的崛起是元代文坛一个格外令人瞩目的文学现象。有作品流传至今的蒙古诗人有二十余人，色目诗人约一百人。[①] 清代诗论家顾嗣立评论萨都剌等少数民族诗人说："要而论之，有元之兴，西北子弟，尽为横经。涵养既深，异才并出。云石海崖、马伯庸以绮丽清新之派振起于前，而天锡继之，清而不佻，丽而不缛，真能于袁、赵、虞、杨之外，别开生面者也。于是雅正卿、达兼善、廼易之、余廷心诸人，各逞才华，标奇竞秀。亦可谓极一时之盛者欤！"[②] 这段话概括地描述了少数民族诗人群体在元代诗史上的特殊地位。

廉惇、丁文苑、萨都剌、贯云石、马祖常、廼贤、丁鹤年、泰不华等蒙古族诗人和色目诗人的创作，使得元代诗歌更加丰富多彩。

第一节　高克恭　廉惇　廉惠山海牙　丁文苑　萨都剌　马祖常

高克恭（1248—1310），字彦敬，号房山道人。回纥人，祖父汉名乐道。父名亨，字嘉甫，对儒家经典与理学颇有研究，且重操行，不苟媚事权贵，早年"为六部尚书器重，归以其女。因奉母夫人翟氏居燕"，为大

① 查洪德、刘嘉伟：《元代葛逻禄诗人廼贤研究百年回顾》，《民族文学研究》2007 年第 4 期。

② （元）顾嗣立：《元诗选》戊集《天锡门集》。

都名士，于经史理学有深究，缙绅交章论荐，元世祖忽必烈召见，所谈皆经世要务。高嘉甫淡泊仕途，晚年居于大都房山（今北京房山区），生子五人，克恭为其长子。克恭早年受父亲影响，于经学奥义，口诵心研，“识悟弘深”[①]。至元十二年（1275）由京师贡补工部令史，之后，每隔一年职务一升迁，后授户部主事。以文雅置身于公卿大夫与魁儒硕彦之间，渐以名闻。至元二十四年，升监察御史，台臣称他处事干练，持法有度，纲条具举。桑哥为相，选为右司都事，次年改派江淮行省，考核簿书，施政号称“平恕”。还都后，授为兵部郎中。不久，桑哥被处死，朝议称高克恭为端介练达之士。大德元年（1297），迁山西、河北道廉访副使，改江南行台治书侍御史。高克恭是蒙元统一江南后，第一批到江南任职的蒙古色目人。在任上他建议“兴学校，选真才，汰冗官，增吏俸，慎刑狱”，力主开科取士，深得民望；举荐人才，不计私利，声誉日隆；平反冤狱，勘别诉讼，廉明公正；大德三年（1299），高克恭又被召还京师入朝为工部侍郎。六年（1302），任吏部侍郎。八年（1304），任刑部侍郎、刑部尚书等职。在任期间，他体恤民情，赈济灾民，平反冤狱，改革吏制，无视权贵，伸张正义，朝中议事，秉持正义，不肯苟合。九年（1305），调大名路任总管，至大三年（1310），他还归京师，将朝拜之际，感风寒，久治不愈，逝世于燕京之南，终年63岁，谥文简。高克恭政绩官声俱佳，同时也是时名甚高的画家，画山水初学二米（米芾、米友仁），后学董源、李成笔法，专取写意气韵，画山水，笔法严谨，气韵生动。《图绘宝鉴》的作者夏文彦称其画“怪石喷浪，滩头水口，烘锁泼染，作者鲜及”，可见他喜用泼墨写意，画风形神兼备，秀润之间，气势尽出，代表作为《春山晴雨图》《云横秀岑图》《春云晓霭图》等。与赵孟頫南北相对，为一代画坛领袖，时人诗称：“近代丹青谁自豪，南有赵魏北有高”（元·张羽《临房山小幅感而作》），亦擅长墨竹，与北宋文同齐名。赵孟頫为其《墨竹坡石图》题诗曰：“高侯落笔有生意，玉立两竿

① （元）邓文原：《巴西集》卷下，《故太中二夫刑部尚书高公行状》。

烟雨中。天下几人能解此，萧萧寒碧起秋风。”高克恭对自己画竹作品也颇为自负，尝自题竹曰：“子昂写竹神而不似，仲宾写竹似而不神，其神而假者，吾之两此君也。”此外还精于书法、名画、古器物的鉴赏。

高克恭生性坦荡平易，与世落落寡合，遇知己则倾心相交，终身不移。在江南做官时，常与名士李仲芳、梁贡父、鲜于伯机、柳贯、虞集等交游，切磋技艺，与赵孟頫尤称至交，诗名长期为画名所掩，但是在元代其诗作就已经受到文坛瞩目，被视为“名人所作”“文物之英”，《元文类》选西域诗人五家，他的诗作在数量上仅次于马祖常。诗集为《房山集》，存诗二十三首。为诗不尚雕凿，自得天趣，诗中有画境，画中有诗意，虽轻灵如信笔，却充溢着一股奇秀之气。如《过信州》：

二千里地佳山水，无数海棠官道傍．风送落红搀马过，春风更比路人忙。

此诗化用唐人孟郊《登科后》：“春风得意马蹄疾，一日看尽长安花”之意，顾嗣立《元诗选》评价其诗“大有唐人意度。”元人柳贯评价高克恭诗歌时也特别指出其诗人与画家身份对创作的影响：“高公彦敬，画入能品，故其诗神韵胜，如王摩诘在辋川庄，李伯时泊皖口舟中，思与境会，脱口成章，自有一种奇秀之气。”① 其题画诗中，也有许多开拓画境，展现情思的佳作：“木落秋宇空，天寒远山静”；“蛸寒留剩雪，暮影入浓云”等无不是诗中有画之作。高克恭是西域人中能够用汉语写作的堪称诗人的第一人，身为色目世家，但汉文化修养极高。除了房山有田二顷，此外身无余资。逝世后，竟然因过于清贫无法下葬。去世前还特命丧葬“用朱文公法”，无疑是一位深度汉化的代表性人物。生平事迹见邓文原《故太中二夫刑部尚书高公行状》、《元诗选》二集小传、《元诗纪事》卷一〇。

廉惇（约1278—1340）字公迈，西域畏兀人（即今维吾尔族），祖籍北

① （元）柳贯：《柳待制文集》卷十八。

庭（今新疆吉木萨尔），入中原后占籍大都（今北京市）。元史名臣廉希宪之子，贯云石的舅舅。廉希宪被元世祖称为“廉孟子”，是华化最早、最深的西域人之一。廉希宪的弟弟廉希贡，儿子谦惇以及从外孙贯云石都是用汉语写作的作家，今北京魏公村、花园村以及历史上著名的万柳堂都是因这个家族在元大都影响巨大而闻名，并得以流传至今。廉惇以父荫入仕，廉希宪出镇陕西时，曾建读书堂，藏书两万卷，廉惇又增加了一万卷藏书，并命名为读书岩。这个家族代代传承的不懈努力，加之其长盛不衰的显达地位、文化影响，使之成为华化的典范，并进而对社会风气产生了重大引导作用。《永乐大典》残帙和《诗渊》等书之中，存有廉惇诗二百七十首以上，《全金元词》录存其词一阕（误署廉希宪），《全元文》（第十八册）辑录其文二篇。

廉惠山海牙（生卒年不详）字公亮，高昌畏兀人（即今维吾尔族）。廉希宪从子。至治元年（1321）进士，授顺州同知。入为监察御史，迁都水监。入为翰林学士承旨。是元代后期活跃在文坛的色目人。诗文散见于元代文献。其名字，又作廉惠山凯雅。

丁文苑（1284—1330）本名哈八石，字文苑，回族人。在元代被目为色目。父名勘马剌丁，取其末字为姓氏，以字行。于阗（今新疆和田）人，入中原后定居大都宛平（今北京）。元仁宗延祐二年（1315）首科进士，与欧阳玄、许有壬、黄溍等同年。历仕左司掾、礼部主事。至治二年（1322）任秘书监著作郎，拜监察御史，改户部员外郎、浙西佥宪，卒于外任途中。丁文苑及其子慕卨都能使用汉语写诗文，与马祖常、宋褧、王沂等诗文家唱和往来密切，但作品流传极少。生平事迹见许有壬撰《哈八石哀词》[1] 和马祖常所作《丁君诔》。[2]

① （元）苏天爵：《元文类》卷四八。
② （元）马祖常：《石田集》卷八。

萨都剌（1305—1355）字天锡，号直斋，答失蛮氏（回族）人，元代诗人。出身将门，但年少时家道中落，经商侍亲。泰定四年（1327）进士及第后，曾先后担任过一些地方官。萨都剌为官清正，颇有政声。但一生仕途坎坷，所以对现实社会怀有强烈的不满情绪。文学创作以诗歌为主，涉及内容极为丰富。其中的一些对元代社会的黑暗现实、阶级压迫有比较直截了当的反映和揭露。而《过居庸关》《题画马图》等诗，针对元朝统治者穷兵黩武，表达了强烈的反战情绪。萨都剌的山水诗颇见功力，描绘北方风物，尤具特色。《过居庸关》诗云：

居庸关，山苍苍，关南暑多关北凉。天门晓开虎豹卧，石鼓昼击云雷张。关门铸铁半空倚，古来几多壮士死。草根白骨弃不收，冷雨阴风泣山鬼。道旁老翁八十余，短衣白发扶犁锄。路人立马问前事，犹能历历言丘墟。夜来芟豆得戈铁，雨蚀风吹半棱折。铁腥犹带土花青，犹是将军战时血。前年又复铁作门，貔貅万灶如云屯。生者有功挂玉印，死者谁复招孤魂。居庸关，何峥嵘！

萨都剌曾两度官翰林国史院应奉文字，交游广泛，对政治、对京城甚至是宫中生活颇多关注，《燕姬曲》是一首闺情之作，他对大都女子的描写是："燕京女儿十六七，颜如花红眼如漆。兰香满路马尘飞，翠袖笼鞭娇欲滴。"他的《京城春暮》反映了社会贫富不均的现实。其宫词创作也非常引人注目，杨维桢《竹枝词序》说："天锡诗风流俊爽，修本朝家范，宫词及《芙蓉曲》，虽王建、张籍无以过矣。"将他与唐代擅写宫词的张籍、王建相提并论。

萨诗揭露现实极为大胆，甚至将批判的矛头直指最高统治者。元朝由于皇位继承关系比较混乱，造成宫廷斗争异常频繁激烈。至和元年（1328）泰定帝病逝于上都，于是拥立元武宗幼子图贴睦儿的一部分蒙古贵族与在上都辅佐泰定帝之子阿速吉八为帝的倒剌沙在两都之间展开了激烈的皇位争夺，上都的阿速吉八年号"天顺"，大都的燕铁木儿扶立图贴睦儿为帝，是为元文宗，年号"天历"。在元朝的历史上，又一次出现了两帝并立的局面，这就是著名的"两都之战"。元文宗在夺得皇位之后，曾下诏曰："谨俟大兄之至，以遂朕固让之心。”[1] 原来想把皇位让给长兄和世，但是当和世从西北察哈台汗国东归时，元文宗派燕铁木儿前往迎接，在到达王忽察都之地时，“明宗（指和世）暴崩，燕铁木儿以皇后命奉皇帝玺宝授文宗，疾驱而还……达上都。遂与诸王大臣陈劝复正大位。己亥，文宗复即位于上都”，[2] 一场禅让的闹剧终于演变为亲族之间血腥的谋害。经过这次事变，朝中权力被燕铁木儿掌握，元朝统治集团内部的矛盾进一步加深。萨都剌《记事》一诗直截了当地揭露元文宗为保住皇位而弑兄之事，显示了诗人的胆量和勇气：

当年铁马游沙漠，万里归来会二龙。周氏君臣空守信，汉家兄弟不相容。只知奉玺传三让，岂料游魂隔九重。天上武皇亦洒泪，世间骨肉可相逢。

所以此诗又被誉为“诗史”。明初人瞿佑《归田诗话》（卷中）评说此诗“直言时事不讳”。除了直指当朝社会政治，萨都剌的诗作中还往往借古喻今，通过题咏历史，而映射出对现实的批判。他的诗词创作都有这样的倾向。萨都剌是元代重要的出身于色目人的诗人，在诗坛比较活跃、交游广泛。他的诗才很受时人的推重，虞集曾说：“进士萨天锡者，最长于情，流丽清婉，作者皆爱之。”（《清江集序》）元末文坛盟主杨维桢对他的诗作更是推崇备至。

萨都剌的词作虽然不多，但颇有影响。其词传承苏轼一脉，《念奴娇》“石头城上”的运笔、造境、抒情方式都很明显地带有苏轼《赤壁怀古》的痕迹。除怀古题材之外，萨都剌词中还有一类是反映羁旅生活的，往往笔意清丽婉曲，所以刘熙载《词概》将其与虞集并称，认为他们“兼擅苏、秦之胜”，正是推崇其刚柔相济的特点。萨都剌为北宗体派的代表，在元代乃至整个中国文学史中都占有一定地位。被后人推崇为“有元一代词人之冠”。萨都剌在大都诗坛比较活跃，诗才受到时人推重。有《雁门集》传世。他的诗词不仅在蒙古色目诗人群中占有举足轻重的地位，就是在整个元代文坛上也占

① 《元史》卷三一《明宗纪》。
② 《元史》卷一三八《燕铁木儿传》。

有一席之地。

马祖常（1279—1338）字伯庸，号石田，其祖先系雍古部人（今新疆）。其父马润为元史名臣之一。延祐二年（1315）进士，会试皆第一，廷试第二。该榜科举，出了很多知名的文臣阁员，诗文作家，马祖常、许有壬是其中的佼佼者。授翰林应奉，擢监察御史。英宗至治间，累迁翰林待制。泰定元年（1324）除典宝少监，历翰林直学士，拜礼部尚书。至顺元年（1324）参议中书省事，累迁南台中丞。元顺帝即位，知经筵事，改御史中丞。不惧权贵，正直敢言，卒谥文贞。是元代中期最著名的文臣，工于诗文，交游广泛，在文坛有着重要地位和广泛影响。他的《上京纪行》和《无题》等诗都颇具时名，得到文坛同僚袁桷、王士熙等人反复唱和。他出使河西，袁桷、柳贯等一大批文人都作诗相送。马祖常诗歌创作题材十分广泛，不仅异域风情尽现笔下，《河湟书事》其二“波斯老贾度流沙，夜听驼铃识路途。采玉河边青石子，收来东国易桑麻”。将西域商人的贸易生活写得充满传奇色彩，令人神往。而且将中国诗史上都很少见到的商人生活纳入诗中，写巨商“罗衣熏香钱满箧，身是扬州贩盐客。明年载米入长安，妻封县君身有官。”（《湖北驿中偶成》）“西江画舸贩盐郎，白苎轻衫两袖长。不肯一钱遗贫士，却将双玉买歌娼”（《绝句》），他的《宫词十首》“绮丽清新”，别开生面。《元史》本传说：“祖常工于文章，宏赡而精核，务去陈言，专以先秦为法，而自成一家之言。尤致力于诗，圆密清丽，大篇短章无不可传者。”[①] 元代著名文学家苏天爵称其诗：“公诗接武隋唐，上追双魏，后生争效慕之，文章为之一变。”[②] 苏天爵《元文类》收录马祖常文章二十篇，诗赋三十三首，规格之高，足以说明其诗文成就。他的创作，继承乐府传统，描写下层人民的困苦，表现出鲜明的个性特征，留下了《都门》《壮游》等鸿篇巨制。还参与修撰《英宗实录》，译润《皇图大训》《承华事略》，编集《列后金鉴》《千秋纪略》。才力富健，著

① 《元史》卷一四三《马祖常传》。

② （清）顾嗣立：《元诗选》二集。

有《石田集》十五卷，其中诗五卷，存诗七百六十五首，是目前已知存诗数量最多的色目作家，被文宗誉为“中原硕儒唯祖常”。

第二节　迺贤　拔实　辛文房　伯笃鲁丁　答失蛮

迺贤（1309—约1364），汉姓马，又称马易之，号河朔外史、紫云山人。西域葛逻禄人。其祖上随蒙古大军入主中原，迁居南阳（今属河南）。至正五年（1345）北游京师，长期驻留，期间交结了许多不同民族的友人，为他们写下了许多清俊而动人心弦的诗章。后曾几番离开大都，至正二十三年、二十八年，又分别因任翰林编修、参枢密院同知桑哥实里军等职几番回到京师。他一生大约有三分之一的时间是在大都度过的，其传世作品大多与大都有关。他初来大都时，因未获官职，所以自比渴望栖息的燕子“三月京城寒悄悄，燕子初来怯清晓……主家帘幕重重垂，衔芹却向檐间飞。”（《京城燕》）希望能够得到赏识、接引，在《京师杂言》中表达了相似的意思“千金筑高台，远致天下士。郭生去千载，闻者尚兴起。或抑慷慨人，投笔弃田里。平生十万言，抱之献天子。九关虎豹严，抚卷发长喟。”希望才华有人赏识，有宏图大展的机会。事实上，迺贤还是很讨人喜欢的，张起岩《题金台集四首》中特别讲到了他的性格“爱君谈辩似悬河，更喜交情古意多”。翰林前辈欧阳玄、揭傒斯都很欣赏他的才华，梁有、王冕等也与他一起游览并时有唱和，危素与之关系则更为密切。至正十一年秋，迺贤与危素、新科进士朱梦炎等七人一同出游，来到了元大都以南的金中都遗址，即时称为“南城”之地。他们选了十六处古迹为题，每处每人赋诗一首，咏之。中都皇城巍峨庄严的寿安殿早已荒弃，原址上建起了熙攘嘈杂的酒楼，却仍以“寿安”名之，这使诗人产生了无限的沧桑兴亡之感。《南城咏古十六首》序云：

至正十一年秋八月既望，太史宇文公、太常危公偕燕人梁处士九思、临川黄君殷士、四明道士王虚斋、新进士朱梦炎与余凡七人，联辔出游燕城，览故宫之遗迹。凡其城中塔庙楼观，台榭园亭，莫不徘徊瞻眺。拭其残碑断柱，为之一读，指废兴而论之。余七人者，以为人生出处聚散不可常也，解后一日之乐，有足惜者，岂独感慨陈述而已哉，各赋诗十有六首，以纪其事，庶来者有所征焉。河朔外史乃贤序。

廼贤在《寿安殿》题下写道："梦断朝元阁，来寻卖酒楼。野花迷辇路，落叶满官沟。风雨青城暮，河山紫塞愁。老人头雪白，扶杖话幽州。"当然，寓居京师的生活并不总是繁忙而热闹的，远离故乡和家人，夜晚独处的清冷寂寞，使他感到孤独。他的许多诗作就表达了难以抑制的思乡之情，《三月十日得小儿安童书》"辞家海上忽三年，念汝令人思惘然。万里书来春欲暮，一庭花落夜无眠。贾生空抱忧时策，季子难求负郭田。但得南归茅草底，仅将书册教灯前。"他是元代末期最重要的诗人，也是用汉语写作而达到很高水平的少数民族作家代表，在大都文坛有着广泛的影响。至正三年（1343）将初游大都的诗篇结集，名为《金台集》。至正十四五年间，"裘蔽金尽"而一无所获的诗人离开了他曾经寄予无限理想与抱负，尝遍酸甜苦辣而不忍弃之而去的大都，回到故乡。友人朱右总结其十年大都生活说："壮则游京师，历燕蓟，上云代。所至，择天下善士为之交际，求天下硕儒为之诗友，日以诗歌自娱，遇可喜可愕，必昌于辞，则有《金台集》。历涉南北，览古今灵文秘迹，必志于篇，则有《河访古记》。"① 《元诗选·初集》，选入廼贤诗一百五十八首（有四首是《金台集》以外的佚诗）。其生平事迹见《元诗选》初集、《元诗纪事》卷十八以及《元西域人华化考》卷三、四。

拔实（1308—1350）字彦卿，蒙古凯烈（克烈）氏，故又名凯烈拔实，定居大都（即北京）。年仅十一岁，以近臣之子身份人侍仁宗。元文宗时拜监

① （明）朱右：《白云稿》卷五，《送葛逻禄易之赴国史编修官序》。

察御史，后以病屏居三年。曾任大都路达鲁花赤，拜集贤学士，出为燕南、河西等地廉访使。颖敏博学，善为文章。《元诗选·癸集》录入诗六首。擅长书法。生平事迹见黄溍撰神道碑、[①]《书史会要》卷七、《元诗选》癸集。

辛文房（生卒年不详）字良史，西域人，入居中原后占籍豫章（今江西南昌）。活动于元代前期。早年求学江南，与王伯益、杨载同时且齐名。皇庆、延祐间，入朝为翰林编修。杨载有《元日早朝次韵辛良史》诗、贡奎《送良史》。有诗文集《披沙集》，今不传。马祖常《题辛良史披沙集》云“悠悠今古意，落落短长歌”。著有《唐才子传》，书成于大德八年（1304），收入唐代作家近四百人，是研究唐文学的重要资料。生平事迹见陈垣《元西域人华化考》。

伯笃鲁丁（生卒年不详）字至道，西域答失蛮氏。至治元年（1321）进士，至正元年（1341）由礼部侍郎除秘书大监，诗文传世不多，见元人杨瑀《山居新话》及《元诗选》等。文两篇《鼎建庙学记》与《静江路重修通济桥记》。

答失蛮（生卒年不详）字彦修，西域阿鲁浑氏。色目世臣之后，早年入国子监。至正三年（1343）任南台御史，转西台，后入为秘书少监。至正十年，危素为答失蛮《云松隐者图》（《说学斋稿》卷四）作序，序中说：“彦修君世胄高显，早游成均，历官清要……然襟度夷雅，恬淡自将。居京师修文坊。恒杜门却扫，留情诗书文艺之间。”

---

① （元）黄溍：《黄金华集》卷二五。

第三节　梁有　熊自得

梁有，号九思。大都（今北京）南城人。迺贤《寄城南梁九思先生》序云："先生名有，平章梁文节公之孙，世居幽州，不求闻达，教授生徒百余人。奉母至孝，天历间奉敕河南北录金石刻三万余通，上进其副，今类为二百卷，曰《文海英澜》，又修《列仙传》一十卷。"梁有撰写的燕京地方人物小传，至正年间被编入《析津志》中的"名臣传"部分，所撰元代老宿名流六十人，多数曾居住在"南城"。当时所谓大都南城，为辽之南京、金之中都旧址，是辽金故家云集之地。忽必烈建成大都新城（当时称为"北城"）之后，大多居民迁往新城。旧城凋敝，但因其古迹甚多，于是大都遂成游南城风习。《析津志》"岁记"中就记载：三月初春时节"北城官员士庶妇人女子多游南城"。梁有为大都尤其是南城人物所作传记，为后世保留了一份元代人文财富，材料翔实、生动、可靠。关汉卿等人的生平幸有其记载得以闻之后世。迺贤《金台集》中《寄城南梁九思先生》诗云：

征君奉诏出京时，访古关河岁月迟。泗水中流寻汉刻，泰山绝顶得秦碑。仙人久致青牛约，弟子能修白鹿规。昨夜少微星象动，朝来兄恐史官知。

该诗与序可算是对梁有功绩一个非常客观的评价。

熊自得，字梦祥（一云名梦祥，字自得）号松云老人，江西丰城人，元朝学者，为诗画名家。元人顾瑛《草堂雅集》卷六诗前序曰："熊梦祥，字自得，江西人，博读群书，旁通音律，能作数体书，乘兴写山水尤清古，无庸工俗状，以茂才举教官，不乐拘制辄弃去，以诗酒放浪淮浙间，卜居娄江上扁得月楼，与予为忘年交。旷达之士也，号松云道人。"明初胡俨《题熊自得画》盛赞熊梦祥的画："丰城熊自得，元时以艺事入都，有声于公卿间，此小画二方，真得米老家法而兴致幽远，固可与商高班矣。”元末以茂才异等被荐为白鹿书院山长，后任大都路儒学提举、崇文监丞。熊梦祥晚年与道士张仲举一起隐居京西斋堂村（在今门头沟区斋堂镇），以著书为乐，《析津志》即撰写于此。清初纳兰性德《渌水亭杂识》：“元豫章熊自得偕崇真张真人往居，撰《燕京志》，欧阳元功[①]、张仲举皆有诗送之。”明赵琦美编《赵氏铁网珊瑚》收录欧阳元功、张仲举诗各一首，并于诗前作小序，称此地“山深民淳，地僻俗美，隐者之所宜居”。欧阳玄诗云：

先生去隐斋堂村，境趣佳处如桃源。西出都门二百里，山之盩厔水浩亹。一重一掩一聚落，一溪十渡深而浑。羊肠险径挂山腹，蜂房小屋粘云根。立当厄塞若关隘，视人衍沃同川原。市朝甚迩俗尘远，土产虽少人烟繁。锄畬藕陆宜麦菽，树栅作圈收鸡豚。园蔬地美夏不燥，煤炭价贱冬常温。前年熊郎入卖药，施贫者药人感恩。熊君携笈今就子，绕舍木叶书缤繙。崇真真人又继往，况是偓佺之子孙。紫箫夜吹辽鹤至，林响谷应松风喧。登高东望直沽口，海日涌出黄金盆。应怜漫倩恋象阙，坐羡庞公归鹿门。

欧阳之作描绘了斋堂村的地理位置，优美风景，古朴民风，熊自得来此的缘由，在这里简朴的生活，与道士崇真共同著述的佳话。张翥诗云：

燕垂赵际中有村，正在西湖之上源。源头落花每流出，亦有浴凫时在亹（音“门”）。隐居茸第据幽胜，仿佛小庄如陆浑。环之苍松数十树，拔出太古虚无根。攒峰叠壁何盘盘，地多硗磝少平原。先生生计虽苦薄，最喜静无人事繁。黄精本肥术苗脆，疆场有瓜牢有豚。吟诗作画百不理，一家笑语常春温。功名只遣世途累，饱暖已荷皇天恩。近闻京志将脱稿，贯穿百氏手自翻。朱黄堆案墨满砚，钞写况有能书孙。云晴辄辱羽客去，谷熟方来山鸟喧。土床炕暖石窑碳，黍酒香注田家盆。要知精舍白鹿洞，不

① 此处为笔误，欧阳玄，字原功，号圭斋。

待公车金马门。

《析津志》是现存最早记述北京的一部专门志书，此书对金中都和元大都的沿革、建置、官署、山水、风俗、古迹等皆有记载。是现在尚能见到部分内容的最早的北京地方志，对后世北京地区志书编纂影响深远，在北京的历史记载中占有显著而重要的地位。《析津志》今已佚失，人们只能见到据此所作《析津志辑佚》一书。

第四节　大都题画诗　笔记　小说

题画诗起源于古代的画赞，自唐代逐渐发展起来，至宋成熟。到元代，随着书法、绘画艺术的发展和文人画的兴盛，而走向鼎盛。翻开元人诗词文集，几乎所有的作家都有许多题画诗创作，少数作家的题画诗甚至占到留存作品的半数以上。这些题画诗不仅吟咏题材广泛，而且视角独特，将挖掘思想内涵，开拓画作境界，品评艺术特色等功能发挥得淋漓尽致。研究元代题画诗，至少能够获得以下几个方面的收获：第一，元代文化艺术氛围；第二，元代绘画的发展状况；第三，元人的审美意识和审美倾向；第四，诗人与画家等艺术家的关系；第五，诗人心态。

元人笔记与小说是受到后人尤其是元代文学研究者关注较多的文学体裁。笔记，是一个比较宽泛的概念，所含内容比较庞杂。一般来说，笔记中较受重视的是见闻杂记，元人笔记很大一部分出自文人的未经编订的手书，具有较大研究空间。元代笔记比较重要的有陶宗仪的《南村辍耕录》、王恽的《玉堂嘉话》、孔齐《至正直记》、鲜于枢《困学斋杂录》等。另外，周密的《癸辛杂识》《浩然斋雅谈》《齐东野语》和叶子奇《草木子》。这些笔记对于研究元代文学具有重要价值，对于研究北京元代文学同样不可或缺。

元代白话通俗小说，和杂剧、散曲一样，也是当时非常流行的文学题材。它的出现，同样是元代文学也是中国文学史的标志性事件。元代白话通俗小说今存有《大唐三藏取经诗话》《梁公九谏》《大宋宣和遗事》《新编五代史平话》《薛仁贵征辽史略》等，特别是著名的《全相平话五种》《京本通俗小说》，这些小说，有些图文并茂，开启了文学艺术相结合的新的表现形式。

话本大盛于宋，元代继续流行。这应该是一种广受欢迎的说唱艺术。《通制条格·搬词》有云："除系正式乐人外，农民、市户、良家子弟，若有不务正业，习学散乐，搬唱词话，并行禁约，都省准呈"。《元典章》"刑部"下"杂禁"条也记载当时法律条文："农民、市户、良家子弟，若有不务正业，学习散乐，搬说词话人等，并行禁约。"从元代官方制止民众"搬演词话"的规定，可以想见当时流行盛况。同时可知当时说话人是在籍乐人，属于教坊之类专门的机构管理。从《青楼集》中记载的极少的说话人情况，这一行当内已经涌现出不少非常优秀的专业艺人。他们多为女性，所说多为讲史性质。文学史上，历来宋元话本并称，实际上宋讲小说流行，元则讲史更为常见。

值得关注的是，话本和戏剧存在着多重交叉。这包括了两层含义：第一，两种文学艺术形式，经常交叉使用同一个故事内容。即同一个故事，既有杂剧演出，同时也有话本流行。第二，不少作家同时进行杂剧和话本两种艺术形式的创作。《青楼集》就记载陆显之既有杂剧《宋上皇碎冬凌》，又有话本《好儿赵正》。这至少传达出元代的一些重要的文化信息：第一，俗文学有着非常广泛的市场，并且这个市场已经有了细致、专业的划分。杂剧和话本可以满足不同消费者的需求；第二，作家创作，已经达到了高度商业化程度，每一个创新题材，都要实现最大商业价值。其途径之一就是交叉使用同一题材进行不同形式的创作。第三，杂剧和话本两种艺术形式都已高度成熟，拥有各自的专业演出者和相对固定的观众群。第四，杂剧和话本可以互为广告，让人们消费一种文化产品时，能够产生体验另外一种文化产品的欲望。金仁杰就是既创作了杂剧《东窗事犯》，也写了小说《东窗事犯》。

关于话本创作的史料留下的非常少，大都话本创作搬演情况更是不得而知。但是，从几点可以推断，当时大都一定是话本极为兴盛之地。第一，这里有最为庞大的市民阶层，他们生活富足而闲暇，重视娱乐享受，有需求就会有生产；第二，这里有最优秀的说唱艺术家，可以将此艺术发挥到较高水平；第三，这里有最集中、最优秀、数量最多的杂剧文学创作者，许多作家在创作杂剧的同时，也进行话本的创作，或者将题材转与专门的话本写作者，以实现其最大价值。第四，大都文化市场竞争激烈，即使同一个题材的杂剧，也会有不同的作家同时进行创作，不同的演员在各自的舞台同时搬演。这种竞争不但提高了艺术创作和表演水平，同时对文化市场也是一个有力的拓展、挖潜。话本和杂剧之间的交叉，具有同样的市场功能和效果。

第五节　大都诗文的影响及评价

元人对本朝诗文成就的评价很高。戴良《夷白斋稿序》以世运论文，认为文运是随着世道升降，风气盛衰而变化的，他历数周以来的各朝各代，非常自豪地得出结论："我朝舆地之广，旷古未有。学士大夫乘其雄浑之气以为文者，固未易以一二数。"认为元代诗文成就是古今最为卓越的。如果以作家的胆识、经历、视野来评价其作品境界，那么他的结论还是很有一番道理的。欧阳玄在评价当朝诗文时，更是极力推崇大都文坛，他在《罗舜美诗序》中说："我朝延祐以来，弥文日盛，京师诸名公，咸宗魏晋唐，一去宋金季之弊，而趋于雅正。"也同样有以诗论人、以人论诗的潜台词。

我们对北京元代诗文的研究，除了其他史料旁证外，最为直接的就是阅读元代大都作家的诗文文本。最著名的诗文总集是苏天爵所编《元文类》（原名《国朝文类》），大都著名作家的诗文别集则有：耶律楚材的《湛然居士文集》，姚燧《牧庵集》三十六卷，刘因《静修集》三十卷，赵孟頫《松雪斋集》十卷，欧阳玄《圭斋集》十五卷，虞集《道园学古录》五十卷，《道园遗稿》六卷，黄溍《金华黄先生文集》四十三卷，马祖常《石田集》十五卷，萨都剌《雁门集》十四卷等。

下　编

北京元代文学与社会生活

第十五章　大都杂剧繁荣的政治原因

杂剧在元代骤然而兴，之后又骤然而衰，常常令人感到突兀，困惑不解。明代人王骥德就非常感叹，说：“此窍（指戏剧）由天地开辟而来，不知越几百千万年。俟夷狄主中华，而于是诸词人一时林立，始称作者之圣，呜呼异哉！”①

有关杂剧繁荣的原因，元代大致有两种倾向，虞集、罗宗信、周德清等人主张社会繁荣说，认为杂剧的繁荣与社会繁荣密切相关。虞集在《中原音韵序》中说：“我朝混一以来，朔南暨声教，士大夫歌咏，必求正声，凡所制作，皆足以鸣国家气化之盛。自是北乐府出，一洗东南习俗之陋。”贾仲明在为钟嗣成所作吊词也说：“钟公《鬼簿》应清朝，《范蠡归湖》手段高。元贞年里，升平乐章歌汝曹。喜丰登雨顺风调。茶坊中嗑、勾肆里嘲，明明德，道泰歌谣。”这些观点都认为元曲兴起繁荣是国家太平富足，民众物质和文化生活水平大幅度提高的结果。明代朱权更将此论点推向绝对：“杂剧者，太平之盛事，非太平则无以出。”②

与之完全对立的是钟嗣成的观点，他认为是社会的不公平和对士人的压抑，才引发了作家的不平之气，促进了元曲的兴盛。因为杂剧作家大多“门第卑微，职务不振”，理应是社会中不得志的一群人。同样对于杂剧创作的主体持消极被动理论态度的，还有明人胡侍，他在其《真珠船》卷四的“元曲”条中，就已表述得十分明白：“盖当时台省元臣，郡邑正官及雄要之职，中州人每每沉抑下僚，志不获展……于是以其有用之才，而一寓之乎声歌之末，以舒其怫郁感慨之怀，所谓不得其平而鸣焉者也。”③ 在这里，胡侍明确

① （明）王骥德：《曲律》卷三，《杂论第三九》上第二四则。

② （明）朱权：《太和正音谱》之《群英所编杂剧》篇。

③ 转引自于文才编著：《元曲纪事·总评》，人民文学出版社 1985 年第 1 版，第 5 页。

认定，由于元朝统治实行民族歧视政策，造成知识分子无缘政治舞台，才无可奈何地“以其有用之才”而去从事杂剧创作这一“末业”的。臧晋权《元曲选·序》也认为元代读书人“际天地闭塞之秋，无法展布所怀，只有躬践排场，迹偶俳优。”他们都是把元代大批知识分子从事杂剧创作归之于当时读书人社会地位低下。

以上两种观点如此对立，但似乎各有道理。事实上，他们都部分真实地描述了元代社会的现实，只是社会发展与文化进步之间的关系并非表面呈现出来的那样简单，或者一荣俱荣，一损俱损，或者完全相反，此消彼长，其间相互的作用方式和影响后果充满了辩证性。

杂剧起源和形成尽管意义重大，但对北京元代文学而言，更值得关注的应该是杂剧为什么在大都兴起、成熟并走向繁荣，怎样特殊的文化生态环境使得大都成为元杂剧鼎盛期的中心。探讨大都影响杂剧发展的特殊性，较之对杂剧一般性影响因素的阐述更具意义。

政治方面，蒙古统治者是一个对于歌舞音乐有着特殊喜好的民族，这对杂剧这种集音乐、歌唱、舞蹈、搬演故事于一身的文学艺术新体式的发展无疑是有着积极促进作用的。南宋孟珙《蒙鞑备录》记载蒙古时期，即使是军旅之间，“国王出师，亦从女乐随行”。元朝掌管乐舞的机构和官员也受到了空前的重视，《元史·百官志》记载，元朝设立管理乐人的教坊司，其品位高达正三品，这是以往无论是唐、宋，还是辽、金同等机构从来都不曾有过的高规格和高级别。由此可见蒙古统治者对乐舞的重视和喜爱程度。大都是较早纳入蒙古统治的地域，之后，在统一南北的进程中，又成为权力枢纽、政治中心，后来更进而确立为国家首都，全国政治中心。大都集中、聚集、生活着大量高级别的、最具决策力、影响力的人群，这种异常密切的地缘关系，无疑决定了统治集团的喜好对这个地域文学艺术形式的选择会产生非常直接而重要的影响。

元宫廷将杂剧演出引入宫内，各种史料中向宫廷“献剧”的记载很多。《马可·波罗游记》一书描述宫中生活时记载说“席散后，有音乐家和梨园子弟演剧以娱乐众宾”。元熊梦祥《析津志·岁纪》记载，大都城内外在节日经常有一些规模很大的演艺活动，如“二月八日……南北二城，行院、社直、杂戏毕集”二月十五日皇城内“凡社直一应行院，无不各呈戏剧”。“仪凤、教坊诸司乐工戏使，竭其巧艺呈献，奉悦天颜。次第而举，队子唱拜，不一而足”。腊月，“仪凤司、教坊司、云和署，奉御，日日点习社直、乐人、杂把戏等，以备新元部家委官一同点视”。朝鲜《朴通事谚解》（卷上）中也有涉及大都院本演出的记载，写到一些人举行赏花筵席时，有“着张三去，叫教坊司十数个乐工和做院本诸般杂技的来”之语。至于对杂剧演出的具体记述就更多，频繁见诸各家《元宫词》。元人杨维桢《元宫词》说：“开国遗音乐府传，白翎飞上十三弦。大金优谏关卿在，《伊尹扶汤》进剧编。”明初朱权《元宫词》说：“初调音律是关卿，《伊尹扶汤》进剧编。传入禁垣官里悦，一时咸听唱新声。”“《尸谏灵公》演传奇，一朝传到九重知。奉宣赍与中书省，诸路都教唱此词。”“风调雨顺四海宁，年年正旦将朝会，丹墀大乐列优伶。殿内先观玉海青。”朱氏所作《元宫词》共有百首之多，诗前朱氏曾自为小序，说明写作宫词的缘由和其本事依据：“永乐元年（1403），钦赐予家一老妪，年七十矣，乃元后之乳姆女，知元宫中事最悉，间尝细访，一一备知其事。故予诗百篇，皆元宫中实事，亦有史未曾载，外人不得而知者。”以此来说明《元宫词》记载足以征信。杨维桢本人是元朝人，朱权所言渠道直接来自元朝宫中知情人，所以他们词中反映的杂剧在元朝皇宫内苑备受欢迎的盛况是切实可信的。现存的元杂剧剧本，很多都残留着“录之御戏监”或“内府”字样，这都是当时宫廷“承应”所用的本子。臧晋叔《元曲选》序文中也曾说：“予家藏杂剧多秘本，顷过黄，从刘延伯借得二百种，云录之御戏监，与今坊本不同。”这些都足以证明杂剧的创作和演出当时确实受到最高统治集团的喜爱和支持。

元时，在宫廷演剧的分为两种，一种是专为皇宫服务的艺人，演员称作“乐人”。戏剧的教习、排练以及演出均由教坊司管理。明初朱权《元宫词》中有一首专门描写了宫内教习戏曲的情形：“内中演乐教师教，凝碧池头日色高。女伴不来情思懒，海棠花下共吹箫。”除了宫中乐人的演出，教坊或行院艺人每逢节日和庆典也经常进宫演出，如每年二月十五日，“凡社直一应行院，无不各呈戏剧”。“仪凤、教坊诸司乐工戏伎，竭其巧艺呈献，丰悦天颜。”[①]《马可·波罗游记》在记载宫中活动时也说“席散后，有音乐家和梨园子弟演剧以娱乐众宾”。

能够进宫演出，通常都是在剧坛享有盛誉者。宫中献演，对演员和编剧都是一种极高的荣誉。同时，它可以将最新的剧目带入禁中，使得宫中乐人有了新的学习借鉴的样板。反过来，奉旨演出的剧团和剧目，无疑又成为他们在民间演出招徕观众最具号召力的信誉保障。当然宫中乐人的演出，在某些方面也一定会对教坊行院戏剧艺术有所影响。这种相互的沟通与互动，将民间演剧场所和宫廷演出两个不同的空间联系起来，对整个大都杂剧艺术水平的全面提高当有很大裨益。

统治集团的喜爱支持虽然出于享乐目的，但在客观上会起到“上行下效”的鼓励作用，对杂剧繁荣起到积极影响。

除了出于享乐目的而在宫中进行演出，杂剧更作为代表国家文化艺术形象的形式，固化为各种外交酬宾以及庆典活动中一项程式化、礼仪化内容。这种庆典、宴饮加杂剧演出的形式并非元朝独创，早在宋、辽、金时代，宫廷、官府、僚属机构就已经形成了惯例，在各类史料中常常可以发现这方面的明确记载。《东京梦华录》中“宰执亲王宗室百官入内上寿赐宴”条和“驾幸永殿争标赐宴”条中，都记载有杂剧演出。而《辽史》《金史》《宋史》中，宫廷开宴或者是外交宴饮，也都常有“杂剧进”的记载。尽管宋、辽、金所言彼杂剧并非元曲意义中的此杂剧，但凡有庆典宴饮便有“杂剧进”的形式被保留了下来。元朝疆域辽阔，对外交往频繁，来到大都的外国使节、宗教领袖和高级商旅使团络绎不绝，有些友邦的国王甚至因为迷恋大都生活而长期滞留中国，不肯离去。所有的国务接待中，杂剧已经成为必不可少的酬宾活动，如此，杂剧歌舞已经超出皇室、贵族个人欣赏喜爱的范围，上升为国家政治、经济、文化生活中不可或缺的重要组成部分，某种程度上具有

① （元）熊自得：《析津志》“岁纪”。

了“国剧”的地位。

在都市生活中，最引人注目，且最具典型的民族融合意义的是节庆日的娱乐活动。中国历史上从没有哪一个朝代能像元朝这样拥有那么多的节日和庆典，也从没有哪一个城市能够像大都这样充分享受所有这些节庆活动的欢乐。这些节庆活动将所有的人群聚合成了一个整体，它们不仅仅属于一个阶层，也不仅仅属于一个民族，它属于大都的每一个人，而在这些节日里，必定不会缺少杂剧的身影。

政治方面的另外一个原因，是蒙古灭金之后，废弛科举近八十年的时间。许多学者认为，是科举道路的阻塞，士人缺乏了必要的出路，才导致了杂剧的繁荣。最早提出这种观点的是王国维，他认为：“盖自唐宋以来，士之竞于科目者已非一朝一夕之事，一旦废之，彼其才力无所闻，而一于词曲发之。”“适杂剧之新体出，遂多从事于此。”[①] 但也有学者认为有元一代，科举并未完全废止，况且还有其他的晋身之途，所以士人“进身的阶梯是没有抽掉”。[②] 的确，元杂剧的兴起、繁荣、衰退，表面上与科举废弛相伴而生，在时间上高度重合，基本同步，两者之间似乎存在着密切的因果关联。但事实上，科举废弛仅仅是元代众多客观存在的一个，与杂剧兴废之间的关联仅仅只是一种时间坐标上的巧合。这种偶然之下，掩盖着另外的必然，那就是有元一代扬弃、打破了传统的思想统治和社会层级秩序，习惯了“学而优则仕”的士人们，在以往“学得文武艺，货与帝王家”的出路被阻塞之后，一方面感到异常的苦闷彷徨，另一方面，被从科举的独木桥上赶了下来，走出书斋，却也获得了前辈士人从未有过的开阔视野和更多的人生道路选择的机会。客观上，走出书斋的士人，在感情上接近民众，了解民众的喜怒哀乐，他们以自己的杂剧创作，成为民众思想感情诉求的代言人。并以此赢得了社会的尊重，找到了全新的实现个人人生价值的舞台。与此同时，更重要的是，他们在经济上首次依靠市场，而不是依靠政权体系获得了生活上的独立，具备了凭借

---

① 王国维：《宋元戏曲史》，上海古籍出版社 1998 年版。

② 翦伯赞：《读郑振铎〈关汉卿戏曲集·序言〉》，载《翦伯赞历史论文选集》，人民出版社 1980 年版。

文学创作独立地养家糊口的能力，进而有了安身立命的自豪感，这是从未有过的。因为在中国整个历史长河中，作为一个读书人，除了投靠政治进入仕途，或者依靠教授生徒维持生活之外，是没有其他政治出路和经济出路的。文学创作始终都是纯粹的个人消遣或者是制造名望进入仕途的敲门砖。就价值属性而言，它们是纯粹的精神产品，只具有文化价值，从来都没有能够转化为商品，实现其商业价值。在元代的大都，杂剧这种文学创作第一次具备了商品属性，可以在文化市场上获得相应的经济利益，从而使得其生产者有了稳定的商业利润，可以将此作为专门的产业，进行职业化的生产，这是开天辟地的第一次。因而可以说，科举废弛是对士人关闭了一扇习以为常的狭窄小门，却打开了一扇风光无限开阔的大窗。只要具备一定的文艺才情，又肯于打破思想禁锢，这种能够舒畅地抒发情致，展示才情并获得社会认可和民众喝彩的杂剧创作道路，对士人来说，的确是一种有着相当吸引力的新选择。

元代当然不是一个符合中国人传统政治理想的社会。它是一个充满矛盾、冲突、纠结的时代，社会制度的变革，文化的对垒融合，人们价值观念的更新，伦理道德链条的断裂、重建，都给人们的思想带来冲击、震动、混乱和痛苦，人们处在新旧两个时代的夹缝之间，不得不思考，不得不选择。现实带给作家的压抑、痛苦，思考以及思考、彷徨之后依然的无法释然、无法解脱，这些都是创作不可或缺的精神动力。好在元代又是一个开放的时代，变革的时代，精神解放的时代，可以自由表达的时代。敏感的、天才的杂剧作家们，创作激情终于在矛盾纠结中宣泄、爆发，历史将他们推向这样一个位置，使他们作为时代觉醒的战士，成为千千万万有着同样灵魂痛苦人们的代言人。

第十六章 城市、商业、市民——大都杂剧繁荣的客观条件

戏剧，是一种群体消费型的艺术，它不同于诗文、小说这类语言艺术，可以无视接受者的存在，其生存、发展始终要依赖于消费群体。同样，杂剧的发展和兴盛，也有赖于该种文化消费群体规模性的成长。宫廷性的各种娱乐演出，自古有之，但是要形成一种能够立足于世的独立样式，非走向民众，拥有广泛的社会基础不可。杂剧早在辽代就已经具备了其基本形制和名称。尤其是一些重要的外交宴请场合，用杂剧演出招待来宾也已经成为惯例。当时这些杂剧主要流行于燕京一带。经过金代的发展，杂剧依然未成气候，还停留在宫廷而没能真正走向民众。到金末元初，一切都发生了根本的改变。首先，经济的发展、城市的繁荣以及城市性质的改变和真正意义上的市民阶层的崛起，为杂剧发展提供了必要的物质条件和广泛的消费群体。

对于杂剧兴盛与经济发展、城市繁荣之间的密切关系，不少学者持肯定态度。但是在发展和繁荣的内涵上却有很大的分歧。一种是正面的、积极意义的“繁荣说”，如蔡美彪等著的《中国通史》认为，元代杂剧“是宋金时代戏剧合乎规律的发展，是在城市经济的土壤中生长繁荣起来的。”[①] 阿英在《元人杂剧选》中也强调说：“关键性地保证了元曲加速成长的，是元代的经济关系。元代经济繁荣，促进了元曲的发展。”另外一种论点是与之相反的“畸形繁荣”说。他们认为元代在蒙古贵族统治下，农业生产遭受严重破坏，但由于统治者把财富集中到了少数大城市，把大量工匠赶到城市组织消费品

---

① 范文澜、蔡美彪：《中国通史》（第七册），人民出版社 1983 年版，第 487 页。

生产，同时失去了土地的农民也陆续流入城市，从而导致了城市的畸形繁荣。围绕这些问题，长期以来研究者们进行了广泛探讨，但分歧依然。

事实上，所谓“畸形繁荣”说的立论根基，依然是以中国传统经济模式重农轻商的保守思想为基础的。在这种思想基础之上所制定的国家发展策略，必然导致中国长久以来的农业立国，广袤的农村长期从事着落后的农业生产，占国家人口绝大多数的农民被孤立地、分散地、牢牢地束缚在土地上，缺乏必要的流动性，城市数量和城市规模发展停滞不前，缺乏生机活力。如果以农村与城市的数量以及二者之间人口规模相比较，农业立国的中国传统经济模式才是失衡的、不成比例的，同时也是“畸形”的，极大地制约了生产力的发展，因而是腐朽而落后的。世界经济和城市发展的规律告诉我们，必须有生产的专业化分工，产业的规模化聚集，科技、商贸、交通、运输的全面配合，市场的有效开发，经济才能获得发展活力，城市才能健康成长。就像是衡量生产关系是否适应生产力发展就看生产力是否得到解放一样简单的道理，我们只要回顾一下元朝科技的发展水平，生产力的发展水平，在世界上的地位，文化的广泛影响，我们就可以比较清晰地判断出这个王朝所制定的经济发展政策是先进的还是落后的，是充满生机活力的还是腐朽衰败的。整个元代，手工业的生产与两宋和辽金相比，都有了很大程度的发展，纺织、陶瓷、酿酒、制盐、冶炼、开矿和兵器制造业等都得到了长足发展，生产工具得到改良，技术水平极大提高，产品种类和数量都大为增加，国内外市场急剧扩大。在发展商业方面，蒙古政权采取了一系列“重利诱商贾”挖池蓄水的措施，将大都的商贸税率压低到了四十分之一到六十分之一，甚至是“置而不税”，以此吸引天下商贾。如此背景之下，大都经济发展和城市繁荣的确超过了历史上其他时期，它甚至一跃成为在世界范围内举足轻重，极具影响力的国际大都市。而这是与元帝国广袤的疆域，强大的实力，先进的科技，广泛的商贸往来相匹配的，是元朝发展经济的努力所结出的丰硕成果，它的辉煌是有目共睹的，曾经让世界震惊。至于社会的不公和贫富的差距，那是政治层面上的问题，我们并不能因为政治上的失败而否定经济上的部分成功。明代文学家、戏曲作家李开先的认识更为客观。一方面他强调汉族士子“沉抑下僚、志不获展”，以其有用之才，寓于声歌，“以舒其怫郁感慨之怀”[①]。另一方面则承认“词肇于金而盛于元，元不戍边，赋税轻而衣食足，衣食足而歌咏作，乐于心而声于口……传奇戏文，于是乎侈而可准矣。穆玄庵谓‘不可以胡政而少之’，亦天下之公言也”。[②] 这里所说的“乐”是不事科举、自得其乐之乐。他将政治、经济、文化三者的关系归纳为“以见元词所由盛，元治所由衰也。”[③] 的辩证关系，表现出客观、理性、科学的精神。

世界戏剧发展史表明，任何国家或地域戏剧的发展繁荣，一定是以城市的规模，商业的繁荣，建筑业的发达和市民阶层的壮大为依托的。如希腊悲剧的繁荣，有赖于雅典城邦工商业繁荣，建筑业发达，人口集中，政治活跃。后来罗马戏剧的兴盛也是如此。在东方，因为中国始终都是较为纯粹的农业国家，以农立国，重农轻商，工商业发展比较缓慢。因此，戏剧辉煌时期的到来要晚许多，比古希腊戏剧至少迟了一千多年。尽管中国历史上也有着以其辉煌足以傲世的著名城市，如唐代的长安，宋代的汴梁。但是，中国以农业立国的性质，决定其都城更多发挥的是政治、文化中心的效能。因而尽管长安、汴梁等城市当时手工业、商业也都非常繁盛，也都为戏剧的产生准备了必要的条件，如唐代出现了戏剧的雏形参军戏，宋代作为戏剧商业演出场所的瓦舍勾栏大大兴盛，但它们终因城市的各项功能基本都是紧密围绕国家政治中心这个枢纽在运转，是以为宫廷和统治集团提供服务和物质保障为核心的，所以并非真正意义上的商贸城市，数量庞大的、较为富裕的、有着独立社会身份的市民阶层也没有能够真正发展壮大。

元代的情形就大不相同了，从成吉思汗十年（1215）蒙古军队攻占燕京，到至元元年（1264）忽必烈将燕京立为陪都，之后又正式确定为首都，在半个多世纪的发展过程中，大都已经成为北方乃至全国最大的城市。蒙古政权因其经济基础与汉族传统政权重农轻商不同，历来重视手工业生产和商贸活动，所以在城市功能和性质上，从单纯的服务向生产、流通、服务并重转化，

---

① （明）胡侍：《真珠船》卷四《元曲》。
② （明）李开先：《西野春游词序》，《闲居集》六，《李开先集》。
③ （明）李开先：《张小山小令后序》，《闲居集》五，《李开先集》。

通过发展手工业和商贸聚集财富，在促进城市功能转化的过程中实现了繁荣发展。蒙古政权对工艺技艺也有特殊的偏好，蒙元军队所到之处，烧杀抢掠，杀人如麻，唯独将医、巫、金银工、画家、塑匠、陶瓷、瓦木工等工匠艺人视为财富，不予人身性命伤害，而是抢掠据为己有。由于统治者对工艺美术特别重视，元代手工艺、艺人这些在中国传统价值体系中被视为雕虫小技的“末业”之人，身价大幅度提高，如雕塑家阿尼哥、刘元等都曾得到皇家特殊礼遇，封官并给予特权，许多画家也因为其艺术技能而封官进爵。蒙古政权他们在武力征服世界的过程中，从西域和全国各地迁来大批的能工巧匠，工匠尤其是高等工匠的社会地位有所提高并且在完成规定的生产额度之后，产品可以进入市场自由买卖，获得一定报酬。商人，尤其是大商人的利益得到了特殊的关照与保障，许多蒙古王室贵族将他们在战争中聚集的巨额财富，委托给色目人代为打理经营，牟取暴利。因而，色目大商人的商业行为，往往具有王室或者贵族的政治背景，有些行业甚至具有官商垄断性质。为手工业和商贸提供一切尽可能的便利，这在首都城市规划和建设上也得到了鲜明的体现。大都兴建之前，无论是辽南京、金中都，其城市格局都是继承汉唐坊里制，城市居民被隔离、封闭、限制居住在坊墙之内，通过宵禁等制度进行出入管理，公共娱乐受到了很大的限制。而大都在规划建设时，虽然保留了坊的形式，依然有坊门，规划整齐对称，但是坊基本只作为管理单位而存在，高大封闭的坊墙已被废除，实行空间开放的模式，出入便利，活动自由。

元代城市建设中，非常注重公共活动场所的设立，有些公共场所大多与商业市场相连，这使得包括杂剧演出能够随时吸引更多的居民。大都城内民间演出戏剧主要是在专业的勾栏或歌台酒楼。勾栏很多，如位于皇城西（今北京西城西四南大街）的“羊市街”就是一条著名的娱乐街。元李好古杂剧《张生煮海》中有一段人物对白就特别提到“砖塔胡同”、“西院勾栏”。在其附近，是羊市、牛市、马市、骆驼市等，商业交易频繁，流动人员也多，所以自然也就成为勾栏演出非常活跃的地方。元熊梦祥《析津志·岁纪》记载说：“二月八日，平则门外三里许，即西镇国寺，寺之两廊买卖富甚太平，皆南北川广精粗之货，最为富饶。于内商贾开张如锦，咸于是日。南北二城，行院、社直、杂戏毕集。恭迎帝坐金牌与寺之大佛游于城外，极其华丽。……教坊诸等乐人、社直、鼓板、大乐、北乐、清乐……互相夸耀。于以见京师极天下之丽，于以见圣上兆开太平与民同乐之意。”

杂剧演出的另外一个场所，就是歌台酒楼。这里的演出可能不像勾栏之中那样正规，行当、服装、配乐未必齐全，应该是类似于清唱或者杂剧片段演出。元无名氏【般涉调·耍孩子儿】《拘刷行院》套曲中【十三煞】，曾对歌台酒楼里的戏剧演出有过非常生动的描述：“穿长街蓦短衢，上歌台入酒楼。忙呼乐探差祗侯，众人暇日邀官舍，与你几贯青蚨唤粉头。休辞生受，请个有声名旦色，迭标垛娇羞。”[①] 从这段话可以得知，歌台酒楼就坐落在市民可以方便进出的临街铺面之上，而演员的演唱是随时可以付钱邀约的。位于皇城以北的“斜街”是元代很著名的歌台酒楼集中之地，这条街位于钟楼、鼓楼一带，与海子（今积水潭后海）毗邻。因这里是南北大运河的终点，商贸繁荣，人气鼎盛，所以在这条街上，“率多歌台酒馆”[②]。诗人宋褧词【望海潮】《海子岸暮归金城坊》就描绘出海子边斜街歌舞繁华的盛况：“山含烟素，波明霞绮，西风太液池头。马似游龙，车如流水，归人何暇夷犹。丛薄拥金沟，更萧萧宫树，调弄新秋。十里烟波，几双鸥鹭两渔舟。暮云楼阁深幽，正砧杵丁东，弦管啁啾。淡淡星河，荧荧灯火，一时清景难酬。马上试冥搜，填入耆卿谱，摹写风流。明日重来柳下，携酒教名讴。”著名杂剧艺妓张怡云就居住在这里。除了大都城内，城外周边如门头沟等地的杂剧演出也非常活跃，演出场所遍布乡村。

大都居民的构成非常复杂，概括地说是多民族、多职业、多等级、多阶层、多文化。早在蒙古军队攻占金中都之前，这里的民族成分就已经相当复杂，人数最多的是汉族，还有女真、契丹等少数民族，数量也很可观。随着蒙古军队的进驻和政权的建立，蒙古民族和随之而来的西域各少数民族的人数大量增加。忽必烈确立大都为国家首都之后，蒙古宗王贵族及其

---

① 隋树森编：《全元散曲》下册。

② （元）熊自得：《析津志·古迹》。

家属、随从、仆役一同迁来，他们来自草原，虽然定居皇城，依然保留了许多草原生活习性。皇家卫队以及拱卫首都的嫡系部队，主要由蒙古族和色目人组成。宫中的嫔妃宫女也来自不同的国家和民族，她们面容姣好，很多人能歌善舞。在京的各级官署机构也容纳了大量的官员吏属，仅够品级的高等官员据《元典章》记载就有："朝官二千八十九员，色目九百三十八员，汉人一千一百五十一员；京官五百六员，色目一百五十五员，汉人三百五十一员。"此外，还有从事文化、教育、宗教职业的各种专业宗派领袖，他们及其生徒、追随者更形成一个庞大的群体。当然，都城中，人口最多的还是从事各种手工业的工匠，职业繁多，行当齐备，几乎囊括了当时生产生活需要的各个方面，许多技艺都处在国际先进水平。从蒙古国时期，大批的工匠从西域少数民族地区迁来燕京，从事手工业生产，其管理单位为工匠总管府。一个总管府管辖的工匠少则数百，多则数千。而大都所设立的工匠总管府多至数百。由此推断，这是一个庞大的数字，加上工匠的家属，数量更为可观。这些工匠及家属成为大都常驻人口的一部分。此外大都四通八达的交通，为商贸发展提供了非常便利的条件，大都成为百物汇聚之处，天南地北的物产被运送到大都城。所谓的"四海为家天地开，诸侯方物集燕台"[①]，这里因此而聚集了为数众多的商人，除了国内的坐贾行商外，还有大批来自中亚、西亚乃至欧洲各国的商旅。《马可·波罗游记》描述说："应知汗八里城（即大都）城内人户繁多……郭中所居者，有各地来往之外国人，或来入供方物，或来售货宫中……外过巨价异物及百物之输入此城者，世界诸城无能与比。百物输入之众，有如川流不息……盖此城为商业繁盛之城也。"据王恽记载，中统年间，燕京路有回回商人二千九百余户。来自周边国家如日本、朝鲜以及中亚、南亚、乃至欧洲、非洲的使团和商队络绎不绝。此外，由于蒙古政权对外交往的广泛，各国经济、文化使团的到访也保持着相当的规模和数量。进京觐见的宗教使团也是络绎不绝，据记载，早在忽必烈即位之前，罗马教廷就曾多次派

① （元）程钜夫：《曹承旨掷双陆得画犬诗》，见《雪楼集》卷二九。

出教团前来蒙古都城，忽必烈即位后，教廷又派出教团到大都，争取对他们在中原地区传播基督教义的支持。佛教的寺庙、道教的道观以及大都的各类专门的教育机构，不仅容纳了大量常驻的专业人士，机构管理人士，也随时吸引着来自全国各地的大量同业者、学习者、朝觐者、游历者，这些共同构筑了大都庞大的流动人口群体。大量人口，产生了对文化商品的大量消费，数额极为惊人。马可·波罗在其游记中就曾经记载说："汗八里（即大都）……正如我们前面所讲到的，那里有二万五千名娼妓。无数商人和其他旅客为朝廷所吸引，不断地来来往往，络绎不绝。娼妓数目这样庞大，还不够满足这样大量商人和其他旅客的需要。"[①] 这里所谓的娼妓，并非单纯色相售卖，更多的以歌唱、舞蹈、音乐等文化技艺供人消遣。

反过来，城市的繁荣，经济的发达，生活的便利、文化生活的丰富，以及首都所独有的个人发展机会的优势，又使得城市吸纳能力急剧增强，吸引了来自世界的目光和人才到此定居。时人已经关注到大都这一特殊的现象，指出："京师众大之区，四方士苟负一艺一才，远者万里，近者数百里，航川舆陆，自东西南北而至。"[②] 这反过来又使得人口规模不断扩大，进一步促进了城市的发展壮大。据记载，至元顺帝时，大都已号称"人烟百万"，绝对称得上是人口众多较为庞大的世界城市了。这么一个宗教信仰不同，风俗习惯不同，语言和交流方式不同，杂居混处的庞大市民群体，使大都呈现出历史上从未有过的丰富多彩的文化生活形态。大都人口的基本构成、文化素养、价值观念和审美取向对文化产品的生产和发展起着决定性的作用，是观众决定了杂剧的基本面貌。

英国近代戏剧理论家威廉·阿契尔在他的《剧作法》一书中，开头就指出"戏剧除了对于观众以外是毫无意义的。它是用一种特殊的手法描绘出来的生活图景，这种手法本来设计的就是为了要用这种生活图景深深打动聚集在某一指定场合的相当数量的观众的。有句话说得很好：'观众构成剧院。'"[③]。弗·萨赛也说过，"任何戏剧作品，都是为了演给由若干人组成的

① 《马可·波罗游记》，第二卷第二十二章，第111页。

② （元）危素：《送夏仲信序》，见《危太仆集》卷九。

③ （英）威廉·阿契尔著：《剧作法》，吴钧燮，聂文杞译，中国戏剧出版社1964年版。

一群观众观赏的，这就是戏剧作品的真正本质，这就是一个剧本存在的必要条件。”[①] 英国当代著名戏剧理论家马丁·艾思林的《戏剧剖析》说的更为干脆明确：“没有观众，也就没有戏剧。”[②] 其原因，借用阿契尔的解释是：“用戏剧叙述故事的艺术，必然与叙述故事的对象——观众——息息相关。你必须先假定面前有一群处于某种状态和具有某种特征的观众，然后才能合理地谈到用什么最好的方法去感动他们的理智和同情心。”[③] 英国当代著名戏剧理论家阿·尼柯尔也表达了近似的意见：“戏剧是和整个戏剧表演的物质领域——包括它的拥挤的观众和普遍的感染力——紧密联系在一起，并以之为转移的。”[④] 大都杂剧的繁荣是建立在同样的根基之上的，与当时、当地观众的社会生活和普遍心态有着密切关系。表面上看，杂剧艺术是依靠杂剧作家和表演艺术家来完成的，但实际上，创作什么样的作品，表达怎样的思想却是由观众所决定的。因为作为文化消费品的杂剧，要想赢得更多的观众，就必须针对消费对象考虑他们的喜怒哀乐，所思所想。应该说，有什么样的观众，才能产生什么样的杂剧。大都观众的指向，决定了大都杂剧创作中人物的选择和塑造，决定了其思想的表达、道德的评判、是非的抉择和审美意象。正如学者姚华所言：“曲为有元一代之文章，雄于诸体，不惟世运有关，抑亦民俗所寓。”[⑤]

由于史料的缺失，文字记载的匮乏，今日我们对于大都杂剧的观众知之甚少。但是正如法国文艺理论家丹纳所说：“艺术家不是孤立的人，我们隔了几世纪，只听到艺术家的声音，但在传到我们耳边来的响亮的声音之下，还能辨别出群众的复杂而无穷无尽的歌声，像一片低沉的嗡嗡声一样，在艺术家四周齐声合唱。只因为有了这一片和声，艺术家才成其为伟大。”[⑥] 同样，

---

① 转引自约翰·霍华德·劳逊：《戏剧与电影的剧作理论与技巧》，邵牧君，齐宙译，中国电影出版社 1989 年版，第 376 页。

② （英）马丁·艾思琳：《戏剧剖析》，罗婉华译，中国戏剧出版社 1981 年版，第 16 页。

③ （英）威廉·阿契尔著：《剧作法》，吴钧燮，聂文杞译，中国戏剧出版社 1964 年版，第 9 页。

④ （英）阿·尼柯尔著：《西欧戏剧理论》，徐士瑚译，中国戏剧出版社 1985 年版。

⑤ 姚华：“曲海一勺·述旨”，载《元杂剧研究》，湖北教育出版社 2003 年版，第 74 页。

⑥ （法）丹纳：《艺术哲学》，傅雷译，人民文学出版社 1983 年版，第 6 页。

从大都杂剧作家留给我们剧本中，虽然遥远但是依然可以清晰地听到了大都观众的回响。我们从现存杂剧剧本中，可以好似模糊实则清晰、确定地窥见当时观众的基本构成和他们所关心的人物及其命运。一般来说，观众更易对与自己生活关系密切联系或者相似的人物命运倾注更多的关心。关汉卿的创作，将目光投射到社会下层人物的身上，歌颂他们的反抗、正义、善良。这应该是与当时观众的社会身份、地位以及接受心理相关联的。因为就观众的接受心理而言，人们总是将戏剧作为一面镜子，来实现对自身生活与命运的观照。人们经常说作家的文学创作是借他人之酒杯，浇自己胸中之块垒，实际上观众的欣赏活动又何尝不是如此呢？他们同样更希望欣赏那些与自己生活密切关联的作品。大都杂剧创作，题材极为丰富，反映了当时社会生活的丰富多样和人们情感的复杂多面。

这首先表现在对于文学样式的选择上。历史学家翦伯赞在《读郑振铎〈关汉卿戏曲集·序言〉》所认为的那样："元代由于中西商路的畅通，城市经济更加繁荣，居住在城市的商人和富裕地主，在厌倦于物质生活的时候，他们也要求文化艺术的享受。而且他们对文化艺术的胃口愈来愈大。他们已不能满足于单调的说唱和歌舞之类的艺术，要求更高级的文化艺术享受。戏剧正是适应这种要求繁荣起来的。"杂剧观众的主体是否是城市商人和富裕地主，还值得进一步商榷，此处姑且不论。但是人们不再满足单调的说唱和歌舞之类，要求更高级的文化艺术享受却是符合客观规律和历史真实的。顾学颉认为"杂剧是一种市民文艺的较高级形式，事实上超越了以往的市民文艺形式"，所以在元代得到市民阶层广泛欢迎，"突出地、活跃地、成功地发展起来，并达到非常兴盛的地步。"[①] 无疑，杂剧这种更高形式的文化产品，是迎合了观众们日益提高的文化艺术品位而产生的。说明人们对文化的消费档次提高了，有了更高的要求。同时，戏剧的形式，又是大都观众身份复杂、文化程度参差、欣赏口味差别化等矛盾之间相互妥协的结果。杂剧是集音乐、歌唱、舞蹈、诗歌、美术、朗诵于一身的综合艺术，以叙事为手段，以启发

---

① 顾学颉：《元人杂剧选·前言》，人民文学出版社1978年版，第6页。

思想，拨动情感，传播审美为目的。这种手段、形式的多样化，使之较之以往诗、词、歌、赋的单纯或者是音乐、舞蹈、歌唱的单一能够吸引更多的观众。语言不通，可以欣赏华丽的装扮、优雅的舞蹈和身段；韵白不懂，可以品味优美的唱腔，享受悠扬的音乐；即使仅仅明了故事，也能够随着剧情牵挂着主人公的命运和结局，为他欢笑，为他哭泣。也就是说，无论你的审美点在哪里，你在杂剧中总能找到属于你的那个位置。这种新的杂剧样式要比宋杂剧、金院本容量大得多，正如夏庭芝在《青楼集志》中所言："唐时有传奇，皆文人所编，犹野史也，但资谐笑耳。宋之戏文，乃有唱念、有诨。金则院本、杂剧合二为一，至我朝乃分院本、杂剧而为二。"其丰厚的内涵，能够满足观众不同的审美需求，吸引更多的人走进剧场。

不同的生活形态、社会地位、宗教信仰、欣赏习惯以及交流方式，都可能对人们选择怎样的文化消费品产生影响。除了部分"应差"用于宫廷、官府等行政性的演出之外，杂剧在元代基本上是市场化的文化商品，观众对杂剧有着最大的选择自由。有什么样的消费者，就能产生什么样的文化产品。同时，文化产品又反过来影响更多的消费者。今日我们赞叹杂剧题材的广泛、思想的丰富，风格的多样，其实都与当时社会生活的多样性密切关联，更与观众们所关注的问题密切关联。例如，山东因地缘关系，民众有着浓郁的水浒情结，所以那里的水浒戏尤为发达。杂剧发展后期，中心转移到了江南，在题材上就发生了转变，家庭伦理道德剧大量增加，这说明那里的民众关注点与北方有很大的不同。大都杂剧创作搬演之所以悲剧、喜剧、悲喜剧诸体兼备，公案戏、三国戏、水浒戏、神道剧、爱情剧、社会剧全面繁荣，恰恰说明了大都观众社会层级涵盖面的广泛。试想，如果观众的主体是城市富商，杂剧中怎么可能大量充斥着对商人负面形象的无情刻画和尖锐嘲讽？如果商人之外杂剧的另外一个观众主体只是富裕地主，那么杂剧也许只是搬演一些《老生儿》《破家子弟》之类也就罢了。大都杂剧是如此丰富多彩，朱权《太和正音谱》将杂剧分为十二科："一曰神仙道化，二曰林泉丘壑，三曰披袍秉笏，四曰忠臣烈士，五曰孝义廉节，六曰叱奸骂谗，七曰逐臣孤子，八曰拔刀赶棒，九曰风花雪月，十曰悲欢离合，十一曰烟花粉黛，十二曰神头鬼面。”说明当时的观众涵盖极为广泛。上至帝王，下至平民，有官员，有商人，有娼妓，有市民，有士子，有匠人，有僧侣，有信徒，有男有女，有老有少。所以，宫中搬演《伊尹扶汤》，百姓观赏《窦娥冤》，青年男女被爱情剧吸引，僧侣信徒更愿畅游神道世界，落魄的士子希望在剧中实现登科翻身抱得美人归的理想。他们的诉求如此不同，有多少种观众，就有多少种杂剧题材。同样的题材，有些以感天动地的悲剧表现，有些用轻松、幽默、机智、嘲讽的喜剧手法出之，通过不同形式，反映社会生活的各个方面，塑造不同领域中的各种人物，以便观众认知社会、感悟人生。窦娥的冤屈（关汉卿杂剧《窦娥冤》）触动了普通民众对社会不平的愤慨，激发了对黑暗统治和官僚极度腐败的反抗；关云长英武豪迈（关汉卿杂剧《单刀赴会》），不甘强权，忠贞信仰理想的形象，“引导苦难的元代人民走向更高的精神境界、更高的理想、更高的品质”。[①] 这使得所有的观众都能在相应的杂剧中找到自己的感动，灵魂在观剧中一次次受到震撼、洗涤、升华。元杂剧所表现出来的总体思想趋势，正是当时大都观众市民意识的主要特征和主导倾向。同时，观众“谛听忘倦，唯恐不得闻”[②] 的强烈艺术反应，也足以说明大都观众文化素质普遍较高，欣赏兴趣广泛，他们关注历史、现实、政治等重大社会问题，易于接受新思想新观念，同时也颇具幽默素养。如此，杂剧才能引起他们强烈的共鸣，这是杂剧繁荣的民众基础。

除了文化根基方面的原因之外，杂剧繁荣于大都的另外一个不可忽略因素，是这里民众与杂剧具有语言、音乐等方面具有与生俱来的亲近感，这是一份得天独厚的优势。杂剧与散曲是盛开在大都文坛的一对并蒂莲，杂剧在唱腔与散曲曲调为同一系统曲牌，在语言习惯、音韵腔调、表达方式上本于一源。大都是散曲肇源地，又是元代散曲鼎盛之都。散曲较之杂剧创作参与者更多、文化层次更高，杂剧较之散曲有更广阔的观众市场和民众基础，二者之间相互影响，彼此促进。散曲上口便利，不择场地条件，学习较易，传

---

① 宁宗一：《中国古典小说戏曲探艺录》，中州古籍出版社 1986 年版，第 182 页。

② （元）胡祗遹：《黄氏诗卷序》，《紫山大全集》卷八。

播亦广，这就为欣赏杂剧艺术做了“预演”“顺耳”的准备，使得杂剧具有了更广泛的民众基础。杂剧具有文学特性，但从传播角度考察，更主要的是依赖于其表演特性；周德清总结说“要耸观，又耸听；格调高，音律好，衬字无，平仄稳。”[①] 耸观，就是书面读起来要美，耸听，就是要易于演唱，易于理解。从接受角度考察，音乐的旋律，歌唱的曲词，都要依靠耳朵聆听方能达到欣赏的目的，所以“造语必俊，用字必熟；文而不文，俗而不俗。太文则迂，不文则俗”[②]。太文太雅了，普通观众听不懂；太粗太俗了，粗鄙不堪，没有美感。在“观”与“听”和“文”与“俗”之间把握平衡，都是为了达到广泛顺畅传播的目的。由于语言、用韵、音律等方面杂剧和散曲一样，都是以中原之音为正声的。元人孔齐，曾明确提出：北方声音端正，谓之“中原雅音”。[③] 这种的“中原雅音”就是以大都语音为基础的类似于后世“普通话”的官话，应用广泛，“上自缙绅讲论治道，及国语翻译、国学教授言语，下至讼庭理民，莫非中原之音。”[④] 杂剧、散曲的创作及演唱，皆是以此为标准音，此即所谓“士大夫歌咏必求正声”[⑤]，“正声”即“中原之音”、“中原雅音”。其时元曲创作、传播之盛“自绅及门阎歌咏者众”[⑥]，覆盖达官勋贵、吏员僚佐、文人士子、艺伎优伶在内的各个阶级、阶层的成员，范围极其广泛。从语言的角度来说，杂剧所用词语也都是大都话语，夹杂着一些流行大都的方言、俗语、非汉族的输入性语言，这些对于大都观众来说，耳熟能详，不仅不会造成理解的难度，甚至还可以增强语言的幽默感、风趣感。大都观众在观赏、聆听和理解、欣赏杂剧方面既无语言障碍，又无音韵旋律不适应的隔膜，这是大都观众的优势，也是杂剧原产地生长的优势，同时也是杂剧繁盛于大都的客观因素之一。

建筑业的发达，使得城市中用于杂剧艺术表演场所勾栏的建设非常容易。

---

① （元）周德清：《中原音韵·作词十法·造语》。
② （元）周德清：《中原音韵·作词十法·造语》。
③ （元）孔齐：《中原雅音》，《至正直记》卷一。
④ （元）周德清：《中原音韵·起例》第二十则。
⑤ （元）虞集：《中原音韵序》。
⑥ （元）周德清：《中原音韵·自序》。

虽然大都戏剧舞台的实物并没有保留下来，但我们以文物考古、相关文献作参考，依然可以推断出其大致形制、结构。与现在山西遗存的元代戏台作比较，大都的舞台在形制、容纳观众规模、数量，以及观众观摩时舒适度方面应有较大区别。因为现在山西遗留的戏曲舞台，多数位于村庄的核心地带，是较之周边几十户人家的小村庄要稍微大一些的乡村或者小镇，一般是依庙而建，保留了古代社戏敬神、娱神的功能。尽管当时也用作杂剧表演，但这些演出并非经常性的，而是在庙会、节日、庆典才有，是临时性的活动。十里八乡的人聚拢来，面向舞台，或者搬来长凳坐下，但更多的恐怕是站在那里观看一两出也就散了。杜仁杰散曲【般涉调·耍孩儿】《庄家不识勾栏》则描绘了杂剧演出的标准场地："入得门上个木坡，见层层叠叠团圞坐"，那是一个提供了科学的观看角度，观众能够坐下观看的半圆形的剧场，不仅合理，而且方便、舒适。它不像乡村舞台是开放式的，而是空间基本封闭或半封闭的，必须经过有人把守的门才能进去，进去之后，每个人都能得到一个固定的合适观看的位置。杜仁杰散曲中所描述的勾栏设在不大的城镇，应该属于比较简陋的临时或半临时性的建筑。大都相同的设施理应更为富丽堂皇，那应该是什么样子呢？也许类似古代罗马大剧院或者角斗场吧。因为既然马可·波罗这些西方的宗教、商界人士和文化使者能够不远万里来到中国，传教、通商、进行文化交流，那么他们把在欧洲业已发展了千年的戏剧演出场所的形制样式介绍到中国来，也应该是顺理成章的事情。不过无论如何，对于聚集着大批能工巧匠，建筑水平高超的大都来说，勾栏建设即使规模再宏大，装修再富丽，技术要求再高，实现起来从技术到财力应该也都易如反掌。

要之，人口众多，经济发达，城市繁荣，市民阶层已经成为一个庞大的群体。他们的文化消费诉求，必然要通过某种形式得到满足。因此，经过辽、金多年酝酿，宫廷、节庆反复演练的戏剧，在加入了诸多新的元素后，逐渐完善，成为广受民众欢迎的成熟的艺术形式。与其说杂剧引导了民众的文化消费趋向，不如说是城市民众特有的文化需求呼唤了杂剧的产生。

第十七章　人才——大都杂剧繁荣的必备条件

中国历史文学之高潮，总是以一两位或数位创作成就堪称巅峰的大作家为代表，与之相伴而生或稍前稍后，总是一批优秀作家集中涌现，他们相互辉映，共同组成一个时代璀璨的文学星空。楚辞之屈（原）宋（玉），汉赋之司马（相如）杨雄，唐诗之李（白）、杜（甫），宋词之苏（轼）、辛（弃疾）。元曲亦复如此，杂剧这种以宋杂剧和金院本为借鉴，集音乐、舞蹈、歌唱、朗诵多种艺术于一身的新兴文艺形式，金末元初终于成熟。无论是剧本创作，还是舞台表演，都臻于完美，出现了关汉卿、珠帘秀这样卓荦冠群的大家，他们分别为其各自领域之翘楚、为领军、为旗帜。在其周围，是一个群星荟萃蔚为壮观的群体。他们是元杂剧繁荣鼎盛的雄厚人才基础。

钟嗣成《录鬼簿》著录的大都籍杂剧作家有二十多位。在元大都围绕着关汉卿、马致远、王实甫这些杂剧创作大师周围，有庾天锡、王仲文、杨显之、纪君祥、费君祥、费唐臣、张国宾、石子章、李宽甫、梁进之、孙仲章、赵明道、李于中、李时中等一大批才情豪健的剧作家。他们相互砥砺，切磋技艺，启发思想，彼此促进，共同开创了大都杂剧艺术的鼎盛时代。

作为一门综合艺术，元杂剧与以往纯文学创作最大的不同是，作家个体无法独立完成，因为剧本只是杂剧艺术的一部分，必须与艺术家通力合作，通过念唱作打的舞台表演，观众接受审美，才能实现其完整过程。与这些优秀杂剧作家同时代、密切合作的是一大批同样优秀杰出的戏剧表演艺术家。这是一个人数众多、基础广泛的群体。夏庭芝的《青楼集志》称："我朝混一区宇，殆将百年，天下歌舞之妓，何啻亿万！"《马可·波罗游记》称元初大都城中的妓女就有两万五千余人，其中相当部分是艺妓。这些数字或估算，未必精确，但当时艺伎之多，当是可信的。其中以杂剧表演艺术见长的不乏其人，他们集中在大都、真定、平阳、东平、杭州这些大中城市，为当时杂剧艺术的繁盛作出了杰出贡献。《青楼集》所记载的珠帘秀、顺时秀、南春宴、天然秀、国玉第、天锡秀、平阳奴、郭次香、韩兽头、赵偏惜、王玉梅、李芝秀、朱锦秀、赵真真、李娇儿、张奔儿、英蓉秀、翠荷秀、汪怜怜、顾山山、大都秀、帘前秀、燕山秀、荆坚坚、王心奇、李定奴、帽儿王等人都是杂剧表演的一代名伶。大都是鼎盛时期全国杂剧中心，集中了杂剧艺术家中最为杰出的一批。《青楼集》等文献记载，元时大都的戏剧艺人已知有44人，其中绝大多数都是以搬演杂剧和吟唱散曲闻名。[1] 他们是珠帘秀、张怡云、曹秀娥、解语花、南春宴、李心心、杨奈儿、袁当儿、于盼盼、于心心、燕雪梅、牛四姐、周人爱、玉叶儿、瑶池景、贾岛春、萧子才、王玉带、冯六六、王谢燕、王庭燕、周兽头、刘信香、天然秀、国玉第、玉莲儿、樊真真、赛帘秀、王巧儿、大都秀、一分儿、孙秀秀、燕山秀等。

这些杂剧创作者、表演艺术家的集中出现，既是元杂剧繁荣的标志，也是元杂剧繁荣的原因。专门人才的聚集、成长、合作，为大都杂剧走向鼎盛提供了充足的前提条件。那么，是怎样的机缘巧合使得这些优秀的杂剧作家、表演艺术家不约而同地，像种子一般撒落、聚集、停留在大都，这里有怎样的文化土壤和长成条件，提供了怎样的生态环境，使得他们能够就此落地生根，如雨后春笋般迅速、成批长成。并以不同的创作个性，多样的表演风格，像一颗颗形态各异的参天大树，开花结果，共同组成蔽野森林，如云花海，将大都剧坛装扮得姹紫嫣红，芬芳满园。

首先是杂剧创作人才。杂剧的创作人才大致分为两类，一种是“沉抑下僚”的文人，一种是书会教坊中人。来源有以下几种，一种是“借才异代”，位居“元曲四家”之首的关汉卿等即为由金入元之人。生长于大都，一生创作杂剧六十余种，在当时杂剧界享有极高威望，王国维在《宋元戏曲考》中赞美他“当为元人第一。”与他同样情况的还有梁进之、杜善夫等。还有一种情况是“开放引进”。白朴、郑光祖这些最优秀的剧作家原籍虽非大都，但有许多创作活动也在大都。如白朴，祖籍山西，后来定居真定（今河北正定），

① （元）夏庭芝：《青楼集》，载《中国古典戏曲论著集成》（二），中国戏剧出版社1959年版。

但是多次前来大都，访游、会友，参与杂剧交流活动。郑光祖为元曲四大家之一，生活创作主要在山西平阳，但与大都杂剧剧坛同样联系紧密。第三种情况最多，即“本朝本土”作家迅速成长。创作了元代杂剧的巅峰之作《西厢记》的王实甫、创作有《汉宫秋》《青衫泪》的马致远，创作了世界著名悲剧《赵氏孤儿》的纪君祥以及杨显之、王伯成、赵明道、张国宾、秦简夫、庾天锡、王仲文、梁进之、费唐臣、石子章等都是大都成长起来的著名剧作家。

他们共同成长于非常特殊的历史时代，金元交替，元兴宋亡。元朝是在草原游牧民族政权基础上，吸纳融汇了众多被征服国家和地域政治、经济、文化特色建立起来的强大帝国。它在消灭金、宋政权的过程中，由于政治、经济、文化各个方面与中原传统政权存在着巨大的差异，所以使得整个社会的震动比历史上任何一次改朝换代都要剧烈而深刻得多。社会生活的剧烈震荡，带来文化基因的突变。随着宋、金的覆亡，那些被征服地域腐朽、没落、僵化、专制、严密的传统统治思想格局遭到荡涤，蒙古政权适宜全国统治的新的思想统治格局尚未完备地建立起来。整个社会处在转型期，处在新旧交替的空白间隙，处在思想强权尚未建立的薄弱环节。新的政治制度，生产模式，社会管理方式，和由此产生的各种与旧有传统格格不入甚至完全相悖的新思想、新道德、新观念由此获得了滋生、发展、传播。与历史的以往是如此惊人地相似，这些新思想、新道德、新观念总会通过某种特定的形式在文学中表现出来，而恰在此时，成熟的杂剧形式成为时代的必然选择。如果说唯物史观的基本结论是时势造英雄，那么元代文学史，则是时代成就了杂剧作家。

燕京作为前朝故都，无论是辽之南京还是金之中都，它都是当时的政治、经济、文化中心。在数百年的历史中，其文化、教育、科技空前发展，尤其是历代统治者对于京城教育发展的重视，以及科举对人才的吸引，使得这里人们的文化素养得到不断地培育和提高，而且在吸纳人才的能力方面，有着其他地方无法比拟的优势。文化积淀已经比较深厚，文化人才比较茂盛。所以，这里不仅是行政枢纽，文化中心的地位也持续不断加强。文坛不但人物荟萃，而且对社会风气影响深刻。李庭《送荆干臣诗序》（《寓庵集》卷五）

通过评论诗人荆干臣，进一步对大都的文化氛围作了介绍："干臣家世东营，虽生长豪族，能折节读书。幼游学于燕，夫燕，诚方今人物之渊薮也。变故之后，宿儒名士往往而在，干臣旦夕与之交，得以观其容止，听其议论，切磋渐染，术业愈精。一旦崭然见头角，遂为明天子所知……出使万里之外。"在中统、至元年间，大都不但有原金朝的社会名流以不同身份出入，南宋的大理学家赵复等也在此传徒授业。元世祖不断在辇下拔擢人才，并派大臣到新近的占据之地收罗各种英才俊杰，这使得大都文化艺术相当活跃，整体文学素养快速提高。蒙古政权统治后，大都作为政治中心，作为一个迅速壮大的北方商业中心，是多种文化汇集融合的核心地带。这种环境对于具备一定文化素养、又较少保守思想，善于接受新生事物的年轻士子的转型、成长非常有利。他们只是需要一个契机，这就是新文化领军人物的出现。关汉卿、马致远、王实甫共为"元曲四大家"中人，他们的成功，不仅为这门新兴艺术开辟了前进的道路，作为杂剧领军人物，也对其他杂剧作家的成长树立了楷模，起到了示范的作用，带动了一大批作家的成长、成熟。这些领军人物的水准，决定着整个元代包括大都剧坛的地位与影响。这真是一个有趣的悖论：历朝历代以科举作为国家首都吸引和驻留全国各地、各类文化人才的最主要手段的惯例在元代被打破，被改变，大都依靠科举从全国各地吸引、聚集人才收效甚微，但正是科举的崩坏，大都却前赴后继地在本土上成长起大批最优秀的杂剧人才。

杂剧创作中教坊中人历来很少受到关注，这是因为第一，他们的成就整体上要大大逊色于文化素养较高的士人，所以历史的身影长期为关汉卿等一代巨匠的光芒所掩；第二，受到某种偏见影响，史家不传。赵孟頫将杂剧作家关汉卿等士人视为"鸿儒硕士骚人墨客"，认为他们是"良家"，而对教坊中人一律视为"娼优"①。但他们对于杂剧成熟、发展以及传承的推动作用是不应该被忽视的。陶宗仪《南村辍耕录》中说："金有院本、杂剧、诸宫调，院本、杂剧其实一也。国朝。院本杂剧始厘而二之。"元人胡祗遹在《赠宋氏序》中也说"近代教坊院本之外，再变而为杂剧。"金杂剧或曰金院本在体制

① （元）周德清：《太和正音谱》引赵孟頫言。

上与宋代官本杂剧基本一致。《梦粱录》就曾说宋官本杂剧的特点是“全用故事，务在滑稽”。金院本基本上在很大程度上保留了这种特点。而将这些血缘基因传承下来的应该就是那些专业的教坊中人。他们或者在金宋战争中被金从宋劫掠索要来到北方，[①] 将宋官本杂剧的体式带到了金朝，直接或者经过与金原有的戏剧形式相结合，形成了金院本，在传承的过程中，由于地域文化特色不同，审美习惯不同，不断融入新的元素，经过长时间的发展变化，就使得原本从宋官本杂剧移植或者借鉴而产生的金院本有了自己鲜明的、有别于宋杂剧的特色。元杂剧的产生，虽然具有革命性的意义，但它并非天外陨石，瞬间划破元朝寂静的夜空，而是借鉴了金院本的体式，大力发扬了其“全用故事”部分，重视情节的曲折，人物的塑造，思想的饱满和内容情感的丰富充实，却极大削弱了其插科打诨“务在滑稽”部分。也就是说元杂剧虽具有崭新的革命性意义，但仍与金院本、宋官本杂剧有直接或间接的血脉联系。这种基因的保留与传承正是依靠那些教坊中人。从宋官本杂剧，到金院本，再到元杂剧，是一个漫长而曲折的过程，在这期间，不可能只有演员而没有编剧。事实上，各种史料对此也都有间接的透露。如《南村辍耕录》中就保留了大量的金院本名目，虽然院本本身并没有流传下来，编剧的名字也没有流传下来，但仅仅就是这些名目，就足以说明在整个中国戏剧发展史上这些编剧同样功不可没。虽然最终金院本为元杂剧所替代，但是并不能由此抹杀他们在历史传承链条中不可或缺的重要作用，没有他们的前导，没有他们对“全用故事”的保留，元杂剧的辉煌可能还要迟到很多年。事实上，元代杂剧中有些剧目情节就保留了金院本的痕迹。《南村辍耕录》记载的“诸杂大小院本”中有《双斗医》的名目。元杂剧《西厢记》就直接借鉴了金代董解元《西厢记诸宫调》，甚至可以说，没有彼《西厢》，就难有此《西厢》，其中不少院本的痕迹还是很明显地被保留了下来，如杂剧《西厢记》第三本第四折中写张生因相思成疾，老妇人让和尚去请太医，剧本中就特意注明：“洁引净扮太医上，双斗医科范，下。”说明扮演和尚的“洁”与由“净”这

① （宋）徐梦莘：《三朝北盟会编》靖康篇。

种行当所扮演的太医要表演“双斗医”的一段。即使在元代，许多地方仍有金院本的演出，如由金入元的杜善夫散曲在《庄家不识勾栏》中就写道：“前截儿院本调风月，背后么末敷演刘要和”。而到元明之际，杂剧剧本《蓝采和》中，人物的场次中还有“旧院本我须知，论同场本事我般般会”。“么末”同“麽么”，在《南村辍耕录》记载金院本时便有“院么”一项，可见也是金院本的一种。这说明从元初到元末金院本的演出并没有彻底销声匿迹，还经常在杂剧或者其他的演出场合作为前后或者过场点缀出现。同时也不排除这些金院本创作者中的一少部分人，也会转而进行元杂剧的创作。因为他们毕竟是行内人，对于艺术规律较之新入行的士人有更多的把握。

对杂剧创作产生重大影响的还有杂剧演员，《录鬼簿》就记载说艺人赵文敬、红字李二和花李郎等都有杂剧剧本创作。红字李二和花李郎都是金代教坊著名演员刘要和的女婿，也都是书会中人，他们二人与马致远、李时中四人共同合撰了杂剧《黄粱梦》。生活在大德前后，艺名喜时营，又称张酷贫的张国宾（一作张国宝），是大都著名杂剧人士，曾任教坊勾管。擅长作曲，所作通俗易懂，民间生活气息浓郁。代表作《汗衫记》，讲述了一起谋杀案的前因后果，情节曲折，人物生动，是元杂剧中之名作。《太和正音谱》将其作列入“娼夫之词”，可见他还具有艺人的身份。杨驹儿是著名的艺妓，据《录鬼簿》（曹寅刊本）记载，杨驹儿不但是表演家，而且还曾经创作过杂剧《东窗事犯》。贯云石的【醉高歌过喜春来】和【凭栏人】等两组《题情》都是专为杨驹儿创作的，皆元曲名篇。

大都杂剧艺妓中的许多人文化素养深厚，她们是否有完整的剧本创作未可知，但对剧本创作经常提供宝贵经验和意见当是意料中事。

因为杂剧艺术，是表演艺术，演员演出不仅要传达杂剧作者的思想和感情，更是一个再创作的过程，同样融入了演员对角色的理解感悟，融入了对人物的思想感情，价值判断。因而“除去大批文人参加了杂剧剧本创作外，在杂剧舞台艺术上发挥了更多创造的，则是众多的杂剧演员。”①“正是经过众多艺人的努力，才使得元杂剧在人民群众中日益扩大了影响。”②

① 张庚　郭汉城：《中国戏曲通史》上册，中国戏剧出版社2006年版，第100页。

② 徐扶明：《元代杂剧艺术》，上海文艺出版社1981年版，第16页。

元朝对于音乐、舞蹈等艺术的高度重视，为杂剧表演艺术家的成长提供了得天独厚的条件。教坊是中国封建王朝管理宫廷俗乐的官署，其职能是管理祭祀等雅乐之外的音乐、舞蹈、百戏等事务，设置始于唐。据《唐书》记载，唐代属正五品，《宋史》记载，宋代“太乐署”从七品。而元代将其品级由从五品提高到了正三品，《元史·百官志》对教坊司品级沿革情况有明确记载：“教坊司，秩从五品。掌承应乐人及管领兴和等署五百户。中统二年始置。至元十二年，升正五品，十七年，改提点教坊司，隶宣徽元院，秩正四品。二十五年，隶礼部。大德八年，升正三品。延祐七年，复正四品。”元代教坊司地位之高，前所未有，表明元统治者对其重视程度超过历代。

从辽开始，到金、元，三个朝代不同的统治者们，都要通过战争等手段，从战败者那里不断索取、掳掠大批的音乐、舞蹈等表演人才，将这些色艺俱佳的艺伎优伶作为战利品，迁移、蓄积、集中到了政权的政治中心燕京，以供他们的国事活动和饮宴享乐。南宋徐梦莘编修的《三朝北盟会编·靖康》就记载金兵侵宋，不止一次地索要官本杂剧、说话以及各种百戏演员，动辄百人。如有“御前抵候方脉医人、教坊乐人、内侍官四十五人，露台抵候妓女千人……杂剧、说话、弄影戏、小说、嘌唱、弄傀儡、打筋斗、弹筝琵琶、吹经等艺人一百五十余家”，又取“诸般百戏一百人，教坊四百人……弟子帘前小唱二十人，杂戏一百五十人，舞旋弟子五十人”①。这些人中的绝大部分被迫迁移到了当时的都城燕京，他们及后代，大多从此沉淀、定居于此，之后又有被迫落籍者陆续加入。元灭金及灭南宋之际，有些原本汉族官宦子女沦为优伶。优伶真氏乃南宋著名政治家、理学家之后，其父曾官至户部尚书、参知政事。遭逢时变，父因官负债，女儿便被迫卖入娼家为艺妓。《元史》卷十三《世祖纪十》记载至元二十二年（1285）正月，“徙江南乐工八百家于京师”。元代甚至有成批的士人沦落进入乐籍，《元史·礼乐志》就记载：至元三

① （宋）徐梦莘：《三胡北盟会编·靖康中帜》。转引自张庚、郭汉城主编的《中国戏曲通史》上册，中国戏剧出版社1980年第1版，第94页。

年（1266）“籍近畿儒户三百八十四人为乐工”，这使在籍乐人人数不断增加。

元朝实行乐籍管理制度，职业演员属于“系籍正色乐人”，法律身份为贱民。规定凡在籍的乐舞人，不得嫁娶良人，“乐人只娶乐人，其他人娶乐人为妻要治罪断离。”[①]。又规定：“诸倡妓之家所生男女，每季不过次月十日，会其数以上于中书省。有未生堕其胎、已生辄残其命者，禁之。诸倡妓之家，辄买良人为倡，而有司不审，滥给公据，税务无凭，辄与印税，并严禁之，违者痛绳之。”[②] 其本人、配偶甚至子女都将终生从事该行业。在《青楼集》中，记载女艺人与教坊管理者或艺人为婚的比比皆是，一家几代数人从事此业的也不在少数。这种制度显然有失人道，但从客观上却保证了艺术人才队伍的稳定。当时艺人学习表演可能与后世戏剧、曲艺圈内师承的做法非常相似，须拜师，讲辈分。如赛帘秀、燕山秀都是珠帘秀的弟子，李娇儿被称为“小天然”，则是师从闺怨戏大家天然秀。这种子承父业，师徒相继的模式，不仅使得演艺队伍不断扩大，而且各门技艺也得到了较好的传承。辽金教坊制度未见明确记载，但应该有相似之处。经过有进无出的数代不间断地补充、积累和繁衍，到元朝已经形成了数量非常庞大的乐人队伍。他们是元代杂剧演出的主力军和基础，也是杂剧艺术兴旺的人才保障。

乐人除了在重大的庆典和日常的宫廷或官方宴饮场合为统治阶层服务之外，为官员商人的家宴助兴，会相应地获得一定的报酬，还可以参加社会商业性质的演出，照章纳税即可。他们虽然社会地位低下，但是由于技艺精湛，赢得了观众和剧作家们的尊重。《青楼集》中记载了一百多位优秀艺妓的事迹，其中大都杂剧表演家占有相当大的比重。这些经过激烈竞争脱颖而出的优胜者，各擅其长，生旦净末丑各有分工，但也有些是艺术的多面手，珠帘秀“姿容姝丽，杂剧当今独步”，杂剧艺术“驾头、花旦、软末泥等，悉造其妙。”[③] 胡祗遹在其《朱氏诗卷序》中有对她表演艺术的全面描述，说她扮演各式各样人物无不曲尽其妙：“危冠而道，圆颅而僧。褒衣而儒，武弁而兵。

① 参见《元典章》卷一八《户部四·婚姻·乐人婚·乐人嫁女体例·禁娶乐人为妻》。

② 《元史·刑法志四》。

③ （元）夏庭芝：《青楼集》，见《中国古典戏曲论著集成》。

短袂则骏奔走，鱼笏则公卿。卜言祸福，医决生死。为母则慈贤，为妇则孝贞。媒妁则雍容巧辩，闺门则旖旎娉婷，九夷八蛮，百神万灵，五方之风俗，诸路之音声，往古之事迹，历代之典刑，下吏污浊，官长公清。”不仅能够表现不同地位、职业、人物的特征，而且能够扮男、扮女、扮老、扮少，模仿不同民族、地域人的声色，更为可贵的是“九流百伎，众美群英，外则曲尽其态，内则详细其情，心得三昧，天然老成。”[①] 由于其杰出的艺术才能和创新能力，受到文坛名流如卢挚、王恽、冯子振以及剧坛巨星关汉卿等人的激赏，这些人都与她来往密切，并时有唱和。由于她是杂剧表演艺术全方位的开创者，所以也被杂剧表演界尊为祖师爷式的人物，人们尊称“朱娘娘”。其弟子赛帘秀，以杂剧歌唱闻名“声遏行云，乃古今绝倡”。珠帘秀的另一位“高弟”燕山秀，则以表演见长“旦末双全，杂剧无比”。元朝后期的顺时秀“性资聪敏，色艺超绝”在大都享有盛名[②]。她与许多的文人学士都有来往，如虞集、刘致、王元鼎等。张昱《辇下曲》对其更是赞不绝口，称“教坊女乐顺时秀，岂独歌传天下名。仪态由来看不足，揭帘半面已倾城。”由于其杰出的表现，顺时秀常常到宫中应承，明初高启的《听教坊旧妓郭芳卿弟子陈氏歌》有言：“文皇在御升平日，上苑宸游驾频出。仗中乐部五千人，能唱新声谁第一？燕国佳人号顺时，姿容歌舞总能奇。中官奉旨时宣唤，立马门前催画眉。建章宫里长生殿，芍药初开敕张宴。龙笙罢奏凤弦停，共听娇喉一莺啭。遏云妙响发朱唇，不让开元许永新。绣陛花惊飘艳雪，文梁风动委芳尘。翰林才子山东李，每进新词蒙上喜。当筵按罢谢天恩，捧赐缠头蜀都绮。晚出银台酒未消，侯家主第强相邀。宝钗珠袖尊前赏，占断春风夜复朝。”“文皇”指元文宗。从诗中可以得知，这些优秀艺妓不仅为宫廷服务，同时为时所重，演艺活动非常频繁，所得报酬极为丰厚。顺时秀的弟子陈氏、宜时秀也都是教坊优人，名重一时，二人也都曾入宫表演。[③] 大都城市的繁荣，经

---

① （元）胡祗遹：《紫山大全集》卷八。

② （元）陶宗仪：《南村辍耕录》卷十九。

③ 陈氏事迹参见（明）高启：《听教坊旧妓郭芳卿弟子陈氏歌》，宜时秀事迹参见（明）扬基《听老京妓宜时秀歌慢曲》。

济的发达，杂剧的兴旺，演艺界人士令人瞩目的成功，经过人们口耳相传，耀眼的光环不断被放大，演变为成功的典范与传奇，吸引了乡村、集镇的许多艺人源源流入。

元代杂剧表演者中的不少人有着较高的文化艺术修养，如梁园秀，她本人就是个乐府作手，其【小梁州】、【青歌儿】、【红衫儿】等作品，“世所共唱之”（《青楼集》）。如一分儿，有人在酒会上吟“红叶落火龙褪甲，青松枯怪蟒张牙”两句，让她用【沉醉东风】词格续完时，她不假思索地应声接道：“可咏题，堪描画。喜献筹，席上交杂。答剌苏，频斟入，礼肠麻，不醉呵休扶上马”（《青楼集》）。她们的才情，受到世人赞赏，当时文人在诗、词、曲作、序跋、笔记中多有透露，胡祗遹在《优伶赵文益诗序》就记载了演艺世家赵氏一门的文化素养：“赵氏一门，昆季数人。有字文益者，颇喜读，知古今……故于所业，耻踪尘烂，以新巧而易拙，出于众人之不意。世俗之所未尝闻者，一时观听者多爱悦焉。”[①] 许多演员不仅擅长歌舞表演，而且精通琴棋书画，甚至能够谱曲填词，在元代散曲中就经常发现她们与文人学士唱和的杰作。杂剧艺人张怡云“能诗词，善谈笑。艺绝流辈，名重京师”，著名的文学家艺术家赵孟頫、画家高克恭等曾为其作画；许多高官贵戚亲临其在大都海子（今北京积水潭附近）的居所，著名理学家姚燧、阎复等“每于其家小酌”[②]。此外她与大都文坛也有着广泛的交往，常以词曲唱和。卢挚、程钜夫等均有词作赞美其艺术。张怡云可谓“谈笑有鸿儒，往来无白丁”，自身文化修养、谈吐风度以及才思的敏捷都可见一斑。这种高雅的聚会、自由宽松的文化氛围，和文化巨匠的密切交往，无疑对提高艺妓的文化水平和全面素养有很大的帮助，这是他们杂剧表演艺术不断提高的重要原因。

大都是人文荟萃之地，聚集着全国文化精华。其中不乏各个文化领域的硕人巨匠。他们对艺术有着超常的感受能力和极高的鉴赏水平，对表演艺术

① （元）胡祗遹：《紫山大全集》。

② 见《青楼集》。

的欣赏、品评、归纳和理论总结，对于杂剧演艺水平突飞猛进的提高有着极其重要的意义。使得教坊艺妓千百年来师徒相授、口耳相传的传统传承模式得到了最有益的补充和改进。赵孟頫、胡祗遹都以书画诗词散曲著称于时，为世人所称道，是元代艺术感受最敏锐、艺术素养最全面深厚之人，他们对包括杂剧在内的元曲艺术都有精辟独到的见解，胡祗遹更是通过一些序跋，对表演艺术进行了系统性的理论阐述。先后作有《赠宋氏序》《朱氏诗卷序》《赠伶人赵文益诗序》等三篇序文和两首七绝，主要谈演员应具备的艺术素质和表演艺术，他提出的“九美”说，最有代表性。大都杂剧所处的这种文化氛围当是其他地方都难以期冀的，可谓得天独厚。

当然，从事杂剧舞台表演的并非都是艺妓，《太和正音谱》引赵孟頫的话说：“良家子弟所扮杂剧，谓之行家生活，娼优所扮谓之戾家把戏。盖以杂剧出于鸿儒硕士骚人墨客所作，皆良家也。彼娼优岂能辨？故关汉卿以子弟所扮，是我一家风月，虽复戏言，甚合于理。”由此看来，元时文人墨客、良家子弟，不仅亲自撰曲，也有登台扮演角色的。这就透露出一个重要的信息，杂剧作家不仅能够进行文学创作，他们对于表演艺术同样精通在行，这反过来使得他们的创作更符合舞台表演规律，能够取得最佳观赏效果。他们这种献身艺术的精神和躬行粉墨的素养，恰恰是后世一些戏剧创作者的软肋，因为不少人的作品美则美矣，却只能止于案头阅读，难以排演登台。同时，他们作为教坊外人，可能旁观者清，对演艺的提高或许更有独到的见识。

杂剧鼎盛期，大都涌现出大批最优秀的杂剧作家、曲作家和表演艺术家，他们之间密切的合作，往往通过书会的形式来实现。所谓书会，就是剧作家与表演艺人的结社，属于行会性质的民间组织。“结社”一词见于文献记载始于南宋，周密《武林旧事》卷六“诸色伎艺人”条就列有书会名目。元代的书会组织更多，当时大都就有玉京书会、元贞书会和燕赵才人等，据《录鬼簿》记载其成员多为关汉卿、珠帘秀一类的杂剧作家、曲家、艺人。杂剧书会的兴盛，是大都杂剧繁荣的标志，因为优秀剧作家的成功，带动了创作群体的扩大，产生聚集效应。作家与作家，作家与演员，演员与演员之间关系密切，书会为同时代作家相互砥砺思想，切磋艺术，互相启发，交流竞赛，提供了平台，它能使杂剧艺术家们的创新之泉永不枯竭。如杨显之，就因常为关汉卿修改剧本，补漏拾遗，获“杨补丁”之誉。王伯成与“马致远，忘年友。张仁卿，莫逆交”（贾仲明为王伯成所作吊词），一部四折《黄粱梦》由四个人一人一折共同创作，[①] 这种带有文化产业化雏形的形式，当是戏剧商品化的一种表现。书会不仅密切了作家之间的联系，促进了合作，而且有利于杂剧人才的传、帮、带，有益于新的杂剧作家的成长和锻炼，为杂剧继承创新提供了很好的条件和环境。

与以往作家与演员隔膜疏离的关系不同，元代的杂剧作家和演员保持着密切的合作关系，私交也比较好。珠帘秀等一批优秀表演艺术家在文坛受到普遍尊重。《青楼集》记载，当时大都还有以歌唱为主的结社组织“京师唱社”，其记载云：“李心心、杨奈儿、袁当儿、于盼盼、于心心、吴女燕雪梅，此数人者，皆国初京师之小唱也。又有牛四姐，乃元寿之妻，俱擅一时之妙。寿之尤为京师唱社中之巨擘也。”

书会在杂剧作者和演员的生活中占有重要地位和影响，为杂剧作家和演员提供了一个得力的文化发展平台，使得作家新作能够及时推向舞台，演员不断有新剧可供排演，随着新剧的不断推出，演员艺术功力不断提高，名声愈大，号召力愈强。而且新剧越多，则越能将观众吸引到剧场，这反过来又需要更多的创新作品满足人们的热切需要，这是一个良性的循环。因而书会对杂剧作家和演员个人发展都是极其重要的，并且其本身已经成为元代戏剧艺术成熟和繁荣的标志。有学者认为书会实际上成为“元杂剧之研究推行机关”，作家“以戏曲研究人而兼戏曲运动人”[②]，此言不谬。但书会究竟是如何发挥作用的？剧作家的作品是否只能交给他所属的书会，演员是否只能与一个书会有固定的联系，除了剧作家、演员之外，书会中还会有其他什么样

① 天一阁本《录鬼簿》贾仲明为李时中补写的【凌波仙】吊曲开篇中说：“元贞书会李时中、马致远、花李郎与红字公，四高贤合捻《黄粱梦》。”四贤中，李时中、马致远是官员，花李郎、红字公则是典型的艺人。

② 孙楷第：《元曲新考·书会》。

的人物，他们各自的分工和作用是什么，谁来负责书会的日常管理和人员召集，书会为演员和作家提供怎样的服务和支持，相互之间的经济关系如何？书会选择剧作家和演员入会的标准有哪些？书会与书会之间的相互关系怎样？这些都值得关注研究。

第十八章 素质与心态——杂剧作家气质论

查阅中国文学史，元代之前从先秦两汉开始，到唐宋辽金，杂剧之前从诗经楚辞到唐诗宋词，作家的分布基本上是散点式的集中，或曰大分散小集中，即作家并非集中在一两处或三四处，而是出自全国各地，抑或某地人文茂盛，也仅是多出几位名家，如此而已。即使是唐诗创作最兴盛在长安，宋词创作最繁荣于汴梁，但是活跃于当时文坛的却大多并非本土本籍人士，其领军人物出于本地的更是罕见。在元代，人们喜用“四”来作为评定文学或艺术的最高标准，元代绘画的“四家”是：黄公望、王蒙、吴镇、倪瓒，道德文章则有“儒林四杰”黄溍、虞集、揭傒斯、柳贯，“四学士”吴澄、虞集、欧阳玄、揭傒斯，“元诗四大家”虞集、杨载、范椁、揭傒斯。翻检那些文学、艺术大家的出处简介，他们大多来自天南地北，个中之人均非本籍。唯有元曲，杂剧“四大家”中关汉卿、王实甫、马致远三人均为大都人。

无疑元代杂剧是个特例。杂剧前期作家绝大多数是北方人，杂剧的中心在大都，最优秀的作家生活创作主要在大都，其中关汉卿、王实甫、马致远、庾天锡、王仲文、杨显之、纪君祥、费君祥、费唐臣、张国宾、石子章、李宽甫、梁进之、孙仲章、赵明道、李子中、李时中都是大都人，堪称大都土著作家。个别的则来自周边同质的文化区域。这种文学现象特别值得关注。这些杂剧人才是怎样成长起来的，他们的长成环境和创作条件是怎样的，大都赋予了他们怎样的文学艺术素养和气质，这都是非常值得研究的问题。

钟嗣成在《录鬼簿》中将杂剧作家的艺术素养总结为四个方面的要求：“心机灵变，世法通疏，移宫换羽，搜奇索怪”，他认为作为一个优秀的杂剧作家，必须具备四个方面的基本素质，即才思敏捷，世情洞明，熟悉音律，创作上善于挖掘，务求创新。相对来说，居于大城市的士人和中国广大乡村中传统耕读生活中成长起来的士人还是存在很大区别的。一般来说，在思想解放程度，视野开阔程度，对政治的敏感程度，对于市民娱乐的了解程度，对时尚流行元素的把握程度，以及音乐、歌舞、服饰等方面的基本素养等方面，前者通常情况下比后者更具优势。元人黄文仲在其《大都赋》中以铺张的笔法，渲染描述了大都城物质的富足，生活的奢华和文化生活的丰富：“华区锦市，聚四海之珍异；歌棚舞榭，选九州之铱芬。……复有降蛇搏虎之技，援禽藏马之戏，驱鬼役神之术，谈天论地之艺，皆能以蛊人之心而荡人之魂。是故猛火烈山，车之轰也；怒风搏潮，市之声也；长云偃道，马之尘也；殷雷动地，鼓之鸣也。繁庶之极，莫得而名也。若夫歌馆吹台，侯园相苑，长袖轻裙，危弦急管，结春柳以牵愁，伫秋月而流盼，临翠池而暑消，褰绣幌而云暖。一笑金千，一食钱千，此则他方巨贾，远土谒宦，乐以消忧，流而忘返。”广博奇异的见闻，多姿多彩的艺术，培养了都市人的丰富情感与独特的审美意趣。关汉卿【南吕·一枝花】《不伏老》虽然是他个人生活的描述，但在城市子弟中却具有典型的代表意义，通晓多种艺术，具有较为全面的艺术素养：“通五音六律滑熟，甚闲愁到我心头？”生活上风流潇洒，各种时尚消遣无不精通：“我玩的是梁园月，饮的是东京酒，赏的是洛阳花，攀的是章台柳。我也会吟诗，会篆籀，会弹丝，会品竹；我也会唱鹧鸪，舞垂手；会打围，会蹴鞠，会围棋，会双陆。”贾仲明为大都著名杂剧作家王实甫所作【凌波仙】吊词中说他：“风月营密匝匝列旌旗，莺花寨明飐飐排剑戟。翠红乡雄赳赳施谋智。作词章，风韵美，士林中等辈伏低。”所谓“风月营”、“莺花寨”，代指教坊艺妓聚居之所，可见王实甫与艺妓交往同样非常密切。贾仲明为马致远所作吊词赞其“共庾、白、关老齐肩”，并称其为：“万花丛里马神仙”，可见马致远同样是出入声色场所，与艺妓们打得火热。梁进之的生活也大致相似：“翠裙红里，鲜羊糯酒，肥马轻裘”（贾仲明吊词），石子章在散曲【八声甘州】更直截了当地描绘自己的生活是“黄金买笑，红锦缠头。跨凤吹箫三岛客，抱剑携琴武陵游。风流，罗帏画烛，采扇银钩。”美酒佳人，香车宝马，逍遥自在、豪奢浪漫的生活，这就是杂剧作家们生活的另外一面。

这种多姿多彩的娱乐生活，这种风流潇洒不受约束的性格，这种较少干预的社会环境，这种艺术即生活，生活即艺术的基本状态和态度，与农家士子青灯苦读所培养起来的气质和素养差异是非常大的。而且本身杂剧就是市井中成长起来的综合艺术，城市士人从小耳濡目染，对于各种市井艺术更加熟悉，掌握其精要；由于生活中的密切接触，城市士人对市民阶层的思维方式，价值取向，道德判断、审美习惯也更为洞悉，能够做出准确判断；另外城市生活中，随处都充斥着更多的商业因素，这使得城市士人对于杂剧演出这种多人合作，跨行业协同的组织形式，运作流程，以及利益分成等规程更容易理解和把握。所以杂剧兴盛之地，大多集中在商业较为发达的繁华之地。生活居住在大都的士人，无疑是以上诸因素中综合优势表现最为突出的。

而且，必须承认，文学创作与学问研究不同，是讲求天分灵性的，其创作乃是真情自然地流露，并非单纯刻苦攻读反复积累可得，甚至与同样是文学创作的诗歌相比，后者有时尚能由“推敲”之功而取胜，杂剧创作却难以依靠单纯的刻苦学习努力用功达到成功。元人已经注意到了这个特性，钟嗣成在其《录鬼簿》“名公有乐府行于世者”的跋中就说：“文章政事，一代典型，乃平日之所学；而歌曲词章，由于和顺积中，英华自然发外。自有乐章以来，得其名者止于此，盖风流蕴藉，自天性中来。”强调“天性”的重要性，认为“和顺积中”的“风流蕴藉”者才能“英华自然发外”，从而在包括杂剧创作在内的“乐章”领域获得成功。王国维《宋元戏曲史》对元曲那段著名的评说，“元曲之佳处何在？一言以蔽之，曰：自然而已矣。……彼但摹写其胸中之感想与时代之情状，而真挚之理与秀杰之气，时流露于其间。故谓元曲为中国最自然之文学，无不可也。”[①] 所谓真挚之理，秀杰之气，强调的同样是作家创作的天分灵气。而此天分灵气一部分是与生俱来的，但其成长环境对此气质养成却起着至关重要的作用。事实上，虽然杂剧作家个人风格、气质千差万别，但依然可以从他们身上发现一些带有规律性的东西，如关汉卿的性格，《南村辍耕录》说他“高才风流”，《析津志》记载说“风流倜傥，博学能文，滑稽多智，蕴藉风流，为一时之冠”。而他性格的这些特

① 王国维：《宋元戏曲史》第十二章《元曲之文章》。

点，在大都其他杂剧作家中也是不难发现的，如杜仁杰“性善谑，才宏博学”，王和卿则是“滑稽佻达”，王晔“善滑稽”（《录鬼簿》），博学、睿智、滑稽、善谑、风流等，这些共同的性格特征，不仅需要特殊文化环境培养，与作家本人天分灵性也有密切关系。表现在杂剧创作上，它应该是杂剧艺术的一个有机部分，是吸引观众放松心情顺利进入欣赏阶段必不可少的手段。

将经济学、社会学、心理学引入文学研究，是文学研究方式方法的创新和拓展，近年来探讨元代杂剧作家的精神、心态成为热门话题。那么大都的作家们是以怎样的精神状态来构筑杂剧艺术的辉煌殿堂的呢？以往的学者大多从元朝统治者实行民族压迫政策，漠视中原文化，对于士人排斥、歧视、压制、打击这个角度立论，认为士人们是由于入仕无门，匡世之志受到压制，愤慨与压抑无处宣泄，才驰骋于杂剧舞台，骋才述怀，从而导致了杂剧艺术的繁荣。如于苦海在《阳春奏·序》中，就强调是元朝统治的民族歧视政策的负面效应将士人“逼”到了杂剧这样一条道路上。他断言：“要而言之，实所以宣其牢骚不平之气也者。被腥膻当国，凡秉枢要，悉任丑虏。而中原怀才抱艺之夫，仅仅辱在僚佐，此其所以慷慨悲歌，于仙吕诸宫、南吕谙调，悉诣其至极也。”① 认为杂剧作家的不平与牢骚来自于：第一，民族对立；蒙古统治者当国；第二，仕途不畅，官居要职的都是蒙古或色目人。中原士人只能屈居担任较为下层的辅助性的职位。

这段话前半部分肯定是对的，“不平则鸣”是一切文学创作共有的根源和动力。而后半部分关于不平的原因却值得重新审视，这个推论是否普遍符合其他地域杂剧作家的真实情况，难以统而论之。但是将此论置于大都，却未免显得有失片面、偏颇。首先是民族情感问题。早在后唐时，河东节度使石敬瑭为达到篡权称帝之目的，于清泰三年（936），就将包括燕京地区在内的燕云十六州割让给了契丹，以换取契丹对他“大晋皇帝”的承认。从此在二三百年的历史中，燕京基本脱离了中原汉族统治，始终处于少数民族政权统治之下，前有契丹，后有女真，至蒙古政权应该已经过去了十几代人。时间

① 转引自王文才编著：《元曲纪事·总评》，人民文学出版社1985年版，第8页。

的长河是锋利无比的挫石，多么坚实的汉族统治情结经过如此长久的磨砺也已经变得不那么尖锐甚至是异常迟钝了。而且金末的统治是如此的昏庸黑暗，南宋的腐败软弱昏庸更是让人感到气数已尽，衰朽不堪，所以燕京人不仅对汉人统治不抱期待，对刚刚过去的金人统治也甚少留恋。长期的胡汉混杂，在他们的概念中，已经没有太多的夷狄之分了。所以，蒙古新政权进入之后，除了一些仕金官员或者士人出于气节考虑，拒绝与新朝合作外，整个北方，尤其是燕京，并没有像江南那样出现非常普遍强烈的遗民情结。元初著名理学家郝经就曾说："今日能用士，而能行中国之道，则中国之主也。"[①] 燕京人不仅对于新政权的族裔并没有太多的抵触和反感，甚至很为强悍的蒙古人能够很快结束战乱纷争局面，实现国家南北统一充满期待。因为他们对长期政权对立，民族混战导致的民不聊生早已厌倦不已，热切盼望的就是统一之后的天下太平。从大都元代散曲中我们常常可以看到对新政权和太平盛世的歌颂，如杂剧著名大家马致远散曲中，随处可见"至治华夷，正堂堂大元朝世"、"小国土尽来朝，大福荫护助里"、"寰海清夷，扇祥风太平朝世，赞尧仁洪福天齐"（【中吕·粉蝶儿】）这样的诗句，阅读者如果不带有太过强烈的大汉族主义偏见的话，面对这些作品，很难说它们就完全是作者的违心奉迎之作。因为即使是桀骜不驯特立独行的关汉卿，散曲中也有"普天下锦绣乡，寰海内风流地，大元朝新附国，亡宋家旧华夷"（【南吕·一枝花】《杭州景》）的词句，掩饰不住对蒙元灭亡南宋，结束数百年南北对峙局面，再度实现国家统一的兴奋。

当然，元代毕竟是中国历史上民族矛盾、社会矛盾冲突比较尖锐剧烈的一个朝代，士人阶层对于蒙古新政权的不满也是显而易见的。但是对于北方士子尤其是大都的士子而言，焦点并非夷狄之别，而是文化冲突。因为即使是辽、金两个少数民族王朝，实行的依然是儒家治国的国策，他们借鉴甚至是基本照搬了中原统治的模式，通过科举，吸纳部分文人进入统治阶层，共同管理国家。而蒙古政权彻底打破了这个传统，没有继续用儒学思想一统天

① 《与宋国两淮制置使书》，见（元）郝经《陵川集》卷三七。

下，国家管理人才任用也从根本上有别前往，在官员任用的资格和途径上一是重种族，一是官由吏出，如此“士无入仕之阶，或习刀笔为吏胥，或执仆役以事官僚，或作技巧贩鬻以为工匠商贾”①。士人想要通过科举一举成名平步青云的捷径和天梯基本没有了。在有着“学而优则仕”的文化传统，和有着数千年官本位体制的国度里，一般读书人的失落是可想而知，也是理所当然的，这些思想情绪在杂剧中也时有表现。

但对元代大都士人本身来说，情况好像又有很大不同。第一，如果把官场比作“围城”，城外的人想要进去，城里的人却要出来。那是因为城门很窄，进去的人太少，城外的人幻想着城里很风光，所以千方百计想要挤进去；城里的人因为了解个中底细，看到了风光背后的险恶、卑劣、黑暗，因为恐惧、厌恶、不屑而要逃离。一般来说，越是远离政治核心的地方，人们眼中所看到的越是官员出行的威仪，大权在握的风光，生杀予夺的快意。越是在山高皇帝远的地方，百姓受到下层官吏的欺诈凌辱越是严重，人们对朝廷以及高官生活越是充满了自以为是的虚幻想象，那里的人们就更渴望鲤鱼龙门，一跃翻身，进入仕途，从此不受盘剥，从此光宗耀祖，从此锦衣玉食，从此大权在握，从此能够实现自己济世救民的理想和抱负。这些地方的士子更愿意为此悬梁刺股，十年寒窗，他们进入仕途的愿望、动力、目标比谁都更迫切、更强烈、更明确。在这一点上，城市子弟，尤其是经济发达、生活优裕、广闻博见的大城市子弟，与耕读子弟在生活态度、人生目标和个人追求、实现理想手段的选择上都存在着较为明显的差异。一般来说，他们关注政治重于关注官职，对生活适意的追求重于物质本身，不太愿意违心接受太多的拘束、羁绊、扭曲。大都是政治中心，关于官场黑暗、倾轧的消息传播得既多且快，看惯了昨日高楼起，看惯了今日宴会散，更明白世事无常官场险恶的道理。元朝士人想要逃离官场的分外多，这种消极避世的灰色基调从元初时的刘秉忠就开始了，并一直贯穿整个元朝。虽说鄙视功名，归隐田园的主题自古有之，到陶渊明更成为专门题材。但创作中不过是抒情的点缀，就像茶

① 《元史》中华书局 1976 年版，第 2017 页。

余饭后的消遣和挫折后的牢骚。像元代这样作者如此广泛，并有众多人付诸实际行动的却极为罕见。元代诗词中《辞官》的主题、归隐的主题、及时行乐的主题比比皆是，始终盛行不衰。仕途坎坷险象环生而逃离官场者有之，如张养浩；仕途遂顺贵宠有加逃离官场者依然有之，如贯云石、不忽木。这是因为元朝官场环境险恶异常，“伏事君王不到头”的悲剧时有发生。所以，尽管渴望走入仕途的人依然如过江之鲫，想要逃离的却也不乏其人。官场不仅生活无聊：“那的是为官荣贵，止不过多吃些筵席，更不呵安插些旧相知。家庭中添些盖作，囊箧里儹些东西”（张养浩【中吕·朱履曲】），而且充满倾轧，“黄金带缠着忧患，紫罗襕里着祸端”（张养浩【双调·水仙子】），随时都可能大祸临头，“昨日玉堂臣，今日遭残祸”（贯云石【双调·清江引】）。即使是位极人臣，也不过是“功名眉上锁，富贵眼前花”（刘秉忠【三奠子】），人们甚至觉得“宁可身卧糟丘，赛强如命悬君手。”（不忽木套数【仙吕·点降唇】《辞朝》）。大都人士消息灵通，官场的残酷耳闻目睹，总比其他外地人了解得更多、更深刻，所以他们冷漠官职、淡然仕途也就不难理解了。大都诗人何失、张进中都是这方面的代表。

剧作家在观察生活、洞明世事、敏锐世情方面比一般的民众或者一般的士人更高一筹。而这是他们世界观和价值观所肯定的，关汉卿就说：“适意行，安心坐，渴时饮饥时餐醉时歌，困来时就向莎茵卧。日月长，天地阔，闲快活！”（《闲适》四首之一）“跳出红尘恶风波，槐阴午梦谁惊破？离了利名场，钻入安乐窝，闲快活！”他们仿佛站在城墙头俯瞰，墙里墙外看得格外分明，心中的选择也就格外清晰。凭借杂剧既可自娱又可娱人，身边围绕的是美丽聪慧技艺超群的绝色女子，相交的是平等相待业内合作的艺术知音，生活得潇洒又自在，富足又风光。而这是杂剧作家们的世界观和价值观所肯定和接受的。关汉卿就说：“适意行，安心坐，渴时饮饥时餐醉时歌，困来时就向莎茵卧。日月长，天地阔，闲快活！”“跳出红尘恶风波，槐阴午梦谁惊破？离了利名场，钻入安乐窝，闲快活！”（【四块玉】《闲适》四首之一，之三）如果说压力，也就是同行之间的市场竞争和艺术竞赛，看谁能够有更多的新作品，更吸引观众的剧目，更出众的表演，谁赢得的喝彩更多，谁获得的名声更响，这种压力可以激发人的灵感，挖掘人的潜力，使人兴奋，创作出出人意料的好作品。大都是个商业化程度很高并且充满享乐气氛的城市，人们更看重的是个人实际利益的获得和感官享受。同时大都更是一个开放的城市，来自世界各国的人们带来不同文化，他们从事各种职业，高低贵贱的概念逐渐模糊，人们更关注的是是否获得了成功。在他们的价值观念中，条条大路通罗马，通向人生幸福彼岸的渠道很多，科举做官未必就是一条金光大道。他们以自己的行为选择，对成功作出不同的诠释。这些新的观念耳濡目染中，必然会极大感染大都的人们，并多多少少被他们所接受。剧坛与官场是如此不同，而杂剧作家见多识广，情商与智商兼具，最易接受新鲜事物，他们敏锐开放，较少受传统束缚，不保守，不刻板，不偏执，对社会有深刻了解，对新朝浓厚的商业文化能够迅速接受，而且他们的作品广受欢迎："内而京师、外而郡邑，皆有所谓勾栏者辟优萃而隶之。"（夏庭芝）在作剧与为官之间，应该怎样的判断和选择也就昭然若揭了。所以，杂剧作家中像杜仁杰、关汉卿这样自觉自愿地"皆不屑仕进，乃嘲风弄月，留连光景"[①] 者应不在少数。后人站在官本位的立场，以小农经济的心理，揣度他们的处境和心态，难免发生重大的误读、曲解。

事实上，大都的剧作家们对自己的杂剧事业相当自信、自负甚至是自豪。但是，他们同样承受着巨大的精神压力，这种压力并非来自统治阶层，所谓的九儒十丐之说对他们也未见得有多大影响，关汉卿【南吕·一枝花】《不伏老》可谓其心声："我是个普天下郎君领袖，盖世界浪子班头。愿朱颜不改常依旧。花中消遣，酒内忘忧，分茶攧竹，打马藏阄，通五音六律滑熟，甚闲愁到我心头。伴的是银筝女银台前理银筝笑倚银屏，伴的是玉天仙携玉手并玉肩同登玉楼，伴的是金钗客歌【金缕】捧金樽满泛金瓯。你道我老也，暂休。占排场风月功名首，更玲珑又剔透。我是个锦阵花营都帅头，曾玩府游州。"（【梁州第七】）足见走上杂剧创作道路，选择不受约束的自由撰稿人职业，并非因为被迫或者无奈，而是出于理性判断和个人喜爱的清醒选择，自觉自愿。在这一点上，钟嗣成《录鬼簿》就明确地说他们"不屑仕进"，明

① 《青楼集》序。

人臧晋叔看得更准确，他在《元曲选·序二》中说："关汉卿辈争挟长技自见，至躬践排场，面傅粉墨，以为我家生活，偶倡优而不辞。"[①] 可见他们凭借着自己的一技之长，过着较为惬意的生活，他们对此是满足的，并且很享受这种状态。马致远就称自己杂剧创作"怪名儿到处喧驰的大"(【大石调·青杏子】)为此感到非常自豪。王骥德《曲律》中《杂论第三十九上》曾就元曲创作成就高低发表意见："然其时如贯酸斋、白无咎、杨西庵、胡紫山、卢疏斋、赵松雪、虞邵庵辈，皆昔之宰执贵人也，而未尝不工于词。以今之宰执贵人，与酸斋诸公角而不胜；以今之文人墨士，与汉卿诸君角而又不胜也。盖胜国时，上下成风，皆以词为尚，于是业有专门。今吾辈操管为时文，既无暇染指；迨起家为大官，则不胜功名之念；致仕居乡，又不胜田宅子孙之念，何怪其不能角而胜之也。"[②] 他认为后人之所以不及前人成就，关键是私心杂念太多，想着功名利禄，求田问舍，感情无法投入，作品就会平庸。而前辈艺术家如关汉卿等，因为彻底摈弃仕宦功名之心、田宅子孙之思，心无旁骛，倾心投入创作，所以才能取得辉煌成就。而唯有发自内心的热爱，才会有如此的专注执著，哪个被迫无奈的选择能够达到这样的境界？

由于元帝国的空前强盛，以及始终奉行的对外开放政策，与欧、亚、非一百多个国家和地区建立起贸易关系和文化往来，相互交往通畅而频繁，这些形形色色的外域思想文化通过各种渠道，以各种方式传播进来，对中国固有思想文化不断产生冲击、碰撞，使得中国文化得到补充、丰富、更新、发展，获得新的生命活力。元朝是中国历史上在意识形态领域最为松懈、自由、开放、包容的政权。大都由于华夷杂处，各种思想在此交汇、融合，人才荟萃，人们接受新事物更多，心胸更为开放，思想也更少陈腐、僵死的条框束缚。这种自由、包容、开放，充满着各种文化碰撞的氛围，总能激起人们思考的浪花，是培育杂剧作家开放创新最适宜的土壤。

杂剧所具有的思想厚度，包括民主性、时代性、先进性，都来自于多种

① 见《元曲选》、中华书局1958年版，第3页。
② （明）王骥德：《曲律》，见《中国古典戏曲论著集成》卷四，第147页

思想文化撞击所激荡出的多重思考，所以它的内涵是丰富而深刻的，也正因为如此，它才能成为无愧于时代的最先进的文化代表。夏庭芝《青楼集志》就从思想性的角度，论述了元杂剧的独特地位："院本大率不过谑浪调笑，杂剧则不然……皆可以厚人伦，美风化，又非唐之传奇、宋之戏文、金之院本所可同日语矣。"

第十九章　从经济自由到人格独立
——元杂剧繁荣的体制因素

发达的商业，富足的生活，不仅培养造就了足够多的杂剧消费观众，而且为戏班和剧作家、编导等提供足以维持体面生活和延续创作的物质基础。商业化演出成为杂剧兴盛的有力推手。世界上没有什么比经济手段更具有强大而持久的推动力量。大都商业氛围浓郁，重农轻商观念淡泊，使得杂剧与市场相结合成为可能。杜仁杰的【般涉调·耍孩儿】《庄家不识勾栏》就形象生动地再现了元代杂剧演出时的情景。这里不仅有相当于商业广告式的招揽："见一个人手撑着椽做的门，高声地叫：'请请'"；也有"要了二百钱放过自咱"这是纯粹商业演出的清晰交代，还有"层层叠叠团栾坐"专业演出场所的介绍，从"前截儿院本《调风月》，背后幺末敷演《刘耍和》"的说明中，还可以看出当时演出剧目非常丰富。杜作所描绘的是一个普通城镇杂剧演出的情景，而大都作为国家首都和杂剧中心，作为全国商贸最为发达的城市，其演出盛况更为空前。可见，元代杂剧演出，已经具备了文化产品商业化的所有必备元素。当文化产品商业化必以追逐利润为目的，从而产生激烈市场竞争；竞争就会导致商品的差异化，人们就会尝试生产出更多的不同类型的、适合观众不同价值观念和审美需要的剧目；剧目不仅要有引人入胜的故事，精美的唱词，更需要天赋超群的表演，这就必然要吸纳和培育更多更优秀的剧作家、表演艺术家和演出组织者、管理者、推广者加入其中，从而使得整个行业专业化程度不断提高。市场化促进了专业化，而专业化反过来又最大限度地培育了市场，开拓了市场。吸引和养育了更多的艺术家、作家和懂得欣赏的众多观众。这是一个良性循环，将杂剧这一文学样式推向了历史发展繁荣的极致。

中国历史上，文学如此紧密地与商业联系在一起，元杂剧为史无前例的开始。更重要的是文化产品的商品化，使得士人有史以来第一次摆脱政治附庸的从属地位，获得了内心的解放、经济的自由和人格独立。

元科举制度的废弛堵塞了知识分子的仕进之途，但对作家队伍的壮大和杂剧创作者的成长却并非仅有灾难。科举自产生之日，始终是笼络人心、选拔人才同时也是禁锢人才、限制人才的重要手段，是传播、灌输儒学思想的重要渠道，发挥着为国家尤其是帝国首都招揽、聚集人才的作用。科举产生后，在整个中国封建社会历史上，即使是辽、金这样少数民族统治的王朝也没有彻底中断过。唯有元朝成为了封建科举史中的一个异数。元统治者对科举始终抱着可有可无、游移不定的态度，使这种制度时断时续，难以连贯。据《元史》记载："帝（忽必烈）尝从容问曰：高丽，小国也，匠工弈技，皆胜汉人。至于儒人，皆通经书，学孔、孟。汉人惟务赋吟诗，将何用焉！"[①] 在蒙古政权最高统治者眼中，那些能够真正创造价值的才是人才，如从事科技的，能够提高国家的生产力水平；从事工艺、手工业生产的，可以为国家创造财富；从事宗教的，可以在精神上控制教众使国家安定；从事雕塑、绘画、歌唱、音乐、舞蹈的，可以产生审美愉悦。唯有书生百无一用。中国传统文化所尊崇的诗词歌赋，在不谙汉文化，甚至连汉语也不太会讲的蒙古统治者看来根本就是无用之能，士人终其一生学习这些所谓学问，简直就是在浪费生命和社会资源，其价值甚至比不上小国匠人的一技之长。这种理念和态度，注定了元代士人想要通过科举来平步青云步入仕途简直就是痴心妄想。如果国家政权的新主人不打算适应他们，他们就必须调整自己，在新朝重新选择自己的出路和立足之地。

科举废弛阻断了文人士子传统的仕进出路，但却又从思想上解放了他们，元朝的知识分子不必再从小苦读四书五经，终日奔波科考之途，耗损生命与精力。他们从社会"读书—科举—做官"的固定模式中解放了出来，也就摆脱了眼界狭窄、思维定势严重、行为循规蹈矩的轨迹。聚集在大都少了些

① 宋濂：《元史》，中华书局1976年版，第3746页。

"学而优则仕"功名利禄的追求者，多了一些通过多种途径追求自我价值实现的人，目标更加多元化。这是一场史无前例的革命，给文人以难得的精神喘息。同时，随着仕途之门关闭，儒生以往可以预期的未来化为乌有，社会地位因此大幅度降低，原本自诩清高的文人被迫走出书斋，走近民众，开始了解人民的喜怒哀乐，这种思想感情的转变是民众文学产生的基础。如此，元杂剧创作，就成为文人释放创作激情的渠道和抒发思想感情的依托，也成为他们中许多人立足社会赖以生存的谋生手段。卑微的乐人，无用的书生，在大都的闹市携手，成为表演艺术家和伟大的剧作家，他们终于在欢声雷动的观众面前找回了自尊，也寻到了经济上的独立，从此他们彻底改变了以往安身立命的方式，将文学重新赋予了全新的含义。

文学从本质上说应该是社会生活的反映，是作者内心真实思想情感的表达。但文学从来就没有真正地单纯过，它与政治和最高统治者有着太多暧昧的关系，创作者始终带有或明或暗的功利目的，当然这个功利有时是卑琐的，但更多的时候是崇高的。从《诗经》开始的兴观群怨，就是要闻达于最高统治者。楚辞屈原的《九歌》《天问》等，无不是希冀最高统治者能够听到自己的呼声，回心转意，任贤纳良，改变国政。魏晋南北朝是文学的自觉时代，慷慨悲歌的建安风骨，以建功立业为主旋律。此后士人诗词歌赋的文学创作，也无不希望能够闻达于上，受到统治者的赏识，政治理想和抱负得以实现。整个唐诗充斥的是建功立业的豪情，书生们雄心勃勃，要图像凌烟阁。李白最执著的人生信念就是"申管晏之谈，谋帝王之术，奋其智能，愿为辅弼。使寰区大定，海县清一"(《代寿山答孟少府移文书》),他希望自己就像古代那些际会风云的英雄一样，能够时来运转，得到君王赏识，出将入相，建功立业。在《梁甫吟》中写太公望，实是对自己的鼓励："君不见朝歌屠叟辞棘津，八十西来钓渭滨；宁羞白发照清水，逢时壮气思经纶。广张三千八百钓，风期暗与文王亲。大贤虎变愚不测，当年颇似寻常人。"他歌颂求贤若渴、礼贤下士的英主，表示自己愿意像古代英才一样，为君王贡献自己的一切："君不见昔时燕家重郭隗，拥彗折节无嫌猜。剧辛、乐毅感恩分，输肝剖胆效英才。"(《行路难》)在古人眼中，君国一体，忠君就是爱国，所以李白虽不见用，但信念不改，高呼“天生我材必有用”“我辈岂是蓬蒿人”（《将进酒》）。杜甫同样忠君爱民，但所有的政治理想却只能通过君王实现，所以尽管知道“许身一何愚，自比稷与契”但仍然是“虽乏谏争姿，恐君有遗失”，要“致君尧舜上，再使风俗淳”（《自京赴奉先县咏怀五百字》），无论国家强盛还是动乱，唐代士子们，眼中始终盯着的是君王，幸运的，诗作闻达天庭，便有终南捷径。即使长安大道不通，也要退而求其次，到镇守一方的藩镇那里去，入幕府是当时很多文人士子的选择。总之，一定要与政权建立直接的联系。就连看似是消遣文学代表的唐传奇，也有着强烈的功利色彩。因为那是科举的“敲门砖”，待举的士子，创作引人入胜的传奇故事，投递到主考官那里，希望自己的才华与文笔，得到关注、青睐，在科举中博得好名次，文学史上冠其名曰“温卷”。宋代更是儒家思想一统天下的王朝，无论是欧阳修、苏轼、黄庭坚，还是陆游、辛弃疾、秦观，诗词文中所表达的依然是被君王赏识的兴奋或不被重用、政治抱负难以实现的苦恼，忠君爱民依然是贯穿其创作的中心主线。即使是被称为“浪子”的市井词人柳永，从他“奉旨填词柳三变”的自嘲中，也依然能够深切地感受到他对被君王遗弃后产生的巨大遗憾和内心悲哀。

而元代杂剧作家，与以往历代文学家是如此的不同。他们表现出对帝王、对政权明显的疏离感，在杂剧创作中更多思想自由、精神自由的空间。《窦娥冤》中借助角色之口喊出了“地也，你不分好歹何为地；天也，你错勘贤愚枉为天”，在将天地视为最高统治者代称的古代社会，这样的词语除了元代，在其他王朝恐怕都要被治以死罪的。说到与统治政权的关系疏离，杂剧作家与文学史上“魏晋风度”的群体倒是有着几分形似，但是杂剧关注社会，关注民生，积极对待人生的精神，却与魏晋士人仅注重内心，追求清静无为，寄情山水是有天壤之别的。

在以往传统文学中，无论诗词文赋还是其他形式，儒家文学观贯穿始终。《诗经》的诗言志，就被赋予了太多政治功能及社会功能，它要代最高统治者行克己复礼的“教化”之能。后世文学更将文以贯道、文以明道、文以载道作为文学创作的基本功能和最终目的。似乎不如此就失去了文学的意义。这里的“道”是单纯的孔孟之道，而孔孟之道的核心就是维护“君君、臣臣、父父、子子”各得其安的社会秩序和培养知足常乐的内心安宁。有时由于对“道”过分强调，会使得有些文学创作沦为解读、宣讲“道”的教科书，寡而无味，作家真情尽失。而杂剧作家的思想尽管也有着儒家思想的浓重印痕，如关注现实，关注民生。但是，其透射出来的内容和精神实质，如对妇女的尊重与歌颂(《救风尘》)，对真挚爱情的大胆追求(《西厢记》)，无不显示了对社会传统秩序、伦理、道德的反抗与斗争。元代杂剧最基本的精神就是卑贱者最聪明，高贵者最愚蠢。所以，寄居尼庵却春心萌动的少妇(《望江亭》)、都市中沦落风尘的弱女子(《救风尘》)甚至是打家劫舍、反对皇权秩序的绿林好汉(《李逵负荆》)都作为备受歌颂的主角站立在舞台的正中央。他们是智慧、勇敢、正义的化身。而那些“高贵者”——飞扬跋扈的皇亲国戚，大权在握的地方官吏，财大气粗的商人却成了贪婪、丑恶、愚蠢的代名词，受到辛辣的讽刺，无情地揭露和抨击。甚至是贵为九五之尊的皇帝，面对强敌也显示出了怨天尤人、束手无策的软弱本性(《汉宫秋》)。更令人鼓舞的是，杂剧作家通过一系列妇女形象的成功刻画，直接对儒家传统道德观念、尊卑观念、男女不平等观念进行了无情的批判。如罗梅英面对恃财逼婚的李大户不仅敢于大打出手，还痛骂了离家十年敢于调戏自己的丈夫秋胡，表现出自尊、自强、自信、凛然不可侵犯的人格魅力。更为惊世骇俗的是，她竟对“夫纲”提出挑战，公然宣称“要整顿我妻纲”（《秋胡戏妻》）。王昭君在大敌压境之时，镇静自若，挺身而出：“情愿和番，得息刀兵”，临危赴命，无疑是救国救民的盖世英豪，衬托出这个柔弱女子高大英雄形象的是国家的栋梁、脊柱和天命的化身——满朝文臣武将的惊恐失色和皇帝的软弱无能。这些与传统观念大相径庭的离经叛道之论，正是杂剧的光辉所在。在杂剧的功能上，胡祗遹在其《赠宋氏序》开篇进行了生动描述：“百物之中，莫灵莫贵于人，然莫愁苦于人……于斯时也（指观剧——作者注），不有解尘网，消世虑，熙熙睟睟，畅然怡然，少导欢适者，一去其苦，则亦难乎其为人矣！此圣人所以作乐以宣其抑郁，乐工伶人之亦可爱也。”这说明元代人们对杂剧艺术有着非常清醒、深刻的认识，并不以“载道”为目的要求和衡量其艺术成就高低。

在风格上，传统文学观本于儒学“中庸”理念，以温柔敦厚，怨而不怒为衡量标准，讲求中和含蓄之美。但过分强调这点的结果是真情被遮蔽，道貌岸然，平庸。而杂剧无论是歌颂真善美，还是抨击假恶丑，都直率、真诚、大胆，直抒胸臆，因而充溢着蓬勃的生机和活力。这不仅是由于当时杂剧作家本身较少儒学“中庸”思想的束缚，思想较为自由，使他们敢于大胆地发出前人未发之论见，唱出对理想生活的追求和对黑暗现实的呐喊、抨击。而且这也有着深厚的社会基础。“百姓每恰似酸掐一般，都一肚皮面包着气”(孔文卿《东窗事犯》)，他们的思想感情，亦需要通过文化娱乐的方式，抒愁泄愤，宣泄出去。所以大城市中的娱乐行业，在为上层社会服务的同时，更深受下层社会欢迎，能够得到广大人民的支持，这是它兴盛起来的一个很重要的因素。

杂剧所表现出来的整体精神风貌，与元代多元文化融合，思想统治松懈，士人深入社会与民众贴近等因素密切相关，但更重要的却来自经济因素，什么样的经济基础产生什么样的上层建筑，对于杂剧作家群体来说，亦复如此。是元代杂剧作家的生存条件，决定了他们创作的自由洒脱，敢怒敢言，直面人生。

“学得文武艺，货与帝王家”是传统士人唯一的出路，因为除此之外，别无买家。而对于杂剧作家来说，观众才是他们的上帝，是他们的衣食父母，是他们安身立命的根基。

一个城市人们的生活方式、消费方式，是这个城市最显著的文化特征。大都是一个富足的城市，人们注重物质和精神享受，看戏成为最重要、最普遍、最便利的休闲文化活动，具有民众的广泛性。元高安道的【般涉调·哨遍】《嗓淡行院》写道：“暖日和风清昼，茶余饭饱斋时候……待去歌楼作乐，散闷消愁。倦游柳陌恋烟花，且向棚阑玩俳优，赏一会妙舞清歌，瞅一会皓齿明眸，趓一会闲茶浪酒。”人们相伴去看戏，似乎像吃饭睡觉一样重要，已经成为茶余饭后必不可少的休闲娱乐方式，而这种休闲娱乐场所是必须付款才能进入的。众多的观众，习惯性的消费，保障了杂剧作家、演员都有稳固、长久而丰厚的经济收入。元代商业的发展，造就了相对富裕的市民阶层。他们对于杂剧艺术的充分肯定，不仅表现在感情的交流与共鸣，即

《元曲选·序》所言，台下观众“快者掀髯，愤音扼腕，悲者掩泣，羡音色飞”，而且表现在愿意为杂剧这种精神产品付出相应的劳动报酬，《青楼集志》云：“内而京师，外而郡邑，皆有所谓勾栏者，辟优萃而隶乐，观者挥金与之。”

杂剧作为一种文化产品，在元大都其商业属性发展成熟。一个显著的标志是名家名角受到市场的热烈追捧，说明人们已经具备了非常清晰明确的品牌意识。观众对于优秀剧作家和演员不仅以掌声更以酬金多寡来表达自己的评判。顺时秀是大都名重一时的优秀演员，明初高启的《听教坊旧妓郭芳卿弟子陈氏歌》赞扬她歌舞的出类拔萃“仗中乐部五千人，能唱新声谁第一？燕国佳人号顺时，姿容歌舞总能奇。”而她的演出邀约是如此的频繁：“晚出银台酒未销，侯家主第强相邀。宝钗珠袖尊前赏，占断春风夜复朝。”简直应接不暇。一旦一种商品具备了品牌效应，那么，它就具备了超值价值。消费名牌，对购买者来说，不仅是经济实力的象征，更是身份、地位的象征，可以使荣耀之心得到极大满足。据《马可·波罗游记》载，在大都附郭之中居住的艺妓“计有二万有余，皆能以缠头自给”。一般艺妓尚且如此，物以稀为贵的优秀杂剧作家演员们的物质生活应该更加优越。我们从元人的诗词笔记中可以窥到些许气息。如大都艺妓张怡云住在大都最为繁华的黄金之地海子（今积水潭）附近，家中经常是高朋满座，经常性地举行大型类似西方流行的沙龙活动和豪华歌舞宴饮，《青楼集》记载其所用“酒器皆金玉”，这样豪华的场面当有非常雄厚的经济基础作为支撑。张怡云席间献歌一曲，史中丞马上取银二锭相酬，出手阔绰大方。关汉卿说珠帘秀的状况是“富贵似侯”所居之处“绮窗”、“翠户”、“雕栊”、“绣幕”，极尽奢华。由“回廊”、“曲槛”组成的院落堪比王侯之家，神仙居所（【南吕·一枝花】《赠朱帘秀》），由此推断，优秀的杂剧作家经济境况理应也相当殷实。须知，关汉卿圈子中所习惯的生活：“我玩的是梁园月，饮的是东京酒，赏的是洛阳花，攀的是章台柳。我也会吟诗，会篆籀，会弹丝，会品竹；我也会唱鹧鸪，舞垂手；会打围，会蹴踘，会围棋，会双陆。”这些文化娱乐消费不仅需要风流情致，更需要丰厚财力的作为基础。

尽管杂剧作家和演员以及剧团的管理经营者们都对进宫为皇家演出充满了期待，但是在他们眼中，皇帝只是个财大气粗且出于阔绰大方的“主顾”而已，高启的《听教坊旧妓郭芳卿弟子陈氏歌》有言：“当筵按罢谢天恩，捧赐缠头蜀都绮。”可见皇帝不仅会给报酬，而且赏赐还非常丰厚呢。

如此氛围之下，对那些优秀的剧作家来说，他们不必再为生存而委曲求全，让自己拜倒在皇权之下，扭曲心灵，说些言不由衷的话，他们自由的心灵也许时常感受到“粪土王侯”。这种自由而有尊严的生活，与杂剧的商品化是分不开的，与杂剧的兴盛繁荣更是分不开的。对此，钱穆先生颇具灼见，在谈到元代士人的经济地位时，这位中国现代历史学家，国学大师在其大作《读明初诸臣诗文集》及续编中指出：“元虽不贵士，然其时为者之物业生活，则超出编户齐氓远甚。……故元代之士，上不在廊庙台省，下不在阎闾畎亩，而别自有其渊薮窟穴，可以藏身。”“元廷虽不用士，而士生活之宽裕优游，从容风雅，上不在天，下不在地，而自在山林江湖可安，歌咏觞宴可逃。”如果所言不谬的话，杂剧作家的优游自在应该比一般士子更具备物质基础和优越条件。

杂剧作家开辟了文学与政治关系的全新天地，使得文学摆脱了对政权的依赖，彻底改变了从属与附庸地位，这对文学发展的历史走向具有革命性的意义。正是这种独立自由忠于现实的精神，这种视观众为上帝，把与民众的和谐共振视为创作宗旨，并重于一切的认识，为中国俗文学未来的发展提供了可供借鉴的样板。这也是后来明清之际《红楼梦》《三国演义》《西游记》《儒林外史》和《金瓶梅》等名著和奇书产生的历史基石。

第二十章　关汉卿对于杂剧发展的杰出贡献

关汉卿对于杂剧艺术有着宗教信仰般的狂热和痴迷，全身心地投入其中。他对于中国戏剧的伟大贡献不仅仅在于以流芳千古的佳作，开辟了中国文学的全新时代，同时作为中国戏剧的开创者、杂剧创作的领军人物、戏剧作家的祖师爷，在许多方面都为杂剧界树立了标杆和典范，为戏剧奠定了行业规范，创立了流传千古的戏剧文化。

首先，改变了“文人相轻”的陋习，在杂剧界首开协同、合作之风。关汉卿个性强烈，风流倜傥，我行我素，天马行空，桀骜不驯。这从他的散曲【南吕·一枝花】《不伏老》中可清晰地看到。但作为杂剧界一个泰斗级人物，他却并非独步剧坛，而是善于最广泛地团结同道，与许多杂剧作家来往密切，长久保持合作。能够虚心学习众家之长，集思广益。他与杨显之是“莫逆之交”，经常在一起商议、推敲作品。他又与梁进之是“故友”，梁进之文化修养较高，是散曲名家杜仁杰的妹婿，对他创作当有不小影响。他“滑稽佻达”，与性格同样滑稽幽默的王和卿也极为亲近。其他交往较多的还有费君祥等人。一个作家个性如何本无关紧要，但是如果要开创文学全新天地，却非单个作家之力所能完成。因为任何新的文学巨浪，都需要一大批志同道合者通力合作，前赴后继地共同努力，才能实现目标。作为勇立潮头者的开创者或者是新文学联盟的盟主，其个性对浪潮的转折、结局的成败都会产生巨大影响，因而就显得尤为重要。关汉卿将一大批杂剧作家团结在自己周围，他们目标一致地共同努力，可以依靠聚集的力量，产生更大影响，对于杂剧自身的发展，各种发展条件的改造完善，社会基础的培养，以及共同抵御外来压力等，都会产生很大的作用。在文化发展中，聚集的效应往往能够显现超强的力量。大都杂剧发展的实际情况也正是如此。当然，合作并非排除竞争，竞争也不意味着没有合作。杂剧的繁荣，既是杂剧作家合作的结果，也是良性竞争的结果。关汉卿与杂剧作家们平等友好地相处，认真投入地提高、完善艺术，对团结、带动、影响更多的人投入此项事业，对不断壮大杂剧创作队伍都有着非同寻常的意义。

其次，善于与表演艺术家的合作沟通，注重舞台效果。关汉卿破除了旧观念中视演艺为卑贱传统，与元曲表演艺术家们保持着非常密切的接触。从他的散曲中可知，他与珠帘秀、顺时秀、赛帘秀、燕山秀、黑驹头、侯耍俏等都有来往，有些关系甚至非常密切。其意义在于，通过作家和艺术家之间直接、及时、畅通的交流沟通，演艺人员能够更加透彻地领会杂剧创作者的意图，把握剧目的思想基调，更好地刻画人物，通过舞台二次创作，充分展示、挖掘、提升剧作内在精神，达到更为完美的艺术观赏效果。同时，交流的过程，也是剧本修改完善的过程。表演艺术家们常年活跃于舞台，他们直接面对的是杂剧最终的消费者，对观众情绪有更为精微、细致、准确地把握。后人在总结戏剧创作时已经注意到这点。明人臧懋循将杂剧作家分为名家、行家，特别之处二者之间各自的优长和不足。他说："大抵元曲妙在不工而工，其精者采之乐府，而粗者杂以方言"，"总之，曲有名家，有行家，名家出入乐府，文采粲然，在淹通闳博之士，皆优为之。行家者，随所妆演，无不摹拟曲尽，宛若身当其处，而几忘其事之乌有，能使人快者掀髯，愤者扼腕，悲者掩泣，羡者色飞。是惟优孟衣冠，然后可与此比。故称曲上称，首曰当行"（《元曲选序二》）。演艺人员丰富的舞台经验和中肯切实的评论，可以弥补文人创作之不足，对杂剧创作不断提高会是很有益的帮助。关汉卿杂剧非常重视舞台效果，他的作品不仅具有情节曲折，出人预料，波澜迭起等特点。如《救风尘》，剧的开始，便将悬念交给观众，先是宋引章在甜言蜜语的诱惑之下，要嫁周舍。赵盼儿苦口婆心，将利害关系掰开揉碎推心置腹地殷殷相劝，进行阻拦。嫁了还是没嫁？此一折。宋引章执迷不悟，泥潭难返。赵盼儿甩下狠话，不再过问。嫁了之后结果如何？又一折。宋嫁后，周果然朝打暮骂，难以忍受。无奈之下宋向赵求救，赵置之不理。一折。赵暗做准备，仗义相救，准备出钱赎买，但遭到周舍拒绝，眼看走投无路，无计可施。又一折。赵亲自出马，利用风月手段赚得周舍给宋引章写的休书，似乎结局圆满。不料，赵交给宋的休书又被周骗取，撕毁，故事到此，宋印章要摆脱周舍似乎已到无计可施，山穷水尽，彻底绝望的地步。岂料，绝处逢生，原来赵盼儿给宋的是一封假休书，真本原件却被机智的她精心藏起来，关键时刻派上了用场。全剧一波三折，步步坎坷，层层波澜，始终惊心动魄，引人入胜。作家制造悬念，用正叙、倒叙等手段，依靠情节推进，将人物性格、品德、形象一一展现给观众，将观众始终紧紧拴在台前，达到慑人心魄的强烈效果。这与关汉卿与杂剧演员始终保持密切关系，注重舞台效果有着非常大的关系。

同时关汉卿非常重视杂剧演出对象——观众，《元宫词》记载，说他曾经创作剧本《伊尹扶汤》进宫演出，该剧今不传。据《墨子》《孟子》《庄子》等书记载，伊尹为商代人。伊尹早年当过奴隶，后来在有莘氏家做了厨师，有莘女嫁给商代第一代君王成汤，伊尹作为陪嫁来到成汤处，成汤不谙国政，伊尹“负鼎俎，以滋味说汤，致于王道。”[①] 以美食为喻，向君王进言，讲述实行王道、任用贤良与成就霸业的关系和道理。关汉卿进宫搬演伊尹辅佐君王成汤的故事，是明确的有的放矢之举。

第三，关汉卿亲自尝试演艺实践，最大限度地保障了杂剧创作的舞台效果。中国自古倡优地位低贱，元代属于“乐籍”管理的杂剧表演家们依然属于贱民之列。一般来说，以文人尊贵、清高自居的作家，是不屑于与之为伍的。他们的创作，起于案头，止于案头。元代关汉卿之前，剧作家的记载很少，详情难察。但是之后，尤其是南剧末期以及明清戏剧，都有一些剧作家的创作，虽则文辞优美、高雅，却难以在舞台上达到理想的审美效果。戏剧文化是眼球文化，失去观众，就失去了舞台，失去了戏剧存在的价值。关汉卿敢于冲破思想禁忌，粉墨登场，亲自搬演，明人臧晋叔《元曲选序》：“关汉卿辈，争挟长技自见，至躬践排场，面傅粉墨，以为我家生活，偶倡优而不辞者。”这种献身艺术的勇敢精神，这种无所畏惧的胆识、气魄，这种重视戏剧舞台效果的见解和“躬践排场”享受戏剧艺术的水平、能力、素养，是

① （汉）司马迁：《史记·殷本纪》。

他的作品能够震撼人心魅力四射的基础，同时也为后世戏剧创作、搬演、审美树立了全方位的榜样。

当然，关汉卿并非所有的创作都是尽善尽美无可挑剔的。和文学史上所有伟大的作家一样，他的作品中也存在着矛盾。例如，在表现社会弱者对强权的抗争时，虽然洋溢着乐观、坚持、坚韧不屈、绝不放弃的精神，但在解决矛盾时，往往以令人难以置信的巧合组织情节，甚至用六月降雪这样违背自然的想象，使尖锐的矛盾对抗得以解决，以保证最后大团圆的结局。在表现士人前途渺茫、生路艰难、内心苦闷的同时，其未来的希望却又承袭了“五言诗作上天梯”“金銮殿上脱白衣”的陈言老调。在冲破传统观念的时候，有时却又对忠贞、孝悌等观念加以肯定和颂扬。关剧思想的二重性，却恰好说明了关汉卿是忠实于生活的。作品的复杂性、矛盾性是社会现实生活复杂矛盾的真实反映。事实上，一个实行民族等级制度，吏治不清，法治不行的社会里，社会弱者的反抗是无助的，他们既不会有任何出路，也无法彻底改变自己的命运。士人也同样，他们的穷愁潦倒，彷徨无助的状况，他们沉郁下层，难以实现宏图理想的命运其实都是难以改变的。但正因为如此，现实中的人们才需要在杂剧中找到出路，找到希望。赫尔岑在《论俄国革命思想的发展》一文中所说：“凡是失去政治自由的人民，文学是唯一的讲坛，可以从这个讲坛上向公众诉说自己愤怒的呐喊和良心呼声。”[①] 戏剧不是万能的，它不能解决社会问题，但它却像锋利的解剖刀，将社会肿瘤一个个血淋淋地剥开给人们看，让人们在显微镜、放大镜下，充分认识社会生活中真实存在的这些不公平，不公正，不光明，不道德。杂剧反映的是民众的心声和要求，表达的是民众的意愿和希望，现实中，人们希望他们的冤屈能够得到申诉，恶霸能够被铲除，贪官能够被罢免，失去道义者能够受到惩罚，士人们希望政权重新打开诗赋仕进，社会层级多渠道顺畅流动的通道，能够凭借自己的文化优势重拾社会地位与尊严。那么，关汉卿就通过自己的创作，将这些愿望表达出来。尽管关汉卿自己对于科举进士，仕途经济始终不屑一顾，

① 赫尔岑著，《赫尔岑论文学》，辛未艾译，上海译文出版社，1989 年版。

但他依然在自己的剧作中代替民众对他们的愿望作出正面表达。《陈母教子》中，陈母望子成龙，希望三个儿子个个都中状元，还教育儿子不要贪图非分之财，为官要清廉正义，要“齐家治国安邦”。将读书—仕进—报国当做追求个人显贵发达的必由之路来描绘，作为社会理想来歌颂，说明了关汉卿对于社会旧有观念非常了解，并秉承了艺术忠实社会真实宗旨。同时，对于现实中一部分人的功名思想，关汉卿实际上是不以为然的，所以，即使他根据民众的愿望在剧中设置了一个大团圆的结局，留下了非常光明的尾巴，但在具体刻画人物时依然不免流露出自己的个人情感。在他笔下，陈母是个热衷功名，满口斯文的母亲，言必经典，反复教诲孩子“学儒业，守灯窗，望一举，把名扬……亲夺的，状元郎，威凛凛，志昂昂。”而与之对应的另一方陈良佐却以“丑”的面貌出现，以滑稽来嘲弄陈母说教，以憨厚的直言来戳穿陈母的老谋深算和虚伪的市侩心理，因而全剧在强烈鲜明的对比中，展现出浓郁的喜剧讽刺色彩，使思想的复杂性、矛盾性得以充分表现。正是因为关汉卿创作始终忠实现实，关注民生之所关注，所以当民众的要求和希望通过艺术形象一一呈现在舞台上时，台下观众“快者掀髯，愤音扼腕，悲者掩泣，羡音色飞”[①]，产生了极强烈的艺术效果、社会效果。

同时关汉卿并不是一个变态的、激进的批判主义者，否定一切，抨击一切，打击一切，与所有的思想道德秩序对抗。在他的思想中，忠贞、孝道、诚信、善良等依然是公众需要共同遵守的社会公德良俗，值得提倡。尽管关汉卿的思想认识受到一定的时代局限，并不一定完全正确，但从勇于以文学承担社会责任的角度讲，其积极意义依然非常之大。正如周德清在《中原音韵·序》中所说：“乐府之盛，之备，之难，莫如今时。……关、郑、白、马……观其所述，曰忠，曰孝，有补于世。”[②] 有补于世，在思想上，永远高于单纯地为艺术而艺术的境界。

关汉卿的生平事迹资料甚少，只有钟嗣成的《录鬼簿》、朱经的《青

① （明）臧晋叔：《元曲选》序。

② 《中国古典戏曲论著集成》（一），第175页。

楼集·序》、杨维桢的《宫词》有零星的记载或论述。另外，贯云石的《阳春白雪·序》、周德清的《中原音韵·自序》、陶宗仪的《辍耕录》等，也曾简略地论及他的戏曲或轶闻琐事。汇总这些点滴材料，明人蒋一葵《尧山堂外记》卷八十六总结说："关汉卿，号已斋叟，大都人，金末为太医院尹，金亡不仕。"首创以关汉卿为首的元曲"四大家"之说的是元人周德清的《中原音韵·序》，《录鬼簿》将关汉卿置于卷首，表现了元人对关汉卿杂剧地位和影响的充分肯定与尊重。当时另外一个与关汉卿同时的杂剧作家高文秀被尊为"小汉卿"，比他年辈稍晚的沈和甫被尊为"蛮子汉卿"，由此可见关汉卿在全国剧坛不可撼动的独尊地位。《录鬼簿》就赞许他"姓名香，四大神州"，可见其影响之大、之广。明代由于文艺思潮和审美变化，也影响到了对关汉卿的评价。随着传奇创作的兴起繁荣，戏剧充斥着雕琢堆垛的"时文风"和逞才使气的"案头曲"之风，时人在评价戏剧时，以诗词为标准，更注重文采，关汉卿失去了元曲"四大家"榜首的地位。此中也有例外，臧懋循对关汉卿的看法可谓独具慧眼，他不仅在《元曲选·序》中对杂剧艺术有着精到准确的评论，而且对关剧也有极高的评价。时至清代，随着戏剧再度发展繁荣，人们对于其规律的认识逐渐透彻深刻，对关汉卿的成就也有了再认识，修正了明人偏颇的见解。近现代，以王国维为代表，吸收了西方文学理论，对关汉卿有了全新评估，认为关汉卿"当为元人第一"[①]。

① 王国维：《宋元戏曲史·元剧之文章》。

第二十一章　大都元杂剧的成就及文化价值

元曲尤其是杂剧在大都的兴盛，开辟了北京文学的新起点。北京自辽金从北方军事重镇一举升格为国家首都，成为政治、经济、文化中心，但是北京文学个性的全面形成、发展成熟、集中凸显、远播四方，却始于元代，集中体现在元曲——散曲和杂剧上，尤以杂剧影响最为广泛、深刻，具有里程碑的意义。

元曲开启了北京文学的全新时代。之前的北京文学，虽然已经形成了独特鲜明的地域特色，如其多以追慕古代圣贤，歌颂军旅，描绘雄奇山川景色，记录多姿多彩的民风、民俗以及社会政治生活为内容，风格上大多以直率、质朴、真诚、雄放为主调，常带有慷慨悲凉的英雄主义色彩。但它仅是全国众多个性鲜明的地域文学中的一个，其影响也仅仅依靠作家自身影响力的大小而决定，整个地域并不能给予太多的助力。而且，元代之前，籍贯就是燕京本地而具有全国影响和号召力的大作家出现得并不多，声势浩大的群体更是从来都没有能够形成。

元代，大都本籍作家蓬勃成长，形成了一个以关汉卿、王实甫、马致远等“元曲四大家”为旗帜的庞大杂剧创作阵营。他们共同努力，以丰硕的创作数量，个性鲜明的艺术风格，以及在民众中广泛深刻的影响，实现了文学从内容到形式的全面解放、创新。他们共同创造了元曲的辉煌，成为中国文学史上继唐诗、宋词之后又一个新的文学艺术巅峰。

北京文学的个性是在元曲发展繁荣的辉煌中逐渐成熟、完善并凸显出来的。元曲是个坚实的基础，奠定了北京文坛俗文学的千年根基。杂剧的观众、作者、表演者共同决定了杂剧表演的内容和艺术的追求，这是叙事化倾向形成的原因。杂剧是叙事化文学的典型，而杂剧的内容，都是当时社会生活和民众愿望的真实体现和反映。这决定了从此之后京味文学的鲜明个性和基本走向。因此，北京通俗文学的个性就是元曲的个性。最突出的表现就是：作家秉承多元文化的滋养，具有开放的胸怀，通过描写人物和事件，将目光和笔墨聚焦在普通人关注的问题，表现出对政治的关心，对民生的关怀，对社会现实生活的关切。语言风格鲜活、形象、生动，富有意趣，并带有北京口语特点。表现手法多样，但无论是悲剧基调还是喜剧色彩，都能以略带冷幽默的笔触出之。所描绘的无论是宏大事件，还是卑微人物，都具有鲜明的人民性和时代特征。元代之后，无论是曹雪芹的章回体小说《红楼梦》，还是现代伟大作家老舍的小说、戏剧，凡是典型的京味文学，都具备以上的特点。而这一切的源头，正是从元代，从大都，从元曲，尤其是杂剧开始的。这是个非常优秀的文学历史传统。

元曲之于大都，意义在于，这是第一次确立了北京在中国文坛的特殊地位。之前的北京文学，不过是众多地域文学之一种，并不具有完整、充分的个性和广泛影响力。杂剧，使北京成为全国文学的一面旗帜，最优秀的作家集中在这里，最优秀的作品出现在这里，许多的风格流派汇聚到这里。从此开启了北京文学可以代表中国文学的历史。

这是北京第一次担负起引领全国文学的重担。以当时的大都为中心，形成了元代前期北方杂剧的兴盛。灭宋统一之后，大批的元曲作家和艺术家南下，更将杂剧艺术的火种传遍江南，使戏剧在其引领之下，全国呈现出燎原之势。

这是北京第一次作为先锋和主导，彻底改变了整个中国文学史的既有轨道，完成了从诗词等雅文学为正宗到俗文学确立了在文坛地位的转变，使得真正反映民众心声呼唤的俗文学，第一次完全压过雅文学而登上了雄踞文坛的霸主地位，从此开拓了俗文学在中国文学艺术史上的广阔发展道路；这是北京第一次凭借自身的文学实力，而非政治和军事的强势，突破地域局限，将大都文化广播四方。在大都所具有的多重魅力中，杂剧带给人们的，是一份不可或缺的精神食粮，无疑大大增加了城市的美誉度和吸引力。

以杂剧为开端，北京文学开始了一个全新的历程，是这个城市成为全国文化首善之区的重要组成部分。

能够使得北京文化借助文学的载体，远播国内外的，首先是杂剧在思想内容上的重大突破。关汉卿的代表作《窦娥冤》等抨击黑暗，歌颂英雄，肯定人性，无不彰显出人文关怀的光彩。王实甫《西厢记》歌颂爱情，直率大胆，为人喜爱，影响巨大，甚至受到明代思想家李贽充分肯定。[①] 元代杂剧中每一部优秀的作品都一定是当时社会生活的真实再现，表现了广大人民的理想与追求。它从形式到内容表现出来的人民性、现实性，使之不仅在当时受到民众热烈的欢迎和持久的拥护，而且具有恒久的生命活力。在中国，元代杂剧的许多剧目保留了下来，并不断被其他剧种或者艺术形式移植、改编，如被称为元杂剧“四大悲剧”的《窦娥冤》《汉宫秋》《梧桐雨》《赵氏孤儿》，如喜剧《望江亭》《救风尘》《墙头马上》《西厢记》《李逵负荆》《看钱奴》，如悲喜剧《谢天香》《燕青博鱼》《曲江池》《秋胡戏妻》《两世姻缘》《渔樵记》等，不仅在当时脍炙人口，屡演不衰，而且，几百年后依然活跃在戏剧舞台，继续感动着千千万万的观众。

更值得骄傲的是，杂剧不仅感动着华夏子民，而且远涉重洋，为异国观众所倾倒。《窦娥冤》早就有了法、日、英、德、俄等译本，《汉宫秋》有英、日、法等译本，《赵氏孤儿》有法、英、德、日等译本，《墙头马上》有日、俄等译本，《西厢记》有法、英、德、饿、意大利、日、拉丁文等译本，《看钱奴》有英、法、日译本，《货郎郎》有法、德、日等译本，《忍字记》有法、德、日等译本，《破家子弟》有法译本，《黄粱梦》有法、德等译本，《老生儿》有英、法、日等译本，《合汗衫》有法、德、日等译本，《灰阑记》有法、德、日、英等译本，《倩女离魂》有日、英、德、法等译本，《㑇梅香》有法、日等译本，《金钱记》有日、德、法等译本，《来生债》有法、德、拉丁文等译本。[②] 这说明元杂剧不仅是中国戏剧文化的瑰宝，而且亦被世界人民视作珍品，从而对世界戏剧文化的发展产生了重大的积极影响。

---

① （明）李贽：《焚书》卷三《杂说》。

② 奚海：《元杂剧论·绪论》，河北教育出版社 2001 年版。

元杂剧之所以能够走向世界，与其作品内容的民主性、时代性、先进性是密不可分的。除了其情节曲折、故事动人、人物形象丰满等因素使之更易于流传之外，其思想性和价值观念在审美需求上更符合世界标准也有着非常大的关系。因为它产生、昌盛在一个历史上从未有过开放的时代，一个国际化的都市，一个多元文化交融并存的环境，它本来就是为那些来自世界不同地方，有着不同宗教信仰，不同风俗习惯，不同语言和交流方式，共同汇聚在舞台前的观众写的，所以产生的思想文化根基、价值取向、人文观念、审美意趣就已经打上"世界文化"的烙印，它所颂扬的自由、平等、法治、民生以及对国家的爱、对父母的爱、对朋友的爱、男女爱情等，都具有永久的普世价值，而且多层次、多角度地反映多姿多彩的社会生活，其思想、情感、审美的丰富性、深厚性，注定它重返世界舞台的脚步异常轻快。

有关杂剧艺术在语言发展方面的贡献，钱玄同《儒林外史新叙》在论述关汉卿为代表的元曲的地位、作用与影响时，将之视为文学发展史上一场伟大革命加以评价。指出古人偶然尝试用白话写作，"不过站在补缀顾问的地位"而已，至到"元曲出世，关汉卿、马致远、白仁甫（白朴）、郑德辉这班大文学家才把以前的文体打破，自由使用当时的北方语言来做新体文学"，并得出结论"元曲可以说是方言文学"。[①] 这个方言文学无疑是以燕地语音为标准音、以北方话为基础、活着的大都语言。它意味着北京文化借助杂剧能够传播得更远，影响更大，标志着中国文学进入了一个崭新的历史阶段，树立起了以白话语言进行文学艺术创作的里程碑。它开后世京味文学之先河并成为内容丰富、层次多样，堪供学习摹写的典范。周德清的《中国音韵》云："欲作乐府，必正言语；欲正言语，必宗中原之音。"[②] 周德清所言虽然是当时称为"乐府"的散曲，但是对于杂剧同样适用。因为杂剧的唱词曲调都是与散曲相通的。杂剧以"中原之音"为宗，是个不争的事实。当时的中原之音是以北方汉语的语法和北京话语音为基础的官方标准语，相当于现在的"普

① 朱一玄、刘毓忱编：《儒林外史资料汇编》，南开大学版 1998 年版，第 459 页。
② （元）周德清：《中原音韵 · 序》，《中国古典戏曲论著集成》（一），第 175 页。

通话”。由于杂剧的繁荣发展，这种中原之音也随着杂剧所到之处广泛普及。中国幅员辽阔、方言繁富，从大都走向全国的杂剧将“中原之音”传播到华夏各地，民族语言的规范化、标准化，有着特别重要而深刻的现实意义和历史意义。

第二十二章　散曲肇源燕京及其意义

元人将散曲以“乐府”名之，明清人称“曲者，词之变”。[①] 这些认知，基本揭示了散曲继承中国古典诗歌传统，是韵文体式新的表现形式这样一种基本特性。它的形成，与唐诗、宋词一样，是语言发展和音乐变化共同作用的结果，是当下语言入于当下新的流行音乐而成的歌咏形式。正如明代王世贞《艺苑卮言》所言：“自金元入主中国，所用胡乐，嘈杂凄急缓急之间，词不能按，乃更新声以媚之。”尽管散曲有南曲和北曲之分，但是有元一代，“基本是北曲的天下，保留至今的元曲也主要是北曲”。[②] 而北曲的基本曲调正是燕乐体系与北方少数民族音乐融合而成的。

有关散曲产生的时间以及肇源地历来受到学界的关注，关于散曲兴起的时代，邓绍基主编的《元代文学史》认为：“曲牌中的【中吕·叫声】，就是宋仁宗至和、嘉祐年间根据叫卖声衍生的市井俚歌。【仙侣·太平令】是北宋末、南宋初的曲调，民间艺人张五牛还据此撰为‘赚曲’；【仙侣·拨不断】也是宋时俚曲。”[③] 而有关散曲的肇源地，杨栋《中国散曲学史研究》明确认为散曲即北曲“发源于北宋末市井俗曲”[④]，认为肇源地在东京汴梁。

单纯从曲牌名称来考察散曲的肇源也许并不是一个非常科学的方法，因为词与曲牌同名者并不鲜见，宋是词大行天下的时代，焉能判断它们词牌名而非曲调名，并且是后来意义的散曲牌名？即使是在同一曲牌之下，其音调、韵律、声腔是否就是一成不变的？何况，能够决定其为“元曲”这一个个性的并不仅仅是曲调一种因素，而是多种因素的集合。从宋仁宗至和

① （明）王世贞：《曲藻序》。
② 傅璇琮、蒋寅总主编：《中国古代文学通论》，张晶主编之《辽金元卷》，第113页。
③ 邓绍基：《元代文学史》，人民文学出版社1991年出版，第297页。
④ 杨栋：《中国散曲学史研究》，高等教育出版社1998年版，第62页。

（1054—1055）、嘉祐（1056—1063）到散曲大兴的元代已有两百多年的历史了，期间改朝换代，文化以及音乐的流行风尚已经发生了数番翻天覆地的变化。何况金元文化与宋代的中原文化之间的区别是巨大的。这中间不仅相隔着一个历史并不算短的金代，而且其语言、音韵、乐曲完全是另外一个系统。金人刘祁《归潜志》卷十三云："唐以前诗在诗，至宋则多在长短句，今之诗，在俗间俚曲也，如所谓【源土令】之类。今人之诗，惟泥题目事实句法，将以新巧取声名，虽得人口称，而动人心者绝少。不若俗谣俚曲之见其真情，而反能荡人血气也。"

散曲肇源于金末元初的燕京，这从几个方面可以得到证实：

首先，从散曲对音乐的依赖程度可以推断，其产生一定与北京及周边地区北方少数民族音乐的兴盛有着密不可分的关系。在有散曲记载的金代，其音乐就是多种北方音乐融合而产生的。《金史·乐志》说："金初得宋，始有金石之乐。然而未尽其美也。及乎大定（1161—1189）、明昌（1190—1195）之际，日修月葺，粲然大备。"并说"……有本国旧音，世宗尝写其意度为雅曲。"到元代，初期"若其为乐，则自太祖征用旧乐于西夏，太宗征金太常遗乐于燕京"，国家南北统一，又征南宋雅乐："（至元）十九年，王积翁奏请征亡宋雅乐器至京师，置于八作司。"[①] 由以上记载不难看出，金中都和元大都的燕京，都是国家音乐机构设置所在，集中了来自各方最多、最优秀的音乐人才，汇集了各国各民族最精良、最完备的乐器、乐谱，交汇融合着多民族、多样文化典型性、代表性音乐，其音乐之嬗变最为丰富多样，也最能得其变化新趋势新风格之先。如此，以散曲与新音乐关系之密切，推断其产生于大都及周边地区当不无道理。而事实上，散曲音乐之节奏风格也很能反映其产生源头的地域音乐特征。明代魏良辅《曲律》就说："北曲以遒劲为主，南曲以婉转为主。"王世贞《曲藻》更进一步阐释说："凡曲，北字多而促，促处见筋；南字少而调缓，缓处见眼。北则辞情多而声情少，南则辞情少而声情多。北力在弦，南力在板。北宜和歌，南宜独奏。北气易粗，南气易

---

① 《元史·礼乐志》。

弱。”而芝庵的《唱论》说得则更为明确：“凡唱曲有地所，东平唱【木兰花慢】，彰德唱【木斛沙】，陕西唱【阳关三叠】、【黑漆弩】。”这段话说明了这样的一个事实，即一地有一地曲调传唱的特点、风格和偏好。这是因为在传唱的过程中，虽然曲牌相同，或者对于艺术演唱形式相互借鉴，但具体的演唱却由于地域不同，由于音乐、方言、韵调的差异而发生若干变化，使之带有了鲜明的地方色彩。元周德清《中原音韵》的论述特别值得关注：

南宋都杭，吴兴与切邻。故其戏文如《乐昌分镜》等类，唱念呼吸，皆如约韵——昔陈之【后庭花】，曲未必无此声也——总亡国之音，奚足为明世法！惟我圣朝，兴自北方，五十余年，言语之间，必以中原之音为正。鼓舞歌颂，治世之音，始自太保刘公、牧庵姚公、疏斋卢公辈，自成一家……予生当混一之盛时，耻为亡国搬戏之呼吸；以中原为则，而又取四海同音而编之，实天下之公论也。[①]

由这段话不难看出，以“中原之音为正”的中原，必然不是亡国之音盛兴的南宋临安，同样也不应该指有着相同命运的北宋汴京，而应该是与“圣朝”有着更紧密联系的中原腹地燕京。而在时间上，虽然“五十余年”仅是约数，但也不应有太大的出入。在这点上，同是元人的孔齐在《至正直记》卷一中也说：“北方声音雅正，谓之‘中原雅音’。”虞集《中原音韵序》也说：“我朝混一以来，朔南暨声教，士大夫歌咏，必求正声；凡所制作，皆足以鸣国家气化之盛，自是北乐府出，一洗东南习俗之陋。”而唯有作为首都的大都，在语言上才能够取得“上自缙绅讲论治道，以及国语翻译、国学教授言语，下至讼庭理民，莫非中原之音”[②] 统一。

在语言文字的运用上，散曲也带有鲜明的以大都语言为基本标准和典型代表的北方方言特征。散曲作为一种从民间走向文坛历史不算太久的诗歌新

① （元）周德清：《中原音韵》《起例》第二二则。
② （元）周德清：《中原音韵》《起例》第二〇则。

形式，通俗是其最大特性。如果说传统诗歌以“雅正”为宗，善于表达重大主题；那么起源于晚唐五代，兴盛于宋的词，则是以“情”见长，长于表达细腻、委婉、雅致的情感。前者用字庄严、宏大，后者用字清新、雅致。诗、词由于发展历史已久，距离配乐歌咏渐远，纸质化已成基本流传方式。雅化日深，加之各种理性化、学术化的探讨、规范，所以已经日益演变为非常规范的、书面性极强的“大一统”面目了，在诗词中已经很难寻觅到当下的、活着的、民间的语言了。而刚刚脱胎民歌小调，作为当时“流行歌曲”必须歌唱的散曲，其基本的特征：第一，必须开口，按乐就调而歌；第二，是其传播与接受方式大多口耳相传，不以纸质媒介为主。文人专业化创作时间不长，雅化程度不深，所以遣词用字更多保留了民间、民俗之风，具有绘声绘色、平易通俗、自然直率、口语化入曲的“原生态”特征。明末清初人黄周星在《制曲枝语》中说：“曲之体无他，不过八字尽之，曰少引圣典，多发自然而已。”文坛的创作者们，无论是来自北方，还是江南，也都不约而同自觉地遵循、模拟其基本风格特征，力保“原汁原味”以求“正宗”。即所谓的“方言常语，沓而成章，着不得一毫故实”，[①] 王骥德在比较诗、词、曲三者之间的区别时，更是一语中的：“诗与词不得以谐语方言入，而曲则惟吾意之欲至，口之欲宣，纵横出入，无之无不可也。”其结果是散曲在客观上较多保留了其肇源地充满生命力的语言文字风貌。散曲作为一种时尚文化，在最初的流传过程中，其通俗本色的原生特点和形态得到基本保留，即元明时人称为“蛤蜊”、“蒜酪”的味道。正是因为这种味道的存在，我们可以通过比较、分析散曲语言特征，能够推测其肇源地的科学依据之所在。首先把蛤蜊风味形容为元曲的一种鲜明审美特征和风格的是元曲家王举之。他在小令【双调·折桂令】《赠胡存善》中，就曾明确地提出了胡存善曲作的“蛤蜊风致”特征及其主要表现。他采取了自问自答的形式这样写道：“问蛤蜊风致何如？秀出乾坤，功在诗书。云叶轻盈，灵华纤腻，人物清矍。采燕赵天然丽语，拾姚卢肘后明珠。”所谓“燕赵天然丽语”，当作“大都、河北一带活着

① （明）凌梦初：《谈曲杂札》。

的、民间的、流行的语言”解释，考虑到自古燕赵统称的传统和中国语言词义中的偏重现象，对这句话的正确理解应该是散曲所用就是大都流行语。

虽说散曲是当时的流行歌曲，来自民间，但是与一般意义的民歌小调却有很大不同，它是“市井俗曲”，与繁荣的商业，喧闹的市井和有着大致相同审美取向的众多市民为特征的城市文化密切关联。在北方，前称中都、燕京，后称大都的北京正是这样一个独特的繁盛之地，当时商品之发达，物产之丰富，人口之众多，整个北方地区乃至全国难有出其右者，是当时不折不扣的具有世界影响力的国际城市，我们从《马可·波罗游记》以及世界历史研究的各种资料中都不难得出这样深刻的印象，而这正是“市井俗曲”元散曲产生的社会文化基础。

在用韵方面，散曲与唐诗、宋词也大有不同，它是以散曲初兴、盛行之地民众口头的自然语音用韵为标准，即周德清所总结的“中原音韵”。元代曲学家周德清本身是江南人，但是在前人研究的基础上，总结散曲音韵，写出了《中原音韵》一书。该书分十九个韵部，四个声调。平声分阴阳，上、去声不分阴阳，入声派入平、上、去三声。可以说，《中原音韵》基本忠实、完整地保留了散曲的音韵原貌。因为散曲具有“以词应歌”的特点，所以入声字不入韵部，这与大都语言音韵体系入声已经消亡的事实完全一致。

从散曲与杂剧的密切关联度上也可以看出其肇源地的端倪。大都为元代全国杂剧中心，这是不争的事实。而散曲正是杂剧音乐曲调构成之基础，散曲的格式、体制同于杂剧中的剧曲，没有散曲，就不可能产生杂剧。而在产生时间上，散曲也略早于杂剧的诞生和成熟。所以反过来说，杂剧正是在散曲兴盛的基础上产生的。由此推断杂剧中心即为散曲中心，应该是符合文学发展规律和历史基本逻辑的。

一个证据也许不具有排他性，但是当多项证据组成链条，指向都统一在同一个方向时，我们就不难基于分析做出准确推断，散曲的肇源地应该就是大都。

在散曲走向文坛前台，广泛扩大影响，疏通流传渠道，从北方传播到江南乃至全国，使之成为一代文学诸方面，大都的意义和作用都是不可撼动的。

因为如果没有一大批具有相当高深学养和很大影响力人们的积极参与，搜集、整理，进行高质量艺术留存、提升；如果没有一个广阔开放的舞台，汇集不同领域精英的力量；如果没有地域的政治和文化强势可以依靠，作大力推广，那么作为散曲前身的“市井俗曲”，其命运是可以预见的，很可能如中国历史上众多的民间小调一样，很快就会自生自灭，消失在时间的长河中，终究难逃昙花一现或偏于一隅的命运。期间任何一个环节都是不可或缺的，而在当时的中国，具备所有这些必备条件的，当非大都莫属。从这个意义上讲，大都是元代散曲之摇篮当之无愧。

其实，作为一个刚刚进入南北统一的多民族国家，方言杂陈，发音各异，恐怕是再自然不过的现实情况了。虞集在《中原音韵》序言中批评各地之音俱不雅正：

大抵雅乐之不作，声音之学不传也久矣。五方言语，又复不类。吴楚伤于轻浮，燕冀失于重浊，秦陇去声为入，梁益平声似去，河北河东取韵尤远，吴人呼“饶”为“尧”，读“武”为“姥”，说“如”近“鱼”，切“珍”为“丁心”之类，正音岂不误哉！

大都作为散曲肇源地的意义不仅在于在此基础上，大都进一步成为一代文学之代表杂剧创作、表演的全国中心，形成了大都文化的空前繁荣和兴盛，而且它成为改变北京文化地位的历史转折点：第一次通过创新产生了非输入性的原创文学样式；第一次据此确立了北京全国文化中心的地位；第一次使本土作家正式规模性登上文坛，其典型是刘秉忠为首的馆阁曲作家和关汉卿为首的具有杂剧作家身份的曲作家；第一次从“被化”转为“化他”，具备了融汇机能，大批的来自全国各地的文人士子通过学习，积极参与创作，共同创造了大都散曲的繁荣兴盛，并将之远播四方；第一次赋予文学普世的民众文化的意义，元代文学改变了中国文学的走向，使得俗文学正式登上文坛，形成与雅文学共进的格局，其中散曲的作用功不可没。

大都散曲的发展呈现出以下几个特征，在时间上，贯穿元代全程；在范围上，参与者众，上至馆阁重臣，下至市民艺妓；在创作题材和作品风格上，丰富多彩，较为全面地反映了社会生活的各个方面，且具有传情达意灵活生动的特征；在影响上，广泛而久远，形成与诗词创作同样重要的文学新体式。琐非复初序《中原音韵》这段话可以作为这几个方面的印证："以余观京师之目、闻雅乐之耳，而公议曰：德清之韵，不独中原，乃天下之正音也。德清之词，不惟江南，实当时之独步也。"这种观念，在明初依然盛行。张雄飞的《董解元西厢掐弹词序》说："国初词人，仍尚北曲，累朝习用，无所改。更至正德之间特盛。毅皇帝御制乐府，率皆北调，京师长老，尚能咏歌之。"可见其影响深远广大。周德清《中国音韵》指出"欲作乐府，必正言语；欲正言语，必宗中原之音"①，因而元代散曲的兴盛与流行，对幅员辽阔、方言繁富的华夏民族语言媒介的规范化、标准化，有着特别深刻的意义。

① （元）周德清：《中原音韵·序》。

参考文献

[1]（元）脱脱等撰. 金史［M］. 北京：中化书局，1975.

[2]（明）宋濂等. 中华书局点校本. 元史［M］. 北京：中华书局，2008.

[3]（南宋）彭大雅. 中华书局点校本. 黑鞑事略［M］. 北京：中华书局，1976.

[4]（宋）耐得翁. 都城纪事［M］. 北京：中国商业出版社，1982.

[5]（宋）徐梦莘. 四库全书本. 三朝北盟会编［M］. 上海：上海古籍出版社，1987.

[6]（元）佚名. 元朝秘史［M］. 济南：齐鲁书社，2005.

[7]（元）陶宗仪. 中华书局点校本. 南村辍耕录［M］. 北京：中华书局，1976.

[8]（元）陶宗仪. 明洪武九年刻本. 书史会要［M］. 上海：上海书店，1984.

[9]（元）熊梦祥. 北图善本部辑佚本. 析津志辑佚［M］北京：北京古籍出版社，1983.

[10]（元）苏天爵. 畿辅丛书本. 元朝名臣事略［M］北京：中华书局，1996.

[11]（元）周密. 武林旧事［M］. 上海：上海古籍出版社. 1983.

[12]（元）周密. 四库全书本. 癸辛杂识［M］. 北京：中华书局，2010.

[13]（元）刘一清. 钱塘遗事［M］. 上海：上海古籍出版社，1985.

[14]（元）鲜于枢. 知不足斋丛书本. 困学斋杂录［M］. 上海：上海古籍出版社，1993.

[15]（元）孔齐. 粤雅堂丛书本. 至正直记［M］. 上海：上海古籍出版社，1987.

[16]（明）蒋一葵撰. 长安客话［M］. 北京：北京古籍出版社，1982.

[17]（明）蒋一葵. 四库丛刊本. 尧山堂外纪［M］

[18]（明）陈邦瞻. 元史纪事本末［M］. 北京：中华书局点校本，1979.

[19]（明）李开先. 李开先集［M］. 北京：中华书局. 1959.

[20]（清）钱大昕. 辽金元三史拾遗［M］. 北京：商务印书馆，1958.

[21]（清）陈宗蕃. 燕都丛考［M］. 北京：北京古籍出版社，2001.

[22]（清）于敏中等. 钦定日下旧闻考［M］. 北京：北京古籍出版社，1981.

[23]（民国）吴廷燮等. 北京市志稿［M］. 北京：北京燕山出版社，1998.

[24]（瑞典）多桑著. 多桑蒙古史［M］. 冯承钧译. 上海：上海书店出版社，2001.

[25]（意）马可波罗著. 马可波罗游记［M］. 陈开俊等译. 福州：福建科学技术出版

社，1981.

[26]（意）利马窦，（比）金尼阁著．利玛窦中国札记［M］．何高济，王遵仲，李申等译．北京：中华书局，2010.

[27]陈邦瞻．元史纪事本末［M］．北京：中华书局，1979.

[28]王文才编著．元曲纪事［M］．北京：人民文学出版社，1985.

[29]陈恒．元典章校补［M］．励耕书屋丛刊，北京：中国书店，1979.

[30]（金）元好问．四部丛刊本．遗山先生文集［M］．上海：上海书店出版社，1989.

[31]（金）元好问．点校本．中州集［M］．北京：中华书局，1959.

[32]（元）耶律楚材．点校本．湛然居士文集［M］．北京：中华书局，1986.

[33]（南宋）文天祥．四部丛刊本．文山先生全集［M］．上海：上海商务印书馆，1936.

[34]（元）赵孟頫．松雪斋集．四部丛刊本［M］．杭州：西泠印社出版社，2010.

[35]（元）许衡．四库全书本．鲁斋遗书［M］．上海：上海古籍出版社，1987.

[36]（元）郝经．四库全书本．陵川集［M］．太原：山西古籍出版社，2006.

[37]（元）姚燧．四部丛刊本．牧庵集［M］．上海：上海书店，1989.

[38]（元）吴澄．文渊阁四库全书本．吴文正公文集［M］．台北：商务印书馆，1983.

[39]（元）刘因．四部丛刊本．静修先生文集［M］．北京：北京图书馆出版社，2006.

[40]（元）虞集．四部丛刊本．道园学古录［M］．上海：中华书局，1935.

[41]（元）苏天爵．适园丛书本．滋溪文稿［M］．北京：中华书局，1997.

[42]（元）黄溍．四部丛刊本．金华黄先生文集［M］．上海：商务印书馆 1929.？

[43]（元）胡祗遹．三怡堂丛书本．紫山大全集［M］．杭州：浙江古籍出版社，1986.

[44]（元）王恽．元人文集珍本丛刊．秋涧文集［M］．台北：台北新文丰出版公司，1985.

[45]（元）王恽．守山阁丛书本．玉堂嘉话［M］．北京：中华书局，2006.

[46]（元）程钜夫．文渊阁四库全书本．雪楼集［M］．台北：台湾商务印书馆，1983.

[47]（元）元明善．藕香零拾影印本．清河集［M］．上海：上海书店出版社，1995.

[48]（元）赵孟頫．四部丛刊本．松雪斋文集（附外集）［M］．上海：上海商务印书馆，1930.

[49]（元）欧阳玄．四部丛刊本．圭斋集［M］．1846.

[50]（元）袁桷．四部丛刊本．清容居士集［M］．北京：中华书局，1985.

[51]（元）张养浩．四部丛刊本．为政忠告［M］．沈阳：辽宁教育出版社，1998.

[52]（元）张养浩. 四库丛刊本. 归田类稿［M］. 台北：商务印书馆，1972.
[53]（元）虞集. 四部丛刊影印本. 道园学古录［M］. 上海：上海古籍出版社，1995.
[54]（元）程钜夫. 四库丛刊影印本. 雪楼集［M］. 上海：上海书店出版社，1994.
[55]（元）周权. 四库丛刊影印本. 此山集［M］. 台北：台湾商务印书馆，1986.
[56]（元）范梈. 范德机集［M］. 北京：北京图书馆出版社，2006.
[57]（元）柳贯. 四部丛刊本. 柳待制文集［M］. 上海：商务印书馆，1929.
[58]（元）揭傒斯. 四部丛刊初编本. 揭文安公全集［M］. 上海：商务印书馆，1929.
[59]（元）胡助. 文渊阁四库全书. 纯白斋类稿［M］. 上海：上海古籍出版社，1997.
[60]（元）张可久. 小山乐府［M］. 上海：中华书局，1931.
[61]（元）李庭. 影印本. 寓庵集［M］. 上海：上海古籍出版社，1995.
[62]（元）杨维桢. 点校本. 东维子集（M）. 上海：上海古籍出版社，1987.
[63]（元）萨都剌. 萨天锡诗集. 四部丛刊本［M］. 上海：商务印书馆，1919.
[64]（元）贡奎. 北图藏清刻本. 云林集［M］.
[65]（元）廼贤. 文渊阁本. 金台集［M］. 台北：台湾商务印书馆，
[66]（元）马祖常. 影印本. 石田先生文集［M］. 北京：中华书局，2001.
[67]（元）叶颙. 四库丛刊本. 樵云独唱［M］.
[68]（元）危素. 吴兴刘氏嘉业堂刊本. 危太仆集［M］. 文集［M］. 文续集［M］. 1914.
[69]（元）杨维桢. 文渊阁四库全书本. 东维子文集［M］. 上海：上海古籍出版社，1997.
[70]（明）胡侍. 真珠船［M］. 台北：艺文印书馆，1968.
[71]（明）朱右. 四库丛刊本. 白云稿［M］. 上海：上海古籍出版社，1991.
[72]（明）李贽. 影印明刊本. 焚书［M］. 北京：中华书局，1974.
[73]（元）苏天爵编. 四库丛刊本. 国朝文类.（元文类）［M］. 上海：上海古籍出版社，1993.
[74]（明）臧懋循编. 元曲选［M］. 隋树森校. 北京：中华书局，1979.
[75]（清）永瑢，纪昀主编. 影印清杭州刻本. 四库全书总目［M］. 北京：中华书局 1956.
[76]（清）顾嗣立. 元诗选. 初集 二集.［M］. 北京：中华书局，1987.
[77]（清）顾嗣立编，席世臣辑补. 元诗选. 癸集［M］. 北京：中华书局，1987.

[78]（元）夏庭芝撰．孙崇涛，徐宏图笺注．青楼集笺注［M］．北京：中国戏剧出版社，1990．

[79]（明）王骥德撰，陈多，叶长海注释．王骥德曲律［M］．长沙：湖南人民出版社，1983．

[80]（清）李渔撰，徐寿凯注释．李笠翁曲话注释［M］．安徽人民出版社，1981．

[81] 隋树森编．全元散曲［M］．北京：中华书局，1981．

[82] 隋树森编．元曲选外编［M］．北京：中华书局，1980．

[83] 宋浩庆．元明散曲［M］．上海：上海古籍出版社，1980．

[84] 王利器．元明清三代禁毁小说戏曲史料［M］．上海：上海古籍出版社，1981．

[85] 续修四库全书编委会编．续修四库全书［M］．上海：上海古籍出版社，1995．

[86] 唐圭璋编．全金元词［M］．北京：中华书局，1995．

[87] 邓绍基，杨镰．中国文学家大辞典（辽金元卷）［M］．北京：中华书局．2006．

[88] 吕薇芬．全元散曲典故词典［M］．武汉：湖北辞书出版社，1985．

[89] 程毅中．宋元话本［M］．北京：中华书局，1964．

[90] 陶秋英编．宋金元文论选［M］．北京：人民文学出版社，1984．

[91] 朱一玄，刘毓忱主编．儒林外史资料汇编［M］．天津：南开大学出版社，1998．

[92] 中国戏曲研究院编．中国古典戏曲论著集成［M］．北京：中国戏剧出版社，1959．

第一集（元）燕南芝庵．唱论．

（元）周德清．中原音韵．

第二集（元）夏庭芝．青楼集．

（元）钟嗣成．录鬼簿．

（明）无名氏．录鬼簿续编．

第三集（明）朱权太和正音谱．

（明）徐渭．南词叙录．

（明）李开先．词谑．

第四集（明）何良俊．曲论．

（明）王世贞．曲藻．

（明）沈德符．顾曲杂言．

（明）王骥德．曲律．

（明）徐复祚．曲论．

第五集（明）魏良辅．曲律．

第七集（清）李渔．闲情偶寄．

第八集（清）李调元．雨村曲话．

（清）李调元．剧话．

（清）焦循．剧说．花部农谭．

[93]（德）傅海波、（英）崔瑞德编．剑桥中国辽西夏金元史［M］．北京：中国社会科学出版社，1998.

[94]（美）马士．中华帝国对外关系史［M］．上海：三联书店，1957.

[95] 范文澜 蔡美彪．中国通史［M］．北京：人民出版社，1983.

[96] 柳诒徵．中国文化史［M］．上海：上海古籍出版社，2001.

[97] 任崇岳主编．中国文化通史（辽西夏金元）［M］．北京：中共中央党校出版社，2000.

[98] 李凭、全根先总纂．中华文明史（第七卷元代）［M］．石家庄：河北教育出版社，1999.

[99] 韩儒林主编．元朝史［M］．北京：人民出版社，1986.

[100] 韩儒林 陈得芝 邱树森等主编．元史［M］．北京：中国大百科全书，1974.

[101] 周良霄、顾菊英．元史［M］．上海：上海人民出版社，1993.

[102] 内蒙古社科院历史所蒙古族通史．编写组编．蒙古族通史［M］．北京：北京民族出版社，2001.

[103] 李劼．满族文化史［M］．沈阳：辽宁民族出版社，1999.

[104] 陈高华 张帆 刘晓．元代文化史［M］．广州：广东教育出版社，2009.

[105] 陈恒．元西域人华化考［M］．上海：上海古籍出版社，2000.

[106] 箭内亘．元代蒙古色目待遇考［M］．北京：中华书局，1962.

[107] 蒙思明．元代社会阶级制度［M］．北京：中华书局，1980.

[108] 田建平．元代出版史［M］．石家庄：河北人民出版社，2003.

[109] 郑士德．中国图书发行史［M］．北京：高等教育出版社，2000.

[110] 曹子西主编，于光度，常润华撰著．北京通史（第四卷金代卷）［M］．北京：中国书店，1994.

[111] 曹子西主编，王岗撰著．北京通史（第五卷元代卷）［M］．北京：中国书店，1994.

[112] 北京大学历史系北京史编写组．北京史［M］．北京：北京出版社，1999.
[113] 侯仁之主编，唐晓峰副主编．北京城市历史地理［M］．北京：北京燕山出版社，2000.
[114] 陈高华．元大都［M］．北京：北京出版社，1982.
[115] 王灿炽．燕都古籍考［M］．北京：京华出版社，1995.
[116] 陈平原、王德威编．北京：都市想像与文化记忆［M］．北京：北京大学出版社，2005.
[117] 北京市社会科学院历史所编．北京与中外古都对比研究［M］．北京：北京燕山出版社，1992.
[118] 吴建雍等．北京城市生活史［M］．北京：开明出版社，1997.
[119] 忻剑飞．世界的中国观［M］．上海：学林出版社，1991.
[120] 赵园．北京：城与人［M］．北京：北京大学出版社，2002.
[121] 林传甲．中国文学史［M］．武林谋新室出版，日本宏文堂印刷，1910.
[122] 钱基博．中国文学史（整理本）（M）北京：中华书局，1993.
[123] 郑振铎．插图本中国文学史［M］．北京：北京出版社，1999.
[124] 容肇祖．中国文学史大纲［M］．上海：开明书店，1949.
[125] 朱希祖．中国文学史要略［M］．北京：北京大学刊本，1920.
[126] 郑振铎．中国俗文学史［M］．北京：作家出版社，1957.
[127] 刘大杰．中国文学发展史（M）北京：中华书局，1963.
[128] 游国恩等主编．中国文学史［M］．北京：人民文学出版社，1983.
[129] 郭预衡．中国古代文学史［M］．上海：上海古籍出版社，1998.
[130] 袁行霈主编．中国文学史［M］．北京：高等教育出版社，1999.
[131] 傅璇琮，蒋寅总主编．中国古代文学通论［M］．沈阳：辽宁人民出版社，2005.
[132] 李修生．中国文学史纲（宋辽金元文学卷）［M］．北京：北京大学出版社，1987.
[133] 吴梅．辽金元文学史［M］．上海：商务印书馆，1934.
[134] 邓绍基主编．元代文学史［M］．北京：人民文学出版社，1991.
[135] 杨镰．元代文学编年史［M］．太原：山西教育出版社，2005.
[136]（日）青木正儿著．中国文学思想史［M］．孟庆文译．沈阳：春风文艺出版社，1988.
[137] 郭绍虞．中国文学批评史［M］．上海：商务印书馆，1934-1947.

[138] 朱东润. 中国文学批评史大纲 [M]. 上海：上海古籍出版社，1983.
[139] 罗根泽. 中国文学批评史 [M]. 上海：上海古籍出版社，1984.
[140] 张少康. 中国文学理论批评发展史 [M]. 北京：北京大学出版社，1995.
[141] 顾易生、蒋凡、刘明今. 宋金元文学批评史 [M]. 上海：上海古籍出版社，1996.
[142] 张晶. 辽金诗史 [M]. 长春：东北师范大学出版社，1994.
[143] 张晶. 辽金元诗歌史论 [M]. 长春：吉林教育出版社，1995.
[144] 杨镰. 元诗史 [M]. 北京：人民文学出版社，2003.
[145] 郭预衡. 中国散文史 [M]. 上海：上海古籍出版社，1999.
[146] 孙楷第. 元曲家考略 [M]. 上海：上海古籍出版社，1981.
[147] 李昌集. 中国古代散曲史 [M]. 上海：华东师范大学出版社，1997.
[148] 梁乙真. 元明散曲小史 [M]. 上海：商务印书馆，1934.
[149] 王永宽. 王钢中国戏曲史编年（元明卷）[M]. 郑州：中州古籍出版社，1994.
[150] 周贻白. 中国戏曲发展史纲要 [M]. 上海：上海古籍出版社，1979.
[151] 周贻白. 中国戏剧史长编 [M]. 北京：人民文学出版社，1960.
[152] 孟瑶. 中国戏曲史 [M]. 台湾：传记文学出版社，1979.
[153] 张庚、郭汉城主编. 中国戏曲通史 [M]. 北京：中国戏剧出版社，1981.
[154] 蔡源莉、吴文科. 中国曲艺史 [M]. 北京：文化艺术出版社，1998.
[155] 王国维. 宋元戏曲史 [M]. 上海：商务印书馆，1915.
[156] 唐文标. 中国古代戏剧史 [M]. 北京：中国戏剧出版社，1985.
[157] 宁宗一 陆林 田桂民编著. 元杂剧研究综述 [M]. 天津：天津教育出版社，1987.
[158] 钱钟书. 谈艺录（M）. 北京：中华书局，1984.
[159] 叶德均. 戏曲小说丛考（M）. 北京：中华书局，1979.
[160] 程毅中. 古代小说钞（宋元卷）（M）. 北京：中华书局，1995.
[161] 胡适. 胡适古典文学研究论集 [M]. 上海：上海古籍出版社，1986..
[162] 吴梅. 吴梅戏曲论文集 [M]. 北京：中国戏剧出版社，1983.
[163] 王国维. 王国维戏曲论文集 [M]. 北京：中国戏剧出版社，1983.
[164] 王国维. 人间词话 [M]. 南京：江苏文艺出版社，2007.
[165] 姚文放. 中国戏曲美学的文化阐释 [M]. 北京：中国人民大学出版社，1997.
[166] 赵景深. 中国古典戏曲小说论集 [M]. 上海：上海古籍出版社，1985.
[167] 郑振铎编. 中国新文学大系·文学论争集（影印版）[M]. 上海：上海文艺出版

社，2003.
[168] 王昆吾．隋唐五代燕乐杂言歌辞研究［M］．北京：中华书局，1996.
[169] 苏雪林．辽金元文学［M］．上海：商务印书馆，1934.
[170] 张晶．辽金元文学论稿［M］．北京：北京广播学院出版社，2003.
[171] 陶然．金元词通论［M］．上海：上海古籍出版社，2001.
[172] 查洪德，李军．元代文学文献学［M］．北京：中国社会科学出版社，2002.
[173] 幺书仪．元代文人心态［M］．北京：文化艺术出版社，1993.
[174] 徐子方．元代文人心态史［M］．石家庄：河北教育出版社.
[175] 赵义山．元散曲通论［M］．成都：巴蜀书社，1983.
[176] 王星琦．元曲艺术风格研究［M］．南京：江苏文艺出版社，1996.
[177] 王星琦．元明散曲史论［M］．南京：南京师范大学出版社，1999.
[178] 门岿．元曲管窥［M］．天津：天津人民出版社，1993.
[179] 门岿．元曲百家纵论［M］．北京：教育科学出版社，1990.
[180] 门岿．粉墨人生，元代曲家的文化精神与人生意趣［M］．济南市：济南出版社，2002.
[181] 徐扶明．元代杂剧艺术［M］．上海：上海文学出版社，1981.
[182] 黄克．关汉卿戏剧人物论［M］．北京：人民文学出版社，1984.
[183] 顾肇仓．元明杂剧［M］．上海：上海古籍出版社，1997.
[184] 陈益源．元明中篇传奇小说研究［M］．北京：华艺出版社，1997.
[185] 陆林．元代戏剧学研究［M］．合肥：安徽文艺出版社，1999.
[186] 奚海．元杂剧论［M］．石家庄：河北教育出版社，2001.
[187] 宁宗一．教书人手记［M］．郑州：大象出版社，2002.
[188] 郭英德．元杂剧与元代社会［M］．北京：北京师范大学出版社，1996.
[189] 幺书仪．元人杂剧与元代社会［M］．北京：北京大学出版社，1997.
[190] 高益荣．元杂剧的文化精神阐释［M］．北京：中国社会科学出版社，2005.
[191] 刘荫柏．元代杂剧史［M］．石家庄：花山文艺出版社，1990.

后 记

《北京元代文学》是北京市社会科学院的重点课题，2008 年立项。

北京古代地域文学史的研究过去一直没有得到应有的重视，存在许多空白，在全国地域文学研究中处于较为落后的地位。《北京文学史》总算弥补了北京作为千年古都，今日国家首都，全国文化中心而没有地域文学通史的缺憾。该书是北京市社会科学院历史所所长王岗先生主持的北京市哲学社会科学“十一五”规划重点项目、北京市社会科学院重大课题“北京专史集成”（王岗任总主编）之一种，我任本书主编，并撰写了古代部分（公元 1840 年之前），2010 年由人民出版社出版发行。

但是作为北京这样一个有着五千年文明史，三千年建城史，八百多年建都史的文化古城，一本地域文学简史显然是远远不够的。于是从元代入手，进行北京断代史的深入研究。选择元代不仅是因为北京从此成为统一国家政权的首都，而且在于北京从此成为全国文化中心，而其中，文学对这个中心贡献多多，起到了举足轻重的作用。《北京元代文学》就是在这个领域中的一些探索，反映了我的一些思考。北京元代文学还有许多问题有待深入探讨，抛砖引玉，衷心希望得到指正。

知识产权出版社的赵军同志为本书的出版付出了大量辛苦的劳动，在此表示衷心感谢。